아무도 알아주지 않는 우리의 특별함

* 이 도서의 국립중앙도서관 출판예정도서목록(CIP)은 서지정보유통지원시스템 홈페이지(http://seoji.nl.go.kr)와 국가자료공동목록시스템(http://www.nl.go.kr/korisnet)에서 이용하실 수 있습니다.
(CIP제어번호: CIP2019053364)

아무도 알아주지 않는 우리의 특별함

이충걸
에세이

은행나무

처음은 백지. 희거나 위압적이다. 어떤 말로 시작할까. 친구들에 대해 쓸까? 아니면 내가 듣는 음악, 아침에 꺼내 입은 옷, 미래에 대해? 그것이 18년 동안 써온 에디터스 레터의 서두로 적합할까? 편지도 일기처럼 두 종류가 있다. 다른 사람을 위한 것과 나를 위한 것. 그러기 위해서는 내가 어느 그룹에 속해야 할지 우선 정해야 할 것이다.

할 수 있는 사람은 하고, 할 수 없는 사람은 하는 법을 가르친다. 마찬가지로 경험한 사람은 계속 살아가고, 경험하지 못한 사람은 그것을 쓴다. 쌓으면 쓰러질 높이로 내가 기록했던 각각의 한 달은, 사회라는 공장에 길게 늘어선 기계 같았다. 문화의 폭격적 해체는 새로운 의제를 요구하지만 겨울을 예측하는 안테나는 없었다. 나는 불가피하게 수백 번 첨삭하는 작가의 삶은 모르지만, 가지에 앉은 새처럼 관찰력이 풍부한 편집장의 글을 쓰고 싶었다. 예민한 지각과 세밀한 묘사의 문학적 글쓰기보다 일본 단가처럼 축약된 글을 쓰고 싶었다. 관점이 기초가 되는 직업은 나를 세계의 내부로 데려가긴 했지만 충분히 깊숙하게는 아니었다. 잔인한 말이지만 편집장은 '경험하지 못한 사람'이었다. 생각의 원천이라는 짐을 짊어진 사람이 아니었다. 어떤 의미에서는 진짜 세상으로부터 한 발 떨어진 인지부조화의 고아원에서 지냈다. 동시에 늘 의기소침하면서 날뛰는 호기심이 무기라고 떠벌리는 과학자의 세월이었다. 그러나 깊이 없고 응석 많은 자신을 경멸하면서도 차라리 정직하다고 여겼다.

받아들이는 것만이 문화에 대한 의무가 아니다. 진짜는 어딘가 못미더운 것들이 만드니까. 모두가 안전하다고 느낀다면 더 빼앗길 언어도 없을 것이다.

개인의 변덕이 중요한 원자 생활에 나는 무엇을 썼을까? 상식 위에 얹은 판타지? 구름 위로 치솟는 남성적 복락? 방대하게 늘어놓는 다원적인 이즘? 생명 없는 물건에 대한 동조 또는 거부? 어쨌든 나는 썼다. 더 쓰거나 덜 썼다. 때리는 것도 소리 지르는 것도, 유행에 널뛰는 것도 반발하는 것도 아닌 이상한 경계 속에서. 그러면서도 《GQ》는 복마전 같은 일상에서 선과 소립자 물리학의 힘과 우수를 포착한 다음, 현재라는 분자에 자극을 가해 스파크를 만들고 그것을 밀봉해 삶의 섬광을 만들어야 한다고 우겼다.

유행은 나의 모든 관심사가 아니었다. 나에겐 언어가 중요했다. 감탄부호처럼 두드러지면서도 삽입어구를 열고 닫는 괄호처럼 비범한 언어가. 변덕스러운 문장의 리듬, 미묘하게 충혈된 어간, 조마조마한 구두법, 음침하고 통명스러운 직설법, 불확정성과 아이러니. 처음엔 추출했지만 나중엔 희석했다. 형용사는 더 강조해야 할 품사였다. 긴 문장 세 개를 여섯 개의 짧은 낱말 조각으로 바꿀 수 있을까? 의미하지 않은 것을 의미하기 위해 조사 하나를 바꾼 나의 저의는 무엇일까?

모든 사색은 시시하다. 서정적인 사색이란 더 그렇다. 선동적인 질문 역시 왔다가 사라질 뿐이다. 오리아나 팔라치의 끈질김과 존 필저의 용기를 경배하고 프랑스 해체주의 작가들을 연구하였으나 고동치는 자판의 창백한 터치는 잡담만을 남겼다. 그러나 잡담은 분석적이며 또한 사실적이다. 내가 해온 일도 잡담의 한 부분이다. 그리고 또 하나의 마침표는 잡담을 다른 이야기로 이끌 것이다.

(기억은 행위. 편집의 기술은 시간의 한 묶음을 구출하는 것. 그러나 압축의 예술은 순식간에 풀어져 절반이 비어버렸다. 여든 살이 되면 과거를 돌아보겠지만, 지금은 아니다. 앞으로도 아닐 것이다. 그 시간은 로맨스가 없는 로맨스의 추억이라서. 옛날이 서랍 속의 사물처럼 밖으로 꺼내진다면 그건 오직 나의 물리적 죽음에 의해서일 것이다.)

쓰여지지 않는 글은 쓰여지기 위해 기다리지 않는다. 쓰여지길 기다리는 쓰여지지 않은 이야기는 세상에 없다. 쓰여지지 않은 이야기는 절대로 일어나지 않는 이야기이다. 이야기는 쓰여지고 나서야 이야기가 된다. 그 전엔 모든 것이 공상에 불과할 것이다. 내 주머니에는 문신 같은 청회색 볼펜 자국이 묻었다. 나에게 그것 말고 무엇이 더 필요하단 말인가.

차례

5 *intro*

1장 과잉

19 커피 지식인
23 내 노래에 날개가 있다면
28 그리고 아직의 세계
31 숲속의 하얀 집
35 내가 알던 친구는 모두 떠나갔네
38 지금이 지나간다
41 청바지에 처음 구멍이 났을 때
45 날 이해할 수 있겠어?
48 별의별 일들
52 얼굴의 감정
54 모순의 역설
57 태어나지 않은 아기에게
60 나, 축구에 대해 할 말이 있어요
65 저항의 여행
66 불면증의 장르
70 종이와 잉크
74 2001년 3월, 첫 번째 에디터스 레터
77 아버지의 외투
79 잡지란 무엇인가
81 얕음 속의 깊음
83 아트 쿠퍼

2장 반란

89 다른 사람으로 살고 싶어
92 우리들의 이십대에게
97 검은 유토피아
99 나는 당신을 좋아합니다
102 황금시대가 사라졌다
104 실패자 없는 게임
106 부모는 죽지 않는다
110 성공과 상처
113 낙천주의 연구
117 바퀴는 둥글다
120 황무지가 장미꽃같이
123 이명박 서울 시장에게
126 대통령의 권태
129 제대로 사과하는 법
130 가리워진 길
133 가방이 없을 때 생기는 일
135 탐욕의 정당성
138 그래도 카세트를 갖고 싶어
143 나는 요리를 못해
146 에디터란 무엇인가
148 오스카 와일드

3장 피상성

153 내가 좋아하는 와인
157 안목의 이용권
160 그 쇼장에서 무슨 일이 일어났나
165 별도 달도 모두 숨어버렸어
168 사라진 지도
171 올림픽이 영웅을 만드는 방식
175 실수투성이
177 새집 증후군
182 초대받지 못한 자
184 마지막 거짓말
186 2월 14일
188 험담
190 백색소음
194 눈물은 알고 있다
197 닭싸움
199 안아주세요
201 넥타이가 말하고 싶은 것
203 소년의 두 번째 여정
207 루이스 부르주아
208 독자란 무엇인가
210 일흔 살이 된 나에게

4장 **남자**

219 높이의 문제
224 개가 작아졌다
226 나의 예상 수명
230 아버지의 부탁
233 만델라의 아흔 번째 생일에 쓴 편지
236 내가 스무 살이었을 때
238 반바지의 중요성
240 속도전
243 나태한 사람이 여행하는 법
245 태양이 미치도록 뜨거운 날
247 물병이 하는 말
252 소읍小邑
255 왜 그런 눈으로 봐?
260 TV 없이 살 수 있겠어?
262 글자와 글씨
265 새로 깎은 연필
267 편집장이란 무엇인가
270 모든 것이 나의 잘못이었지만
272 유약한 남자의 가을
275 글 쓰는 사람의 특징
277 것이었던 것이었다?
279 최승자

5장 **행인들**

283 새해에 나누고 싶은 39가지 사소함
288 한가한 소리
292 나도 개를 기를 수 있을까
297 여자 옷을 탐험하는 남자들
300 시간을 멈출 순 없지만
303 젠체하지 마세요
306 당신이 그렇게 똑똑해?
309 누가 나만큼 피곤해?
311 수염의 해석
313 술잔을 바라보는 불안한 눈동자
315 10주년 때 하고 싶었던 말
318 살찐 미남은 없다
324 안개 속의 두 얼굴
328 평생의 주제
331 우주의 어린이
333 데이비드 보위의 추억
335 마감이란 무엇인가
337 애도의 방식

6장 외양

341 올림픽은 어떻게 도시를 파괴할까
345 커피집과 나무 계단
349 다이어리의 역습
351 통화가 사라진다
352 달의 중심
355 오세훈 서울 시장에게
358 욕망의 섬
359 속물의 기준
361 유명인 클럽
364 제발 좀 조용히 해요
367 셉템버 송
369 무의미라는 질병
374 불쾌지수
378 바쁘다는 이유로
381 패션 디자이너의 슬픔
385 맛있는 연구
387 13년 우정이 가르쳐준 것
390 고양이의 편지
392 요양객
395 어둑어둑해질 무렵

7장 **혼자**

401 일 년 열한 달
405 내 마음의 지도
407 먹고 떠들고 돈을 내라
409 타인의 숙제
411 저녁에 혼자 있는 법
413 시간의 얼굴
418 노상에서 담배나 피우며
420 춤과 술
423 가장 외로운 사실
425 샤넬을 든 스웨덴 사람
429 시간은 내 편
433 어린 것과 어려 보이는 것
436 2015년 3월
440 새벽에 내리는 눈
442 내일 일은 난 몰라요
444 애플 사장님께
447 회색 머리
439 처음부터 이 세상에는 나만의 것이 없었던 거야

8장 어제

455 닫힌 술집의 노래
458 표류자의 자세
460 비행기에서 생긴 일
464 혼자인 시간이 싫어 시계를 되돌려 봤죠
467 친구 전쟁
470 기획 가족
474 사랑의 계단
478 구주소와 신주소
481 산타 할아버지에게
484 마음은 미래에 사는 것
488 기계의 아름다움
493 날기가 두렵다
497 꿈속의 공작들
499 서울의 맛
503 박정자
505 100호에 부쳐
508 200호를 내며
513 마지막 에디터스 레터

518 *outro*

1장

과잉

커피 지식인

한국도 이젠 커피를 아는 사람들의 나라가 되었다. 커피 감별에 필요한 기술—집중력, 정확한 감각 인지, 결단력—을 가진 사람들이 곳곳에 움찔거린다. 웬만한 커피 전문가들에게 쫄지 않고, 너희들이 좋다고 마시는 커피는 다 구정물이라고 외치는 광야의 커피 선지자도 한아름이다. 강렬한 커피를 강렬한 사람들에게 마시게 하는 강렬한 커피숍도 늘었다. 도쿄에서 부드럽고 이상한 드립 커피를 마시고 약간의 진저 브레드 맛이나 꿀맛, 토마토 수프의 톡 쏘는 달콤함을 감지한 순간, 전에 마시던 커피는 쳐다보지 않게 되었다는 사람도 있었다.

몇몇 사람들은 와인을 대할 때처럼 커피에도 이해관계가 없는 이들의 존재를 신경쓰기 시작했다. 과감한 커피 재배 농가의 딸이나 유기농 실험 이야기를 곁들인 프리미엄 커피라면 기꺼이 프리미엄 가격을 지불하는 것이다. 가격을 올릴지 기준을 낮출지, 그 차이를 떠안을지 말지 어쩔 수 없이 결정해야 하는 로스터들의 삶이야 꼬였겠지만. 어쨌든 식사와 식후 커피 브레이크라는 문화적 의례가 사회 기관적인 풍속으로 변하고 여가용 약물이 기능적 약물로 새 이름표를 단 것은 당신을 사랑해서가 아니라 일을 더 많이 시키기 위해서이다. 커피는 심미적인 기쁨이 아니라 일하게 만드는 두뇌의 로켓 연료이기 때문에.

맥주는 하위 브랜드에 대한 충성도가 높다. 대형 맥주 회사의 물 같은 어필에 적응한 사람은 가격이 어떻든 구스 아일랜드 에일이나 러시안 리버 라거로 바꾸는 데 관심이 없다. 그런데 와인은 부정확하건 아니건 가격에 반응하는 잘 조직된 맛의 계층이 있다.

한편 커피 신도들은 커피가 와인 같은 취급(이라기보단 대접)을 받을 자격이 있다고 여긴다. 커피 내리는 방식이, 그 간단한 거 가지고 있어 뵈려 하는 제스처인지는 몰라도, 크러스트를 흐트러뜨리고, 냄새를 맡고, 잽싸게 마시고 뱉는 저 커피 감정가가 현란한 몸짓과 모호한 형용사로 쇼를 하는진 몰라도, 커피는 명백히 의사소통의 한 형태가 되었다. 망한 커피라도 어쩌다 그렇게 됐는지 슬픈 이야기를 들려주는 것이다.

삶처럼 커피도 복잡해졌다. 커피 지식인들은 에스프레소만 마실까? 드립 커피는 과연 특이한 커피의 이상적인 진열장일까? 다크 로스팅은 좋은 커피 빈을 칭송하는 한 방법일까? 그건 커피를 흥미롭게 만드는 특성을 싹 불살라버리는 게 아닐까? 커피도 와인처럼 품종과 지역과 농장을 지목해 주문할 수 있을까? 윤리적으로 재배된 커피에 대한 수요가 가령 윤리적으로 재배된 바나나 수요보다 많을까?

세 번째 커피의 중흥기는 샌프란시스코와 베를린과 뉴욕에 도착했다. 하지만 미국의 큰 체인 카페 같은 경우, 콩은 신선하다지만 빼어난 바리스타는 드물다. 런던은 지난 몇 년 동안 플랫 화이트 투어를 할 정도로 변했지만(꼭 1990년의 시애틀에 있는 것 같다) 코벤트 가든의 한 커피숍에서는 우유와 에스프레소가 너무 달아서 설탕 항아리를 삼킨 것 같았다. 이탈리아에는 바리스타는 있는데 콩이 없다. 갈리기 전의 라바짜 벽돌 커피가 여전히 일반적이라서. 에스프레소와 우유 둘 다 처절하게 뜨거워 지옥을 맛보게 한 토리노의 커피숍은 부정적으로 잊을 수 없다. 이상하게 파리에는 또 괜찮은 커피를 만드는 카페가 드물다. 우리 가게 커피를 마시고 싶다면 자기가 커피 빈을 갈아 콘에 담고 그 위에 물을 졸졸 붓는 동안 영원히 기다려야 한다고 말한 배 째라 뉴욕의 바리스타도 있었다. 완벽한 커피를 맛보이고 싶어서라는 말은 진심이겠지만 나에겐 빨리 나오는 커피가 최고란 말이다!

종국엔 알게 된다. 마다가스카르에서 코코넛 껍데기에 담긴 타마타브산 커피를 마신다 해도, 모로코에서 시종들이 자개 박힌 테이블 위에 커피를 놓아준다고 해도, 비엔나의 일요일, 천 개의 야외 테이블에서 휘핑크림 덮인 커피를 마시는 삼천 명 무리에 섞여 있다 해도, 호주에서 컵이 아닌 잔으로 신경 곤두선 롱 블랙을 마신다고 해도, 프랑스의 시골 여관이나 노르망디 해변에서 팔뚝보다 두꺼운 컵에 카페오레를 마신다고 해도 집에서 마시는 커피보다 못하다는 것을. 커피를 통해 구원받고 싶은 마음으로 세계의 모든 커피숍을 항해한다 해도 피안에 다다를 수 없다는 것을.

제대로 된 커피 한 잔 내리는 일은 와인 코르크 따는 것보다 어렵다. 가짓수 많은 저녁식사 준비하는 것보다야 쉽겠지만. 합쳐졌다가 흩어졌다가 다시 합쳐져야 하는 단계는 단순하지만, 물과 콩, 두 재료의 변수는 거의 무한의 실수를 만든다. 하지만 일정하고 재미 없으며 단순하기 짝이 없는 캡슐 커피도 귀찮아하는 판에 어느 천 년에 집에서 드립 커피를 내린단 말이냐? 내가 생각하는 커피의 아름다움은 간

결함, 즉 간편함. 블랙 커피에 설탕만 잘 조절하면 돼. 높은 등급의 커피 향은 분명히 나타나기 마련이니까.

최고의 커피를 마시고 싶을 때 커피가 준 대부분의 경험 방식에는 비싼 옵션이 적용되지 않는다. 커피 물리의 공식대로라면 아홉 개의 압력 관에서 85~95도의 물을 뿜어내는 기계만이 최상급 에스프레소를 만들 것이다. 하지만 어느 것도 열한 살이던 내가 밖에서 놀다 집으로 들어왔을 때 엄마가 타준 커피 맛과 견줄 수 없다. 맥스웰하우스였는지 네스카페였는지는 잊어버렸다. 엄마의 비밀은 혹시 설탕이었을까?

누가 낮에 집에 오면 신경쓰인다. 낮에도 술이 커피보다 좋기도 하고. 그럼 얼음 넣은 아이스 커피를 줄까? 아니면 카페오레? 미디엄이나 스트롱 커피를 만든 다음 같은 양의 뜨거운 우유를 동시에 컵에 부으면 되나? 아침 커피는 장수에 좋다지만 하루의 시작부터 대뜸 비엔나 커피는 어울리지 않아. 카푸치노? 커피 좀 안다 하는 친구들은 거품이 애매하게 떠 있다고 싫어할지도 모르는데? 방황하는 내 앞에서 우유는 솜털 같은 대신 크리미해야 하고 커피 콩은 깔깔하게 갈려야 한다고 지적하면 그를 죽여버릴 것 같다.

팽팽하게 반항하는 커피 열매 껍질을 깨뜨리고 점액질 코팅에서 멈춘 이빨이 희미한 단맛을 내는 층을 만나기 직전, 과일로서의 전생을 완전히 잊지 않은 커피 음료를 후루룩 미뢰에 뿌릴 때, 흙냄새 나는 달콤함이 천천히 사라지면서 더 가볍고 끝이 말리는 무엇인가가 드러난다. 짧은 쾌락이 사라지고 나면 기계를 분해하고, 기구를 닦고, 잔을 씻어야 하는 인생의 기나긴 숙제만 남을 뿐.

내 노래에 날개가 있다면

누군가 내 앞에서 노래를 부를 때 가끔 그 사람을 관찰하게 된다. 그러면 그가 넌지시 알리는 것, 자기가 보고 말하던 방식, 그 활발한 민감함, 혹시 숨겼을지도 모르는 막후가 어디서 왔는지를 부분으로라도 눈치챌 수 있다. 굽은 음과 화성의 주요소가 되는 음 사이에서 악보로 적을 수 없는 마음도 보인다. 그가 부르는 건 하나의 노래가 아니라 과시와 유지, 발명과 보살핌, 슬픔과 정면으로 충돌하는 의지이기 때문에.

노래는 공유된 경험이며 삶에 대한 합의. 조항이나 문구가 아닌 음계를 둘러싼 알 수 없는 약속. 그리고 가끔 안전지대의 〈프렌드〉를 불러주던 구호의 낮은 목소리. 다 털어내는 듯하면서도 움켜쥐듯 다정한 목소리. 특별한 날 입는 옷처럼 들려주던 어제의 그 목소리. "사요나라 다케 이에나이마마……."

빈 병이 액체로 채워지듯 음악으로 차오르는 얼굴을 보며 가끔 그림을 그리고 싶었다. 어두워서 무릎에 놓인 스케치북을 볼 수 없다면 연필이 그 목소리를 따라다닐 것 같았다.

노래는 강물과 같다. 자기의 길을 따라가다가 언젠가 바다로 이어진다. 바다에 닿는 구간, 강물의 입 밖으로 내몰린 물은 다 어디선가 흘러온 것들이다. 노래하는 입술 바깥으로 나오는 말들 역시 그것과 닮았다. 노래는 불리는 순간 과거를 이야기하고, 현재를 채우며, 미래의 청자에게 손을 내민다. 훌륭한 이야기는 지금을 채워주지만 음악 영역에 존재하는 차원은 좀 다르다. 박자와 비트, 루프와 반복 구간은 미래와 현재, 과거가 함께 일직선으로 흘러가는 시간에 모텔 같은 안식을 준다. 고조된 감흥엔 형태가 있어 계속 태어나고 죽지만 언젠가 현재로 떠오르고 만다.

모든 노래에는 거리의 감각이 있다. 그래픽 이미지 속 사물 사이에 거리가 있듯이. 거리는 막힐 수도 건널 수도 있다. '배를 타고 하바나를 떠날 때'를 회상할 때, '누군가 말을 해주오 내가 왜 여기 서 있는지', 답하지 못할 질문을 할 때, 노래는 사건의 결말, 어떤 이의 복귀, 작별을 실은 일종의 여정이 되는 것이다.

부자는 음악을 듣지만, 가난한 자는 노래에 의지해 음률을 자기 것으로 만든다. 가난하고 게으른 침묵의 오후에 조니 캐시의 〈상처〉를 듣는다. 그는 '노래로 만든 고치가 나를 감싸면 그대로 어디든 갈 수 있을 것 같아. 나는 무적일 테니까'라고 했다. 노래가 집단적으로 받아들여지는 건 노래를 통해 덜 외로울 수 있어서. 사람들이 노래를 따라 부르는 건 고립되는 게 싫어서. 그리고 노래로 불리지 않는 세상이 주저하는 어느 순간 노래의 불길에 휩싸인다.

안토넬로 다 메시나의 〈수태고지〉. 화장실 거울만 한 작은 오일 페인팅에는 가브리엘이 없다. 올리브 나무도 백합도 비둘기도 안 보인다. 그냥 커다랗게 묘사된 마리아의 머리와 어깨와 허리, 파란 가운과 앞에 놓인 시편인지 기도문인지만 보인다. 하느님의 아들을 낳을 거라는 통보 직후라서인지 두 눈을 크게 뜨고 있는데, 가슴에 살짝 얹은 두 손은 안쪽을 만지려는 듯한 기미를 보인다. 벌어진 입술은 어쩌면 노래하는 걸까? 노래엔 육체를 자기 것으로 만드는 권능이 있을까? 안토넬로는 대상이 무엇이든 그 몸체에 녹아든다고 말하는 걸까? 맨손으로 유리창을 깨부술 듯 남성적인 노래도 그 근원엔 여성성이 있다는 말일까?

육신은 그렇게 악기가 되고, 노래는 늑골 아래에, 바이올린의 목덜미에, 가수의 내장에, 관객의 음부에 머문다. 하나의 육체에 계속 머무는 게 아니라 시간을 따라 자꾸 옮겨가면서.

내가 좋아하는 곡들의 목록은 1970년대를 일괄한 시대에서 나온다. 그때 가수들은 중력을 가지고 노는 곡예사 같다. 노래가 가수의 몸을 점령할 때 나의 복강을 통과하는 파장. 나는 박수를 친다. 노래가 끝나서가 아니라 함께 나눈 감정이 다른 곳으로 새어나가는 게 싫어서. 가끔 그 '다른 곳'이 노래를 통해 나에게 온다. 프린스의 〈렛츠 고 크레이지〉를 들으며 그 세계가 성간 여행처럼 멀고 오래됐다고 느낀 날이 있었다. 〈퍼플 레인〉은 막 스무 살이 된 친구들에게 들려주고 싶었지만.

1970년대의 노래가 일상의 선곡표에서 사라졌을 때처럼 1990년대의 노래가 사라졌다는 걸 나는 몰랐다. 몇 주 전의 노래가 눈 한 번 깜빡이는 동안에 흘러간 옛노래가 되는 기분은 내가 나이 들어서일까. 그것이 불안의 진짜 원천은 아니다. 히트송에 먼지가 덮이는 데 걸리는 시간이 비극적으로 짧다는 것뿐. 그 노래는 입술의 기억으로부터 어디로 추방당한 걸까. 열다섯 살 때 그렇게 하늘하늘 예뻤던 가수가 지금은 인후가 비대해지고 목소리를 잃어버려 노래의 방식을 바꾸었다는 걸 느꼈을 때의 슬픔은 음악에서 끝나지 않는다. 혜성 충돌로 과거의 비밀 통로가 느닷없이 봉쇄된 기분인 것이다.

노래는 기대하지 않는 불시에 나를 데려가야 한다. 라디오에서 나오는 노래와 따라오는 기억은 상관이 없다. 지금 내 신체의 행방과 함께 듣던 노래에 나오는 장소 사이에 직접적 연관성은 없다. 그냥 우연한 결합의 마법이다. 하지만 우연성은 그 후로도 계속 퍼진다. 노래와 기억 사이의 상호작용이라는 이상하고 신비한 힘 때문에. 그 형이 〈과거는 흘러갔다〉를 부를 때마다 노래 가사, 연주법, 창법, 그 음악을 만들어낸 시대와 상념 사이에서 기울어지던 어떤 몸의 형태. 그에게 자신과 작고한 젊은 아버지의 터울만큼 길게 느껴지는 시간은 없는 것 같았다.

노래는 왜 그렇게 부재를 강조하는 걸까? 이별, 거절, 실패 같은, 살아 있음을 느끼게 하는 모순된 감정을 재연할 필요 때문에? 결국 내가 아는 모두가 떠나가기 때문에? 우디 거스리는, 걱정이 많은 사람은 걱정이 많은 노래를 부른다고, 그러나 오래 가진 않을 거라고 했지만 이 불안한 지루함. 지루한 무목적성, 무목적성의 무감각……. 나는 세상을 이해할 수 없다. 갈수록 더 밀집되거나 더 흐릿해져서. 악보가 더욱더 암호 같아서.

어떤 음악 주위에는 하나의 문화가 있다. 그 문화를 어떻게 이해하는지는 음악을 듣는 방법에 영향을 미친다. 음악의 핵심은 듣는 사람이니까. 그는 자문한다. 경험, 반복, 속도, 밀도 속에서 미끌거리는 이 노래의 슬픔은 진짜일까. 때로 음악은 만든 이에게서 듣는 자에게로의 충격적인 코드를 따른다. 동일한 필터를 통해 만들고 연주하고 들을 때 필터는 진실하지 않아도 된다. 잘 조종된 거짓말이어도 괜찮다. 오직 노래만이 살아남아 한없이 이어지기 때문이다.

부처는 괴로움의 역사에 대해 말했다. 고통은 명료한 빛을 안겨준다고. 부처에게 고통은 삶의 첫 번째 원칙이었다. 우리도 가끔 잘못된 선택의 결과를 받아들인다. 나름대로의 치료법도 가졌다. 고통은 삶을 너무 심각하게 받아들인 탓이라는 지혜도 있다. 그러나 그 무엇도 가스실에서 죽은 아이에게 적용되지 않는다. HIV 보균자로 태어나거나, 배 안에 갇혀 친구들이 눈앞에서 죽어가는 모습을 서로 지켜본 열일곱 살에게도.

사랑하는 이를 잃고 영혼이 바스러진 사람에게 가해지는 그 뒤의 잔인한 순환을 헤아린다면, 하나 마나 한 낙관으로는 부축할 수 없다는 걸 알 테다. 납득하지 못할 고통은 이전 삶의 카르마라거나 모든 건 신이 의도한 바라는 말은 구경꾼이 주절대는 무심한 소리일 뿐이다. 어떤 아픔도 긍정의 힘으로 승화할 수 있다는 이상한 얘기는 다시는 친구의 소식을 듣지 못하게 된 아이에게 꺼내선 안 된다. 사는 것은 고통받기 위한 것, 살아남는 것은 고통을 이해하는 것이란 말은 니체 개인의 생각일 뿐이다. 철학은 유익하되 치통 하나 치료하지 못하는걸. 그날을 꺼내기 위해선 그 고통의 뿌리까지 온전히 느껴야 마땅하다.

퍼부어진 고통은 한 번에 끝나지 않는다. 목숨을 소환할 작정인 듯

자비 없는 길에 그를 던지고 으깨버린다. 절대로 오지 않을 희망은 죽음보다 가혹하게 주저앉힌다. 18세기, 고바야시 잇사는 '이슬의 이 세계는 이슬의 세계'라고 압축했다. "그리고 아직, 그리고 아직……" 마지못해 이어지는 확신은 슬픈 하이쿠에 묻혔다.

고통은 삶의 진실. 비영구성은 우리의 집. 상실은 세상의 법칙. 누구도 삶이 쉽다고 생각하지 않는다. 쉽기를 기대할 수도 없다. 희생자적인 문화 속에선 하나하나가 다 피해자라서. 그러나 상호의존 기반 문화 속에서 개인의 고통은 모든 이의 것이 된다.

2011년, 쓰나미가 도쿄 북쪽, 수천의 삶을 앗아갔을 때 애통하는 목소리는 다른 도시에서 더 크게 울렸다. 애도하는 사람들은 학위를 딴 이름난 철학자들이 아니었다. 라틴어의 고통(Passo)은 열정(Passion)이라는 단어를 만들었다. 어원을 따지면 '고통'의 반대는 '무관심'인 것이다.

달라이 라마가 이시노마키의 어촌을 방문했을 때, 묘비는 미친 각도로 기울어져 있었고, 학교와 주택 단지는 돌무더기와 같았다. 그가 주민 몇백 명과 파란 학교 유니폼을 입은 채 고아로 살아남은 학생 세 명에게 일일이 안부를 물을 때 모두가 흐느꼈다. "마음을 바꾸세요. 용기를 내세요."

슬픔 가운데 빛의 언어가 이어졌다. "타인을 돕고 열심히 사세요. 그것이 죽음에게 보일 수 있는 최고의 가치예요." 뒤돌아서서 그가 닦은 눈물은 지금이 잇사가 말한 '그리고 아직'의 세계라는 사실을 쓰라리게 상기시켰다.

인간은 역경을 지배할 만큼 충분히 강하지 않다. 그는 함께 있는 것 말고는 줄 수 있는 게 없었으나, 그들이 혼자가 아니란 걸 알려주기 위해서라도 이시노마키에 가야 했다. 서른두 살의 어느 오후, 중국군과 티베트인 간의 분쟁을 막기 위해 라싸의 가족과 친구와 강아지와 헤어져 오륙십 년 동안 돌아가지 못한 사람이라면 눈물을 흘릴 자격이 있는 것이다.

가끔은 가장 적게 이해되는 것들이 가장 깊은 가치를 지닌다. 사랑이 모두에게 가르쳐준 게 그것 아닌가. 한 이탈리아 친구가 나에게 보낸 메일엔 이렇게 적혀 있었다. "한국처럼 작은 나라에서 삼백 명 넘는 아이들을 잃는다는 게 얼마나 큰 비극인지 난 이해할 수 있어. 무엇도 그 누구도 그들의 영혼을 돌려주지 못하지만, 앞으로 최소한 무엇인가 반드시 변해야 해."

숲속의 하얀 집

세계는 황사가 아니더라도 여전히 창백하다. 강물은 쭈글쭈글하고 하늘은 칙칙하다. 4월. 미세 먼지가 벚꽃을 밀어내 오후엔 불을 켜야 하는 잠깐의 저채도 구역, 색상의 스펙트럼은 회색과 베이지, 갈색의 언저리 어딘가에 있었다. 하지만 살아 있는 모든 것은 사랑을 원하듯 색깔을 갈망한다. 색깔을 대하는 산 것들의 반응은 얼마나 육체적인가.

봄은 자기 주기를 잘 알고 있어서 4월엔 점점 낮 시간이 길어진다. 무지개는 5월에 강렬하고, 6월엔 수만 개의 녹색 그림자가 어른거린다. 봄이 눈동자에서 회색을 걷어내자 버드나무의 노란색, 살구꽃의 연유색, 밤나무의 연초록색, 목련의 아이스크림색이 쪽배처럼 떠다녔다. 페인트 가게에서 색상 칩을 갖고 놀 때보다 현란하게. 꽃은 손금 무늬로 뻗은 가지에 매달려 횃불같이 빛났다(내 손이 문득 봉오리가 큰 꽃처럼 보인다. 사람은 시간이 흐를수록 죽어가지만, 꽃 모양의 손이라면 누구를 아프게 하지 않겠지).

언젠가 집을 짓고 싶었다. 그리고 공원 옆에 삼 층짜리 하얀 집을 지었다. 흰 빛이 외부에서 오는지 내면에서 오는지 알 길은 없으나 오래된 벽의 구름 낀 흰색, 부드럽게 자욱한 눈보라 색, 낡은 화이트 셔츠의 희미한 색조가 좋았다. 공기까지 야멸차게 하얀 집을 점거할 때, 얼룩덜룩한 옷을 입은 내 자신이 미학적 엄격함으로부터 한참 떨어지는 것 같은 기분만 빼고.

그렇게 방의 몽상 속으로 들어가 공간을 장악하는 샹들리에의 존재감 대신 텅 빈 색깔에 사로잡히고 나면, 소유한다는 것에 구속되지 않는 삶이 괜히 멋져 보이고, 데이비드 소로와 호치민을 괜히 뒤적거리게 된다. 갖지 않았거나 가질 수 없는 것을 추상으로라도 동경하는 몽상가가 될 수밖에 없는 것이다.

설계 기간엔 집을 어떻게 지을지 대단한 조언들이 넘쳐났지만 온통 하얀 집이어야 한다는 생각 말고 다른 건 염두에 두지 않았다. 한참 뒤 커튼의 흰색을 통해 햇살이 걸러지고 빛의 강도가 오히려 증폭될 때, 세상에서 가장 화려한 색은 버그도프 굿맨 쇼윈도의 라벤더색 벽도, 투탕카멘의 황금색도, 돈황 벽화의 주황색도 아닌 흰색이라는 것을 알았다.

하얀 집에서 사는 건 깨끗함의 차원을 넘어서는 무엇을 요구한다. 아득한 무한성이랄까. 세계 평화에 대한 최소한의 생각을 자극받는 한편, 사소한 것에 휘둘리지 않는 해방감의 본질에 다가서기도 하는 것이다. 동시에 많은 걸 덜어낸다는 명제는 눈에 아무것도 보이지 않아야 한다는 강박적 상쾌함으로 얼룩졌다. 사물을 통해 우아한 상태에 이를 것인가, 평평한 피안에 다다를 것인가는 도덕이 아닌 취향의 문제일 텐데, 어수선한 게 눈에 띄어서도 안 되고 스크래치조차 말도 안 됐다. 통계보다 더 나가는 집주인의 체중 또한 미니멀리즘의 윤리라는 건축 코드에 위배되었다. 영혼마저 최소한도가 되어야만 도덕적 비세속성, 몰아의 상태가 된다고 희끄무레한 목소리가 윽박지르는 것 같았다.

사람들은 단순성이나 축소, 물건을 버리는 것에 대한 이야기를 자주 하지만 문제는 단순성이 그렇게 단순하지 않다는 데 있다. 나에겐 무물질성을 유지할 도덕적 스태미나가 당연히 없었다. 별로 비싸지도 않은 물건조차 조금이라도 걷어낼 여유가 없었다. 그러나 문의 선을 방해하는 손잡이를 달지 않아 어깨로 밀어서 열고, 벽의 면을 해치는 스위치를 감춰 어둠을 몰아내지 못하는 방이란 나에겐 다다르지 못할 열반의 경지였다. 나는 집 안에 날리는 개털이나 먼지 더미까지 장식의 교묘한 결과물이라고 생각하는 미니멀리즘의 최신 풍조에나 겨우 관심이 있었다.

질량과 부피의 축제엔 돈이 든다. 세상사를 남겨놓고 떠나는 것도 마찬가지지만. 그런데 공간을 비우는 도시형 미니멀리즘에는 골치 아픈 비밀이 하나 있다. 돈이 너무 많이 든다. 사실 다들 엄청난 부자도 아니고 너무 가난하지도 않다. 그런데 빈 공간은 심지어 허공이나 빛처럼 돈으로 살 수 없는 것을 원한다. 사람들은 광합성을 하며 살 수 없으니 물질에서 영양을 얻는다. 친구의 그림, 조카가 만든 찰흙 자동차, 엄마가 보낸 꽃병의 온기에 도취되고 기쁨을 기억하며 환희로 소리친다.

내가 사물과 무관할 때는 이따금씩의 애도 기간뿐이었다. 어느 날 아침, 햇살이 침대 옆에 내려와 단풍나무 탁자의 나뭇결로 또렷이 반짝거릴 때 걷어채인 듯 상실로부터 빠져나와 직물과 가구, 사물의 관능을 다시 찾기 시작했다. 소유의 대단한 무게, 짓누르는 물질의 익사는 반복되었다. 문을 여닫고, 스위치를 켜고, 계단을 오르내리는 방식도 새로 배웠다. 생활은 비워지기는커녕 두둑이 다시 채워졌다. 있음과 없음, 비움과 채움은 하나가 없이는 존재하지 못하는 인생의 두 얼굴이라서.

새집에서 매일 새벽 다섯 시에 깼다. 자동차와 사람으로 질식하기 전의 세상은 주인이 몇 없는 왕국 같았다. 새벽은 갈라진 달걀 껍데기 사이로 빛이 들어오듯 스며들었다. 어둠 속에 사는 존재에게 시간의 선물은 빛의 신비를 경험하게 하는 것. 새벽의 포플러 섬유 같은 빛이 바람의 끝자락에 얹히면 공원은 순간적으로 정오보다 깊은 담청색으로 바뀌었다. 어떤 땐 시계 눈금에 신기한 일이 벌어졌다. 가끔 시간이 사라졌다. 문득 사방을 돌아보면 어느새 한 시간이 지나 있는 것이다.

두 개의 시곗바늘이 함께 춤을 추기 위해 서로에게 다가간다. 긴 바늘은 짧은 바늘에게 "아, 쫌만 기다려. 정오가 되면 함께 날 수 있단 말이야"라고 말한다. 나뭇가지에 간밤의 남은 빛이 어른거린다. 어제 비친 햇빛의 증류물. 그 아래쪽은 꿀같이 무겁다. 무한히 가벼운 하얀색 세상에선.

갈수록 삶의 범주가 확장된다. 모두가 같다. 하지만 오래된 친구는 만들 수 없다. 새 친구는 언제든지 만들 수 있지만.

우정은 쉽다. 누군가를 만나 같이 놀고 마음을 여는 건 생각보다 간단하다. 하지만 어떤 나이에 다다르면 단순히 아는 사람과 우정을 나눌 수 없다. 어렸을 때 들었던, 평생 가도 얻지 못할 고전적인 의미의 친구는 어쩌다 생기는 것도 같다. 그러나 그건 진짜 친구를 더 갖고 싶다는 망상으로 스스로에게 가하는 기만과 같다.

어떻게 돌아가는지는 당신도 안다. 이러저러해서 누구를 만난다. 일로, 조기 축구회에서, 또 술자리나 어떤 파티에서 통성명을 하고 괜한 이야기로 물길을 튼다. 이렇게 웃는 게 얼마만일까, 라는 생각도 든다. 어쩐지 이 사람과는 친구가 될 것도 같다. 그러나 그럴 일은 없다. 잠깐 한눈을 팔면 그들은 처음부터 없었던 것처럼 금세 사라진다. 그냥 그렇게 된다. 잘난 부분을 최대한 어필하고 이메일 주소도 교환하고 계속 연락하다 결국 술 한잔하게 돼도 그는 아는 사람 중 한 명일 뿐이다. 그가 정말 마음에 들고 얼추 친해 보이는 사이로 지낼 수도 있겠지만 진짜 우정을 나누는 사이가 될 순 없다.

친구는 죽을 때까지 축적할 수 있는 돈이나 피규어, 집과는 다르다.

친구는 퇴화하지 않지만 유한한 존재다. 더 이상 새 친구를 만들지 못하는 날이 오면 이미 알고 있는 친구를 잃는 일밖에 남지 않는다. 언제일까? 삼십대쯤? 그 후에도 친구를 만들 수 있을까? 사십대가 되어 만나는 사람들은 나의 과거를 너무 많이 놓쳐버린 게 아닐까? 내 인생에는 그 사람 없이 일어난 일들이 너무 많다. 그는 나의 모든 해프닝을 겪지 않았다. 그가 놓친 부분을 용서하며 새 우정을 쌓기에는 에너지가 너무 모자라다.

여자들은 남자끼리의 우정이라는 권력 중추에 합류할 수 없다. 남자들은 비굴하게도 그 유약한 본질을 들킬까봐 여자들을 피하기 때문이다. 닳아빠진 헬무트 랭을 입고 길바닥에서 객사하는 날까지 여자를 찾고 연애하고 번식하지만, 분출하는 욕구로 배회하는 관계와 달리 우정의 지속성은 내 행동에 달려 있지 않다. 동반자는 그런 식으로 좋아할 수 없다.

친구는 최상의 것을 함께 나눌 수 있는 사람, 형제처럼 신성하게 사랑할 수 있는 사람이다. 친구는 감상적인 유대감에 이끌리기엔 내가 너무 우월하다는 착각 때문에 우정을 피할 때, 내 주가가 최악일 때, 나와 남의 인생을 함께 망칠 때조차 나를 용납해주는 사람이다. 내가 식물인간이라고 해도 성교 불능이 아니란 걸 알고, 그를 알아보지 못한다고 해도 여전히 나에게 선물을 주며, 내가 사랑하는 이들과 더 이상 대화할 수 없을 때 내 인생을 대신 대답해주고, 내가 매장될 때 늙은 말처럼 침침한 눈을 감겨주는 사람이다.

여자들은 왔다가 간다. 아내도 언젠가 떠날지 모른다. 우리는 안다.

섹스는 헐거운 게임으로 전락하고, 로미오와 줄리엣도 남매가 된다. 시간이 지나면 부모와 형제와 아이들과도 멀어진다. 운이 좋으면 양친(그들이 죽기 전에)과 아이들(당신이 죽기 전에)에게 만회할 기회를 얻겠지만, 부모는 죽고, 아이들은 떠나며, 결혼은 실패하고, 일은 망친다. 그러나 상상하지 못했던 일로 공황상태가 될 때 그 추운 본성을 이해해주는 사람은 친구뿐이다.

친구를 위해 시간을 내지 않는 남자는 진짜 남자가 아니다. 그는 여자의 치맛자락 속을 맛보는 게 더 중요한 부류니까. 힘든 거 알고 바쁘다는 거 알지만, 친구란 누구보다 지원을 아끼지 않는, 세상에서 가장 친절한 사람임을 깨닫는 순간이 온다. 여자가 떠났을 때 누구에게 전화를 걸까? 아이가 아프거나 양친의 임종 때 어깨를 토닥여줄 사람은 누구일까? 직장을 잃었을 때 지갑을 여는 사람은?

아무리 두툼한 전화번호부를 뒤져도 나는 약속 없이 그 집 문을 두드릴 친구가 없다. 나는 부정적으로 예의 바르기 때문이다. 나에겐 시간밖에 없다. 친구를 만나 어서 웃고 싶은 시간, 꽃이나 돈 말고 오직 술과 함께 행복하고 싶은 그런 시간밖에.

지금이 지나간다

분명 기쁜 일도 있었을 텐데, 한 해를 정산해볼 때마다 딴 길로 샌 생각, 숨은 뜻도 없는 중얼거림, 만성적이고 사소한 분노가 자욱하다. 그 사이사이의 일상은 한심하고 진부한 것들이 메웠다. 고역스러운 도로, 그게 그거인 자리, 매일 입는 옷의 무의식적인 교대, 출근까지 남은 시간의 불규칙한 관찰, 그것을 엮는 맥빠진 연습, 안 봐도 그만인 사람들, 좋아하지 않는 물건으로만 채워진 집, 21세기의 불운을 입증하는 사회적 질문, 주변의 감시 카메라, 언제 나왔는지도 모르는 신조어, 골수에 침입한 엔터테인먼트의 허접함, 부질없는 미안함…….

불가해한 빛의 포도주처럼 시간의 바다로 미끄러져갈 때마다 이런 생각이 든다. 시간의 독재 아래서 밤낮 꿈틀대봤자 누구도 내가 얼마나 행복한지 또 얼마나 괜찮은 사람인지 모르겠지? 아무도 듣지 않는 소리나 하며 오래 살면 뭘 하나? 장수는 현세 최고의 상품이지만 시간을 부정하는 어리석음, 보답 없는 세월의 마일리지 아닌가?

무력한 의구심은 내가 포함된 시대의 고질병이 되었다. 당신 삶도 정확히 그럴 것이다. 누가 이런 잡다한 것들과 무관할 수 있을까. 나에게 매정한 인내심 따윈 원래 없었다. 무시당하거나, 집중할 수 없거나,

원하는 걸 말하기 곤란하거나, 입 밖으로 꺼내기도 시시한 하루하루의 일들 때문에 분개하거나, 마침내 참을성이 바닥날 때 내가 생각하는 것은 오직 지금. 지금이라는 즉각적인 외침. 다음은 없다. 지금만이 불꽃을 튀기며 대기를 가른다. 시간이 지나면 나아질 거라는 생각도 현재가 꼬였다는 자각이 주는 것. 지금이 아니면 아무 의미 없다.

계절이 바뀔 때 부드러운 바람이 폭력적으로 느껴지는 순간이 있다. 담요처럼 화사한 태양은 어느 날 열대만큼 뜨거워진다. 가만히 앉아 있기 힘든 초여름의 냄새, 가을의 감상적인 태양빛, 임박한 겨울을 알리는 날카로운 공기.

오감은 따로 움직인다. 같은 주방장이 만든 요리도 몸의 컨디션, 같이 먹는 상대, 식당 분위기, 옆 테이블에 앉은 사람들에 따라 맛이 다르다. 봄바람이 끼쳐 와 바다에 가고 싶고, 나무 사이로 풀벌레 우는 소리가 들려서 숲에 가고 싶고, 비냄새를 맡으며 따뜻한 우엉차를 마시고 싶은 마음에는 논리가 없다. 모호한 것들에는 이유가 아닌 감정이 깃든다. 생각 없이 쌓인 것에 희미한 기쁨이 감돈다는 진실까지.

비논리적인 감각, 짜증나는 즉흥성, 더운 곳에 있을 때 온도를 더 높이고 싶은 마음. 너무 추워서 돌아버리는 한이 있어도 아이스크림을 먹고 싶은 충동, 똑똑하지 않고 말도 안 되는 욕구, 기쁨을 날것 그대로 받아들이는 능력은 곧 삶으로부터 떨어져나간다. 갈망이 직접적이건 아니건, 절실하건 말건, 본성이 움직이는 대로만 살 수 없다. 게다가 늘 어른으로서의 책임이 기다린다. 결국 양립할 수 없는 상태로부터 도망가기 위해 셔터를 닫아버린다.

그런데 머리를 닫고 온몸의 감각을 거부하는 건 더 쉬운가? 언젠가 편안해질 날이 온다고? 더 기운 차리면 그때 실컷 돌아다닐 거라고? 공상만 하다가 기진맥진해질 텐데? 몸은 아무리 쉬어도 개운하지 않고 심장은 점점 말라간다. 오감으로부터 오는 기분 좋은 감각은 나타나자마자 사라진다. 계속 유지되거나 끝까지 남는 행복은 없다. 미각이 준 것들은 배가 차면 남지 않는다. 촉감은 쌓이지 않고 더러 불필요하다. 모두가 믿는 확실한 것들은 간신히 찰나에만 머문다. 위인이 죽음을 선택하는 순간의 담담함을 참조하고, 저 구름 위의 신성한 숨결을 맡은들 일상의 무의식으로 돌아오면 금방 잊는다.

유별난 세상에서 광기를 잠재우는 방법은 꾹 참는 것뿐일까? 시간에 이별을 고하는 교수대의 순간, 어떤 단어를 내뱉게 될까?

아무도 꽃을 보지 못한다. 꽃은 아주 작고 들여다볼 짬도 없어서. 하지만 친구를 만들 때처럼 꽃을 보는 데도 시간이 필요하다. 누구의 눈치도 보지 않는 지금이라는 시간이.

청바지에 처음 구멍이 났을 때

십대 때 집에 굴러다니는 미국 《GQ》를 해어지도록 펼쳐 보았다. 그때마다 누가 나에게 거기 실린 옷을 한 페이지에 하나씩 가지라고 하면 좋겠다고 상상했다. 입이 비좁게 도토리를 문 하늘다람쥐 같은 마음. 내 부모는 나에게 옷을 입혔지만 그땐 세상이 얼고 천 조각도 얼어서 정말 간절한 것 말고는 여지가 없었다. 그 나이의 쇼핑은 성인으로 가는 느린 변화 속에서 맞는 갑작스러운 패배와 같았다. 청소년은 어른들이 볼 수 없는 어둡고 낯선 나라에 가봐야 하지만 누구도 그 나이의 나를 도와줄 수 없었다. 옷을 못 입었다기보다 옷 자체를 몰랐기 때문에.

나의 위대한 청바지 오디세이는 그때 시작되었다. 음악 선생님은 성악 경연대회에서 피아노 반주를 한 나를 백화점으로 데려갔다. 그가 어른의 지혜로 고른 선물은 청바지였다. 뭔가를 선택한다는 기쁨은 좀 혼란스러웠다. 어떤 건 허리춤이 낮거나 밑위가 너무 길거나 엉덩이에 풍만한 공간을 남겼다. 바지가 꽉 낄 때 살이 당기는 외설한 기분은 무엇이었을까. 몇 벌 바꿔 입다 보니 미디엄 워싱 스트레이트 진을 입은 내가 조금 많이 멋있어 보였다. 하지만 거울 앞에 서서 후회 없이 살아보고 싶은 세상 모든 남자의 포부는 몰랐다. 선생님은 알았을까, 나의 옷장에 앞으로 올 시대의 선물을 주었다는 것을. 그건 세대가 바뀌는 표식, 어른 세상으로의 환영, 멀리서도 알아볼 수 있는 즉흥성의 사인이라는 것을.

청바지는 나를 사회의 어둠으로 데려가지 않았다. 무엇보다 당구나 소주보다 안전했다. 두 번째 청바지는 심지어 '비스포크'였다(의지만 있다면 어떤 방법도 찾던 시절이었다). 만두 같은 지금 나에게 맞춤이란 공포 자체지만 고등학교 입학 직전, 두려운 데님 동굴 천장 아래에서 줄자를 내 허리에 두르던 아저씨는 만족시키기 어려운 고객을 앞에 두고 있었다. 그분은 나에게 주머니에 박을 실은 뭘로 할지, 두 가지 색은 싫은지, 어떤 단추를 달고 싶은지, 바지 안쪽 고리 색깔은 뭐가 좋은지, 바지 상단 양쪽의 무늬는 수염 모양으로 할지, 안감은 어떤 색으로 할지 묻지 않았기 때문에 내가 따지는 소리를 백만 번 들었다. 초연한 건지 기가 찬 건지 모를 얼굴로.

나는 냉정한 데님 감정가가 아니었다. 내가 원한 건 입었다는 것도 잊게 만드는 구름 같은 청바지도, 수집가나 반색할 숙성된 바지도, 상세설명서에 유명인 서명이 새겨진 청바지도 아니었다. 내 신체는 아직 민감했기 때문에 집에 있는 옷은 매시간 떠내려가고 새 옷은 늘 필요했다. 그래서 가게 밖으로 도망치지 않고 꾹 버텼다.

의복은 적합성의 세계에 진정한 선택권을 제공한다. 빈티지 글렌체크 타이는 위트를 말해준다. 레드 윙 부츠는 남자다워 보인다. 바이커 재킷은 클래식하다는 말을 들을 것이다. 진은? 강한 개인의 목소리? 겁 없는 대담함? 약식 패션? 노력하지 않는 남자끼리의 찬가? 자기 편집에 대한 틈새 없는 주장? 나에겐 그때의 나와 지금의 나 사이, 훨씬 넓은 범위의 요청과 같았다. 강화된 현재에 마법을 부리는 과거의 기만 속에서 수정할 것 없는 시간을 이동해온 진의 행렬. 누구든, 예수든 체 게바라든 등소평이든 자기만의 스타일을 갖는 게 더더구나 중요했겠지만, 신념은 마음에 묻은 채 너무 꾸미지 않는 것이 최고의 표현이란 걸 그때 이미 알고 있었다.

나는 아저씨 청바지부터, 테이퍼드 진, 부츠컷, 배기 진, 더티 진, 블리치 진, 롤업 청바지까지 입었다. 브루클린에선 별의별 다리 모양을 설명하던 점원의 열의에 같이 불타올라 밑단이 손목보다 좁은 청바지도 샀다. 분무기로 뿌린 듯 반짝이는 스키니진은 입지 않았다. 좁아터진 피팅룸에서 이 옷 저 옷 기웃거리는 신세도 처량하고, 버튼이 채워진다는 것만으로 다행인 인생이 슬퍼서. 그러곤 옷장 깊숙이 하나밖에 없는 세븐 진을 볼 때마다 쓸쓸히 웃는 것이다.

패션에 가치를 부여하는 일에는 위험이 따른다. 위험이란 방종을 뜻할 수 있기 때문에. 방종이 정확히 무엇이든 적어도 속임수를 뜻하진 않는다. 아마 가장 깊은 두려움도 외향적인 것으로부터 올 것이다. 진이라는 제복 안에 프레임된 단순한 감각은 역할을 강요하는 문화의 규준을 구부린다. 그러나 나는 기린들 사이에 앉은 생쥐처럼 눈에 띄지 않는다. 그것이야말로 옷감으로 덮인 바다에 나뭇잎 배처럼 떠다니는 복식의 정수 아닌가.

'유행을 타지 않는' 것은 패션 저널리즘에 자주 쓰이는 말이다. 그런데 디자이너 진은 재등장하자마자 요동치는 신성한 존재가 되었다.

쥔 것 없는 손으로 메카가 아닌 디젤 진을 좇는 순례자가 되면 친숙한 폭로가 개입한다. 진 디자이너들은 자주 기록 보관소의 컬렉션 중 하나를 골라 다시 퍼즐을 맞춘다. 선별한 청바지와 똑같은 색깔과 얼룩과 구멍을 갖도록. 뭐라고? 멀쩡한 청바지를 망가뜨린다고? 그것도 백 년 전 청바지와 똑같이? 청바지를 낡게 만들자면 복수의 인원이 연금술을 방불케하는 의식을 치러야 한다. 화학물질을 다루고 샌딩 작업을 마친 뒤엔 작은 동물도 희생시켜야 한다. 결국 태평양에 운명적으로 떠다니는 나일론 레인 코트와 플라스틱 신발은 패션을 다음 생애로 보낼 것이다. 폴리에틸렌 링에 질식한 해달, 빗과 나일론 실이 내장에 박힌 바다거북, 황폐해진 보라보라 해변, 마침내 지구의 죽음. 엔터테인먼트 인식이 지배적인 패션 산업 종사자들은 예쁜 것만 발음하는 벌로 환경 감각이 없는 돼지라는 자의식과 도덕을 도외시한다는 추궁에 맞닥뜨리고 말았다.

청바지는 버리지 못한 일기장과 같다. 청바지에 처음 구멍이 났을 때의 허탈함은 코믹하게 생생하지만 모든 옷은 결국 낡게 돼 있다. 성격과 버릇, 육체적 삶에 따라 낡음의 정도는 달라진다. 그러나 인생이 그런 것처럼 청바지가 낡는 과정에도 천천히 익숙해져야 한다.

날 이해할 수 있겠어?

진화와 성장의 과정에서 뒤죽박죽됐건 아니건, 지금의 나는 옛날의 내가 아니다. 향기 나는 수하물로 번쩍거리는 잡지 속에서 나만의 주차구역을 찾은 지금은. 현실적으로는 확실히 변했다. 현실적이란 말이 세상과 인간의 정신성 사이에 더는 특별한 마술이 없다고 믿는 거라면.

그런데 그 둘이 같은 거라면, 그러니까 마음이 곧 뇌라면 어떻게 그 사실을 이해할 수 있을까?

만델라가 타인을 사랑함으로써 알게 되는 평화를 주창한다 해도 인간은 추상성에 사로잡힌 동물일 뿐이다. 부처도 기절할 지구력으로 금강경을 암송한들 정신이란 수선된 생물학일 뿐이다. 흐릿한 두개골부터 아인슈타인의 뇌까지 훑어봐도 의식이란 불멸하는 우주의 실체라기보단 시간 속의 원시 덩어리 같다.

이젠 타인을 이해한다는 말, 공감한다는 말, 우리는 하나라는 말을 믿지 않는다. 양이 적은 현재 나의 지식으로는 그럴 수밖에 없다. 누군가의 경험, 관점, 의식은 타인이라는 생물체가 판독하는 객관적 언어로 번역될 수 없다. 신체는 3인칭 시점으로 묘사할 수 있겠지만 그 사람에 대해 아무리 많은 사실을 분석하고 조합해도 그의 경험은 자체로 주관적이다. 삼십 년을 한 집에서 살며 알고 있는 모든 것을 나누어도 미처 공유하지 못한 것들은 이해 밖으로 흩어진다. 누군가 불타는 장작을 보며 "나무가 타는 건 재빠른 산화작용 때문이야"라고 말해도 유기 화학이며 산소, 원소를 모르는 이에겐 교과서적 염불로 들릴 뿐이다. 참조사항으로서의 낱말은 똑같은 경험을 가진 똑같은 감각을 느끼는 사람에게만 먹힐 것이다.

고통에 대한 언어는 고통에 대한 감흥을 확대시킨다. 다르게 말하는 법을 익힐수록 다른 경험을 가지게 될 것이다. 포도주 애호가의 복잡한 어휘가 와인 맛을 확장시키는 것과 무척 비슷하다. 그들은 타인이 취하지 못한 특정 감각을 말로 표현한다. 어휘가 세밀해질수록 타인이 감응할 길은 좁아진다. 맛은 냄새고, 냄새는 지적 깊이가 있는 미스터리라서 실증할 수도 정량화할 수도 없다. "이 와인에선 구아바 과일 맛이 나." (구아바가 어떻게 생겼지?) "이 와인은 꼭 수줍어하는 가젤 같아." (가젤이 뭐야? 노루 같은 거야?) "시냇가 옆에 플루트가 놓인 것 같아." (그래서 어쩌라고?) "영원히 이어지는 신선한 풀의 마른 냄새." (아, 지겹다, 진짜…….)

사물의 웅대한 진화 설계 속에서 언어는 아주 작은 현상 같기만 하다. 언어가 생각의 구조를 반영하지만 언어 없는 생각이 존재하지 않는 것도 아니다. 동물들이 고등한 언어 없이도 상황을 인지하고 그들 자신에 대해서도 의식하는 것처럼. 그러나 생각은 너무 얽혀 있어서 한 가지가 끝나고 또 다른 한 가지가 시작되는 지점이 어딘지 알 수 없다. 생각이 동시다발적인 수백만 개 신경 회로를 따라 발생하고 그 회로가 각각 과거의 자극에 의해 형성된 뒤 현재의 새로운 경험으로 변하는 판에 어떻게 타인을 파악할 수 있단 말인가?

누구를 이해한다는 것은 시간이 만든 타인의 행동을 설명하고 예상하던 추측들의 연합, 그 이상도 이하도 아니다. 문제는 자기가 틀릴 리 없다고 믿는, 창세기부터 이어진 각자의 완고함이다. 미지의 어딘가에 진짜 현실이 존재한다는 영화가 자꾸 나오는 건 그래서일 것이다.

가장 이해할 수 없는 건 역시 내 자신이다. 청춘의 쾌락에 관해 꺼낼 말이 없고 중년의 허무조차 겪은 바가 없는 채, 속에서는 사탕에 미친 아이가 날뛰다가 갑자기 거룩한 성자가 되어 물욕을 참는 이런 내가 진짜 감당이 안 된다.

별의별 일들

어렸을 때부터 원과 나선체와 인공위성을 좋아했다. 지구 궤도를 선회하는 먼지와 쓰레기가 둥둥 떠 있는 머리 위 하늘은 그 자체로 스릴러였다. 〈스타워즈〉 초반, 농장 소년이 타투 인의 쌍둥이 해를 보는 장면은 나의 하늘을 별들의 고향으로 만들었다. 성인이 되었을 때도 ET가 입 두 개에 망치상어 머리를 한 초식동물일 거라고 믿고 싶었던 건 그 많은 매체들이 영화의 암시에 살을 찌웠기 때문이다.

지식의 형태로 존재하는 '팽창 우주'는 점점 더 자라났다. 달에 간 우주비행사들의 초자연적인 경험을 기록한 다큐멘터리에서 "달에 갔는데 얼마나 우주가 장엄하고 아름다운지 지구로 돌아와선 다시는 날씨를 불평하지 않게 되었다"는 전직 우주인 할아버지의 토로는 천 번의 힐링을 아우르는 힘이 있었다. 필립 스탁의 진면목이야말로 인공위성을 디자인할 수 있는 지구인 다섯 명 중 하나라는 것 아닌가.

영원성을 위한 기술은 작은 날알의 거품을 계속 찾았다. 화성 게일 분화구에 착륙한 큐리오시티호의 분투기, 행성계에서 속속 발견되는 슈퍼 지구의 진실, 초속 17킬로미터로 따분하게 우주를 날아가던 보이저 1호가 태양계를 벗어나 바깥 우주 영역으로 진입했다는 보도가 이어질 때, 끝이 온다는 종말론자들의 외침은 우랄산맥 어딘가에서 공황 상태로 흐물거릴 것이다.

1977년, 보이저 1호가 싣고 간 것은 지구의 소리가 녹음된 도금레코드였다. 아기 울음소리, 세네갈인의 타악기, 모차르트의 〈마술 피리〉, 척 베리의 〈Johnny B. Goode〉, 중국 방언, 곱사등 고래 소리가 포함된 55개 언어는 외계인을 향한 것이었다. "어이, 우주의 친구들. 잘 지내고 있어? 밥은 먹었니? 시간 있으면 여기 좀 들러줘"로 번역될 말들은 백만 광년쯤은 당장 관통하는 웜홀 속 스피커로 진작에 울려퍼졌을 것이다.

현대의 삶은 더 겸손해져야 한다. 먼지가 뭉쳐 지구가 되었으니 거기서 난 인간의 근원은 고작 광물 아닌가. 냉전 시대, 소유스호의 로켓 부스터는 두 번째 시도까지 다 추락했다. 포보스—그룬트도 콜럼버스호도 다른 우주탐사선들도 자꾸 바다로 떨어졌다. 로켓은 하늘에서 서로 충돌하기도 했다. 금속 파열음이 대기 위로 퍼지고 독성 강한 로켓 연료가 연기로 변해 대지를 덮을 때, 그 아래 사는 주민들은 우주 침입자가 또 하나의 체르노빌을 만든다고 생각했을 것이다.

그럼에도 불구하고 수소원자나 중력을 이용한 장치를 만든다면 은하수 어디든 갈 수 있다는 과학자나, TV, 라디오 주파수는 이미 우주로 전해졌고 ET는 지구의 위치를 다 알 거라는 물리학자의 얘기를 들으면 온라인 프로그램으로 지구의 언어를 가르치겠다는 SETI가 성급하달 수도 없다.

우주 탐사의 진짜 기능은 인간적인 존재의 범위를 넓히고 ET에게 인류의 지성 속으로 들어오라고 환영의 메시지를 전하는 것이다. 저 밖의 문명이 이곳보다 몇만 년 앞서 있다면 지구인의 목표와 생물학적 구조, 태양계의 정보보다 도움을 청하는 사람들의 신호가 더 큰 목소리를 낼 것이다. 그런데 지식 기반의 삶이 우주 어딘가에 또 존재한다면 두 세계는 어떻게 불일치와 소통 문제를 해결할까?

이전의 위대한 역사처럼 우리 역사에도 마지막은 온다. 석유의 시대가 끝나고 다시 천 년이 지나 새 문명이 시작되면 그을린 빛깔의 반바지를 입은 미래 생물들이 현재의 무덤에서 연예인들 코에 얹힌 실리콘을 뒤적거리며 "이게 당시엔 지위의 상징이었대"라고 신기해할 것이다. 미래의 고고학자들이 제정신이 아닌 요즘 인류의 행동에 이성적으로 접근할 거라고 생각하면 이상하게 마음이 편해진다. 미래 교실은 요즘 인기 있는 종교들을 민화로 가르칠 게 틀림없다. 포세이돈이 바다에서 말을 창조했다던 고대 그리스인이나 여자를 남자의 갈비뼈에서 취했다는 유대의 이야기처럼 어이없어 하면서.

정확한 원리가 받쳐주는 상상력의 터전 위에서 증거로부터 나오는 요소를 실행하는 고고학처럼, 가능한 모든 증거와 사실을 모으면 우주 탐험 역시 논리적인 결과로 드러날 것이다. 상상의 우주는 특이한 현실이 되었다. 진실은 새로움을 구식으로 만드는 일그러진 아름다움 속에 있으니 스타워즈는 과학적 증명과 강력한 근거를 원하는 세상에 추가된 학문이 되었다. 동시에 그 역사도 계속 수정되는 중이다. 과학이 완벽할 수 없다고 믿는 신학적 회의론 때문이 아니라 시야에 들어오는 모든 것은 형태가 없고, 임의의 것은 다 취소되기 마련이라서.

지금 나의 미래는 당장의 우주 탐험에 달려 있지 않다. 논문도 과학자도 로봇도 필요하지 않다. 우주선의 최고 속력과 언제 로켓 추진을 하는지, 어느 순간 초고속 엔진으로 바꾸는지도. 과거에 대해 배울 때 앞으로 얼마나 더 잔혹한 시대가 올지 궁금하긴 하다. 그래서 말인데, 척 베리가 필요한 바로 이 시점에 그는 대체 어디로 간 걸까.

얼굴의 감정

완전히 갈아엎지 않는 한 나면서부터 죽을 때까지 얄짤없이 이 얼굴로 살아야 한다. 무슨 생각으로 날 낳았는지 부모가 밉고, 인격을 얼굴로 판단하는 세상이 더러워도 이미 늦었다. 규격에 안 맞아도 네게 어울리고, 또 넌 있는 그대로 아름다워,라고 누가 말하면 자다가도 일어나 그 입을 돌려차고 싶다.

얼굴은 작은 면적으로도 남과 다르다는 것을 알게 하는 결정적인 요소인 채 경험과 성격과 감정(다윈이 말한 본능적인 감정, 프로이트가 말한 억눌린 감정)이 생각과 섞여 드러나는 신경계 시스템의 한 부분이다. 우리가 그 많은 사람 속에서 누군가를 알아보는 건 얼굴을 인식하는 게 인생의 조건이라서다.

사적인 이야기지만 나는 얼굴을 잘 기억하지 못한다. 미성숙한 남자와 부딪혀 사과했는데 그게 거울에 비친 내 모습이라거나, 식당에서 거울을 보며 머리를 다듬는데 한참 지나서야 딴 사람을 보고 있었다는 식이랄까. 파티나 모임에서 아는 사람을 못 알아보거나 처음 보는 사람이 왜 나에게 친한 척할까, 영문 모르게 웃는 일은 별수 없이 일어난다. "날 언제 알아볼까 기다리고 있었어", 그 사람의 이런 말은 비수를 숨긴 악수와도 같다.

얼굴 대신 행동이나 옷, 목소리, 걸음걸이 같은 특징으로 그 친구를 기억하는 건 곧잘 한다. 얼굴의 특징과 움직임도 잘 포착하는 편이다. 표정에 따른 감정을 읽는 것도 문제없다. 어쨌거나 공간과 지형에 대한 지각 자체가 부족하단 얘기이다. 큰형 집에 갈 땐 여전히 길을 묻는다. 가던 길로 가도 길을 잃는다. 그러니까 모험심을 장착하고 신세계로 떠나고 싶어도 혼자서는 곤란하다. 가끔의 박약한 태도, 수치심, 사회적 역량 미달은 이것과 무관하지 않을 것이다.

기억나지 않아도 익숙하게 느껴지는 사람이 있고, 익숙하지 않아도 기억나는 사람이 있다. 얼굴을 기억한다는 것은 이목구비를 분해하듯 뜯어본 연후의 일이 아니라 전체적인 추억과 경험을 재조립한다는 이야기이다. 특정한 장소나 얼굴이 생각날 땐 분명 의미가 더해졌을 것이다.

기억은 지식에 의해 터득된다. 익숙함은 느낌으로부터 온다. 결국 누구와 어떻게든 만나 저녁을 먹고 나서도 상대 얼굴이 기억나지 않는다면 그에게도 내가 지워졌을 것이다. 그렇다면 내가 그를 알아보지 못하는 게 꼭 내 잘못은 아니(라고 우기고 싶)다. 사람 얼굴은 아무리 자주 봐도 여전히 특징적이며 그 자체로 새로운 하나의 장소이기 때문이다.

모순의 역설

처음엔 채무가 있었다. 탈진, 불쾌, 권태, 불신, 미숙함으로 둘둘 만 남자들이 세심한 안목으로 감정을 다루고, 관계 속에서 스타일을 익히길 바랐다. 실은 조금 더 원했다. 정제된 취향, 룩에 대한 일반 상식, 인본주의적 창의성, 그리고 멋진 남자에 대해 새로 정의 내리려는 본능.

미숙함 속엔 믿음이 숨어 있다. 그때는 스타일이 술이나 음악처럼 공부하면 습득할 수 있는 어떤 범주로 보였다. 세상엔 고쳐주고 싶은 목록들이 꽉 차 있는 것 같았다. 곧, 처음 재판장에 간 듯 애매한 눈으로 나를 보는 사람들을 나의 거만한 기대치대로 바꾸려는 사이클을 반복했다. "그 재킷 괜찮긴 한데 어깨가 하나 더 있네?" "멋지다! 바지만 빼고." "거위 주둥이 구두만 아니었다면 네가 감각적인 줄 알았을 거야."

옷 입기는 기실 타인과의 경쟁이고 독단이며 퍼즐. 모호함(이라는 절망)과 확실함(이라는 난폭함)의 콘테스트이다. 안목이 쥐뿔도 없는 착장, 의뭉스럽게 비어져나온 코털, 고답적인 생각으로 무장한 친구에게 직설적으로 지적할 때마다 그가 나에게 빚진 것 같아 쑤시듯이 기분이 좋았다.

어느 때가 되어 한 시절이 남긴 것이 증발되면 남자는 새로운 생활 방식을 선택해야 한다. 그러나 의문은 벌써 냉혹한 질문으로 바뀐다. 잡지를 읽는 게 삶을 바꿀 만한 경험인가? 잡지가 학내 폭력, 알코올 중독, 사대강, 상호비방, 저소득층의 건강 문제를 해결하나? 난민 문제는?

안드레아스 거스키풍의 파노라마를 좋아하고, 경탄할 만한 손놀림으로 넥타이를 매며, 조미미의 〈단골 손님〉을 부르고, 갤럭시 폴드와 문고판 시집을 가지고 다니면 있어 보이나? 그 티셔츠는 스타워즈의 R2-D2만큼 흥미롭고, 그 로고는 태양계 최상급을 의미하나? 긴장이란 누가 어떤 계급인지 알아맞추는 게임일까?

사람들의 관심은 늘 빨리 왔다가 금방 떠나 연속성이 없다. 그런데 정확히 어떤 게 새롭다는 거지? 거세 당한 디자이너가 만든 젖꼭지 보이는 셔츠를 입으면 새로울까? 새로움의 필요는 누가 정할까? 모든 것이 반짝거려서 참신한 건 눈에 띄지도 않는 마당에 새로움이란 돔이 열리는 순간 말라버린 것만 같다.

모순의 역설은 이쪽에는 근엄한 보수성을, 다른 끝에는 개인적 취향을 배치한다. 다시 말해 소신을 강요하지 않고 호전성을 혐오한다. 도회 성향과 의고(擬古) 취미를 적당량 조절한다. 아는 것을 더 알고 싶어 하는 한편 다른 지식도 환영한다. 논리적 질서로 문구를 고르지만 서정시처럼 뭉뚱그려진 모호함도 즐긴다. 그러나 세 마디 농담이 몇 천 배 재앙으로 불어나 역습한다는 것을 잊지 않는다.

사람들이 생각하는 오늘은 그들이 바라는 내일과 관계가 없다. 시간이 지났으나 태양은 하늘 위 그 자리에 머물러 있고, 달의 모양도 변하지 않았다. 어떤 것은 그냥 별들만 알고 있다. 결국 남자는 결함에 또 다른 결함을 보탠 종족이었다. 남자가 될 수 있는 최고치는 남자가 될 수 있는 최악의 상태였다.

어쩌다 시어서커가 해리스 트위드와 자유롭게 어울리는 사람을 볼 때 내가 바라던 외연을 본다. 남자에게 스타일은 기필코 과거의 순수, 정체성의 해석, 언어의 촉감, 이성으로부터의 순간적인 도피가 합쳐진 만족스러운 덩어리이기 때문에.

태어나지 않은 아기에게

슈퍼맨(그땐 '슈퍼 베이비'였겠구나)이 크립톤 행성에서 지구로 올 때, 그의 아버지가 들려준 부드러운 목소리가 생각나니? 나는 지구를 향한 행로에서 잠을 자는 내 아들을 위해 그 비슷한 일을 하려고 해.

"아가야, 안녕."

듣고 있니? 나는 지금 내가 낼 수 있는 최대치의 감미로운 목소리로 너에게 편지를 쓰고 있어. 너는 아직 태어나지 않았지만 이 말은 꼭 하고 싶어. 도덕과 윤리, 사랑과 죽음의 심사숙고된 혼합에 대해서 말이야.

도덕은 우리의 연약함을 인식할 때 시작된다는 걸 알아야 돼. 무엇보다 여자의 콤플렉스를 가지고 놀리지 마. 침묵은 아름답지. 그런데 늘 아름다운 건 아니야. 감동적인 설득이라는 전통이 희미해지는 시대엔 특히 더 그래. 논쟁에서 이기는 기술적인 화술은 있겠지만 꼭 능변일 필요는 없어. 말을 못하는 것과 안 하는 건 다르거든.

인생엔 일반 상식이 절대적일 때가 있어. 차에 흙이 많이 묻으면 바람 부는 도로를 질주해봐. 종이봉지에 뚜껑 딴 맥주는 넣지 말고. 천장을 칠할 페인트는 가장 좋은 걸 사. 그럼 같은 일을 두 번 안 해도 돼. 속달 우편은 시간을 줄인다는 핑계로 돈을 뜯을 심산인 거야. 그런다고 공간이 휘겠니. 남자는 세 명쯤 지킬 수 있는 강건한 몸을 만들 필요가 있어. 그러나 아무리 힘센 사람도 총 한 방이면 끝이란 걸 잊지 마라.

인생엔 심원한 주제가 있어. 지성의 불길을 지피기 위해 네가 숙고해야 할 문제들은 이런 거야. 정치와 문화의 요점은, 그 둘은 섞이지 않는다는 거지. 그런데 네가 예술과 관계를 맺게 되면 삶의 둥근 지붕을 가질 수 있어. 동시에 예술은 더 큰 진실을 얻기 위해 진실을 왜곡한다는 걸 잊으면 안 돼. 자유주의는 보수주의를 조롱해야 해. 그 반대가 아니라. 과장은 편집증 환자의 특권이야. 자기 스스로 자유롭고 도덕적으로 관대하다는 사람의 말은 믿지 마. 자식에게 적용해보면 자유란 다 헛소리거든. 그런 사람은 제일 먼저 제 딸에게 정조대를 채울 게 분명해.

인생엔 두 겹의 비밀이 있어. 영화는 시나리오 세 장만 봐도 답이 나와. 그런데 〈카사블랑카〉는 좋은 영화 맞지만, 나치는 전쟁 중에 카사블랑카에 발을 들여놓은 적이 없었지. 바에서 널 보며 웃는 여자는 그날 쉬는 경찰 남자친구를 기다리는 거라고. 흰 눈이 까맣게 쌓일 땐 도로 사정이 안 좋다는 거야. 가장 아름다운 게 가장 추해지는 법이거든, 꽃처럼. 어떤 말을 할까 말까 고민되면 안 하는 게 나아. 누구도 우유부단한 아기를 칭찬하지 않지. 입술에 키스해도 될지 망설여질 땐 그냥 해버려.

'다시는'이란 부사는 쓰지 마. 인간은 되풀이할 수밖에 없어. "어떻게 그럴 수 있어?"라는 말은 참아줘. 어떻게 그럴 수 있는 게 인간이야. 너무 많은 약속도 하지 마. 그럼 서로 외로워져. 지킬 수가 없거든. 내 것이란 말은 곧 내 것이 아니게 된다는 뜻이고. 사람들이 "더 나쁠 수도 있었어"라고 말하면 지금 상황이 아주 안 좋다는 얘기야. "다치지 않을 거야"라고 하면 다친다는 거고.

인생엔 위험이 친구이기도 해. 죽은 개를 피한다고 핸들을 돌리다 죽을 수도 있거든. 과거 실적이 미래 수익을 보장하지도 않지. 눈빛이 복잡한 사람은 상대하지 마. 눈동자가 흔들리면 그가 보는 세상이 다 흔들리니까. 대기실에 너무 육중한 상패를 걸어둔 치과의사도 되도록 믿으면 안 돼.

넌 네 몸으로 할 수 있는 것과 없는 것을 알게 될 거야. 종교는 신에게서 빌린 그의 재산을 해하는 것을 금하지. 그러나 네 얼굴을 정 못 참겠거든 고쳐도 돼. 사람은 코 때문에 죽기도 하거든. 늘 세계 안에 단독체로서의 공간을 마련해둬. 고독을 견디는 법을 배워. 아무리 사랑해도 밥도 따로 먹고 죽을 때도 따로 죽으니까.

나이 먹는 걸 피하지 마. 영원히 젊고 싶은 건 새로 태어날 수 없다는 걸 알기 때문이거든. 신은 너를 사랑해. 그러나 너만 사랑하는 건 아니야. 그러니 무엇을 가지지 말고 무엇이 되어야 해. 욕구를 생각만 하지 말고 충족시켜. 너에게 주어진 최고의 선물은 인생이란 걸 기억해. 인생엔 이렇게 다양한 훈계가 있다는 것도.

나, 축구에 대해 할 말이 있어요

연주회에 가면 한국 사람들은 흥분시키기 가장 어려운 국민 같다가 월드컵만 되면 생각이 바뀐다. 올림픽을 보면서도 소심하게 박수나 치던 친구의 느닷없는 광기는 도저히 잊을 수 없다. 억제된 성품이 그렇게 으르렁거리다니. 거기다 무시무시한 눈물을 숨기고 있었다.

축구는 자유 체제와 사회 체제가 혼합된 기호이다. 인후가 찢어지도록 대한민국을 연호하는 게 너무 구식이긴 한데 오히려 현대의 행동양식 같으니까. 결코 질 수 없는 사람들은 영원히 휘어질 프리킥이 상대편 골네트를 가르지 않으면 회한으로 가슴을 채운다. 패배는 비유성을 잃고 직접적인 상흔을 남긴다. 조국을 위해 사력을 다한다는 멸사봉공의 마음이 국가(國歌)와 국기(國旗) 속에서 펄럭거리면 머리가 편두족처럼 짓눌린다. 거리 응원은 신호일까, 소음일까. 함성은 혹시 굉장한 망상 아닐까. 또는 민족의 호화 TV쇼, 광장에 퍼지는 불꽃의 춤. 거대한 스포츠 바가 된 나라의 입구에선 위조 초대장을 지참할 수도 과도한 감격을 동봉할 수도 없다. 햇빛 아래 선홍빛 피부로 염소처럼 소리 지르며 자기가 내갈긴 오줌 위에 엎어지는 취객도 무섭고, 모르는 사람과 얼싸안는 광경은 더 무섭다.

축구에 만연한 전쟁의 특성은 월드컵 때 합법적 지위를 갖는다. 세상이, 보병대 선수들이 피 흘리는 격전장으로 변할 때 축구는 완전히 도덕을 뛰어넘는다. 이 편 선수가 걷어차여서 들것에 실려나가자마자 골을 먹거나, 골키퍼와 단둘이 남은 단독 찬스에서 득점 기회를 날린다면 그런 단면은 삶이 끝날 때까지 유지된다.

오직 축구만이 국가 정체성의 심오함을 말해주며 정치적 정확함의 범주 내에서 나라별 선입견에 대한 논쟁을 허한다. 어느 나라나 대표팀은 자국 단결의 표현으로 간주된다. 국가적 게임은 국가적 특성을 반영한다. 국민은 마땅히 존중할 만한 정부를 가져야 하듯이 마땅히 자랑할 만한 스포츠를 가지려 한다. 그래도 한국 축구의 불가사의는 형언할 길이 없다. 어떻게 10점짜리 과녁 정중앙에 화살을 꽂거나, 3-3 점프를 뛰는 재능이 없는데도 누가 센터포드로 선발됐는지 누가 최종 엔트리에서 제외됐는지 하나같이 궁금해할까? 수십 년 지적 받은 골 결정력 문제가 어떻게 그대로일 수 있을까? 번번이 져도 원통한 마음을 여미며 다음을 기다리는 저 자조적인 미소는 무엇일까?

펠레는 왜 축구가 아름다운 게임이라고 했을까? 공이 밖으로 나갈 때마다 양쪽 다 자기 편의 스로인이라고 우기는 게 뭐가 아름답지? 한쪽은 항상 거짓말한다는 거잖아. 옐로 카드만 보이면 왜 죄다 흥분해선 서로 달려들지? 엄격함에 대한 축구의 멸시는 타고난 건가? '아름다움은 진실, 진실은 아름다움'이라는 키츠의 시는 아귀가 안 맞는다. 두꺼운 허벅지의 골룸 부대가 그라운드를 달리는 걸 보면 신은 무슨 생각을 할까? 축구에 관심이나 있을까? 그나저나 마라도나하고 펠레

하고 누가 더 뛰어난지 결론이 났나? 그 이슈 하나로 그들은 20년이나 불화했다. 자기 엄마도 단연 우리 아들이라 그랬다고 자기중심적 망나니 마라도나가 말하긴 했었다. 쓰러질 것 같은 기대건 무너질 것 같은 과찬이건 명성을 얻은 선수들은 이름만으로도 즐겁거나 혐오스러운 에너지를 그렇게 뿜어낸다.

권투가 축구의 간결함에 도전할 때 축구는 비폭력이라는 우위를 가진다. 기술의 아름다움은 선수에게 궁극의 승리라는 냉소적인 힘을 부여한다. 그러나 득점 단위인 골은 아주 드물어서 운이랄까, 무작위성이 경기 전반을 지배한다. 승리는 부분적으로 확률의 문제. 믿음은 세리머니의 큰 요소.

야구는 통계학자의 환상과 같다. 야구는 모든 경기마다 분명한 답을 준다는 점에서 통계학자의 환상과 같다. 아주 별개이며 독립적이다. 축구는 유동적이다. 멈추지도 감지되지도 않은 채 미묘하게 이어지는 선수끼리의 소통이라는 점에서. 어떤 선수는 절대 공을 차지 않고 궤적이 큰 타원으로 달리는 것만으로 동료가 골을 넣는 데 필요한 공간을 만든다. 쉬지 않고 움직이는 그림자들은 관중에겐 몰라도 필드에만은 깊이 각인된다. 강인함에 비해 잘 알려지지 않은 어떤 불운과 수그러들지 않는 정신성과 전투적인 무정함을 지닌 선수들은 순수한 박애주의의 제스처를 웅변하는 것이다.

부유한 도심이 아닌 빈곤한 외곽, 노동자 정체성, 공공의 야심, 움츠리지 않는 정직성, 불필요한 미화 없이 있는 그대로를 말하려는 열망, 승부의 측면을 넘어 휴머니즘 호소에 이르는 여정이야말로 축구의 순수이다. 축구는 동시에 음악이나 콜라처럼 범지구적이다. 누구나 모르는 사람과 공을 차본 적이 있다. 아프리카 어디에도 레알 마드리드 셔츠를 입은 아이가 있다. 농구처럼 체형과 체중을 따지지도 않는다. (특히 미국에서) 두 개의 성에게 환영받고, 승마처럼 특정 장비나 트레이닝에 기대지 않는다. 버려진 땅 한 조각과 공 모양 누더기 천이면 된다. 시에라리온의 물 긷는 아이도 호날두의 예술가적 기교를 염원할 수 있다. 로맨틱한 헛소리가 아니라 펠레도 그랬고, 축구 역사에 남을 선수들이 다 그랬다.

올림픽은 신체추구권을 습득한 선수를 경외심으로 보지만, 월드컵은 똑같이 세계 스포츠라는 항해의 출범인데도 확실히 다르다. 현대 축구는 전적으로 기업의 후원, 에이전트, 국민적 기대와 비난에 의해 통제되니까. 대륙 간 이동, 팀과 선수의 역학, 지구인 시청자라는 타겟의 무한성, 이십대 초반 신흥 스포츠 부자들, 월드컵 성적만으로 그동안의 명성이 끝나는 감독들……. 단체 경기면서도 스타 한 명을 위해 존재한다는 점에선 자유기업 체제와 사회주의에 대한 은유이기도 하다.

세상엔 축구를 학술적으로도 분석하는 자칭 전문가도 있고, 4강을 맞추는 것만으로도 황홀한 타칭 오타쿠도 있다. 반면 돼지 오줌보로 처음 공을 차본 빈민촌 어린이도 있고, 축구엔 먼지만큼의 관심도 없이 카카가 기지촌 고양이 이름인 줄로만 아는 할머니도 있다. 그리고 그들이 다 모여서 이런 세상을 이루는 것이다.

토요일, 세계 어디서건 경기장 안에 있으면 축구 비즈니스의 염증 대신 그 근본에 남은 순수를 본다. 그것이 바로 시골 분교 꼬마와 경기장의 축구 스타를 직접 이어주는 고리인 것이다.

저항의 여행

런던 히드로 공항 도착 사인이 나자마자 스마트폰을 켰다. 바뀐 환경에 집중하지도 않고. 비행기 안에서 쌓인 문자를 체크해봤자 몇 개의 안부, 몇 개의 초대, 몇 개의 종용, 몇 개의 대리운전 문자뿐이다. 매체들은 테크놀로지의 시대를 찬양하지만, 사람들은 자기가 먼저 지구에 지옥을 만든 게 틀림없다.

어딜 가나 악몽의 스마트폰 죄수가 된다. 북극권에 가도 전자 장비로부터 도망칠 수 없다. 하지만 그 옛날 베네수엘라에 갔을 땐 휴대전화 자체가 없었다. 호텔 전화밖에 없었다. 그래서 서울의 흉흉한 소식으로부터 손쉽게 벗어날 수 있었다. 명상 같은 평화 안에서 매일 밤 와인도 마셨다. 기대도 두려움도 없이 이반 투르게네프의 《아버지와 아들》을 읽을 땐 오직 19세기의 러시아와 20세기 후반의 루마니아만이 존재했다. 아무에게도 연락할 수 없는 곳에서는 인생 전체가 눈앞에 있는 것으로 좁혀졌다.

존재를 요구하는 심각한 책처럼 여행은 전자 시대의 산만함에 저항하는 행위이다. 그러니까 좋아하는 누군가와 같이 있을 땐 휴대전화를 치워야 한다. 여행은 직선이기 때문에. 단 하나의 장소이자 개념이기 때문에.

불면증의 장르

어렸을 때 어른들은 하나같이 강조했다. 나폴레옹은 하루에 네 시간 잤고 다빈치는 다섯 시간 잤다고. 나이팅게일과 에디슨도 거의 안 잔 거나 마찬가지였다고(그럼 사당오락의 시절이라면 다빈치는 대학입시에 떨어졌겠네?). 결론은 잠 없는 엘리트, 불면증의 귀족, 강인한 영혼들은 고작 몇 시간 자고도 세계를 정복했다는 건데, 똑같이 부모와 사회와 세월이 만든 존재지만 우린 스티브 잡스가 아니잖아. 네 시간만 자고도 총선에서 세 번이나 이긴 건 마거릿 대처 이야기일 뿐이다. 글쎄, 노인이 돼 잠을 줄여본들 그땐 너무 늦었으려나?

잠으로 하루를 탕진하는 사람을 볼 때마다 꼭 그런 생각이 들었다. 인생은 오래 사는 게 중요하지 않아. '많이' 사는 게 중요하지.

누구에게는 잠이 최고의 순간일 수 있겠으나, 그때도 지금도 나에게 잠은 죄의식을 주는 긴 시간일 뿐이다.

잠은 분명 먹는 것, 웃는 것, 사랑하고 사랑받는 것만큼 간절한 생의 기쁨이다. 게다가 또 하나의 섹스와 같다. 잠에 대한 질문은 섹스에 대한 질문과 무척 닮았다. 충분히 자고 있어? 잠의 질은 어때? 수면 시간은 적당해? 얼마만큼이 적당하다는 거야?

문제는 다들 필요 이상으로 잠을 강조한다는 것이다. 왜냐하면 모두가 잠을 못 자기 때문에. 불면증 환자들은 통계보다 많다. 우주론이나 엔트로피 같은 문제로 지적인 소매를 걷고 들어가면 이유는 너무 단순하다.

너무 더워서. 너무 추워서. 그놈의 카페인 때문에. 그놈의 술 때문에. 치아 교정기가 아파서. 그걸 뺀다는 걸 깜빡해서. 빈뇨증이 있어서. 오줌을 누고 잘지 그냥 잘지 갈등하느라. 옆에 인간이 누워 있어서. 구석에서 고양이가 뒤척거려서. 너무 일찍 자리에 누워서. 너무 늦게 자리에 들어서. 낮에 화 나는 일이 생각나서. 내일이 기다려져서. 어제 잠을 진짜 많이 자서. 잠이 안 오는 것에 지나치게 신경을 쓰느라.

그 와중에 멜라토닌 호르몬을 줄이는 밝은 스크린에 착 달라붙어 소요하는 생각을 140자로 뭉개버리고 일 분에 1400번 아마존을 클릭한다.

밤과 아침 사이에 억지로 잠을 끼워넣어 여덟 시간을 자고 일어나는 인공적인 수면 패턴은 언제부터 신성시된 것일까. 제1차 세계대전 초기, 군수품 노동자들이 숙취 상태로 출근하거나 결근하는 걸 막기 위해 영국에서 도입했다는 이론과 상관없이, 어쨌든 살아 있는 한 자야 한다. 기린은 두 시간, 코끼리는 네 시간, 비단뱀은 열여덟 시간, 호랑이는 열여섯 시간. 사람은 여덟 시간을 자야 한다는 명제는 월드컵 4강, 부동산 호황, 해외 직구, 멀티 오르가슴과 동격의 압박이 되었다. 나흘 동안 두 시간만 자고 세 번째 일출을 본 포항의 어부 친구는 환각의 벼랑에 떠밀려 자기가 히딩크라고 생각했다. 교통 표지판을 사람으로 착각하기도 했다. 헛것이 수시로 보이고 또 아주 그럴듯

했다. 그 후 며칠 동안 수면 폭식을 했다 하나 결국은 못 잔 셈 아닌가. 오직 캘리포니아에 사는 랜디 가드너만이 열하룻날 동안 안 자고 버틸 수 있다.

수면 위생이라는 말은 얼추 일반적인 용어가 되었다. 불면증에 대한 책은 새로운 (문학) 장르가 되었으니 불면증은 자체의 언어를 낳았다. 그리고 모두가 그 언어에 유창하다. 사실 불면증만 한 사업도 드물다. 처방전에 적힌 수면제나 수면 클리닉은 말할 것도 없고 꿈의 나라로 인도하는 테라피는 열거할 수조차 없다. 곧추선 근육과 성근 영혼을 진정시켜주는 아로마 오일, 캐모마일이 들어 있는 미드나잇 밀크셰이크, 쥐오줌풀이 함유된 허브 알약, 목의 체적대로 받쳐주는 베개, 살짝 데운 우유, 방구석에 까둔 양파, 베개에 뿌리는 스프레이, 귓불에 붙이는 약, 빗소리만 들리는 유튜브, 최면을 거는 앱……. 하지만 다 소용없다. 그것들은 당신이 오늘밤 잠을 잘 거라는 희망 없이 자리에 눕는다고 단정하기 때문에.

오늘 못 자면 큰일이라는 차가운 두려움은, 욕구란 즉시 해결되어야 한다는 사고방식과 불면증 확인 행동을 강화시킨다. 결국 잘 수 없다. 잠은 부를 때는 절대 오지 않는 고양이와 같고, 무시해야 관심을 주는 거만한 미녀와 같고, 가장 절실할 때 입금되지 않는 원고료와 같아서. 역설의 하나는, 불면증은 종종 긴장이나 우울증의 증상이지만 동시에 강력한 원인이라는 것이다.

골자는 무위. 밖에 나가 당근을 뽑거나, 막 피려는 꽃을 잡아떼거나, 유충더러 어서 번데기가 되라고 재촉하는 대신 눈을 감고 곧 펼쳐질 잠의 세계에 입회하려 하지만…… 감은 눈 속에 기하학적인 패턴이 슬라이드쇼처럼 스쳐간다. 가수면 상태로 잠깐 깨면 천장에 무등산 수박만 한 거미가 매달려 있거나 심술 난 타조를 닮은 익룡이 날개를 펄럭거린다.

문득 뭔가 보이거나, 소리가 들리거나, 냄새가 난다. 내 방에 없었던 것들이다. 나의 즉각적인 감정은 묻는다. 무슨 소리지? 저 형체는 뭐지? 환영은 실제 지각 같은 중립적 경로로 생기지만 나는 미치지도 않았고 머리를 세게 부딪친 것도 아니다. 그냥, 스위치를 끌 수가 없다.

클리셰는 우리가 생의 3분의 1을 자는 데 쓴다는 것이다. 더 게슴츠레한 진실은 나머지 3분의 1을 잠들기 위해 용을 쓰며 보낸다는 것이다. 어쩌면 깨어 있는 것보다 잠을 자는 게 훨씬 중요하다는 생각이 든다. 잠은 죽은 뒤 영원히 이어질 어떤 상태에 대한 연습 아닌가. 하지만 이렇게 매일 잠자기가 힘들어서야 죽어서도 영면에 들지 못할까 봐 그게 좀 걱정된다.

종이와 잉크

어렸을 때 쓰던 공책은 네모난 빈칸으로 채워져 있었다. 나는 동그란 손의 면적에 비해 조금 긴 연필을 꼭 쥐고 손과 손목, 팔과 어깨, 때론 몸 전체로 글씨를 썼다. 허리를 굽히고 작은 혀를 빼문 채. 손목 터널 증후군이 있는 것처럼 저린 손목을 펄럭이며 칠판에 적힌 글씨를 적어보지만 매번 빨래집게처럼 뾰족하게 칸을 벗어났다.

ㄱ은 쓰기 쉬웠지만 ㅎ은 어려웠다. ㅂ의 양쪽 뿔은 빈 공간으로 내려가는 동안 자꾸 머뭇거렸다. 사선을 긋는 것도 애매했지만 직선은 더 구불구불 웃겨졌다. 하지만 다 쓰고 나면 종이 위의 외다리 거미 같던 글씨는 반짝이는 별이 되었다. 반쯤 감은 눈으로 한 장씩 페이지를 넘길 때마다 글씨는 신비로운 리듬을 따라 성간을 이동했다.

아이들이 처음 공책에 쓰던 글씨는 삐뚤빼뚤 다들 비슷했지만 얼마 뒤 누구의 글씨도 서로 닮지 않았다. 나는 곧 ㅎ의 작은 점이 검은 깨가 아닌 다이아몬드처럼 보이게 쓸 줄 알게 되었다.

지금 노트를 펼치면 새벽 세 시에 편지를 쓰던 소년기처럼 괜히 막막해진다. 백색 종이의 무한한 진공. 텅 빈 공간을 채우기 전의 어떤 배회 상태…….

코르크 마개로 된 잉크병을 열고 끝이 갈라진 펜촉에 잉크를 묻힌다. 두껍거나, 가장자리가 해졌거나, 작은 섬유조직이거나, 가죽 테두리를 두른 압지거나, 형광빛 A4지거나, 벼룩 시장에서 산 우브 페이퍼거나, 부드러운 모조 양피지거나, 구겨진 모조지거나, 표면은 조용해도 종이는 언제나 감응한다.

오래돼 클립이 흔들리는 만년필이 손 안에 자리 잡는 아늑한 경계, 볼펜 꼭지를 누를 때 전해지는 작은 스프링의 긴장, 심이 닳아 뭉툭해진 연필 끝의 이상한 친밀함……. 종이는 주의 깊게 깔아놓은 카펫처럼 오직 잉크만을 흡수한다. 글씨는 종이를 감동시키며 그 안으로 스며든다. 수메르인들이 젖은 진흙판에 그들의 설형문자를 남기듯이, 로마 벽돌공들이 권위 있는 알파벳 대문자를 다듬듯이.

손으로 쓰는 행위는 아주 지루해 보이지만 헤겔의 정신현상학은 오천 배 더 지루하다. 그렇지만 손글씨는 이제 달팽이 혹은 나무늘보의 왕국에 위탁되었다. 타인에게 증명하기 위해 종이에 적는다는 생각 자체가 없어졌다. 휴대전화 문자는 향내 나는 편지지보다 강한 퍼포먼스의 냄새를 풍긴다. 갈망하는 사람이 준 이메일 주소는 손수건보다 심장을 뛰게 한다. 타이핑을 하고 복사, 자르기, 붙여넣기의 신통한 기술로 불붙은 마음을 전하는 건 손글씨가 이별을 고할 때 가장 비극적이란 걸 알기 때문에…….

인쇄된 인사말에 사인만 갈긴 크리스마스 카드를 받으면 그마저도 보내지 않는 주제에 눈썹부터 싸늘해진다. 결국 손글씨는 어린 정조의 편지처럼 그야말로 레어 아이템이 되었다. 구텐베르크도 틀림없이 활자 자체보다 부드럽게 기름칠 된 인쇄기를 더 자랑했을 것이다. 이제 남은 건 신용카드에 사인하거나 입국서류에 몇 줄 채우는 정도? 그런데 나선형 암호인지 하트 심벌인지, 기상천외한 사인을 볼 때마다 무슨 기호학자가 이렇게 많은지 하나같이 움베르토 에코 같으시다.

손글씨는 맹세코 균형과 관심, 개인성과 미감을 말해주는 패션의 범주에 속한다. 어떤 때, 아파트 수위 아저씨가 붙여놓은 '엘리베이터에선 조용히'라는 글씨, '교회 다녀 올게'라고 적힌 식탁 위 엄마의 메모, '삼촌, 그때 설날 때 왜 나 돈 안 줬어? 백 원이라도 주지', 여덟 살이던 조카애의 입 나온 편지, 이빨 나간 식칼처럼 어슷어슷한 시골 식당 간판은 인쇄된 어느 활자보다 예쁘다. 그러니까 방심한 글씨의 현대성이야말로 필시 활자체의 원천이 되었을 것이다.

필적학은 글씨가 성격을 보여준다고 우긴다. 글자의 삐침 하나가 탐욕과 과도한 상상력을 뜻하는데, 앞으로 경사진 글씨는 야망을, 뒤로 기운 글씨는 부끄러움을 나타낸다는 것이다. 헤밍웨이의 필체는 그렇게 폭포처럼 장엄했으나 유머가 적은 성격을 동시에 말해주었다(친필 원고의 가치는 삭제와 교정이 아니라 작품이 쓰여지던 날들의 분위기와 작가의 성격을 전하는 단서에 있을 것이다).

손글씨의 진짜 매력은 당혹스럽게 만드는 능력, 범위가 넓은 모호함에 있다. 평이한 글씨도 때로 남들 눈에는 로제타석처럼 신비로워 보인다. 아버지의 코트 안주머니에서 까만 낙서가 빽빽한 포켓용 수첩을 발견했을 때, 램프를 문질러 그 사람을 바로 눈앞으로 불러내는 손글씨의 마법을 느꼈다. 밀봉한 채 잊고 있다가 한참 지나 발견한 편지처럼. 눈 가까이 가져와도 뜻 모를 패턴 같던 아버지의 글씨는 망막 위에 어른거리다 수증기처럼 사라졌다. 하지만 나는 고개 숙여 글씨를 쓰던 아버지의 유약한 등과 옹이 진 오른손 중지 첫 마디를 떠올렸다. 글씨는 그가 하듯이 숨을 쉬기 때문에. 글씨는 영혼을 종이로 옮겨주기 때문에. 글씨는 빈칸에 그 몸을 담기 때문에.

2001년 3월, 첫 번째 에디터스 레터

잡지 시장은 넘쳐나고 있습니다. 하나같이 패션, 섹스, 트렌드, 음식, 미술, 건축, 디자인, 정치를 망라하고, 모든 계층의 모든 사람에게 호소합니다. 어쩌면 남자 잡지는 혼란 속에서 추론만 하며 민감한 그곳을 건드리는 게 편할지 모릅니다. 그러나 세상에는 물에 젖어 달라붙는 티셔츠를 입은 여자만이 아닌 다른 것을 원하는 남자도 있습니다.

오랫동안 남자다움이란 안무된 큰 몸짓과 위엄 있는 꾸밈, 역동적인 힘을 말해왔습니다. 한편 여자다움이란 세상과 타협하고 동거하는 것을 의미했습니다. 남자들에겐 스스로에 대해 알아가는 풍요로운 시간과 어떤 관심을 새로운 경험으로 발전시킬 여유가 없었습니다. 발달된 소비자 사회에서 외모에 대한 이상, 자기 중심적 가치는 그렇게 가까스로 남자들의 관심사가 되었습니다. 그러나 자기 이미지에 신경쓴다는 것을 인정하기란 남자, 특히 조선의 아들들에겐 힘든 일입니다. 그것은 사회를 관장해온 신화의 원형이기 때문입니다.

예전에는 여자에게 더 많은 권리를 주는 것이 근대성 수용 정도를 재는 척도였습니다. 그런데 이제부터는 남자에게 새로운 선택의 기회를 주어야 한다고 말한다면 근대성에 반하는 헛소리일까요?

대한민국 남자들이 상속받은 관점에 관해 생각해봅니다. 단조로움, 허장성세, 교조, 졸렬함. 모든 상투성은 지겨운 권위나 지속된 폭력, 가난한 시대로부터 세습된 창백한 생각 같습니다. 피곤하고 고단합니다. 때로 한국보다 극단적인 나라는 없다는 생각도 듭니다. 대한민국 남자들의 삶은 세상에 차고 넘치는 스타일 스펙트럼 사이에서 겨우 찾아듣는 아리아 같습니다. 제3차 세계대전보다 포르노와 술과 시사에만 치우친 편협함은 경이로울 따름입니다. 그러나 삶에는 다른 영상들이 있습니다. 유럽 건축계의 정책이나 알바니아 외무부 장관의 이름을 알 필요는 없다 해도 국제 문제에 대한 움직이는 지식—우리의 일상적 틀을 벗어난—은 전문적이고도 명쾌한 사회적 자산이기도 합니다.

스타일도 마찬가지입니다. 나는 남자가 어떻게 입고 걸치고 갖추어야 하는지, 그럼으로써 어떤 식으로 위안을 얻어야 마땅한지 알고 싶습니다.

아름다움이 여자의 상징이라면, 남자에게 스타일이란 행위 자체를 의미합니다. 스타일은 남자의 부드러운 옵션입니다. 명예와 신의를 존중하며, 악수를 계약과 동등하게 생각하고, 침대에서 담배를 피우지 않는. 그건 손에 키스하는 것처럼, 교육받지 못한 사회적 관계가 놓친 부분이기도 합니다.

나는 스타일에 대한 몇 개의 진실을 설명하고자 합니다. 《GQ》는 같은 생각을 지닌 통찰력 있는 독자들의 공동체입니다. 시대의 가치를 반영하는 세련된 대화를 생산하고 그것을 통해 남자들이 관용을 얻도록 격려해왔습니다. 개인주의의 신화 속에서 지큐맨은 사회적 규제로부터 자유로운, 그러나 일반적 규범을 버리지 않은 남자를 말합니다. 그들은 사물 자체보다 정신성에 가치를 두는 것으로 자신을 다른 사람과 구별합니다. 그들은 스타일리시하며, 자기 이미지에 대한 자의식이 강하고, 적극적인 소비자이며 또한 문화애호가입니다.

아마 모든 편집장의 질문은 같을 것입니다. 누가 모던한 사람이고, 어떤 결핍이 있으며, 또 무엇을 원할까.

우리는 문화적 기호를 포함한 자유시간을 좀 더 가져야 합니다. 그리고 이제 새 시대가 용납한 남자들을 위해 식단을 준비합니다. 전에는 몰랐던 혹은 알았더라도 회피해왔던 양식을 보여주고, 그 영상의 가치를 알려주고자 합니다. 이상과 잊힌 감각과 다양성을 조명하는 동시에 다른 스타일로서의 개인성을 기념하려 합니다. 그것이야말로 모든 편협함을 겨눈 즐거운 테러일 것입니다. 《GQ》는 남성용 라이프스타일 가이드, 새 밀레니엄을 위한 가치 있는 정보 묶음, 세상에서 가장 섹시한 남자를 위한 반짝이는 플랫폼이니까요.

아버지의 외투

그것이 슈트든 외투든 교련복이든 공사장 점퍼든, 우리에게는 아버지부터 동네 형에 이르기까지 남자가 입어온 옷의 기억이 있다. 그리고 회상을 통해 본능적으로 알게 된다. 남자의 옷을 입을 때 느끼는 건 고통을 아는 어른의 세계라는 것을. 그러나 아버지와 아들이 서로 가진 것, 시계, 진, 구두, 범절, 정신성을 나누는 이야기를 들을 때마다 나는 유리창에 코를 대고 수증기처럼 노란 입김으로 손을 녹이는 성냥팔이 소년이 된다.

성장의 단계 따라 옷을 입는 것은 일생의 결정적 순간을 은유한다. 그 순간에는 패션의 이즘을 넘어선 다른 세계가 존재하기 마련이다. 남자의 옷이 모든 문화적 장르를 헤엄치며 강렬한 인상을 남긴 것처럼. 지금 서 있는 인생의 지점과 어울리게 입으라는 단순한 규율, 옷은 먼저 자신을 충족시켜야 하며 그런 연후에 타인에게 응답해야 한다는 순서는 얼마나 타당한가. 남자의 조건은 태도의 우아함으로부터 시작될 것이다.

남자의 옷은 그들이 만든 역사이자 역사가 길러온 특별한 아이템이다. 그것에는 유행이나 주의에 쉽게 휩쓸리는 사람들이 쉽게 왈가왈부하는 이상의 것이 있다. 엄격하든 통명스럽든 단정하든 야성적이든 개명하든 미개하든, 남자의 옷은 그 사람과 함께 나이를 먹는다. 장마철 같던 그 사람의 룩은 때로 마흔여덟 가지 왕자 크레파스를 쏟아놓은 색깔 속에서조차 노골적으로 아름다웠다. 그 따로따로인 속주머니 속에 얼마나 우울한 이야기가 많은지 돌아가신 외할아버지도 모를 것이다. 그러다 마침내 깨닫는다. 자기가 어디 있는지 무엇을 입었는지 알지 못한 채 인생 속으로 걸어간 아버지와, 형과, 나와, 미래의 당신 이야기는, 지금 우리가 걸친 금빛 갑옷의 광채라는 것을. 결국 보기 힘든 재능을 지닌 한 남자의 인생을 말없이 대변해주는 것은 그가 입었던 낡은 옷 한 벌이라는 것을.

성장과정을 연필로 그어놓은 벽의 흔적, 사탕더미 같던 어릴 때의 기억이 콜레스테롤 저하제와 자리를 바꾼 지금, 나에겐 아버지가 쓰던 무엇 하나 남은 것이 없다. 만년필 한 자루 목도리 하나도. 어떻게 내 방은 아버지의 작은 자취 하나 없이, 가계의 감성과도 상관없이 오직 책과 와인으로만 이루어진 요새가 되었을까. 나는 아버지가 준 로맨스 소설을 손전등 불빛 아래서 읽는 추억을 갖고 싶었고, 아버지가 준 꿈을 몰래 꺼내 현실로 다가올 때까지 껴안고도 싶었지만, 모든 것은 다 지나간 일이 되었다.

잡지란 무엇인가

삶은 도발이다. 매체는 더 그렇다. 문화를 진동시키는 이즘이 없다 해도 뭔가 대단한 것이어야 한다. 링컨 자동차의 경적처럼 요란한 대신 상식적인 미스터리와 생경한 가능성을 뿜어야 한다. 제대로 만들었다면 상상력과 수사가 넘칠 것이다. 그것이 잡지의 현재성과 판타지에 동시에 대답하는 방법이다.

잡지는 한 편의 작은 희곡. 양식과 팬덤이 마주치는 곳. 종잡을 수 없는 세대의 아우성을 해석한다. 동시에 예술적 순박함과, 트렌드의 난폭함과, 낡은 분노와, 의기소침해진 의욕과, 공허의 지식으로 페이지를 채운다. 잡지는 그렇게 현대의 승정원 일기가 될 것이다.

잡지는 예술처럼 모순될 수도 무가치할 수도 있다. 참혹할 수도 아름다울 수도 있다. 지루해서는 안 된다. 잡지는 동의와 거부, 동정과 반발로 채워진 팔레트이기 때문에. 잡지는 미술과 같다. 하나의 카르텔이라는 점에서. 소수가 만들고, 그보다 조금 많은 사람이 사고, 그보다 조금 더 많은 사람이 본다는 점에서. 이윽고 타인과의 사이처럼 보상과 보복이 뒤따를 것이다.

잡지의 등급은 역사성으로 정해지기도 한다. 가령 남자 잡지의 카테고리는 돌연변이 같아서 가치라는 관점으로 볼 때 유서 깊은 위계가 있다. 그렇다면 어떤 양식을 따라야 했을까? 통념 속에서 살아남을 수 있는 허용 범위는 어디까지였을까? 어떻게 영향력 있는 잡지라는 안전함으로부터 견해의 길을 찾았을까? 테스토스테론? 거만함? 채팅용 언어? 여자를 액세서리로 이용하는 경박함? 치장? 아니면 보수주의와 페미니즘의 무력에 포위당한 채 사회의 심장부를 탈환해 자유주의의 깃발을 펄럭였던 《플레이보이》식 기개?

애통한 깨달음을 얻은 뒤엔 미미한 도덕률이 뒤따른다. (가스등에 달려드는 혹평이라는 나방 정도가 아니라) 생사의 경계에서 설명할 수 없는 것을 설명하듯 잡지가 묘기 같은 콘텐츠로 독자를 끌어 모은 뒤, 자기네 관점을 광고를 싣는 브랜드에게 넘겨 일용할 양식을 배급받는다는 야유, 종이와 잉크의 마법 이상을 매춘한다는 자의식, 열정적인 정박아들에게 호객한다는 비난, 부식된 철로를 달리는 종이 미디어의 종말.

잡지는 당장이 아닌 내일에 속한 세계이다. 그러나 종이는 더 이상 저널리즘을 생산하는 정확한 매체가 아니다. 돈도 더 이상 종이에 머무르지 않는다. 현대의 글래머러스? 견고한 문화 통제? 대중적 세계를 주무르는 힘? 아무것도 없다. 갖춘 것도, 알아야 할 것도, 아무것도.

얕음 속의 깊음

두 달 사이에 좋아하던 사람 넷이 세상을 떴다. 이런 무감각은 무엇을 위해서였을까. 내가 누구인지도 모르겠고 알 필요도 없는 존재 같은 상태는 차라리 건강한 자기 보존 아닌가. 친구를 잃었다는 사실은 내가 왜 여기 있는지 새로 자각하게 해주었다. 깊은 생각은 왜 감당하기 힘들까. 스타일로서의 애도가 어두운 방으로 사라진 뒤엔 후회가 피어났다. 시간은 결국 내 잘못이라는 생각을 축으로 순환했다. 하지만 얕은 방식으로만 슬퍼할 뿐이었다.

나는 인생의 가장자리에서 헤엄쳤다. 얄팍함은 내가 왜 한 번도 뭔가에 중독된 적이 없는지를 설명한다. 나도 다른 이들처럼 얕음과 깊음, 양쪽의 특징이 섞여 있을 것이다. 어제, 택시 아저씨가 실수로 더 거슬러준 4천 원을 되돌려준 행동은 나를 윤리적으로 만들었다(깊음). 내가 찬 비싼 시계는 나를 허영에 몸부림치는 사람으로 간주한다(얕음). 내 마음의 나침반은 언제나 왼편을 가리키며 얕음 쪽으로 기울었다.

얕음에는 특정한 관심을 끌어내는 거품의 아우라가 있다. 깊은 타인에겐 엄숙함, 얕은 나에겐 반짝임. 윤리적으로 묵직한 사람이 세상을 이야기하면 그 언어를 버무릴 수가 없다. 많지 않은 내 경험으로 짐작할 때 깊음은 다차원적이기 때문이다.

실존하는 불안과 싸우는 지성은 하나의 삽과 같다. 명철할수록 더 깊이 팔 수 있다. 하지만 절망의 밑에서부터 성층권 꼭대기까지 넓은 범위의 감정을 지닌 깊음은 대양처럼 침몰한다. 스스로를 증명해온 사람의 불안한 생명력은 그런 것이다. 결국 깊음도 얕거나 낮은 곳에서 올라온 것이므로.

깊음은 종종 함축성을 파고들며 시간을 보내지만 나는 의자에 느긋하게 앉아 있지 못한다. 정신적 풀장의 바닥 어딘가에 답이 있다고 해도 잠수하려 할 때마다 표면에서 튕겨나간다. 하지만 수류탄을 들고 뽑으면 터진다고 협박하는 거리의 영장류부터 누군가 망친 지도로 길을 찾는 지식인들, 구더기 끓는 책임 회피자들이 자기만 옳다고 우글댈 땐 얄팍한 나조차 코웃음 친다. 흔들리지 않을 것 같던 해석, 상식이라고 믿었던 모든 것은 가끔 환상이 되었다. 자기가 누구라는 것이 얼마나 확실하건 직관이 얼마나 불변한지는 차치하고 그것들은 늘 틀릴 수 있다. 파란색을 보는 경험조차 때로는 단순한 뉴런 폭발에 불과하다. 세포 무더기와 막 조직, 소금 용액 같은 이 세상은 전체 은하계가 아니라 어떤 은하의 작은 부분이다. 게다가 둥둥 떠다닌다. 그러나 어떤 사람들에겐 말이 안 되는 것이다. 신념은 확신처럼 보이지 않는 것. 열망은 천성이 아니라 학습되는 것. 눈앞에 보이는 우주가 존재하는 모든 것인데 어떻게 그게 움직인단 말인가?

죽음 뒤의 세계나 우주의 불공평함에 대해 더는 묻지 말아야지. 유아용 철학만이 진짜라고 믿어야지. 방심한 태만이며 비참한 낙관이라는 거 알지만 그래도 할 수 없어. 얕은 사람의 사고방식이란 늘 이런 식이니까.

아트 쿠퍼

2003년 2월, 〈뉴욕 타임즈〉에서 미국 《GQ》 편집장 아트 쿠퍼가 콘데나스트의 발행인 S.I. 뉴하우스에게 6월쯤 은퇴할 뜻을 밝혔다는 기사를 보았다(일개 잡지사 편집장의 은퇴를 다룰 만큼 〈뉴욕 타임즈〉의 편집이 헐렁한 건지, 그가 생각밖의 위대한 인물인지는 논외로 치겠다).

아트 쿠퍼가 밝힌 은퇴 이유는 "잡지 산업의 신물 나는 시소게임을 끝내기 위해"였다. "지금의 《GQ》가 너무 훌륭하기 때문에 은퇴하기 좋은 시기다. 6월 1일은 내가 《GQ》에서 일한 지 정확히 이십 년 되는 날이며, 또한 가장 적절한 시기이다." 올해 예순다섯의 쿠퍼가 자기보다 훨씬 젊은 남성 독자를 위해 잡지를 만든다는 자의식, 도발적인 후발 신생 잡지들의 성공에 군침을 흘리는 자신을 발견했기 때문이라는 이야기도 추가되었다.

그는 (제퍼슨과 링컨의 두상이 조각된) 러시모어 산중턱의 얼굴이 되는 대신, 사람들의 시선으로부터 조금 비켜서서 삶의 진동을 바깥으로 퍼져가게 만들 준비를 하는 것 같았다. 그럼 우디 앨런처럼 비칠비칠 늙어가지 않겠지. 은퇴 후의 계획은 따로 밝히지 않았다.

2000년 여름, 《GQ KOREA》 론칭을 준비하면서 나는 뉴욕 콘데

나스트 본사에 들렀다. 《GQ》 회의실. 아트 쿠퍼의 방심한 듯한 카키색 사파리 룩과 얼굴에 그늘을 만들던 구레나룻이 생각난다. 그때 나는 다른 삶의 옷을 갈아입은 채 아킬레스건이 닳아 절룩거리는 걸음으로 살고 있었다. 매일이 전선 위에 앉은 병아리처럼 전전반측이었다. 하지만 그의 두둑한 손바닥은 나의 방어기제조차 너그럽게 받아들여 줄 것 같았다.

《패밀리 위클리》《펜트하우스》《뉴스위크》의 문학비평가이자 기자, 《타임》의 통신원이라는 이력을 거쳐 1983년 미국 《GQ》 편집장이 된 그는 당시 다소 유약한 미국 《GQ》의 이미지를 과격하고 급진적으로 이끌었다. 수석기자 앤드루 코르셀로는 말했다. "그는 진정한 저술 능력을 가지고 있습니다. 신뢰할 수 있는 인재를 골라내는 능력이 있고, 그들이 각자의 목표를 추구하게 이끌어주었습니다. 그는 저에게 쇼팽의 발라드 4번에 관한 6천 단어의 기사를 쓸 기회를 주었습니다. 사실 그건 남성 잡지에 있어서는 비상식적인 발상이죠. 그의 이런 면은 극적인 성공과 극적인 실패를 동시에 가져왔습니다."

몇 달이 지났다. 그리고 상상도 못한 슬픈 이야기를 보탠다. 2003년 6월 9일 오후 3시, 뉴욕 주립 병원에서 아트 쿠퍼는 세상을 떠났다. 뇌졸중이었다. 쿠퍼는 포시즌 호텔 그릴 룸에서 점심 식사 도중 발작을 일으켜 병원으로 급히 옮겨졌다.

그는 "잡지는 나의 인생이며 이 일 말고 다른 건 하지 않았고 앞으로도 하지 않을 것"이라고 말했었다.

쿠퍼가 만든 《GQ》는 남자의 품위라는 점에서 의류건 스포츠건

기사건, 또는 음식이나 산문이건 최고의 기준이 되었다. '잡지가 나의 인생'이라는 짧은 관용구가 내 것은 아니다. 그러나 카드 패처럼 할당된 나의 잡지 유전자는 인생의 막판 게임에서 원숙한 한 판을 거두었는지 묻는 방정식의 아주 큰 변수를 차지할 것이다. 나는 늘 자문했다. 나도 예순다섯까지 《GQ》를 만들 수 있을까? 그렇다 해도 그렇게 압도적인 포만감으로 내 일을 사랑할 수 있을까? 그럴 수 있을까? 그랬는데, 은퇴한 지 며칠도 안 돼 바통을 바꿔 쥐기라도 한 것처럼 세상을 뜨다니.

"참 드라마틱하지 않아요?"

후배가 말했다.

깨진 병 조각이 뒤통수 한가운데에 꽂히는 것 같았다. 나는 그토록 섬세한 감각을 일깨운 동시에 문화의 전통을 살려낸 사람조차 미완으로 삶을 끝낸다는 사실에 쇼크를 느꼈다. 일찍부터 유치한 생각들로부터 떨어져나와 장기적으로 사회를 계몽해오는 한편 지속적으로 자기 메이크업을 해온 사람도 전선(戰線)에 영원히 머무를 수 없다니. 그러나 시공의 한계에 갇히지 않은 사람이 또 누구란 말인가.

낮의 거리를 살폈지만 택시가 보이지 않았다. 눅눅한 열기 속에 멈춘 듯 서 있는데, 태양이 너무 멀어 내가 있는 곳까지 온기를 나눠주지 못한다는 먹먹한 감각이 들었다.

오후 내내 우물이 말라간다는 생각에 괴로웠다. 그가 미국 사회, 나아가 남자라는 종족에게 전력투구한 세월이 아무리 길다 해도 얼마나 지속될 수 있었을까, 가지를 쳐서 떨어져나간 잎사귀들은 나무에 아무 영향을 미치지 못하는데, 하는 공허한 마음만 자꾸 차올랐다.

아트 쿠퍼가 그랬던 것처럼 나도 한 시절에 대한 감각과, 에너지와, 본능의 바이브레이션을 따라 떠다니며 사상으로 북적이는 대로를 가로질러 갈 수 있을까? 삶의 정수로서 끝없는 호기심 속에서 살 수 있을까? 그런데 호기심은 왜 그렇게 끔찍하게 느껴질까?

두 팔로 머리를 감싸고 회사로 돌아오는데 친구를 잃었다는 사실이 늦은 오후의 공기 속에서 역설적인 감미로움을 주었다. 이런 상실감도 살아 있는 존재가, 내 맘속에 친구로 남아 있는 그 사람이 나에게 남겨준 흔적 같았다. 나의 평생에 길고도 힘든 몸과 마음의 해체작업이 시작되고 있다는 이상한 우수를 어쩐지 씻을 수 있을 것 같았다.

2장

반란

다른 사람으로 살고 싶어

월요일 오전 열한 시였다. 이번 주에 처음 거짓말을 한 시간. 중요한 일도 아니었다. 주말에 뭘 했느냐고 누가 물었고, 나는 토요일엔 벼르던 흑인문학전집을 다 읽었다고 거짓말을 했다. 거짓말도 지적으로 하는 내가 스스로도 대견했다. 주말에 내가 한 건, 집 밖으로 한 뼘도 나가지 않고 잠을 자다가, 눈을 뜨고 누워 있다가, 책을 펼칠까 말까 망설이다가, 다시 잔 게 다였다. 그런데도 워커힐에서 오고무 춤을 본 것처럼 공갈을 쳤다.

누구라도 오늘 말한 사실에 최소한 3분의 1쯤 거짓이 있을 것이다. 숨쉬기만큼 당연한 일이다. 들뜨게 하는 동시에 주저앉히는 과장의 문화 속에서 살아남기 위해 가책을 밟고 전혀 다른 나를 소개하는 것이다.

솔직히 그들이 기억하는 과거의 나를 눈 멀도록 찬란하게 바꾸고 싶다. 내가 뼛속까지 위태로운 사람이 아니라 모태부터 위대한 사람이란 걸 알아줬음 좋겠다. 그래서 누가 대단한 형용사로 나를 소개하면 민망한 척 그 입을 막으면서도 속으론 마구 당연해한다. 나아가 내가 행성에 남긴 족적이 얼마나 큰지 덧붙이지 않으면 화가 치민다. 아무리 겸손한 척해도 생계가 한 단어만으로 설명되면 섭섭한 것이다. 그러나 사람들은 나의 업적을 절대 알지 못하고 내가 어떻게 되든 상관도 하지 않을 것이다.

그런데 내가 고치고 싶은 건 누구의 역사일까? 그들의 것일까, 나의 것일까?

스스로 최강의 존재로 보이고 싶은 거짓말 스트레스는 일견 유명인사 집착증과 닮았다. 유명한 분이 살아 있을 땐 그를 조롱함으로써 주목받던 사람이, 그가 죽은 뒤엔 생전에 자기와 얼마나 가까웠는지 전시함으로써 또 세간에 오르내리니까.

개인은 벗겨보지 않고는 알 수 없는 몸과 같다. 다들 옷가지가 담긴 보따리를 계속 풀면서 포장하고 변명하는 카드 게임을 벌인다. 성별 카드, 인종 카드, 중독 카드, 장애 카드, 질병 카드, 불우한 어린 시절 카드, 폭력적인 부모 카드, 무시 카드……. 누구나 자기가 되고 싶은 사람이 될 수 있다. 인생을 맞춤 제작할 수 있다. 거짓말만 제대로 한다면.

어떤 상황에서도 쓸 수 있는 맥가이버 칼의 대사는 난폭한 거짓말이라는 껍질로 싸여 있다. 자기를 부풀리거나 축소하다가 급기야 일백 번 고쳐 죽어도 될 수 없는 사람으로 둔갑하는 것이다.

누군가 잠비아에서 수사자와 마주친 일을 들려줬다 치자. 그럼 앞에 있는 사람은 자기도 그런 경험이 두 번이나 있었고, 심지어 수사자 옆에 멸종된 줄 알았던 맘모스가 서 있더라고 말한다. 자가용 비행기를 직접 몰고 멕시코 만류 위를 날았던 사람은 경포대에서 돛단배 탄 사람쯤은 우습게 제압한다. 밀라노에서 베르사체 쇼를 본 얘기를 할

라치면, 그럼 도나텔라에게 안부를 전해달라는 식이다. 트럭에 부딪혀 팔이 부러졌다는 말을 꺼내자마자 전에 자기가 당했던 삼중 추돌, 척추 탈골 이야기가 당장 돌아온다. 누군가 더 대단한 얘기를 막 꺼내는 찰나에 번개처럼 두 번째 폭탄을 터뜨려야 이기기 때문에. "그게 다가 아니야. 더 놀랐던 건 의사가 내 견갑골에 박혀 있던 과도를 꺼낸 거야. 세상에 마취도 하지 않고."

샤넬의 희망을 가슴 가득 펼쳐놓고 럭셔리의 반짝임이 개선된 자신을 비출 거라고 믿는 건 차라리 순수다. 매점만 들락거려놓고 그 대학 총장 아들이라고 거짓말하는 사람도 있으니까. 어떤 대학교는 교정에 말없이 앉아 있기만 해도 지식인 백 명 합친 것보다 똑똑해 보이게 한다. 자랑의 한도를 넘어 사실을 통째 들어내는 기술이야말로 일생을 올림픽 횃불보다 밝게 비추는 것이다.

내 안의 한 사람은 나에게 아직 희망을 보지만, 다른 사람은 완전히 흥미를 잃었다. 잘생긴 친구가 부러워 죽겠다고 해도 그의 목을 잘라 내 어깨 위에 올려놓고 싶지 않다. 이젠 내가 차세대 존 업다이크가 아니란 걸 알아도 상관없다. 나는 우주에서 영원히 일회한 개인이며 최후까지 독립적인 각자니까.

우리들의 이십대에게

종말을 이야기하는 사람들은 요즘 아이들이 역사상 가장 심각한 도전과 마주하고 있다고 말해. 지배적인 관점은 세상이 한 삽 뜨여져선 지옥으로 싹 옮겨간다는 거야. 비관적인 사람들은 서운해하겠지만 너희 세대의 전망은 어느 때보다 밝아 보여. 인류의 어느 시기를 봐도 전쟁 가능성은 요즘이 가장 낮지. 그 옛날, 평화로운 시기란 전쟁 막간의 휴지기뿐이었다고.

세계 어느 지역이든 이백 년 전을 살던 평균적인 열두 살 소녀를 떠올려봐. 대개 형제자매가 여럿이지만 그중 몇은 죽었지. 서른을 넘기면 운이 좋은 거였고. 생활은 원시적이었어. 화장실은 따로 없고 나무 몇 그루 뒤에 겨우 숨을 뿐이었어. 예를 들어 청계천이 얼마나 더러웠는지에 대해선 숱한 증언이 있어. 근데 당시 북경은 더했다니 거긴 아예 똥 폭포가 흘렀나봐.

부모는 자식들이 결핵, 콜레라, 천연두, 홍역으로 죽을까 끝도 없이 걱정했어. 아니면 굶어 죽거나. 어차피 영양실조와 반복되는 기근으로 제대로 클 수도 없었어. 멍청하거나 관심이 덜하거나 인간으로서의 잠재력이 적어서가 아니라, 교육 수단이 적었기 때문에 소녀는 하는 수 없이 문맹이 되었어. 소녀는 내내 아버지의 재산으로 여겨지다가 결혼

시점엔 남편에게 소유권이 넘어갔지. 남편이 때리거나 강간해도 도리가 없었어. 그걸 바꾸기 위해 정치적으로 움직일 수도 없었어. 투표권은 무슨 투표권이야?

요즘 소녀의 세계는 그때와 완전히 달라. 그사이 극도의 빈곤율이며 기아, 위생 문제는 많이 나아졌어. 따라서 평균 수명도 늘었지. 조상 소녀는 오십이 되기도 전에 죽었지만 요즘 소녀는 그 나이에도 일할 수 있어. 부족하긴 해도 소녀들은 개별적인 권리를 가지지. 제 엄마의 삶을 똑같은 곳에서 똑같이 반복할 수밖에 없었던 조상 소녀에게 소식의 출처는 극단적으로 좁았지만 지금 세상은 요즘 소녀의 손가락 끝에 있어. 아이작 뉴턴 시대엔 소수 엘리트만이 연결된 세계를 살며 창고 가득 쌓인 타인의 지식을 사용했어. 뉴턴은 거인의 어깨 위에 올라서서 더 멀리 봤다고 회고했지. 하지만 요즘 소녀는 달 착륙 십일 년간의 프로젝트 동안 아폴로 프로그램이 썼던 것보다 더 많은 컴퓨터 파워를 가졌어.

부정할지 몰라도 너희는 고루한 부모가 감시하던 안전 구역, 대리인들이 애지중지하던 보호막 속에서 살았어. 대신 헬리콥터처럼 자식 주위를 맴돌며 간섭한 부모에게 복수하기 위해 부모가 된다는 필요를 버렸지. 때로 정형화된 가치와 전형적인 텍스트에 연연하기도 하면서. 게다가 부르주아 개념이 그렇게 낡았는데도 수고하지 않는 인생을 꿈꾸고, 분개를 사는 부자의 행태를 복사하기도 해.

너희는 상상도 못했던 도구로 축적된 지식의 원천을 사용하면서도 정작 스스로를 과소평가하는 것 같아. 부모가 자란 사회에선 허용되지 못했던 가능성이 한아름인데도. 어떤 생각들은 도저히 떼어내지 못해. 결코 부모만큼 되지 못할 거라는 비관적인 의심. 누려야 마땅한 권리가 자리를 잘못 잡아 능력 부족한 주연이 된 억울한 꼬리표. '진정성'에 대한 그 유명한 집착. 도시의 전설이 된 대출 없는 삶. 기만적인 외양. 폭식과 과식의 볼레로…….

하지만 세상이 마음에 안 든다는 건 뭔가 차단할 힘이 있다는 말일 거야. 내가 만난 너희는 똑똑하고, 근면하고, 부드럽고, 유리 같았어. 매너가 노련하지 않고 사색을 표현하는 기술도 불안했지만, 측정하기 힘든 지혜가 있었어. 어느 꼰대는 너희더러 가장 비애국적인 세대라고 폄훼하지만 순 개소리. 이 나라를 누가 바꿨는데? 너희는 나라와 성별에 등급을 매기는 인종차별주의자들은 상종도 하지 마. 기초로써의 평등을 인정하지 않는 순 멍청이들.

앞으로 내디딘 모든 발자국에는 부작용이 있어. 조금 나아진 상황이 미래를 보장하는 것도 아니야. 경제적, 사회적, 생태학적 문제는 잔존하고, 테러, 강제 이주, 예측 불가능한 재해의 위협도 커. 중요한 것은 위기가 생겼을 때 어떻게 대처하느냐야. 인간은 절망적인 일들이 제멋대로 생겨도 개선점을 찾지. 사실 우리 모르게 상황은 나아지고 있더라. 전 생명체를 자외선으로 지져버릴 것 같던 오존층 구멍은 조금 메워졌대. 숲을 파괴하는 산성비 공포는 오류로 증명되었고. 1970년대의 방대한 멸종 예측도 빗나갔어. 요즘 자동차는 사십 년 전 자동차보다 오염 물질을 덜 방출해. 그 결과, 대기는 중세 이래 가장 깨끗하대. 시즌이 따로 없는 미세 먼지 얘기를 들으면 뭘까, 싶어지지만서도.

해결책을 발명하는 지성들은 송나라 때보다 많아. 이 행성의 자원은 제한돼 있지만 기술은 지구가 보유한 옛날 연료를 더 쓰고 새 연료도 찾게 해주니까. 배선용 구리도 다 써버릴 거라고들 했지만 안 그렇잖아. 앞으로 이백 년은 문제없대. 구리를 광학 섬유 케이블과 무선 기술로 대체해 의존성을 줄인다잖아. 그렇다고 이산화탄소 배출량을 제한하려는 급진적 노력이 가난한 이들을 돌보려는 움직임을 저지해선 안 돼. 병을 치료하려다 환자를 죽이는 경우와 마찬가지니까.

물리학에서 탈출 속도란 중력이 잡아당기는 힘으로부터 한 물체가 풀려나는 데 필요한 속도를 말해. 지금 너희는 자연스럽게 스스로 부과한 한계로부터 벗어나는 중이야. 막 탈출 속도에 도달한 거지. 너희 세대는 최고의 교육을 받았어. 불사의 삶을 살 거라는 의학적 딜레마가 요동치는 사이, 가장 긴 평균 수명을 기록하게 될 거야. 인지된 위협에 명쾌하게 반응하도록 프로그래밍된 두뇌로 신세계의 처음 몇 발자국을 디딜 거야. 앉아서 자족하는 대신 위험을 찾아 지평선을 훑을 거야. 장담해. 너희 중에 화성 땅을 밟는 최초의 인간이 나올 거야. 화성뿐이겠어? 적어도 태양계 내 몇 개 행성은 너희 세대가 지나가기 전에 들를지도 몰라.

내 말은, 이제 가치 시스템을 제공하는 사고방식에 대해 고민할 때가 됐다는 거야. 생각해봐. 직업이 사라지고 로봇이 보조하는 삶의 전망을. 사람이 기기에 밀려 아웃소싱되는 시대의 윤리적 파문을. 그때 대량 실업의 정치적 결과는 무엇일까? 어떻게 부를 재분배해야 하지? 인본주의가 몰락한 다음 자리는 데이터이즘이 차지하게 될까?

우리에겐 스스로를 지적으로 강화시킬 도덕적 의무가 있어. 우리는 철학적으로 더 관여해야 해. 철학은 복잡하게 상호 연결된 불확실한 세계에서 주체로 행동하게 하는 도구니까. 철학은 훈련과 문화적 자극을 필요로 하는 능력이야. 과학 추구가 인지적 발판을 요구한다면 철학에 대해서도 마찬가지야. 철학이 일자리를 되가져오진 않아. 오직 자아가 아닌 이상을, 부자연스러운 연약함만 원하지. 아리스토텔레스가 믿었던 것과는 반대로 이해하려는 열망은 저절로 오지 않아. 섹스나 가십과 달리 철학은 보편적인 흥미가 아니거든. 생각은 귀찮고, 생각하느니 죽는 게 편하지.

우리는 개인적 편견이나 논리의 함정쯤은 극복해야 해. 부주의한 판단과 자격 없는 확신에 면역력을 기르고, 호기심을 정교하게 다듬어 SNS에서 퍼올 수 없는 성찰을 연습하고, 확연히 부재했던 의제들을 불러와야 해. 당연한 일이야. 시대는 구글로도 검색되지 않는 질문을 하고 답을 찾는 사람을 원하기 때문에. 그리고 너희가 바로 그 사람이기 때문에.

보수적인 주장은, 시민의 정체성이란 국가가 아닌 타인과의 관계를 통해 형성된다고 우긴다. 그러나 종종 국가는 우리가 가진 모든 것이다. 시민사회는 목적, 국가는 이를 보호하는 수단으로서. 그러나 아무리 존엄성에 관해 목소리를 높이고 헌법에 허용된 가치를 끄집어내도 이젠 다 알아버렸다. 대한민국은 오스트리아가 아니란걸. 너무나 예의 바르고 한없이 조심스러운 나라. 집단적 책임감을 강조함으로써 성인됨을 인정받는 나라. 철저한 목격자 보호프로그램에 의해 가동되는 나라. 방금 무슨 일이 일어났으며 앞으론 또 어떨지 감지하는 나라. 무료하지도 무식하지도 무정하지도 않은 나라. 이웃 사랑이 재산이며, 개방성과 친절이 연료인 나라……가 될 수 없다는걸.

모든 사회문제가 해결된 유토피아는 없다. 다들 나라를 사랑하는 만큼 경멸할 것이다. 그래도 우리나라가 미개하니 어쩌니 하는 소리를 들으면 항변하고 싶다. 그런 나를 발견할 때, 정치적인 것이 약간은 개인의 문제임을 알게 된다. 그러나 지금 남은 것은 벽돌 대신 압축판으로 만든 모조품의 나라라는 현실. 우리가 사는 곳과 원하는 것 사이의 연관성은 다 사라졌다는 확신.

윤리의 시대는 드라마틱하다. 위대한 지도자가 있고, 훌륭한 책이 아름다운 연설과 섞이고, 진짜 민족 중흥의 역사적 사명 속에 진군가가 울려퍼진다. 그러나 산업과 인본주의, 학문과 정서 사이의 침투력 제로, 의무 태만으로서의 독선, 매일의 삶에 가장 염려되는 윤리적 무시, 타인의 책임으로만 이루어진 의무, 국가를 결속시키는 내부 깊숙한 힘의 황야에서라면 겁 많은 지인에게만 겨우 기댈 수 있을 것이다.

봄이 지나간다. 너무나 길었으나 다시는 돌아오지 않을 봄. 영원히 숨을 누그러뜨릴 수 없는 봄. 매 순간 감상적인 생각이 든다. 검은 바다에 절여져 물고기 먹이가 된다 해도 시간의 뒤로 돌아가 4월 그날로 가고 싶다고. 그래서 이 배에서 빨리 나가라고 아이들을 떠밀고 싶다고.

나는 당신을 좋아합니다

나는 당신을 알고 있습니다. 당신은 모든 것에 일일이 설명 듣기 원하는 부류가 아닙니다. 당신이 알고 있는 모든 것을 책 한 권으로 담을 수는 없습니다. 큰 방이나 차고, 전집 한 질로도 모자랍니다. 당신은 이미 너무나 많은 것을 알고 있기 때문입니다.

당신은 훌륭한 된장찌개와 파스타 맛이 어떤지 압니다. 당신은 허튼 수작 같은 개숫물 따위는 마시지 않습니다. 당신은 이성을 존중합니다. 동시에 여자들이 깊이 없는 대상으로 여겨지는 걸 혐오합니다. 그들은 기분 좋은 특성을 지닌 3차원의 입체적 인간이기 때문입니다.

나는 당신이 어떻게 행동할지 압니다. 당신은 뇌 손상을 입은 것 같은 자들, 누군가 항상 대신 문을 열어줘야 하는 자들과 다릅니다. 당신은 불평등한 운동장에서 보내기엔 인생이 너무 짧다는 것을 압니다. 당신은 기다릴 가치가 있는 뭔가를 만드는 데 삶을 바치는 사람들을 좋아합니다. 직물을 짜는 할머니, 그릇을 굽는 할아버지처럼.

당신은 매끄럽습니다. 에나멜 지갑 같은 매끄러움이 아니라 세심하게 닦인 매끄러움입니다. 형광 분홍색 안감을 댄 재킷을 벗을 때 눈이 부시듯 군중 속에서 튀는 게 세상을 향해 비명을 내지르는 방법이라고 생각하는 사람도 있습니다. 당신은 다릅니다. 네이비 블루 블레이저에 어울리는 안감은 형광 분홍이 아니라 (드라큘라의) 레드 실크란 걸 알기 때문입니다. 당신은 겁먹지도 소리 지르지도 않으면서 원하는 걸 얻는 방법을 압니다. 당신은 당신을 위해 만든 슈트 하나쯤은 가졌습니다. 아니면 지금이 가질 때입니다. 당신은 소매 접은 꼰대를 혐오합니다. 재단사가 바지 앞섶에 단추를 달 건지, 펜 포켓이 필요한지 묻는다면, 당신은 물어볼 필요도 없다는 듯 진중하게 고개를 끄덕일 것입니다.

나 역시 당신이 겪는 종류의 일을 거쳤습니다. 나의 인식은 부끄러움과 자랑으로 형태를 갖춰왔습니다. 나는 '이런 잡지를 읽은들 뭘 얻을 수 있어? 바보들에게 투표하고, 뚜쟁이들을 숭배하고, 유흥과 가십이 주는 알량한 즐거움을 얻기 위해 그 고생해서 번 돈을 날리는 우리 같은 범인(凡人)들이?' 하고 생각합니다. 또 '이 어수선한 시대에 내면을 도약시킨다는 게 뭔지 나는 알아. 나의 투표 같은 지혜가 변화를 가져올 거라고 믿어. 왜냐하면 나는 매달 내가 만드는 잡지를 통해 스스로를 재건하기 때문이야'라고 생각합니다.

차가운 밤은 미끈거리는 원유가 흐르는 강물처럼 시간의 모래사장을 왔다 갔다 하고 있습니다. 에디터들을 보니 달 착륙을 주제로 영화를 찍는 사람과 마주친 기분이 듭니다. 갑자기 음향 시스템이 복구된 듯 동대문 야외 무대의 로커들이 엄청난 사운드를 내뿜고 있습니다. 어쩐지 내 자신, 무도회장에 남겨진 타잔 같다는 생각이 듭니다.

가끔 내가 다루는 담론들이 부담스럽다는 코멘트를 듣습니다. 지구 온난화에 대해 알고 싶다면 신문을 보겠다는 식입니다. 좋은 생각입니다. 어서 읽고 현실을 적시하는 겁니다. 그러나 이 지면에서 환경 문제를 읽는 것 역시 중요합니다. 결국 우리는 정원사이기 때문입니다.

나는 당신에게 위계나 관습을 요구하지 않습니다. 한계는 당신 것이 아닙니다. 창공도 당신의 한계가 아닙니다. 나는 단지 당신을 존중한다고 말합니다. 지금 나는 어느 다정한 친구에게 다가가고 있습니다. 그동안 내가 배웠던 모든 것을 한 문장으로 요약한다면, 나는 당신과 마주하길 원한다는 것입니다. 나는, 당신을, 좋아합니다.

황금시대가 사라졌다

21세기 초반의 삶, 우리가 바라는 것에는 표준이 있다. 히치콕 류의 괴물 천재, 무한한 카리스마로 무장한 스타, 미친 위험을 감수한 퍼포머, 자기만의 형태로 풍자하는 예술가……. 그러나 문화가 가랑이까지 열리고 세계가 실성한 듯 혼합되는 요즘, 우리를 감동시키는 것들엔 더 이상 특별한 맛이 느껴지지 않는다.

고전 작품의 세심한 목록들, 가장 훌륭한 문화 형태라고 믿었던 것들의 황금시대는 사라졌다. 희비극적인 시대에는 정신이 제대로 박힌 사람을 괴롭히는 장대한 비관주의만 가득할 뿐이다.

서둘러 과거와 이별을 고하는 감각의 제국엔 규칙이 새로 생겼다. 옛날 얘기 하지 마. 지금도 충분히 즐거운데 잠시라도 세상과 멀어지게 하는 옛날 것들은 싫어.

새날은 늘 지난날보다 좋으니 추억은 아무짝에 쓸모없는 것. 내가 낡은 극장에서 〈도어즈〉를 보며 지옥문으로 떨어진다 한들 누가 신경이나 쓸까?

멀어졌다고 생각했을 때 과거는 우리를 다시 끌어당긴다. 욕망 위로 어렴풋이 나타나 또 다른 미래를 만든다. 그리고 이상하게도 문화를 계속 지배한다. 숫자로 압도한 데이비드 보위의 전시, 반전 투성이인 프레디 머큐리의 전기……. 상업영화가 이미 성공한 이야기들을 다루는 건 옛 영광이 그리워서일 것이다.

최신 유행이란 없다. 특정한 시대가 현재를 지배하지도 않는다. 그 보상으로 우리는 어제의 아방가르드를 재현한다. 우리가 원하는 괴물들이 모두 잠에 빠져 있는 동안.

실패자 없는 게임

대학교는 세계 평화보다 중요하다. 교육받았건 아니건 자식이 대학교에 가는 건 부모에겐 헌법보다 가치 있는 명제라서. 자녀 교육의 강박적 지지자로서 부모는 공부나 교양보다 짧은 시간 새 분야에 배치 가능한 자격을 위해 학비를 지불한다. 김소월이 얼마나 위대한지는 몰라도 그 친구와 친해지기 위해 몇 백만 원 들이는 건 확실히 비싸고말고. 학비가 오를수록 아침 밥상에서 "그깟 생물학 학위는 따서 뭐 해?" 같은 질문은 영원히 계속될 것이다.

예전에 대학 교육은 아무나 못 먹는 신선로 요리 같았다. 가혹한 거래지만 그 시절의 학비는 어떤 가치를 약속했기 때문에. 이제 대학교는 분류를 가르친다. 결국 효율적인 중매 역할을 맡았으나 학위가 특별한 자격이 될 리 없다. 전과목 올 A에, 교환학생 자격에, 대기업 인턴 자리를 미리 꿰찼다고 해도.

대학교는 실패자 없는 게임이 되었다. 무엇을 가르칠지 모르는 교육 단체가 무계획의 고용자를 양산한 셈이기 때문에. 그렇게 기꺼이 시간을 탕진했기 때문에. 고등학교 졸업생이 고비율로 대학에 진학하는 통계로 본다면, 얼마나 많은 대학생이 더 '필요'하다는 걸까? 그렇다고 대학은 완전히 시간 낭비니까 사회의 개척자가 되고 싶다면 강의실을 뛰쳐나오라고 말하고 싶지 않다. 왜냐하면 대학 학위는 기본적 성취로서의 지적 능력 혹은 더 깊은 지식으로서 '누가 무엇을 배웠나'가 아니라 '누가 어떤 것을 배울 수 있는 사람인가'를 보여주는 신호 장치이기 때문이다. 무엇보다 대학은 학문의 전당이라는 오래된 믿음을 버릴 수 없다.

부모는 죽지 않는다

성인이 되어 모든 걸 선택할 수 있는 때가 되면 내가 나약하다는 자의식이 사라질 것 같았다. 서른이 된 날, 세상은 폭발하지 않았다. 극적인 전환점도 없었고 자주적인 시간도 시작되지 않았다. 무엇인가에 감찰당하는 일은 더 심화되었다. 특히 부모로부터. 성경에도 나온다. 마리아가 사람들 앞에서 설교하는 예수를 지켜보는 장면. 그 성경 구절은 이렇게 끝난다. "그의 어머니는 모든 것을 가슴에 새겼다."

자식이 얼마나 나이 들고 돈을 벌고 성공했느냐에 상관없이 부모는 언제나 지배력을 행사한다. 다섯 살 아들이 장난감 가게에서 떼쓸 때부터 "일찍 들어와라" "술 마시지 마라", 판에 박힌 문구만 읽는 텔레마케터처럼 군림한다. 자식이 스물다섯 살이 되면 더 교묘해지다가 쉰 살이 되면 완전히 카다피가 된다.

어떤 부모는 지나치게 많은 사랑을, 다른 부모는 지나치게 적은 사랑을 베푼다. 어떤 부모는 권력을 자랑하기 위해 돈을 쓰고, 다른 부모는 죄의식에 기대 자식을 압박한다.

가장 위대한 부모의 힘은 쉴 틈 없이 자식에게 돌아가려는 능력에 있다. 그들은 늙고 심약하며 자주 보지도 못한다. 이미 세상을 떴는지도 모른다. 하지만 완전히 무너졌건 반밖에 안 남았건 부모의 영향력은 사라지지 않는다. 세월 따라 약화되긴 해도 가장 확실하며 평범한 사실이다. 성인의 방식을 다 익히고 마침내 통합된 삶을 그리게 되었을 때도 부모의 힘은 살아 있다. 하고 싶은 걸 하도 못하게 해서 부모가 죽기를 기다려본들 난감해질 뿐이다. 링거와 패드와 휠체어로 수축된 삶이라 해도 예전보다 수명이 훨씬 길어졌기 때문에. 부모가 전국민에게 노인으로 표명된 일흔이 되었다는 사실은 중요하지 않다. 물색 모르는 부모는 몸상태 나쁜 어느 날 실제 나이를 느끼지만, 기분 좋은 날은 펄펄 나는 스물두 살인 줄 아니까.

키가 팔십 센티미터도 안 되고 완전한 문장으로 얘기할 수도 없는 영유아 자식에겐 한 방이 있다. 뒤뚱거리는 아기조차 부모의 호환성을 테스트하고, 섹스 라이프를 붕괴시키며, 효과적인 피임 도구가 된다. 신참 엄마의 리비도는 완전히 사라진다기보단 부적합하게 바뀐다. 심지어 부모를 전통적인 성역할로 돌려놓는다. 아이에게 젖을 먹일 수도 없는 남편은 직장도 없는 채 종일 집에만 있는 아내가 파출부 부르는 것을 이해해주지 않는다. 마침내 부모끼리 서로 저 사람하고 결혼한 게 잘한 일일까, 자문하게 만드는 것이다.

부모 자식 간 일방적 힘의 균형이 무너질 때는 한 번밖에 없다. 부모는 평생 자식에게 조언했지만, 테크놀로지는 평형 상태였던 적도 없는 관계를 한순간에 역전시켰다. 부모에게 최신의 메커니즘을 가르쳐주는 것은 자식이기 때문이다(아들이 세 시간 동안 비인간적인 인내로 가르쳐주지 않았다면 아버지는 절대로 인터넷을 할 수 없었을 것이다).

이분법적인 세상에 부모는 두 종류밖에 없다. 자기 삶이 자식에게 있다고 주장하는 '한국 부모'와, 아이보다 자기 코가 석 자인 '서양 부모'. 아버지가 되는 과정을 경험한 사람이라면 잘 되건 못 되건 부모 노릇이 얼마나 위험하고 불확실한지 안다. 부모도 잘못을 저지르고 수시로 못나 보이니까. 그리고 자식이 이룬 성과를 하나같이 우연으로 치부하는 무심함, 그애가 무슨 일을 하는지도 모르는 담담함, 아들을 너무 사랑한 나머지 다른 사람도 모두 걔를 좋아하리란 착각, 거짓된 기쁨, 과장된 자긍심, 무조건인 칭찬…….

부모가, 있는 힘을 다해 천천히 길을 비켜준다고 한들 자식이 할 수 있는 것은 별로 없다. 오직 채근하지 않는 것만이 최선이다. 그러나 어렸을 때 부모가 어떻게 대했는지, 지금은 어떻게 다루는지, 왜 그렇게 자기를 어린애로 만드는지 불평하는 어른만큼 추레한 것도 없다. 결국 부모와 연을 끊는다는 것은 판타지이다. 열일곱 살 때 참을 수 없었던 부모의 모든 것이 마흔 살에는 인정할 수밖에 없는 모습으로 변하기도 하니까.

마침내 위풍당당하던 수십 년의 항해를 마치고 부두에 선 노인 부모를 보며 자식은 분노하거나 연민한다. 그럼에도 불구하고 부모에겐 어떤 의무가 남았을 것이다. 쇠퇴해가는 광경으로 자식에게 짐을 지워선 안 되며, 당신의 마지막 모습이 자식에게 죽음의 경고가 되길 원치 않는다는. 그리고 자식은 종말의 순간에조차 부모의 훈장이라는.

아까, 마리아와 예수 이야기에서 빠진 게 있다. 마리아가 집에 돌아와 이웃에게 아들 자랑을 하는 것이다. "우리 애가 글쎄, 물을 가지고 술을 만든 거 있지. 깜짝 놀랐어. 좀 전엔 학자들 앞에서 죄 사함에 대해 설명하더라니까? 근데 난 술을 만든 게 더 특별해 보이긴 하더라. 애가 아예 그쪽으로 나갔음 좋겠어."

마리아도 자식 자랑을 그렇게 하는데 보통 부모들이야.

성공과 상처

겨울이 되면 일 년이라는 시간 전부가 아무 열매도 없이 완전히 사라진 것 같다. 한심해, 아무것도 한 게 없어,라고 말하고 나면, 잃을 게 하나도 없는 처지면서 잃어버릴 수 있는 모든 걸 가진 기분이 되는 것이다. 일 년 내내 잡지를 만들었지만, 그게 다였다 (종결을 참을 수 없어서 끝까지 읽지 않고 책을 덮은 기분. 삶이 너무 쉽게 조작되는 기분).

12월에, 빙하는 컵 받침대에 똑똑 떨어지고, 사막은 침대에서 한숨을 쉰다. 파우스트적인 세상에서 걷어차이고 나면 변명할 여분조차 남지 않는다. 하지만 어두운 강 하구에서 모든 걸 정지 상태로 만드는 무엇과 대면할 때 어떤 헛소리도 귀에 담지 말자는 건 나의 구차한 지혜이다.

사회의 모양을 만드는 위대한 사람들이라고 내부에 방해받지 않는 우물을 가진 건 아니다. 그를 원하는 자리에 어떻게 있어야 하는지는 아는 것 같지만. 그런데 상업의 세상이 눈과 귀를 형편없는 즐거움으로 채울 때, 당대의 계량법에 자신의 문화적 본능을 맞춘다는 것은 무엇일까.

명성은 너무 피곤해 보인다. 그들의 현실 속 도전기에는 우러러볼 것과 얕볼 것이 동시에 있다. 실패하면 사람들은 그를 조롱한다. 성공하면 영웅이라고 부른다. 그야말로 현대의 도덕에 논쟁을 일으킬 새로운 관념이다.

칭찬 아니면 야유가 꼬리 무는 일이 어떻게 통제할 수 없는 운과 상관있을까? 어떻게 커다란 환영(歡迎)과 혼란스러운 무능이 공존할 수 있을까? 하는 일마다 칭찬 듣거나 비난받을 가치가 있다면 운도 그가 가진 것 중 하나로 작용하지 않을까? 이것이야말로 인상 깊은 명성 뒤에 숨은 아주 평범한 사실이며, 하나의 명성과 여러 명성을 위태롭게 만드는 어떤 상태이다. 이것을 다 합하면 결점 많은 인간의 초상화가 보일 것이다.

너무 이른 성공은 의지력에 반하는 거의 초자연적 운명을 펼쳐 보인다. 그는 그 광채 때문에 자기 의지만으로 성공을 이루었다고 믿는다. 나이 든 성공은 더 슬프다. 그 별이 식고 나면 기댈 데가 없다는 걸 아니까. 해피엔딩이 슬픈 건 그 불완전성 때문이다.

그들은 단지 합리적인 사람들이 아니다. 모두가 원치 않고 필요로 하지도 않는 위험을 감수하는 건 그들을 아주 매력적으로 만든다. 그들은 오늘 할 일을 내일로 미룬 부랑자와 좌절이 껌처럼 익숙한 방랑자 사이를 표표히 걸어간다. 그리고 찬 바닥에서 웅크린 이들을 내려다보며 옥상의 달달한 공기를 마신다. 별 볼 일 없는 우리에게 번번이 상처를 남기면서.

성공(이라는 장엄한 개념)의 기미조차 보이지 않는 의자에 앉아 나는 자조한다. 유한하고 무가치한 육신이 만든 업적이 영원할 리 없어. 문명사회의 자투리 성취는 콜로세움같이 부스러지고 말 거야. 모두가 그들처럼 성공할 수 없어. 그렇다고 위축된 자신감으로 살진 않을래. 그냥 별이 빛나는 어둠 속에서 나를 숨긴 채 천체에 대해 자각할 수 있다면 그것으로 충분한 거야. 나보다 잘났단 이유로 그들을 미워하지 않을 거야.

낙천주의 연구

마음이 소액 대출 창구에서 거절당한 것처럼 춥고, 생활은 하루도 나를 속이지 않은 날이 없으며, 만사가 사후경직처럼 뻣뻣해 인간이 되는 것조차 무서울 때, 사람들은 내일 혜성이 지구를 박살 내도 유실수를 심자던 스피노자의 태평한 금언을 빌린다. 핵의 대학살 순간에 들국화 꽃잎을 세는 여자아이 모습도 그린다. 그 철 지난 음풍농월들을. 그러나 조금만 참으면 이런 일쯤 금방 지나갈 거라던 솔로몬의 속삭임도, 가장 위대한 선은 타인의 행복이라던 프란시스 허치슨의 예쁜 말도 다 성가시기만 하다.

2014년 겨울은 평생 가장 길고 추웠다. 뼛속까지 빙점이었다. 이제 젖은 담요처럼 하늘을 덮었던 도스토예프스키의 추위도 걷히고 청라 언덕 위에 햇빛 비치는 봄이 간신히 왔는데 마음은 화창해지지 않는다. 조명 박스에 끼워진 엑스레이 필름을 보는 이런 기분은 무엇일까? 몸통을 통과한 저 희미한 음영은 뭐지? 검은색과 흰색 중 어느 것이 더 불길하다는 얘기야? 이런 쇠락한 감정에는 마법 같은 특성이 있다. 되돌아갈 수 없을 때가 되어서야 뭔가 돌보려한다는.

역사는 간략하고 의심할 여지가 없다. 사람들은 이성을 지키기 위해 이성을 버린다. 그런데도 스스로 이성적인 동물이라 우기는 이들의 대문 앞에서 매일 비웃어주고 싶지만 나는 마감도 해야 하고 바쁘다.

신경과학이나 사회과학은 사람들이 현실보다 낙관적이라고 밝힌다. 공부 안 하고도 시험 잘 보고, 문자 하나로 마음을 얻고, 본 보인 것 없이 아이가 분별 있기를 바라고, 시든 재료 써놓고 최고로 맛있다고 윽박지르는 건 우리의 일상이며 이상. 일주일에 낮술 포함 여덟 번 술을 마시고, 좋아하는 음식은 글루텐 범벅, 운동이라곤 숨만 쉬어온 복부 비만의 황제가 평균 수명보다 삼십 년 더 살 거라고 눈 부릅뜨는 것도 이해는 된다. 이해하기 싫지만.

적도에서 선크림을 안 바른다거나, 위를 4분의 3이나 잘라냈는데도 폭식 습관을 못 버린다거나, 오 년 부은 적금을 깨 개미 투자 승부사가 되는 걸 보면, 불안한 낙천성이 명랑한 모습 뒤에서 어떤 얼굴을 하고 있는지 알 수 있다. 실은 뭐에 홀려서, 타고나길 그래서, 음침한 데서 본드를 불어서일 수도 있지만.

한편, 추간판이 탈출했지만 죄책감 없이 종일 TV를 봐서 너무 좋다는 후배를 보면 진짜 꼬리 달린 세포 핵에 숨겨진 마법사의 돌이 미래의 황금 광산으로 저 아이를 데려간 것 아니야? 상을 주려고? 싶다. 아님 단순히 뇌의 깊은 곳 피질 하부의 조작? 낙관 속에서 놀라운 탄성을 자랑하며 어떤 경우에도 나쁜 가능성을 생각하지 않는 사람들이야말로 현대의 참 스승 같다. 의식의 혁명에 이렇게 기름을 퍼붓다니.

정작 내 주변 사람들은 대체로 비관적이다. 웃을 때도 씀바귀 씹는 것 같다. 호환, 마마도 기절할 뉴스들만 창궐하니 그동안 자유 평등 평화 행복 가득한 희망의 나라가 어디 있었겠어? 물론 약간의 우울증은 세상을 있는 그대로 보고 미래도 허장성세 없이 예측하게 만든다. 비현실적이도록 활짝 핀 성격을 관리하는 신경 메커니즘이 없다면 인간은 맨날 미간에 온천 마크를 그리며 살았겠지. 낙천주의의 진실은 태어날 때 이미 지니고 있었다는 것이다. 그렇지 않았다면 조상들은 절대 모험을 안 했을 테고, 멀리 떨어진 부족들을 찾지도 않았을 거고, 추운 동굴에서 체온을 서로 비비며 사느라 벽화 그릴 생각도 못했을 것이다.

기분이 나쁠 땐 얼른 기분 좋은 생각을 꺼낸다. 비행기가 이륙하는 순간 같은. 와인 몇 잔 천천히 원샷 하고 나면 착륙 멘트가 들리고, 기장과 스튜어디스에게 무사히 태워줘서 고맙단 미소를 날린다. 고주파 음을 내는 아기도, 만취해 눈동자가 사라진 엑소시스트 승객도 없어서 더 좋았어요,라고 말하고 싶은 걸 참으며. 신경세포는 워낙 재미있는 추억을 개인사의 상점에 예쁘게 진열하도록 설계된 까닭에 나쁜 정보를 일일이 새기지 않는다. 부자의 성공담을 들으면 그자처럼 갑부가 될 날이 와줄 것도 같지만, 이혼 소송 얘기를 듣는다고 내 결혼이 파탄날까?

기억이 늘 생생하지는 않다. 옛날 일을 재생하는 용도로만 쓰이는 건 아니라서. 과거의 퍼즐들이 재조립되는 동안 세세한 정보는 지워지고 해괴한 상념들이 주입되기도 한다. 기억의 핵심은 일어나지 않은 일에 대비해 미래 시나리오를 상상하는 것. 확실히 낙천주의는 인간이 가진 가장 비정상적인 재능이다. 예전 일을 관찰하고, 앞으로 닥칠 일을 예견하며, 시간의 앞뒤, 공간의 좌우로 움직이는 건 장구벌레보다 축복 받은 능력일 것이다. 재난영화에서 끝까지 살아남는 사람들의 생존 기술이기도 하고. 느긋한 상상력이 진화 과정 중 선별된 건 그래서일 것이다. 오늘 한 일이 다음 세대에 끼칠 영향을 생각한다는 것은 내 입장에선 과장이지만, 백 년 뒤의 세상을 생각하지 않는다면 지구온난화를 걱정할 이유가 없다. 지금 건강을 외칠 필요도 아이를 가질 명분도 없다. 미래를 보는 능력이란 단군 신을 받아서가 아니라 부분적으로 해마가 담당하는 것이긴 해도.

결정을 내린 뒤엔 갑자기 판이 달라진다. 여태껏 내린 판단 중 제일 괜찮아 보이고 다른 옵션은 괜히 별로 같다. 꼬리 달린 신경세포가 기대치를 신호화하고 계속 추적해 보상 과정을 처리하다 보면 가치가 점점 확장되다 결국 마음의 열매로 돌아오는 것이다. 그렇지 않다면 우주는 항상 두 번째 선택이라는 아쉬움만으로 가득찰 것이다.

나는 몇 년 전 크게 아파서 후유증을 하나 얻었다. 하지만 부처도 일이 꼬이다 보면 종국엔 이 불행이 축복의 가면이라고 합리화할 근거를 찾을 것이다. 누구도 태생부터 지닌 성향을 이해하도록 태어나진 않았으니 허리 아픈 후배처럼 속 편히 지내다 보면 어느 날 허리에 철심 박은 철인 28호가 될지도 모르지. 아무도 나를 못 건드리게.

희망의 업적은 경험을 이긴다. 세상 모든 것이 마음에 안 든다고 모태에서 나오지 않을 수도 없었다. 윤리적 자양분을 모두 낭비한 사회가 익사 직전에 숨을 몰아쉬게 된 봄날, 그동안 증언하지 않던 시절을 살게 되었다. 서재 창문 밖으로 나의 꿈, 나의 달, 나의 봄꽃 가지가 핀다.

바퀴는 둥글다

눈 감고도 가던 길인데 과속 감시 카메라가 내 차를 찍었다. 그 동안 수천 번 달렸던 80킬로미터 속도 제한 구역에서 시속 100킬로미터로 달렸기 때문에. 곧 청구서가 날아왔다. 잊지도 않고. 차에 치여 죽은 아이와 부서진 차들이 뒤엉킨 교도행정적 사진이 안 와서 다행이라기엔, 허술한 운전 기술로 저지르는 실수들, 죄의 하찮음이 주는 언짢음, 그간의 벌금을 모으면 페라리도 사겠다는 저능한 산술이 좌충우돌했다.

사람은 치타처럼 빨리 움직이도록 진화하지 않았다. 속도가 아주 빨라지면 감각과 반응과 위험을 계산하는 안테나가 제때 작동하지 않는다. 크롬으로 만든 갑각류의 등딱지 안에서 호모사피엔스는 미치도록 어리석은 동시에 넘치도록 강력해진다. 차도에 그어진 하얀 선은 자동차를 안내하고 교통 흐름을 제어하려 하지만 도리어 무모한 행동을 하라고 떠민다. 주황 불이 켜졌다 하면 바로 험악하게 내달리고, 감시 카메라(움직이지 않는 것보다 너무 빨리 가는 것에 대한 구속)가 멀어지면 즉시 제한 속도를 넘는다. 필시 GDP와 도덕적 부패와 도로의 안전성 사이엔 무슨 관계가 있을 것이다. 깊은 밤의 텅 빈 길, 빨간 불 앞에서 묵묵히 신호를 기다리는 운전자가 얼마나 될까. 그럴 때 과속은 오히려 본성적이며 신호 위반은 차라리 정상적인 것 같다.

자동차는 음악을 듣고, 먹고, 키스하고, 통화하는 전천후 공간이지만, 그 문화는 갈수록 투쟁적이며 개인화되었다. 운전 중엔 자기중심적이다 못해 극단적으로 편협해진다. 얼굴을 맞대곤 절대 못할 불손함을 그 안에서 저지른다. 상대를 으깨버릴 듯 욕할 땐 그걸 어디서 배웠는지 스스로도 탄복한다(뚜껑 열린 컨버터블에 탄 사람이 큰 소리로 시비 거는 걸 본 적 있나?). 뛰어나가 손가락을 부러뜨리고 싶은데 신호가 바뀌자마자 급발진으로 도망가는 자를 보면, 운전은 인터넷의 제지되지 않는 자율성과 아주 닮았다는 걸 알게 된다. 분명 사회적 공간인데 예의라는 규약이 무너져 서로 죽자고 덤벼드니까.

대부분의 교통 문제는 인류 종의 유약함 때문에 일어난다. 위험을 판단하지 못하는 능력과 유아적 분개랄까. 천천히 달리기는 어렵다. '속도 제한'이란 무시해도 좋을 참견, 미숙한 운전자나 지키는 가이드라인. 그러나 십 년 무사고를 자랑하는 운전자라면 이제까진 운이 좋았던 거고 지금부턴 사고가 날 때라는 걸 알아야 한다.

세상에서 가장 넓은 강남대로가 우주에서 가장 막히는 길이 된 미스터리에는 자동차를 에워싼 환경 논쟁이나 가차 없는 역동성 말고 다른 게 있다. 왜 내가 가는 길만 막힐까? 길은 뻔한데 신차는 왜 그렇게 맨날 나오고 또 왜 갈수록 커질까? 지구의 주인은 혹시 자동차일까? 어떤 신차도 차 키를 받는 순간 구형이 되는 판국에 꼭 땡빚을 내야 했을까? 허구한 날 도로를 정비하고 늘리는 것 같은데 길은 왜 더 막힐까? 정치가들은 보행자 중심 도로를 만들자면 대중교통을 이용해야 한다면서 자기들은 왜 기사 딸린 큰 차를 탈까? 도로는 특정한 이들을 위한 실험실이며 놀이터일까? 교통 시설 개조와 도로 문화 개선은 다른 얘기일까? 시내로 들어가는 차에 혼잡통행료를 받는 거야 그렇다지만 도심을 빠져나간다는데 왜 받을까? 자동차 라이트와 사이렌에 관한 법률은 어떤 과정으로 통과될까? 남자는 다 나름대로 전문가연하면서 왜 자동차라는 기계하고는 부조화할까? 개미에겐 교통 정체라는 게 없는데 인간은 왜 그럴까? 교통 신호도 신호등도 분리대도 없고 보도와 도로가 따로 나뉘지도 않는다면 어떻게 될까? 자전거 인구는 느는데 자전거가 럭셔리 아이템이 된 이유는 뭘까? 자전거 친화가 엘리트 의식이나 실용적 사고에서 온 거라면 자전거 두는 데는 왜 통 안 보이고 전용 도로는 왜 그렇게 좁은 걸까? 그 길은 제설차가 지나가면 안 되는 걸까?

교통 밀집 장소의 차로를 넓히면 해결이 될까? 더 많은 차선은 더 많은 차를 불러들일까? 자동차가 3초에 시속 100킬로미터를 주파한다 해도 달릴 데가 없다면 제로백이 무슨 소용일까? 신차를 자랑하고 싶어도 교통 시스템과 자동차 행정의 무리수 때문에 매일 풀이 죽는다. 다 지난 얘기지만.

사람들은 대체로 자기가 공정한 유물론자라고 간주한다. 사실 이성의 측면으론 구석구석 균형이 잡혀 있다. 그래서 콘서트에 가는 게 아프리카의 가난을 줄이는 길이라고 스스로를 현혹한다. 동시에 아시아의 가난 구제와 이산화탄소 방출량과의 미묘한 문제에 대해서는 반대부터 하고 보는 것이다. 때로 선부른 음모설에 세뇌되어 '해수면을 높인' 미국 정부를 비난하기도 하면서.

지식인조차 아파트 풍수를 따지고 사주를 짚어보는 요즘, 모든 종류의 비이성이 넘친다. 글로벌 사회의 시민들조차 무엇을 믿고 주장해야 할지 갈피를 못 찾는다. 기댈 데가 아무것도 없다는 두려움으로 얼어붙고 나면 토르라도 신앙이 필요할 것이다.

21세기의 종교는 영성과 불화와 비즈니스 사이 어디쯤에 있다. 신앙이 있는 데라면 예외가 없다. 종교 문제의 주된 양상은 서로 다른 신념 간의 줄다리기로 드러난다. 스님들이 폭력 저항운동을 벌이고, 힌두교도들은 모스크를 신비로운 상징으로 격상시키며, 극단주의자들은 이스라엘과 팔레스타인의 접경 지역에 수시로 출몰해 시비를 걸고, 미국 기독교도들은 시민 행동에 대한 법률 제정 방안을 모색한다. 이슬람교의 제국주의에 대항해 기독교가 '전투의 교회'가 되자고 들쑤시는 집단과, 자기들을 멸절시키려는 아랍인들을 박멸하자고 부추기는 유대인들의 거래는 똑같이 놀랍다.

결정적인 전투는 같은 종교 내에서 일어난다. 징벌하는 신을 따르는 이와 자비로운 신을 숭배하는 자 사이의 갈등, 외면에 사로잡힌 족속과 내면을 따르는 부류 간의 대립, 선한 목자와 절대적 지배력을 가진 교주 사이의 대치. 결국 개별적인 신앙을 주재하는 복수의 신은 각각의 차이를 구별하지 못하는 이들에게 임한다.

붕괴되는 믿음에 대한 세계의 대답은 "피난처에서는 무신론자를 찾아볼 수 없다"이다. 그런데 한국에서 복음주의의 움직임이 없는 곳은 없다. 사방이 교회로 붐빈다. 믿음의 명목이 성장 산업과 비슷해짐으로써 기독교라는 상품의 시장성은 나날이 확장일로를 걷는다. '사랑'이란 헌금용 단어. 대형 교회의 치세는 천국에도 건물을 올릴 기세다. 저쪽에선 포탄이 난무하는데 자기들만의 참호에 둘러싸인 형국이랄까. 종교가 파벌을 뛰어넘는 문제를 거론할 때, 종교 지도자는 먹이가 된 교인들을 기꺼이 집어삼킨다. 방송사나 정치 사안조차 종교적 프로파간다를 위해 그들에게 권리를 내준다. 신성한 고기를 바친다는 명분으로 마취 없이 산 동물을 도살하도록 제정한 어느 종교법과 어지간히도 닮았다.

신앙만이 거처가 된다면 영원한 지옥불이야말로 불신자를 밀어붙이는 단서일 것이다. 결국 유일한 신에게 화답하지 않은 이들은 천주교 포교 초기의 참수 방식으로 집단으로부터 제거된다. 그 틈으로 목회자들의 위엄과 위협을 신이 어떻게 생각하는지 따지면 신앙이 더럽혀질까? 신이 매순간 교회 재산에 대한 권리를 주장하는 건 그 재물로 은총을 내리기 위해서일까? 예수가 실족한 이웃을 그렇게 기망했을까? 지금 같은 신앙 속에서 초기 기독교의 신성한 호를 그릴 수 있을까?

예수가 겟세마네에서 홀로 드리던 기도는 서커스 같은 부흥회, 비싼 식당에서의 조찬 기도회로 변했다. 초월적인 신은 속세로 내려와 성미 급한 군사 지도자이자 금력으로 흠뻑 젖은 땅의 부동산 거물이 되었다. 기독교의 근원이 근본주의에서 광신주의로 변하는 것은 메아리가 아니라 전조일 것이다. 그 결과 초막 위에 세워진 진짜 교회는 아무도 가지 않아 먼지 덮인 강대상만 남았다.

파멸의 사회에 부대낄 때마다 묻게 된다. 이럴 때 예수는 어떻게 했을까? 오늘, 저 궁창 위에서 불칼을 쥐고 나를 정죄하려는 재판관이 아닌, 옷자락을 잡았다는 것만으로도 내 병을 낫게 해주는 의사 예수가 귓가에 속삭인다. 우리에게 필요한 건 자기만 소중한 세상에서 고요히 함께 이루는 공동의 선의라고, 그렇게 고난을 통과해가는 평범한 지혜라고.

이명박 서울 시장에게

지금 서울은 마땅히 흘러야 했던 물길이 열렸다는 얄팍한 기쁨이 압도하고 있습니다. 청계천은 거대한 박쥐 같은 군중들의 옷자락으로 가득합니다. 10월 저녁 저는 청계천에서 잠시 퍼포머가 되는 스릴을 맛보았습니다. 청계천은 신흥도시의 상가에 세든 가라오케처럼 느껴졌으니까요. 계단부터 입구까지 화강암 계단은 정 없이 반듯하고 실내는 업자들의 습관적 인테리어로 치장됐는데, 천장에는 오색등이 돌아가는 가라오케 말입니다. 그러나 반발의 채널이 바뀌고 사람들이 꽹과리 치듯 활짝 반기면 그것으로 성공이라고 인정해야 하는 건가, 깊이 괴로웠습니다.

모든 도시 건설자들은 유토피아의 유전자를 지니고 있습니다. 워낙 건설의 역군인 시장님도 마찬가지겠군요. 경우가 다르긴 하네요. 시장님은 자신의 계획을 설파하고 이룩하는 데 시간을 낭비하지 않으니까요. 그러나 시장님의 추진력은 렘 콜하스식 사회주의자 감수성과 다릅니다.

나는 '건축은 너무 느리다'라는 말을 좋아합니다. 느린 건 지루할지 몰라도 잘못된 것을 수선하고 탄탄하게 구축할 힘을 줍니다. 도시는 스피드를 좋아하지만 스피디한 것을 좋아하지 않습니다. 그러나 우리 근대화의 과정엔 내부로부터의 압력이 필요했습니다. 속전속결이란 강박 말입니다. 임기는 몇 년 남지 않았고 재선을 장담할 수도 없는데 인생은 또 무지 짧으니 모든 끝은 당대에 봐야 하지요. 그러니 백 년이 지나도 공사가 안 끝난 바르셀로나 성 파밀리아 대성당은 무슨 한가로운 수작인가요. 그래서 우리는 빗물로 손상된 문이나 창턱이 부식된 방, 먼지가 덮인 창고에도 최면에 가까운 황폐한 아름다움이 있다는 걸 모릅니다.

시장님의 건축적 제안은 어떤 의미로는 시도해볼 만했겠지요. 그러나 결과물은 당신이 얇은 포트폴리오를 지닌 선동가라는 것을 말해줍니다. 특히 청계천, 그 방대한 스크랩북은 앞으로 시장님이 견장을 차고 진두지휘할 프로젝트들의 무덤입니다. 유례없이 조잡한 기념비로서 말입니다.

숱한 찬송가에도 불구하고 나는 청계천에 감정적이고도 미학적인 메시지를 찾아볼 수 없습니다. 오해 마세요. 그건 청계천 복원의 명분 때문이 아니라 완공된 청계천의 디테일 때문이니까요. 시장님께서 제대로 된 감식안을 조금이라도 가졌으면 어땠을까요. 업자와 일급 아트디렉터를 구별하는 판단력이 있었다면요. 도시 행정가는 문화적 식견으로 자신을 먼저 건축해야 하지 않습니까. 앙드레 말로 좀 공부하세요.

시장님은 바뀐 청계천이 마음에 드나요? 그게 청계천의 가치를 재해석한 설계라고 보세요? 시공은요? 시장님 눈엔 그 기괴한 세부가 안 보이나요? 생태 환경이라면서 오색 분수는 다 뭔가요? 그 분수를 물

고기가 좋아할 것 같아요? 청계천 디자인 요소의 목적은 뭐죠? 그 디자인을 지원할 근거나 개념은요? 사진빨 잘 받으면 인정되는 건가요? 건축물의 아름다움이란 그 속에 담긴 놀라운 수단과 경이로운 구조를 표현할 때에야 시각적으로 전해집니다. 그러나 청계천 디자인의 조악함은 애들 공작 놀이 못지않네요. 지능적이지 않고 공교로움도 없습니다. 나는 청계천 설계와 시공에 입회한 이들의 폭정 같은 미감이 당황스러울 따름입니다. 정말이지 이렇게 조형감각이 떨어지는 채로라면 서울은 시장님의 프로젝트에 바쳐진 버림받은 묘지가 되고 말겠네요. 시장님은 시간이 자기 편인 것 같죠? 요 다음은 경인 운하를 생각하신다면서요? 수양제가 되고 싶으신 게지요.

나도 청계천이 내 귓가에 무의식적인 공명같이 흐르길 바라지만 그건 안 될 말이에요. 청계천엔 결코 터닝 백이란 존재하지 않을 테고, 이런 상태가 바로 서울이 되어버렸으니까요. 돌이킬 수 없게도 청계천은 이대로 영원한 서울의 일부로 흘러가겠지요.

이 편지가 짜증나시더라도 절 독살시키진 마세요. 저보다 경륜은 말할 것도 없고 돈 줄기가 흘러내리는 당신의 재산과는 비교할 수조차 없는데다 몇십 조를 공깃돌 놀리듯 하는 인물이라면 한 번쯤 넓은 마음으로 들어주세요. 시장님이 스스로 서울에서 제일 중요한 시민이라고 생각한다면, 저 또한 두 번째 중요한 시민쯤은 되니까요.

대통령의 권태

나는 당신을 모른다. 안면을 튼 적도 없다. 당신에게 내가 만든 책을 읽으라고 한 적도 없다. 그러니 《GQ》를 보고 어떻게 느끼건 당신 책임이 아니다. 당신 역시 나에게 감자 하나 권한 적 없다.

사람들은 이제 당신을 대한민국의 대통령이라고 칭한다. 그런데도 당신이 누군지 지금도 모르겠다. 당신이 싸구려 향수를 퍼부은 뚱뚱한 변호사인지, 머리를 뒤로 딱 묶곤 나를 째려보는 가짜 면허 여의사인지, 떴다방 할아버지인지 또는 힘없는 정원사인지. 그러나 당신이 화분에 물 주는 걸 본 사람은 아무도 없다.

당신이 대통령이 되자마자 한국은 좀 더 흥미로운 나라가 되었다. 모범적인 예라기보단 경고의 예로. 오늘, 당신을 겨냥하며 퍼덕거리는 의심의 그림자 저편에서 나는 알았다. 당신은 그냥 인간인데, 뭔가 좀 다르다. 여유로우면서도 다리 짧은 사냥개 같은 눈. 예리한 세모꼴에 생각이 많아 보이는 눈, 어렸을 때 링컨을 닮고 싶었겠으나 통 여의치 않은 턱, 광활한 이마 위로 크롬처럼 빗질된 머리, 쇳소리가 섞인 채 어미에 유리 연기를 자욱하게 뿌리는 듯한 목소리. 당신도 태안반도에서 일어난 일에 신경을 쓸까? 당신도 자유가 언제까지나 지속되어야 한다고 믿을까? 당신은 내 문제를 풀어준다지만 정말 그럴 수 있나? 그 손으로 경쟁자들의 멱살을 잡고 주리를 트는 동안 내가 당신을 고를지 궁금해했을까? 나는 당신이 더 똑똑하고 더 유능하다고 말하지 않았다.

새 대통령을 얻는 것은 그동안의 정부가 세계를 다루던 방법을 재구성하는 기회이다. 그러나 불안은 더 먼 곳으로 치닫는다. 생활은 대충 옛날보다 나아졌다 하나 가계 부채율은 높아졌다. 글로벌 붐의 내구성은 갈수록 약화되고, 고국의 우월적 지위와 전방위적 우세는 막막해 보인다. 들인 돈과 얻은 것을 비판적으로 비교하는 성향도 온통 들끓는다. 우리의 경악할 만한 취약점, 미묘하면서 실수투성이인 문화적 후퇴는 뻔히 보인다. 겉으론 문화를 보존하고 증식시키려는 시스템들이 얼핏 좋아 보인다. 박물관과 콘서트 홀은 더 많은 전시와 공연을 기획하고, 서점엔 늘 익사할 만큼 많은 책이 기다린다. 그러나 고도화된 듯 보이는 문화의 바삭한 껍질 안에는 식욕을 돋울 리 없는 국이 끓고 있다.

이제 단순한 기쁨을 위해 책을 읽는 사람은 찾을 수 없다. 소년들은 잔혹한 비디오 게임을 하며 시간을 죽인다. 소녀들은 인형을 갖고 노는 대신 그들 자신이 인형이 되어 패션 산업의 지령에 따른다. 지금이 역사적 정점이 아니라 몰락 중인 내리막 상태이며 상대적 쇠퇴기라는 생각은 지난 수십 년간의 궤도를 근원부터 잘못 읽은 탓일까.

나는 당신의 약속을 통해 뭔가 배울 수 있을 거라는 생각은 하지 않았다. 공허한 약속 뒤엔 언제나 알려진 것보다 복잡한 약조들이 있을 테니까. 좋은 생각을 꿈꾸면서도 돈 자체가 생활의 체계를 스토킹

하듯 뒤따르는 지금, 하이테크 하드웨어는 방대한데 노동 집약적 업무는 산재한 이 나라의 통치를 위해 당신은 연중 끊이지 않는 경제적 두려움을 이용했다. 재래시장에 카메라 불러놓고 이미테이션 국밥이나 먹으면서. 당신이 뒤에서 무슨 일을 벌이건 내가 부자만 되면 다인가? 아무리 당신을 쳐다봐도 부정할 수 없는, 1초도 곁에 두기 싫은, 내가 잘 모르는 이 감정은 사라지지 않는데.

많은 사람들이 당신을 주시하며 각각의 관점을 이야기한다. 당신은 그동안 중대한 실수도 꽤나 저질렀고 전과도 수두룩하지만, 그 기록은 당신을 약간 귀찮게 했을 뿐 선거에서는 위력을 감추었다. 그러나 다음 세대는 당신이 치세를 누리기 전 그 현란한 이력서를 제대로 검색해볼 것이다. 당신의 말과 행동은 디지털의 지문처럼 남아 영원히 지워지지 않을 거라서.

이 세대가 알아야 할 것이 한 가지 있다면, 좋은 시간과 안 좋은 시간을 가려내는 법이다. 우리가 공항에서 낯선 사람에게 짐을 맡긴 건지, 아니면 작은 집에 장밋빛 벽지를 발라줄 미장이와 친구가 된 건지. 오늘 이 시간은 너무나 더디게 느껴진다. 하지만 역사는 당신 생각보다 더 빨리 찾아올 것이다.

제대로 사과하는 법

그쪽에서 먼저 사과했지만 받아들이지 않았다. 그는 다시 사과했다. 내 대답은 "아니".

빨리 하는 사과는 곤란해. 그걸 받아들이면 우스운 사람 되는 건 한순간이지. 그는 거듭 진심으로 사과한다고 했다. 자기가 워낙 무신경해 나를 언짢게 할지 몰랐다고 했다. 겨우 그 말 한마디로? 내가 반응을 보이지 않자 불상사가 일어났다. 내가 성질 더러운 작자라는 소리가 사방에서 들렸다.

나를 화나게 한 다른 친구는 "미안. 근데 뭘 그런 거 갖고 그래?"라고 했다. '그런 일 갖고'라고? 속좁은 내가 더 나쁘단 얘기야? 어떤 술집에선 웬 여자가 창 같은 힐로 내 발을 짓이겼다. "어머, 미안해요." 하나도 안 미안한 얼굴. "그걸론 안 되죠." "네? 그게 무슨……?" 모르는 척하기는. 내 발가락에 얼른 사과하라고 하려다 겨우 참았다.

상대에게 실수를 할 때마다 우린 늘 부적당한 조치를 취한다. 그때마다 사과의 본성, 후회의 정도, 용서의 한계, 회개의 단계에 대해 고민한다. 어떤 사과는 안 하는 것만 못하다. 쩔쩔매는 척해봤자 속이 훤히 보인다. 내가 찾은 사과의 핵심은 이것이다.

실수는 누구나 한다. 그러나 사과하는 태도가 다음 국면을 결정한다.

가리워진 길

편집실이 동대문에 있을 때의 소음은 세상의 반발을 모두 모아놓은 것 같았다. 지금 논현동 내 책상에서 3층 아래를 내려다보면 나무 이파리가 공기층의 경계를 느슨하게 늘리는 순간을 만난다. 이런 육체적 안락함은 시간의 선물, 청년의 본성 같다.

가끔 산책도 한다. 걷는 여행은 공백의 범위를 정한다. 비행기 기장의 안내 방송이 고요를 방해하는 한산한 밤처럼. 페이지가 많은 메뉴를 정독하는 동안 분류하고 절충하듯이, 나는 도시 속에서 발견하고 싶은 것을 고른다. 백과사전만큼 쌓인 동대문의 추억은 이제 다른 기억을 위해 비워준 흑색 터널이 되었다. 개인적인 도시 이야기는 그렇게 쌓인다.

소공동 조선호텔은 눈을 동그랗게 뜬 내가 헤매던 곳으로 기억될 것이다. 남산 케이블카는 어느 해 봄날, 엄마하고 견학 갔던 장난감 공장으로 기억될 것이다. 장충동 유리 건물은 내가 처음 회사원이 되었던 놀이터로 기억될 것이다. 세운상가 아랫길은 단순한 통과 경로겠지만 나에겐 친구가 첫 번째 시위에서 체포된 장소로 기억될 곳이다.

기억은 계속 레시피를 바꾼다. 풍경은 달라지고 거리는 변형됨으로써 나의 사적인 도시 이야기를 지운다. 비정한 사람이라 해도 이런 변화를 즐거워하거나 그리워할 것이다. 사당동 길가에서 삼대가 운영하던 식당은 세미 퓨전 레스토랑이 되었다. 땅 밑까지 파 들어가던 시청 앞 광장은 디즈니랜드로 변했다. 종각에 있던 나만의 커피집도 사라졌다. 커피가 빌 때마다 에스프레소를 끝도 없이 채워줘 기어코 심장에서 북소리가 나게 만들던 명랑한 주인이 그립다. 그 앞을 지날 때마다 본능적으로 고갤 돌리지만 콧물 매단 주차 안내 아저씨만 심드렁하게 앉아 있다.

시간이 갈수록 도시 잠재력에 대한 감각과, 과거로부터 온 사건과, 감정이 기초가 되는 내적 법령이 섞인다. 서로 구별될 수 없을 때까지. 어떤 가게가 싫은 건 개인적으로 특정한 시간을 보냈던 황금기의 서점 자리에 열었기 때문이다. 모두가 열광하는 장소라고 해도 그 무례한 놈이 주인이거나, 구강으로 사는 소음 좀비들의 아지트라서 싫은 것이다. 어떤 호프집은 옛날에 내가 좋아했던 공간 그대로라서 싫고 친구가 테이블에 토했기 때문에 더 싫다. 동시에 모든 사람이 싫어하기 때문에 그 중국집을 좋아하기도 한다. 그건 목적지로 가는 내 경로의 비밀이다. 신촌 초췌한 다방에서 친구를 만날 땐 늘 이대 입구에서 신촌 기차역으로 난 좁은 길을 따라갔다. 그 길에 꽈배기 도넛이 있어서가 아니라, 전에 어떤 분이 그 근처에서 더러운 강아지가 있는 지하바를 했기 때문에…….

이 나침반에는 두 개의 안내 시스템이 있다. 사실로 채워진 것 하나와 기억으로 가득해진 것 하나. 나는 나만의 서울을 지키기 위해 그 길만 걷는다(고 농담한다). 여전히 최고인 보광동의 호프집, 항상 비어 있는 정동의 벤치, 필동 뒷길의 담벼락을 지키기 위해.

나의 지도는 옛날 것과 새 것을 패치워크처럼 합쳐서 처음 보는 길을 걷게 해준다. 다른 행정구역 다른 주소에서 5월의 꽃향기를 처음 맡았다.

가방이 없을 때 생기는 일

나는 큰 가방이 좋다. 엽총, 스텔스 비행기, 자결용 알약, 코끼리, 금고털이 도구, 시슬리 립밤을 넣어도 끄떡없는. 바이크 백이나 항공 여행백도 좋다. 큰 가방이 좋은 진짜 이유는 딱 하나. 공장이나 스키장비같이 큰 선물을 받아도 당황하지 않을 수 있어서(내가 마술사의 주문으로 살아간다는 건 몰랐겠지?).

남자의 도구를 바지 주머니에 넣고 다니는 게 불변의 법칙인지는 모르지만 지갑, 열쇠, 티슈, 콘돔, 휴대폰, 담배를 다 넣었다가는 허벅지를 찌르는 열쇠고리가 인공 음경 흉내를 낼 것이다. 불꽃을 삼킨 코요테처럼 살이 불룩해져서는. 뒷주머니에 지갑을 넣고 앉을 땐 좌골 신경을 다칠 각오를 해야 한다. 실은, 지갑은 남자의 숭배물이라서 그의 영혼을 담는다. 이 신성한 원리는 남자가 핸드백을 들면 안 된다는 추론을 거쳐 절대 금지 조항에까지 이른다. 핸드백은 근본적으로 여자의 것이기 때문이다.

가방이 없으면 무서운 일이 생긴다. 재킷이건 점퍼건 모든 주머니마다 폴터가이스트가 들어 있어서 거기 뭘 넣기만 하면 잃어버린다. 잔돈이 버스 정류장 바닥으로 떨어지며 선율을 만들거나, 주머니 안감으로 일회용 라이터가 사라지는 이유를 이제 아셨겠지?

가방은 벽지 같았다. 지퍼가 맨날 고장나는 검정 나일론 카메라 가방(너무 번거로웠다), 밑이 처진데다 돛배처럼 무거운 배낭(어깨가 부서지고 허리가 휘었다), 흰색 스티치가 모서리를 두른 황갈색 스웨이드 가방(녹슨 쇠처럼 낡았다), 밑바닥이 늘어나 더 늙어 보이는 서류가방(맥주가 고인 의자에 놓았다가 영원한 얼룩이 생겼다), 진고동색 끈이 달린 면 재질 메신저백(아무리 도시 생활의 소품이라지만 진실한 행복을 주는 책 한 권 안 들어간다), 가죽과 플라스틱이 섞인 이종 교배 백팩(결국 이것이 결론인가)…….

첫 애를 낳은 친구한테서 기저귀 가방을 뺏은 적도 있다. 그 안에 하기스 기저귀, 우유병, 연고, 가짜 젖꼭지 말고 무엇을 넣고 쏘다닌 걸까. 어느 순간 모든 것이 피곤했다. 가방에 대한 진심으로 뒤틀린 애정 때문에. 토미 힐피거인지 발리인지, 군청색 중국 실크 자수가 새겨진 천 가방인지 제2차 세계대전 방독면 가방인지, 군대 PX 보급품인지 퀵 아저씨 오토바이용인지 따지는 것 자체가.

가방은 수집품이나 신상품이 아닌 유기체 자체로 기능한다. 그래서 가방을 든 이상 스타일의 천국에 들어가기 전 온몸에 감기는 들척지근한 조소를 견뎌야 한다. 그런데 한국에서 살면 살수록 손상만 입는 처지라면 가방은 진짜 무적의 남자를 위한 참정권이 될까? 내가 병역기피자인지 노트북 마니아인지 혀에 피어싱을 한 드러머인지를 말해줄까? 아니면 전부 다인지를? 그렇다고 해도 내가 차려입는 거나 좋아하는 양치기 노인이란 건 아무도 모를 것이다.

탐욕의 정당성

그 여름, 헬싱키 공항에서 'REST & ROLEX'라는 팻말을 보았다. 나는 생각했다. 여기 사람들은 얼마나 돈이 많으면 롤렉스와 함께 쉬라는 걸까? 그런데 비싼 시계 앞에서 느긋할 수 있을까? 'REST & RELAX'를 잘못 읽었다는 걸 알고 나자 저절로 혀가 차였다. 나도 딥 시드웰러와 80년대 16014 보카시판은 갖고 싶지만, 긴축은 새로운 럭셔리. 나의 초자아도 그만 사라고 윽박질렀다.

사 년 탄 자동차를 바꾸고 싶은 마음을 꾹 누르는 동안 세상은 서커스처럼 변했다. 바젤의 잔인한 시계 박람회, 런웨이 전쟁, 시기심 없인 봐줄 수 없는 부자들의 통장. 그리고 과시적 소비의 유혈경쟁.

좀비의 죽은 눈처럼 가게에서 가게로 옮겨 다니던 소비의 배는 가라앉았다. 브랜드 페티시즘의 염증이나 도덕적 핑계 때문은 아니다. 소비 형태가 길드 시대의 사치에서 포스트모더니즘의 진보로 바뀌어서라고 말하면 멋있겠지만, 티셔츠도 그렇고 신발도 그렇고, 집에 뭐가 너무 많다. 후기 자본주의와 반대의 길을 걷는 패션지에서 일하면서 금욕적인 척하는 건 내가 가난한 탓이지.

비싼 운동화가 비 오는 날 한데 내놓은 듯 찌들어 보일 땐 고소한 생각도 든다. 한때 열광했던 것이 초라해 보일 때의 쾌감은 분명 시행

착오의 열매겠지. 자본(실은 레저라는 낭비)이 감각의 형태로 대체된다면, 미학이 역사, 경험, 성격에서 비롯된다면 나는 지금보다 나은 사람이 돼 있을 것이다. 어떤 점에선 손뜨개로 만든 장갑이 불탑 가구보다 계층 우월감을 선언하는 방법이니까. 그렇지만 내 목적이 미학인지 아닌지는 친구들이 다 안다.

제임스 본드도 홀딱 반할 발터 PPK 권총의 손잡이, 또 그걸 숨기는 재단된 셔츠, 향수를 불러일으키는 니콘 F 시리즈의 매력엔 지금도 정신을 잃는다. 무쇠처럼 마감된 밑면을 만지면 영원히 깨어날 수 없다. 부드럽게 견고한 몰스킨 노트, 베이클라이트 재질의 로터리 전화기, 숙명적으로 가지게 될 것만 같은 스즈키 스위프트를 생각하면 훗날의 박물관은 매일 확장 공사를 해야 할 것이다. 현세의 디자인이 놓일 자리가 매일 좁아질 테니까.

예쁜 것을 가지고 싶은 마음은 술과 맺은 관계만큼 괴롭다. 행복한 술을 매일 마시는 불행! 매력이란 실은 사물의 본질이 아닌 질투를 반영하는 자질 같다. 그래서 탐욕스럽다는 말을 듣는다. 죄악은 미덕, 탐욕은 정당성. 최악의 것들이 문화의 식단이 된다. 요리 프로그램은 탐식을 다루고, 고전적 다윈 진화론의 변종으로 등장한 '잇걸'은 수시로 주제가 된다. 난잡한 여자더러 예전엔 그렇게 흉을 보더니 이젠 셀러브리티라 칭하듯이.

탐욕은 지금과는 다른 방식, 다른 존재가 되고 싶어 한다. 희망 아니면 절망을, 향상의지 아니면 자기혐오를 부르는 정체성의 미묘한 부분이라서. 내가 누구인지 표현하는 수단으로서의 탐욕은 현실만큼 실제적이다. 동시에 물질에 대한 중립적 정의로서 지적 문화적 자본이 서로를 허락하는 방법이다.

자기 성찰이 백화점을 돌아다니는 것 이상의 정치적 변화를 만드는 것도 아니다. 독재자를 죽인다고 독재 자체를 변화시킬 수 없듯이 탐욕을 없앤다고 초탈해질 수 없다. 탐욕은 수긍하건 아니건 모두의 심연에 머무는 기질이며 포기할 수 없는 자아의 얼굴. 제한선은 없다. 디자인의 즐거움, 굉장한 사물에 대한 담화, 대상으로부터 끌어내는 기쁨의 의미를 고려하지 않고는 이 논의에 만족할 답을 찾을 수 없다.

열망의 사물들은 매일 약속을 번복한다. 약속이 거짓말이라 한들 행위 자체가 거짓말은 아니다. 시장의 그늘은 행복을 위해 돈을 쓰라고 조르지만 사고 싶은데 참는 건 성격의 중요한 면을 누른다. 인생의 핵심과도 대치된다. 노트 한 권 사면서 세계 경제 붕괴를 말할 수 없고, 내 자리가 소비 경제의 어디쯤이라는 걸 안다고 가치 기준이 달라지지 않는다.

탐욕이라는 동굴이 숨긴 함정은 플라톤만큼 오래되고 지난주의 재고 정리 세일만큼 아찔하다. 그래서 시계를 또 샀다. 누가 알면 날 때려 죽일 엄청난 시계를.

그래도 카세트를 갖고 싶어

사람들은 음악을 들으며 잠을 자고, 차를 몰고, 일을 하고, 운동을 하고, 쇼핑을 하고, 빨래를 개고, 술을 마시고, 고양이를 먹이고, 섹스를 한다. 내 말은, 말은 더 이상 우리의 유대가 아니라는 것이다. 녹음된 음악이 포르노보다 더한 침투력으로 생활의 전 영역을 점거한 이런 때에는.

이어폰을 꽂은 채 종일 모니터를 들여다보는 에디터들은 100년 전, 음악을 듣고 싶으면 음악가를 찾아가야 했다는 것을 알까. 그땐 음악을 듣는 장소가 정해져 있었다. 조선에서야 장터 한가운데나 심산유곡, 고관대작들의 사랑채였으나 서양은 심포니 홀, 오페라 하우스, 댄스 홀, 리사이틀 룸, 길모퉁이, 다채롭긴 했다. 어차피 레코드가 생기기 전인 건 다 같았지만.

CD나 LP, 카세트테이프는 각각의 재생 장비를 규정하지만 형식은 기계적으로만 중요한 게 아니다. 박물관에서 축음기 앞을 서성거릴 때 토마스 알바 에디슨이 만든 스탠더드 축음기는 얼얼하도록 아름다웠다. 황홀한 오크 무늬, 견고한 크랭크, 고깔 모양 스피커, 단단한 실린더, 나선형의 활기는 소리의 충실성에 대한 헌신이며 복음이었다.

나는 음악 자체보다 기기가 더 좋았다. 카세트 데크, 워크맨, 휴대용 카세트 라디오는 테이프가 필요하다는 것만 빼면 다 좋았다. 독수리표 카세트를 광고하는 소녀 모델의 짙은 눈썹, 신묘한 물성을 뿜어내는 산요 스테레오 카세트의 분리형 직육면체 스피커. 여기에 기묘한 CM송이 이어진다. *이 시간이 지나면은 또 올까 너무나 안타까워 그래도 카세트를 갖고 싶어 대우 더블데크 카세트.*

턴테이블은 웬만한 집에선 웬만큼 구비한 장비였다. 어떤 음악광은 16·33·45·78-rpm, 4종류 스피드로 턴테이블을 세팅한다지만, 턴테이블 표면이 긁히지 말라고 예쁜 천이나 담요, 플라스틱 먼지 덮개, 티셔츠로 덮어버리던 소동만 생각난다. 음표가 눈처럼 내려앉던 덮개의 반짝임은 그 위에 올려놓던 맥주캔과 교만하게 뛰어오르던 고양이 때문에 흠집만 잔뜩 났지.

LP의 표지 그래픽은 늘 조잡하게 뭉개져 있었다. 카세트테이프는 물성 자체로도 완전히 불만족스러웠다. 카세트테이프의 압착된 비닐 포장을 벗기자마자 플라스틱 패널이 바닥에 떨어진 건 폴드 구멍이 너무 깊게 파여서였을 것이다. CD 플레이어가 특별히 깨끗한 사운드를 구현했다지만 CD 케이스는 늘 고장 났다. 그 전에 싱글 기기와 교환식 중 어느 걸 고르냐는 것부터 문제였다. 교환식은 한 번에 CD 다섯 장을 넣을 수 있다는 건데, 음악을 다섯 시간 들으면 행복할까? 누가 그렇게 오래 빨래를 개고 설거지를 하고 책을 읽을 수 있나? 다섯 시간 내내 섹스하는 절륜 남녀라면야 플레이어를 반복 설정하겠지만.

세계의 병맥줏집이며 빌리어드 클럽에서 왕왕 보이다 제풀에 소멸된 주크박스는 처음부터 논쟁적이었다. 미국 술집에서 생음악을 연주했던 건 레코드를 틀면 가난한 음악가들이 먹고살 수 없어서였다. 사운드의 질이 여전히 강렬한 관심사인지는 모르지만 CD 대 LP 논쟁은 어차피 철 지난 이야기가 되었다. 따뜻한 음색 대 차가운 음색, 디지털 대 아날로그, 점선 대 실선. 실제적인 기준에서 보면 복고적인 LP 수집가든 역사에 무지한 CD 지지자든 CD가 더 편하고 비쌌다는 사실엔 꼼짝할 수 없다. 그것 외에 다른 논쟁들은 적대적인 척해도 다 패션이고 향수고 정치며 가식일 뿐이다. 이젠 CD도 아웃. 웃음이 나온다. CD 플레이어도 이렇게 골동품이 될걸 뭐가 그렇게 갖고 싶었나. 하지만 과거가 되지 않는 지금의 것이 어디 있단 말인가. 몰랐던 또 하나의 진실은 빈티지가 신상품보다 비싸다는 것이다.

기술이 언제나 실용에 기여하진 않는다. 사용자들은 클라우드로 삼투압처럼 빨려들어가는 음악을 카세트 트레이로 스트리밍한다. 일부는 다운받을 수 있지만, 다운로드가 잦은 어떤 것은 돈을 내면 골든 앨범이 될지도 모른다. 사람들은 그렇게 각각의 행위에 맞는 특정 음악 목록을 가질 것이다. 어떤 노래, 어떤 앨범, 어떤 콘서트를 고전으로 여기는지는 서로 다르다. 우주에서 무엇을 고를지 아는 것만큼 어려운 것도 없다. 이 세상 모든 게 사라져도 음악은 영원히 죽지 않는다니, 침몰하면서까지 연주한 타이타닉 밴드 마스터의 비범한 친절은 그렇게 인생의 다른 것을 보여주었다.

모든 사운드에는 기술적 통찰이 필요하다. 매킨토시 275 진공관 앰프를 열고 출력 변성기의 잠금장치를 떼어 60*Hz*/15ips로 캡스턴 모터를 돌릴 만한 볼트를 주고, 주파수를 변동하고, 플레잉 잼이 꿈꾸는 국수 가락 같은 부분에 시작 신호를 보내면, 시대, 라인업, 세트 리스트, 사운드 시스템, 녹음 장치, 공연장에서의 위치, 녹음하는 사람의 소리에 대한 편견, 관리의 연속성, 도망가는 신시사이저가 위저보드처럼 소용돌이친다.

8트랙 테이프 플레이어가 사라진 것은 레코드 음악 재생 도구의 역사에 큰 손실이란 말은, 키치적인 가치와 70년대에 대한 애착에서 나왔을 것이다. 벼룩시장에 나온 매물을 보고 흥분하는 건 서랍에 넣어 둔 밀바의 〈리멘시타〉를 드디어 재생할 수 있어서일 것이다. 부피가 커서인지, 주 릴 테이프에서 빈 릴 테이프로 옮기는 게 번거로워선지, 단순한 홈 엔터테인먼트라서였는지, 지금은 기피된 채 음향 기기 박물관에 멈춰 있는 릴 투 릴 플레이어는 설핏 수사반장이나 FBI 비밀 요원의 아우라를 흘린다. 가끔 나도 수많은 아티스트의 스튜디오 세션과 콘서트를 녹음한, 릴 투 릴 멀티 트랙이 담긴 상자가 선반 가득 쌓인 온도 조절 격납고를 상상한다. 아무래도 〈미션 임파서블〉을 너무 열심히 봤나봐.

어렸을 땐 카세트테이프를 빌려서 들었다. 복사한 것의 복사한 것의 복사한 것을. 마음의 귀로 꿈틀거리며 듣는 동안 사람들이 어두운 시절에 보관해온 감흥을 나만의 뉘앙스로 채웠다. 오래된 테이프에선 젖소 농장의 맛처럼 부패된 음이 들렸다. 나는 다리가 세 개인 개를 사랑하는 것처럼 각각의 특징과 향과 테루아르를 느꼈다. 일종의 공감각으로서 소리는 하나의 색채와 같았다. 또는 눈에 띄는 냄새 같았다. 진흙 같은 음질도 매력의 삐딱한 부분이 되었다. 멈춤, 정지, 빨리 감기, 되감기를 반복해 늘어진 세상은 더 조밀하고 더 과열돼 있었다. 음악에 근육이 붙고 이해가 늘면서 이제 어떤 노래는 내가 개입했다는 기분까지 든다.

누구는 어린 시절의 자기에게 코웃음 치지만 어떤 어른은 사춘기 시절 좋아한 음악이야말로 평생 따라온다고 말한다. 나도 당시의 음들이 다 떠오른다. 심지어 크게 노래한다. 우리는 좋아하는 걸 좋아하는 것이다.

나는 요리를 못해

나는 요리를 못한다. 딱 달걀 프라이까지다. 흉내내보려 한들 요리 잘하는 남자의 표준을 뛰어넘을 수 없다. 어쩌다 더러운 부엌에서 뭔가 만든다 해도 '인체에 무해함'이라는 의학적 문구만이 원칙일 것이다. 나는 설탕으로 버무린 메뉴에 유독 강한 외로운 셰프도, 개똥지빠귀 가슴살과 포르치니 버섯 마멀레이드를 요리하는 실험실의 과학자도 아니라서 그저 어울리지 않는 재료를 버무리는 문학적 재능과 요리 속의 시심(詩心)만을 원할 뿐.

요리는 글쓰기와 비슷하다. 콩자반을 만든다 치자. 문장처럼 콩 반찬은 보는 것보다 만들기가 훨씬 어렵다. 우선 콩 껍질을 까서 엄지 손톱으로 꼬투리를 열고 줄을 선 콩알들을 정박지로부터 당겨내야 한다. 글쓰기처럼 이 과정은 생각보다 오래 걸린다. 제일 비싼 콩이라고 해도 씻어서 익힌 뒤에는 누구도 알아주지 않는 문장 신세가 된다. 살인자가 잠시 딴생각을 할 만큼 맛있는 간장으로 절인다고 해도.

요리는 또 명상과 비슷하다. 의식은 고여 있다가 갑자기 작은 폭포가 되어 떨어진다. 손을 씻다가 느끼는 갑작스런 요의나 커피를 들이부을 때의 신경 발작과 닮아서 의식을 날것으로 드러내는 것이다.

행동은 후광처럼 생각을 에워싼다. 걷기는 운전처럼 사색하게 만든다. 걷다가 청혼, 변심, 도피, 출마를 결정하기도 하니까. 그러나 요리하는 동시에 생각할 순 없다. 요리는 의식으로부터 도망치는 일이며 생각을 대체하는 행위이기 때문에. 사람들은 요리할 때 뉴스를 켜지 않는다. 켠다 해도 듣진 않는다. 소리를 거의 죽인 TV로 탄핵을 둘러싼 움직임을 보며 시대를 걱정하는 순간은 보석 박힌 과도를 든 채 테러를 비난하는 요즘 부르주아의 단면을 부각시킨다. 그래서 요리는 의식의 흐름이라는 스튜를 육수로 쓸 수 없다.

책이나 요리 프로그램에 나오는 요리는 이야기 중간의 쉼표와 같다. 사물을 스냅으로 찍는 게 아니라 틀을 갖춘 환상으로 만드는 요리는 TV 포장지 속의 스티로폼 땅콩일 뿐이다. 내장탕을 만드는 설명에 혼을 뺏긴다 치자. 누가 굳이 내장탕을 집에서 해 먹을 수 있지?

음식은 종국엔 생존이자 즐거움 자체이다. 식탁 위의 식기는 한 끼부터 성찬에 이르는 식사 경험의 고상함을 나타낸다. 때로 애국심이나 국민적 결의도 테스트한다. 콘 비프와 양배추는 파키스탄 인이나 콜롬비아 인과 공명하고, 해기스 요리는 백파이프 소리에도 눈가가 축축해지지 않는 스코틀랜드 인에게 의미를 부여한다. 그러나 음식에서 음양을 취하는 한국인은 소고기를 뱃속 가득 채우고도 만족할 수 없다.

참치를 볼 때도 자신을 금욕주의자로 여기는 스시 광들의 데카당스를 본다. 누군가 참치 뱃살이 가득 채워진 토로 핸드롤을 스시 히어로라고 표현했을 때, 와인처럼 만사를 그렇게까지 얇게 저며가며 현학을 과시해야 할까, 몰래 골이 아팠다. 그런데도 가끔 배를 벌린 채 바닥에 드러누운 참치, 며칠 전만 해도 고등어를 따라 북대서양 한류를 헤엄치던 바다 생물을 맹렬히 원한다. 그 맛에 반해 죽거나 숭고한 삶에 눈뜨거나 회칼에 혼이 있다고 믿은 고대 일본인들의 정신도 모르면서.

과장된 미뢰를 가진 사람들은 지금까지 어떻게 발음하는지도 모르는 엉터리 참치를 먹었다고 혀를 찬다. 그동안 먹은 건 다우 지수를 폭등시킬 최상급 참치가 아니라 고양이 먹이 등급밖에 안 되는 저질 참치였을 거면서. 참치회에는 결정해야 할 인생의 또 다른 문제가 있다. 참치 뱃살을 먹을지, 그 돈으로 참치를 찍을 핫셀 블러드 카메라를 살지. 그 다음엔 역시 계산서가 나오겠지만.

갈등은 그만하고 이제 뭐든 해야 한다. 조리대든 사과 궤짝 위에서든 평평한 표면에서든 썰고 섞어서 결국은 요리를, 혹은 우리 자신을 만들어야 하는 것이다.

에디터란 무엇인가

이발소 그림이 성인 남자를 어떤 지점으로 점프하게 하듯이 에디터의 나날엔 책임이라는 목차가 기다린다. 사르트르 대성당을 박쥐 가죽으로 만들었다고 단정할 권세는 없지만, 어중간한 지혜로 모든 것을 측정하려는 건 에디터의 모순이다.

이미지 위에 이미지를, 아이디어 위에 아이디어를 조립하는 문화조정자의 삶에는 매달 선이 그어져 있다. 그리고 그 선의 어느 편에 설지 선택해야 한다. 에디터는 아이템이 널린 좌판 앞에서 방랑하는 음유시인, 초보 금욕주의자, 순회하는 대장장이. 독자에게 제시하고 싶은 아이템과(약간 차원이 있는), 독자들이 좋아할 것 같은 아이템(살짝 가벼운) 사이에서 번민한다. 자기가 계몽 욕구가 있는 이념가인지, 시장에 밝은 비즈니스맨인지 갈등하면서. 객관은 없다. 어떤 객관적인 사실도 주관을 떠날 수 없다. 세상에 표준시간이 없듯이. 이때 에디터 개인의 취향과 기질, 감정과 편견 사이에 균형이 개입한다.

에디터는 예민하면서 무심하다. 덥거나 냉담하다. 자기가 보고 느끼고 생각한 것만이 삶의 모든 것이라고 우기는 작가처럼 지금 닥친 문제와 대면한다. 타인과 감응하기 위해선 뜨거워야 하지만 줄지도 모를 상처를 걱정하면 아무것도 물을 수 없다. 한편 에디터에겐 글을 다루는 자로서의 공명심과 계산된 어리석음이 있다. 그들은 서사에는 약하나 마침표와 마침표 사이의 황제인 까닭에.

에디터와 편집장의 일생은 한 달의 질서 안에서 보내는 팀 스포츠와 같다. 힘이자 짐, 멍에이자 명예, 망할 존귀와 성스러운 누추, 습한 즐거움과 욕창 같은 불쾌, 옅은 표면과 얕은 깊이를 오묘하게 나누기 때문에.

에디터들이 투정 많고 심약한 소녀들로 보일 때 나는 말한다. "외과의사는 수술을 집도할 때 그녀의 질문에 일일이 답하지 않아. 이제 당신의 배를 절개합니다. 흉터를 남길 뿐만 아니라 이후 삼십 년간 밤 생활에 어느 정도 영향을 미칠 것입니다,라고 말하지 않아. 대신 한마디만 해. 메스! 그리고 흉터도 남고 앞으로의 섹스도 위축시킬 선을 살갗 깊숙이 긋는 거야. 의사는 행위에 몰두하지 후일담에 집중하지 않으니까."

편집장은 메뚜기를 씹으며 활자의 광야에서 외친다. 발톱을 세운 아버지 독수리. 자비로운 불의의 교사. 에디터 기저귀를 갈아주다 오줌 소태 걸린 호구. 할당된 한 페이지를 여태 못 쓴 지진아. 흠투성이 인간. 거울에 기대 머리카락이나 꼬는 하릴없는 자.

카니발 시대의 생존자는 다 알고 있다. 에디터들은 날숨처럼 내 인생에서 빠져나가리라는 것을. 잡지 외에 모든 것을 수장시킨 채 젊음을 풀가동한다고 해도 서로가 떠받드는 제단으로부터 떨어져나가리라는 것을.

오스카 와일드

패션 하우스들과 가치 패션의 소매상들은 해마다 남성복 컬렉션을 통해 남자를 '새로운 여자'로 대하는 방식을 시험한다. 남자를 위한 부티크를 만들고, 남자도 여자처럼 재킷 길이와 패턴과 액세서리를 변형하며 놀도록 장려한다. 궁금한 건 왜 이런 은유로, 왜 지금이냐는 것이다.

2009년 파리 남성복 컬렉션 역시나 고역스러웠다. 일단 쪄죽을 것 같았고, 물가는 더 치사했다. 쇼장에서 끈적한 뺨과 뺨을 돌려대며 공중으로 뺑키스를 날리는, 자유로운 영혼인지 스킨십의 찬란한 만찬인지 문화적 교태인지 모를 풍경도 여전히 거북하기만 했다.

폴 스미스 쇼도 기존 매뉴얼의 변종 답습만 같았다. 우아하게 고안된 토털룩도, 고상하고 견고한 구두도 시뜻해만 보였다. 곧 모델들이 퇴장하고 다들 입구 쪽으로 고개를 돌려 연인보다 더한 갈망으로 디자이너가 나타나길 고대하는데, 갑자기 마이클 잭슨의 〈스릴러〉가 들렸다. 그리고 순진한 동네 패거리처럼 겅중겅중 춤추는 모델들 사이에서 폴 스미스가 농가월령가 몸짓으로 런웨이를 돌기 시작했다. 그렇지만 나는 어쩐지 울고 싶어졌다.

이틀 전 마이클 잭슨의 부고가 뉴스 네트워크를 탔다. 다음날, 그는 여전히 죽어 있었다. 어떻게 보면 전날보다 더 죽어 있는 것 같았다. TV는 죽도록 〈스릴러〉 영상을 반복했다. 부적절해 보이긴 했다. 거기서 그는 시체니까. 하지만 폴 스미스는 마이클이 죽음으로 취한 영속성을 패션의 덧없는 순간성 위에 덧입혔다. 문명과 함께 시작한 오브제였으나 어느 틈에 한 계절에 네 번 변하는 속도 유행의 중개인이 된 옷에 다른 의미의 영원성을 대입한 것이다. 입과 몸의 언어로 결합된 음악도 불러들이면서.

호텔로 돌아올 때 아트 딜러 친구에게서 문자가 왔다. 페르 라셰즈 공동묘지에 가보세요. 오스카 와일드의 무덤엔 꼭 들르세요. 그럼 제 말이 무슨 의미인지 알 수 있을 거예요. 파리에 와서 공동묘지에 들른다는 생각은 해본 적이 없었다.

층계와 둔덕을 따라 도열한 석관들, 무성하고 무상한 나무들, 순례자가 많은 무덤과 잊힌 무덤, 지도를 들고 뮈세를 찾는 이와 트럼펫을 안은 채 방부된 청년의 사진……. 묘지는 모든 책임으로부터 방임된 정원 같았지만, 훤한 햇빛 아래 우수와 적막으로 꿈틀대는 몸통을 드러내고 있었다.

묘지 끝까지 올라가 두둑한 대리석 표석에 기대 긴 숨을 쉬었다. 문득 그 이질적인 돌덩이에 제이콥 엡스타인의 날개 달린 천사가 새겨져 있다는 것을 알았다. 천사인지 부처인지 알 수 없는 몸이 색종이처럼 알록달록한 키스 마크와 짧은 사랑의 인삿말들로 덮여선……. 오스카 와일드의 무덤이었다! 나는 친구에게 메시지를 보냈다. 죽는 게 이렇게 가벼울 수 있을까. 오스카 와일드는 옆집에 놀러 갔다가 금방 올 것 같아. 답신이 왔다. 죽었으나 살아 있어요.

사람들은 오스카 와일드가 모순 덩어리라면서 다른 이에겐 그런 말을 하지 않은 듯 군다. 하지만 글 한 단락만 읽으면 그를 알 수 있다. 삶이 무결하진 않았지만 자신도 인식하지 못할 만큼 솔직하며, 스스로 종적을 감추었다고 자신할 때조차 속을 드러냈던 그 사람을. 그때 어디서 왔을까. 바람도 없는데 종이 하나가 툭, 발 밑으로 떨어졌다……. 영원히 잊히지 않을 음향. 나는 마취제를 맞고 꼼짝없이 얼어버린 나비가 되었다.

모서리가 닳은 채 손바닥만 한 종이엔 오른쪽 위로 기울어진 볼펜 글씨의 영문이 적혀 있었다. 오스카 와일드의 한 문장이었다.

살아남기 위해 분투하는 세상에서 우리는 견딜 수 있는 뭔가를 원한다. 그래서 부질없는 것들로 마음을 채운다. 자기 자리를 지키려는 어리석은 희망으로.

오후 두 시. 끝없는 중얼거림으로 주문을 외는 시간. 시계는 삶에 부는 바람들을 다 흡수할 것만 같았다. 모든 사람은 시간을 인지하는 자기만의 방식을 발견한다. 때론 시간이 멈춰서 확인하지 않아도 되는 상태로 유지되길 바란다. 하지만 그날은 명예로운 시간 낭비보다 화려한 건 없다는 생각이 들었다. 멀리 내려다보이는 석관들이 바람에 뒤척이는 빳빳한 치마 주름처럼 보였다.

3장

피상성

내가 좋아하는 와인

여름이 그렇게 싫었는데, 정말 어쩔 줄 몰랐는데, 인간이 변했다. 게으른 어느 저녁, 문득 온화한 바람이 불면 풍 맞은 듯 와인 오프너를 찾는다. 관 속에서 뻣뻣하게 굳어가지 않는 한 여름마다 무념무상, 무릎 위에 올려둔 리즐링 병의 코크를 뺀다. 음습한 마감의 갈피마다 화이트 와인을 한 말 마시고 싶은 충동이 석유처럼 솟구칠 때 단번에 200갤런을 들이붓는 것이다.

와인은 사랑보다 어렵다. 마트에서 임립한 와인의 만리장성 앞에 서면 "니가 날 알아?" 한 병 한 병이 사천왕상처럼 눈을 부라린다. 그럴 땐 "아, 하나도 모르겠다……." 거의 자살에 가까운 속삭임.

나는 늘 누군가의 도움이 필요한데, 모든 관계엔 힘의 균형이 있는 건데, 약속만 하면 다들 나더러 장소를 정하고 와인을 고르라고 해서 항상 골치 아프다. 일일이 장소의 주도권, 주문의 주도권을 갖는 게 얼마나 피곤한데? 모두의 비위를 맞추고 돌봐야 하는 비굴한 삶. 하지만 앞에 앉은 사람이 "난 와인, 잘 몰라서……." 두루 눈치 보며 메뉴 아래 싼 가격대로 눈길도 못 주는 걸 보면 뭔가 확 치민다. 와인 리스트는 지도 같아서 때로 도움을 청해야 하는데, 표정 자체로 거들먹거리는 레스토랑 주인, 비싼 것만 한 다발인 와인 리스트, 이상한 경멸을 풍기며 내려다보는 소믈리에, 겨우겨우 싼 와인을 찾으면 진작에 떨어졌다고 냉큼 뱉는 웨이터, 죄지은 것도 없이 쩔쩔매는 손님 족속들, 웃기긴 서로 막상막하다.

밖에서 와인을 잘 다루는 게 교양 있어 뵈는 풍습 때문에 와인에 대해 모를 여유조차 가질 수 없다니. 와인은 한국의 술 소비 시장을 오래 전전해왔고 매체마다 점유율이 늘었다고 떠들며 와인 셀러 브랜드가 더러 보이는데도 와인에 대한 논의 자체가 공포라니. 와인 크리틱이라 할 만한 것도 없다. 누가 와인에 대해 설명하면 잘난 척하는 걸로 보이기보단 뭔가 갸웃해진다.

꼭꼭 씹히는 타닌, 신선한 미네랄, 아카시아 꽃과 마지판 향취, 시가 박스 냄새, 갈린 후추 향, 유칼립투스의 새카만 맛……. 그건 나의 미뢰가 느낀 맛이 아니다. 좋은 와인에는 특별한 흙의 기운이 담긴 맛이 난다는 말도 너무 포괄적이고 하나 마나 한 소리 같다. 와인 향이 라일락 같다는 말은 론 계곡의 와인을 맛본 사람에겐 보라색 꽃의 향을 설명하는 묘사라지만 솔직히 세뇌의 힘 아닌가. 중심이 없는 사람은 구루를 원하니까. 하지만 와인 서너 병이 겨울 서리처럼 얼어붙은 마음을 한여름 라일락 들판으로 데려가준다면 뭐가 문제일까? 넘치는 캐릭터, 코가 폭발하는 말린 허브, 안장 가죽과 장미 꽃잎……. 진판델에 대한 로버트 파커의 팽팽한 설명보다 거북한 건 다른 와인 사업가들은 불쌍한 고객을 속이려 들지만 자기만은 투명하다고 강변하는 업자들의 태도다.

가장 합리적인 가치를 가진 와인은 론 강 주변의 와인이라지만 그런 말은 세계에서 가장 빼어난 해변이 전부 대서양에 있다는 말과 같다. 모두가 와인 전문가일 필요가 있나? 입천장으로 포도를 뭉개자마자 어디서 자랐고 어떤 통에 담아야 하는지 줄줄 꿰면 얼추 멋져 보이겠지만, 우리는 제조자 이름보다 포도 생산지가 더 중요한 부르고뉴 애호가가 아니다. 전 세계 포도 품종이 모두 몇 개인지, 어떤 포도밭 매니저가 빈야드 주인 아내와 외도한 탓에 와인 맛이 닥터 페퍼처럼 변했다든지, 푸이 퓌세는 샤도네이지만 푸이 퓌메는 왜 아닌지, 수확, 분류, 압착, 펌핑에 대한 세부 지식이 얼마만큼인지는 여름밤의 짧은 만족으로 족한 사람과 무관한 일. 가끔 상표를 보며 수입사나 배급사, 와인을 정한 사람을 찾을 때는 있다. 관료주의적이면서도 예리한 미각이 어떤 건가 싶어서.

누가 "부르고뉴 마실래, 보르도 마실래?" 하고 물으면 답은 하나일 수밖에 없다. 고민이 돼도 두 와인을 같이 마실 순 없다. 그러다 보니 자꾸 규칙을 만든다. 규칙은 사슬이 되어 마음을 묶는데도. 그래도 사연 많은 와인은 싫다. 바디감은 필요하지만 너무 무거워서 피곤한 와인, 복잡한 제조 사이클이 알알이 잡히는 강박적인 와인, 너무 튼실해서 지나치게 살아 있는 와인, 구조와 아로마틱한 우아함으로 무장한 와인, 숨이 멎게 비싼 옥션에서 입찰돼 그 자체로 상전인 와인, 존재감을 가져야 하지만 충분하다 못해 압도적인 와인은 별로. 그런 와인에는 내가 할 것이 거의 없다. 굳이 필요하다면 아주, 아주 조금만 해야 한다.

내가 좋아하는 건 쉬운 와인. 과일 향이 적극적이고, 싸고, 알코올

도수가 낮지 않고, 맛이 복잡하지 않은 와인, 어제 병에 담긴 듯 선선하게 정서를 표현하는 와인, 높이 떠 있는 기분을 주는 와인, 스트리퍼 같은 화끈한 느낌보다 옆집 깨끗한 피부의 소녀처럼 부드럽게 둥근 와인.

폭스 브룩 화이트 와인을 처음 마셨을 때 십 분 동안 입을 닫고 앉아 있었다. 비 내린 여름 냇물을 그대로 떠 마신 듯한 순수(순수란 포도밭 안에서의 일이지만), 은은한 존재감이 한지를 투과하듯 알 수 없는 틈으로 스몄다. 그럴 때 높은 산도의 리즐링인지 순도와 품위의 샤르도네인지는 따지지 않는다. 나에게 와인의 정의는 우아함보단 기쁨. 서둘러 두 번째 잔을 따르고 싶다면 그것으로 족하다.

소더비에서 종일 머물건 말건 우리 마음속엔 오래된 포도나무가 살아서 땅의 가치를 극한으로 이끌 만큼 뿌리 내리기까지는 시간이 걸린다. 나의 포도나무는 악기. 땅은 악보. 와인 농장의 진실이 존중받지 못하면 테루아르가 무슨 소용인가? 마음의 농부로서 나의 의무는 포도나무가 테루아르를 순전히 표현하게 하는 거라고 말하고 싶지만……. 이런 시어는 뇌 속을 홍수처럼 떠다니는 시대정신일까. 화이트 와인이 주는 최소한의 죄의식, 얇은 퇴폐일까.

어쨌든 오늘도 엄마한테 같은 소리를 듣는다. 또 나가니? 좋은 말할 때 술 좀 그만 마셔라?

안목의 이용권

아무리 편견이 없는 척 스스로 뿌듯해해도 말도 안 되는 소리. 인종 차별 안 (당)하려고 애를 쓰고, 빈부의 양면성을 가졌으며, 습한 성적 페티시를 이해하고, 다양한 종교를 받아들이려 해도, 취향을 말할 때만큼은 다들 바보가 된다. 타인의 사회적 위치를 가늠하거나, 성품의 우월함을 따지거나, 어제 지은 죄의 무게를 달아보거나, 지식의 깊이를 추리하지 않아도 그가 무엇을 걸쳤는지는 심봉사라도 눈치챌 것이다. 타인의 취향은 호기심의 전부이며 모든 것에 대한 답변이라서.

취향은 그가 어떤 생각을 하는지 혹은 안 하는지를 어떻게든 일러준다. 그 집 소파와 커튼은 집주인이 하는 말보다 그를 더 잘 설명한다. 책장에 얹힌 책이며 포장마차풍 하이그로시 옥색 식탁까지 모든 게 점사 보는 것 같다. 취향은 지성의 지문이자 눈에 보이는 성격인 동시에 진화의 마지막 수단. 성숙한 담즙을 뿜어내는 어른이건 법의 제재를 받는 타락 분자건, 취향이라는 무해한 영역 안에서 안전하게 머무른다.

취향을 바꾸라는 건 사지를 늘리라는 말과 같다. 개인과 세상을 연결하는 현관문이면서 자아라는 핵심으로부터 우러나오기 때문에. 취향은 간섭할 수 없다. 남이야 식초에 밥을 말아 먹든 말든, 구석구석 애무하다 보면 해가 바뀔 뚱보만 밝히건 말건, 치앙마이의 라푸족 처녀인지 미소니 할아버지의 손녀인지 온통 알록달록하게 입고 다니든 말든, 미꾸라지를 타고 태평양을 건너든 말든.

취향은 지성의 극한점이자 사색의 즉각적인 경고 시스템이라서 반드시 실험과 실수라는 과학적 시행착오를 거친다. 취향은 경멸과도 가깝다. 그 돈 주고 그걸 샀느냐는. 두 시간 요가하고 이틀을 폭식하는 헛수고의 달인이나, 장백산 벌목꾼 허벅지를 스키니진 바늘땀이 터지도록 구겨넣은 유체 이탈의 새 강자나, 책 한 권 안 읽고도 유식한 척 입으로 설사하는 허언증 인사를 보면 인간이 꼭 진화하는 존재 같지 않다. 솔직히 고상한 취향을 가진 듯 보이는 사람도 후진 감각을 들킬까봐 불안불안해하는 거 척 보면 다 안다.

지금 같은 상징의 제국에서 지위와 계층은 수시로 변하지만 위계질서는 쉽게 드러나지 않는다. 그 속 깊숙이 들추면 순위란 협상의 결과라는 걸 알게 되는데, 이때 취향은 순위를 매기는 데 결정적 역할을 한다. 소비 사회에서 개인의 성격을 드러내는 건 지금 걸친 옷 브랜드와 유행을 따르는지의 여부이기 때문에. 취향의 주류 성향, 진부한 속물성은 사회의 도로 중앙통에서 번쩍번쩍 빛난다. 롤렉스 18K 금통 데이토나를 찼는지 70년대 21석 수동 국산 오리엔트를 찼는지, 디젤 워싱 컨버스를 신었는지 칠성제화의 검정색 윙팁 구두를 신었는지.

결국 취향은 문화의 농장이 되어 모든 감각 체계를 정복했다. 이를테면 시각과 청각은 감각 중추신경계의 가장 중요한 부분이 되었다(에로틱한 환경일 때 특히 기분 좋게 만드는 촉각을 빼놓을 순 없지). 단순히 문화적인 관점으로라면 취향은 분명 입맛으로부터 유래했을 것이다. 미각은 좋고 싫은 맛을 가려내는 동시에 죽느냐 사느냐를 판단하는 기준이기 때문이다(그런데 예전 황제들은 음식 간 보는 사람을 곁에 두고 독이 들었는지 여부를 면밀히 살폈을 텐데 어떻게 그렇게 자주 독살 당하고 그랬을까).

취향에 특정한 가치가 있다고 해도 그게 절대적으로 옳을 리 없다. 대중 전체가 어떤 대상을 싫어한다는 건 모두가 그것을 좋아하는 것보다 낫다. 모두가 싫어하는 일은 논쟁을 숨기고 있지만, 한꺼번에 하나를 좋아하는 것은 파시즘 류의 파괴 체계를 만들기 때문이다.

본질적으로 취향은 동일시하는 것에 열광한다. 그래도 역시 좀 더 개인화된 취향을 고집할 필요는 있다. 누구도 남이 먹여주는 대로 먹다가 위하수증 걸려 삶을 마치고 싶진 않을 테니까.

그 쇼장에서 무슨 일이 일어났나

이탈리아 남부의 여름 같은 건 어디에도 없다. 태양의 함대가 도시의 오래된 돌 위로 항해할 때, 전선은 녹아내리고 아스팔트는 스펀지처럼 흐물거린다. 프랑스인들은 시츄의 혀처럼 처지고, 독일인들은 물 웅덩이가 되며, 영국인들의 피부는 고동색으로 익고, 중국인들은 먹태처럼 구워지는데, 이탈리아 사람들은 알프스를 넘어온 푄 바람처럼 작정하고 시원해 보인다. 미트볼처럼 금간 나의 몸이 나폴리 피자 토핑보다 먼저 흘러내리고 집에서 챙겨온 코흘리개 손수건으론 눈썹 사이의 땀에 맞설 수 없을 때, 죽음보다 나쁜 운명은 여름날 밀라노 남성복 컬렉션에 가는 것이다. 그런데 섭씨 40도에 계절을 무시하며 내내 바싹 마른 상태를 유지하는 이탈리아 남자들을 보면 뭔가 다윈이 말한 적응의 개념에 대해 할 말이 생긴다.

언제나 시대의 승자가 있었다. 90년대는 테크놀로지, 80년대는 일본이었다. 70년대가 금이었다면 60년대엔 석유였다. 그럼 21세기의 승자는? 단연코 런웨이고 말고. 패션 위크는 도시의 황금 시대에 가치를 잴 수 없는(혹은 가치가 없는) 거품을 걷어내기 위해 생겨났다. 그리고 컬렉션은 반년에 한 번, 젤라틴을 형성하는 엔터테인먼트의 집합체이며 견딜 만한 의식이자 굉장한 유물이 되었다.

시대는 늘 이벤트의 배경이 되지만, 패션 위크 땐 즐거운 소동이 이어진다. 택시와 버스, 큰 차와 작은 차가 도시 중심부를 가르며 패션 안에서만 서식하는 사람들을 나른다. 바와 나이트클럽은 프라이빗 파티로 문을 닫고, 패션 스쿨 학생들은 무리를 이루며, 외국인은 세일 가게를 점령한다. 이런 광경이 관습이나 통념에 따라 달라지진 않을 것이다. 패션은 옷에 환장한 사람들 사이에 공유되는 것 이상의 무엇을 이끌기 때문이다.

몇 십 년 전에 복식 발표회는 비밀이었다. 객석엔 디자이너가 초대한 제한된 관객만 있었다. 이제 모든 컬렉션은 실시간으로 웹사이트에 오른다. 바늘 한 땀조차 민감한 이들, 웬만큼 이름 있는 명사들, 쇼의 미적 상업적 목표를 알고 싶은 에디터들, 돈 다발을 깔고 앉아 쇼를 보는 바이어들은 패기 있는 신인 디자이너를 주시하지만 패션 원로들이 사라진 것쯤은 안중에도 없다.

남성복 쇼가 사회적으로 공유되는 경험으로 눈금 매겨지는 동안 나에겐 순진한 관점이 생겼다. 구매자로서의 지점. 나에게 패션은 판타지보다 리얼리즘이어야 하니까. 리얼리즘은 무척 흥미롭고 결론도 없어 보이니까. 하지만 컬렉션에 갈 땐 어떤 통계로도 나에게 맞는 카테고리가 없다는 생각이 든다. 나는 어디에 속한 사람인지 어떤 것을 믿을지.

나에게 컬렉션은 두 가지로 분류된다. '저렇게 입을 수도 있구나', '저렇게까지 입어야 하나'. 거의 언제나 기능장애에 걸렸다. 너무 망가져서 손쓸 도리 없는, 주문이라도 하려면 청심환을 한 알 먹어야 할 퓨

전 레스토랑의 이상한 메뉴 같아서. 나에겐 늘 삶은 듯 더러운 스웨터, 그 남루와 추함, 많은 사람이 옷에 남긴 손자국의 우아함이 오히려 새 사조처럼 보였다. 낡고 음란한 혼돈은 디자이너에게 권능을 줄 거라고. 향수(鄕愁)는 싫었다. 이미 써버린 티슈니까.

그런데 저 마른 애들은 왜 절지동물처럼 관절을 삐걱거리며 라텍스를 씌운 무표정으로 홀 안을 돌아다니지? 바지가 엉덩이에 걸쳐 있는데다 벨트고리도 없는 옷을 나더러 입으라고? 벽에 머리를 찧고 싶은 저 소음은 뭐지? 발을 질질 끄는 걸음걸이와 머뭇거리는 태도는? 〈캣츠〉 코러스처럼 기괴한 자들은 누구야? 이것이 개구리와 원숭이를 거쳐 슈퍼 원숭이가 된 우리가 입고 싶은 것들이야? 이 쇼엔 나중에라도 토론할 만한 철학이 있나? 패션이 진실이라면 신체, 양심, 머리, 심장과 일치해야 하는 거 아냐?

그러나 몸에 안 맞건 헌 옷 같건 옷은 일상적 삶을 반영한다. 토요일, 마트에서 온 이들의 체형이 다 자포자기적인 것처럼. 그러나 밀라노에 몰려와 호텔 숙박비를 올리게 만들고, 식당을 채우는 프레스와 바이어부터, 캣 워크와 스트리트 사진가까지, 프론트 로에서 스탠딩 구역까지, 어떤 의미로 컬렉션은 맨 앞줄에 누가 앉았나 살펴보며 세속적 존재감을 견주는 자리가 되었다.

컬렉션 장에서 더워 죽겠는데 한 톨 방심 하지 않게 입은 남자들 사이에 있으면 일종의 광기와 슬픔의 데카당스를 느낀다. 발목이 보이는 바지, 너무 달라붙어 트윙키 하나 넣을 수 없는 코튼 블레이저, 솔이 두꺼운 구두, 색스 블루의 적극적 앙상블, 아마도 왁스를 바른 콧

수염, 마이크로 길이까지 계산된 턱수염은 초고밀도의 패션 에너지를 내뿜는다. 대전 중앙시장에서 동생이 사준 5천원짜리 구제 티셔츠를 입고 공작 같은 남자들 사이에 끼어 앉을 때, 나의 무기는 초연한지 무표정한지 머리가 비었는지 영 헷갈리는 무표정 마스크. 있어선 안 되는 데 와 있는 기분이면서도 다음엔 저 지보다 잘 입어야지, 본젤리 또 핥는 혀를 깨문다(또다시 출장 가방을 쌀 때마다 머릿속에선 패배의 겁먹은 목소리가 외친다. 컬렉션의 생중계 순간을 나의 스토리로 편집해야 하는 의무는 다 잊고. "잘 입으면 뭐 해? 더워 죽는데. 여차하다간 짧막한 셜록 홈즈가 된단 말이야.").

그럴 때, 우린 다 자기만의 방식으로 다르고 예쁘다는 말, 아름다움은 절대적 완벽함이 아니라 입술 주름 같은 세부에 숨어 있다는 현자 코스프레는 의미 없다. 람세스와 저녁을 먹는다 해도 자기가 걸친 것에 뻔뻔할 수 있다면 놀라운 분량의 자유를 얻을 것이다. 그러나 뭔가 꿀리는 죄인의 얼굴을 드러낸다면 지나가는 밀라노의 개조차 수치심을 짓밟을 것이다.

또 다른 종족의 무대가 이어진다. 몸의 윤곽, 걸음걸이와 손가락의 형태, 쇄골과 턱 선, 가슴과 허벅지의 중량, 엉덩이 윤곽선의 세세한 부분을 점검하는 눈길, 전시용 기초 지식과 교태, 배신 당하면서도 일단은 예쁘고 봐야 하는 엷은 목소리는 아직 살아 있단 걸 서로 확인하는 친목계. 그들 사이에서 나는 원숭이처럼 웃었다. 존재하지 않고 존재할 수도 없으며 존재해선 안 될 것 같은 기분으로.

초콜릿 공장 같은 패션 도시의 판타지에서 빠져나오자 마자 피곤한 현실이라는 또 다른 판타지가 기다린다. 며칠 자리를 비웠는데도 서울은 더 습하고 지쳐 보였다. 도시 전체가 구약에나 나옴직한 돌아오지 못하는 지점에 이른 것 같았다. 천지에, 자기가 더는 한창때가 아니며 늙어간다는 사실을 못 견디는 사람뿐이라는 게 다시금 새삼스러웠다. 다들 하는 일이라곤 먹고 마시고 누가 제일 예쁘고 웃기는지에만 관심 쏟으며 성격을 잃어버린 도시에 매달 수백만 원씩 갖다 바친다. 한 번의 생을 살고, 한 명의 섹스 파트너를 가지며, 단 하나의 얼굴로 살아야 한다는 게 얼마나 제한적인지, 그런데 매 시즌 쏟아지는 옷가지들은 왜 그렇게 황홀한지, 모든 게 알 수 없는 고문이 되었다. 이런 흐름은 어디로 가는 걸까? 어떻게 삽시간에 여기까지 왔을까? 누가 그 대가를 치르게 될까? 알고 보니 현실이야말로 응집된 형태의 판타지였다. 그야말로 더 집적적이고 하드코어적인 판타지였다.

(그 컬렉션의 주인은 질 샌더의 새 얼굴도 미우치아 프라다도 아니고, 일본 《GQ》 편집장이었다. 고이즈미처럼 컬진 머리, 하늘색 슈트와 깃이 작고 뾰족한 스트라이프 셔츠, 반바지, 종아리까지 치켜 올린 까만 양말, 굽 있는 스니커즈, 성장(盛裝)한 소화시대 어린이 룩은 옷장의 대혼란과 같았다. 진정 남성적 우아함이란 천과 색을 혼합하는 감각으로 드러나는 것. 쇼핑할 의사가 있고 챔피온 셔츠를 고를 안목이 높다 해도 갑갑하게 입는 그 나이의 표본과 아예 상관없었다. 마르니 쇼, 내 건너편에 앉아 (필시 밀라노 시간과 일본 현지 시간을 번갈아 보기 위해) 오른손엔 크로노스위스 타임마스터와, 왼손엔 벨 앤 로스, 하나같이 빅 사이즈 시계를 찬 그 양손을 보며 마지막으로 웃었다.)

별도 달도 모두 숨어버렸어

먼지바람이 날리는 긴 일요일. 저녁 일곱 시에 깼다. 구름의 이상한 빛은 멀리서 찾아온 바다 위에 떠 있는 것 같았다. 황혼은 산을 바꾸고 있었다. 협곡의 위아래가 뒤집히고, 절벽이 안쪽으로 숨고, 하늘은 거의 지형화되기 시작했다. 서쪽 지평선 위 별들이 빛으로 녹아 내리자마자 보름달이 낮게 차올랐다. 공중에 밝혀진 천 개의 촛불이 나를 계란처럼 부술 때, 평생 안 하던 짓을 했다.

애꿎은 저녁 시간, 뒷산에 오르는 내가 미친 건지 실성한 건지 알 수 없었다. 그 산은 종종 달빛 아래 눈 내리는 들판이나 소나무 숲, 고요한 연못에 저녁 하늘이 비치는 몽고메리의 소녀풍 산과 달랐다. 이 산동네로 이사온 뒤 한 번도 오른 적 없던, 태종의 사냥터라는 설로만 완상하던 산. 나같이 나태한 사람에게는 이 구릉이 지구에서 가장 달콤한 소리를 내는 곳이라거나, 산을 성적 대상으로 느낄 만큼 열렬히 사랑한다던 선지자들의 고백이 도무지 희한하게 들릴 뿐이었다.

해가 지면 세상은 바다 밑의 산처럼 흑백사진 형태로 변했다. 멀리서 아파트와 모텔이 네온 빛을 뿜어내지만 밤의 산은 인공의 소음으로부터 벗어나 있었다. 육십 미터만 올라갔는데도 산이 침묵의 저장고란 걸 알게 되었다. 형태 없는 공간과 귀 기울일 수밖에 없는 시간,

바람 천막의 펄럭임, 나무 사이를 훑는 낮은 음들, 무서운지 고독한지 알 수 없는 벌레의 흐느낌이 알렉산더 콜더 모빌의 연결선처럼 떠돌아 다녔다.

망원경으로 네 개의 갈릴레오 위성을 봤다던 친구가 있었다. 목성과 토성, 구형의 밀집 형태를 가진 별의 그룹과 쌍둥이 별(하나는 파랑, 다른 하나는 금색이라고 했다). 나는 급격히 나빠진 눈으로 밤 열 시의 하늘에 떠다니는 별들과, 그 옛날 갈릴레오가 직접 제작한 (요즘 초급용 망원경보다 못한) 망원경으로 확인했던 달의 계곡을 보았다. 도시의 불빛은 달보다 750배나 밝았다. 너무 밝아 그 아래에서 아기를 낳아도 될 것 같은 첨탑은 얼음처럼 찬 수은 조명을 쏘아올리고 있었다. 풀 위에 살찐 등을 대고 누워 하늘을 보았다. 바로 위에 떠 있는 하늘은 어둡지 않았다. 빛들의 희미한 집합은 목가적이지 않았다. 하늘을 가로지르는 별의 줄은 어디 있을까. 몸을 움직이지 않으면 바람에 흔들리는 별을 볼 수 있을 것 같았다.

어릴 때, 갑자기 정전이 돼 세상이 암흑과 같았는데, 몇몇 아이들은 길거리에 나와 하늘을 보며 외쳤다. 태백산에서 이쑤시개 끝만큼의 틈도 없이 까만 하늘을 보았던 열일곱 살, 자연의 시가 주는 쾌락은 속옷 귀퉁이를 들킨 듯 나를 영원히 허약한 상태로 만들었다.

갈릴레오 때의 별은 너무 휘황해서 땅에 그림자를 던졌다. 2세기 전 사람들도 제 집에 빛을 쏘지 않았다. 달이 비추는 빛을 즐겼다. 이젠 도시의 밤을 쏘다녀도 검은 하늘을 볼 수 없다. 높이 쏘아올린 인공 조명은 별빛을 씻어버렸다. 발견과 영감의 역사 속에서 가장 힘이 세던 인간과 밤의 관계는 다 꺾였다.

가끔 은하수를 보는 이들은 그 이름 때문에 당혹스러울 것이다. 남산타워에서 구름 없는 하늘을 볼 때 달 말고 다른 것을 알아볼 수 있을까. 갈릴레오가 망원경 없이 보던 것들을 볼 수 있을까. 달 없는 밤, 농촌 하늘에서 가장 밝은 건 은하수가 아니라 라스베이거스의 불빛이라더니, 갈릴레오가 봤던 하늘을 보기 위해선 터키 오지나 페루 북부의 골짜기로 떠나야 할 것이다.

눈 앞의 전경이 인간의 관습과 형식, 가공물과 언어를 담은 문화의 집합체라면 지금 내 눈을 채운 저 달은 무엇일까. 사회 밖으로 밀려난 판타지에 다가가기 위해 필요한 순수일까 혹은 철저한 바보스러움일까.

어쩐지 마음이 커진다. 얼음 녹는 시기가 전보다 한 달 빨라진 기후변화와, 자기 것만 챙기는 날들과, 뭘 해도 욕 먹고 안 해도 욕 먹는 저잣거리의 소음과, 그 월계관에 대해서도…….

사라진 지도

그 전에는 따로 여행을 떠날 때마다 선천적 불구인 방향 감각 때문에 몹시 힘이 들었다. 여러 지역의 패턴을 하나로 묶는 건 고사하고 낙오될지 모른다는 무서움만 압도적이었다. 결국 취약한 개인의 지평을 넓히자는 야심은 말로만 그쳤다. 지도에 의지해 각 지역이 서로 어떻게 관계되어 있는지 파악하고, 루트를 짜고, 지도에 제시된 단서에 기초해 실제와 비교해보는 복잡한 게임은, 탐구심이 적고 약관 하나 판독하는 것조차 러시아 소설을 읽듯 힘든 사람에게는 평생이 걸리는 일이었다. 하지만 지도의 선과 색, 상징을 파악하고 그 의미를 알아내는 건 단순히 가고 싶은 장소를 찾는 문제가 아니었다. 그건 세계를 재조립하는 방식이었다.

지도는 모험심을 상징하지만 모험의 강도를 떨어뜨린다. 물론 좋은 지도는 위험을 감수하게 만든다. 소극적인 누구라도 개척자로 만드니까. 그래서 서른 살 넘어서는 어디 여행 갈 때마다 지도에 나만의 암호를 새겨놓기로 했다. 가고 싶은 곳뿐만 아니라 이미 가보았던 장소에 대해서도 이야기해주는 표식들을.

그 해 9월, 이탈리아 투스카니를 배회할 때의 여정은 녹색의 북부 이탈리아 지도에 꼼꼼히 표시되어 있다. 코카인이 지천이던 암스테르담 지도에는 안네 프랑크의 집을 향한 순례의 궤적이 새겨져 있다. 피렌체 지도에 그린 원은 서른두 살 7월에 잠깐 체류했던 14세기 옛집을 의미한다. 어느 지점에 그린 감탄사는 지도에 없는 폐허의 벽에서 본 프레스코화를 설명하는 것이다.

10월에 루브르 박물관 서점에서 로마네스크 시대의 프랑스 지도를 샀다. 거기엔 예술사가들이 초기 르네상스 양식이라 부르는 수도원과 성당들이 세심하게 배치돼 있었다. 나는 14세기 건축의 원시적 아름다움을 보여주는 부호 옆에 마음의 점을 찍었다. 유달리 이끌리는 교회 옆에는 별도 그렸다. 15년이 지나 그때 내가 체크했던 프로방스 수도원 몇 곳에 갔을 때, 나는 중세 수도원의 어두운 내부를 통해 프랑스의 어둑한 신성을 재인식하게 되었다. 단어만으론 쉽게 연상되지 않는 기억을 찰나에 불러오는 지도의 비밀까지도.

그땐 몽상을 위한 지도들도 수집했다. 버진 아일랜드 하이킹 지도, 과테말라 지도, 호주 철도 지도, 아프리카 위험 동물 서식지 지도……. 바닥에 펼쳐놓으면 산맥과 평원, 내해(內海)가 보였다. 맛보지 않고는 도저히 알 수 없는 세계. 나는 다시 파란색과 회색으로 칠해진 세계를 상상했다. 시베리아와 그린란드 사이로 뻗은 심해를 손가락으로 가볍게 건너뛰었다. 그 빙하의 표면을 건너는 배를 본 적도 없으면서 공연히 동요하던 마음은 무엇이었을까.

나의 수집 목록에 있는 내셔널 지오그래픽 지도는 티라노 사우루스가 주인이던 쥬라기 시대의 아메리카 대륙을 보여준다. 그 형태는 어렴풋한 윤곽으로 그려져 있지만, 거대한 원시 동물들이 지배했던 땅은 해안선을 따라 적시되어 있다. 그리고 나는 그때도 파도가 해안으로 밀려와 흰 포말을 남겼을까, 잠시 생각해보는 것이다. 지도를 해석하던 시절은 세상 속에서 내가 밟을 장소들을 찾게 해주었을까, 회의적으로 고개를 저으며.

올림픽이 영웅을 만드는 방식

단순한 게임도 최고가 될 때는 철학적 논쟁을 일으킨다. 사람들은 원칙과 기술이 혼합될 때의 사색적인 분립을 즐기니까. 리우 올림픽을 보면서 제임스 레바인이 지휘한 바그너의 〈발퀴레〉를 생각했다. 마지막 막이 열려 음악과 드라마가 결합하고 복잡한 진실이 엉키던 순간의 양면성. 논쟁을 일으키는 양면성. 예술엔 흔하나 스포츠에선 가장 적은 양면성. 정교해질수록 예술과 가까워지는 양면성.

특정한 경기는 수면제와 같거나 전염병인 양 피하게 만들었다. 실망과 경멸도 있었다. 그러나 어느 것도 서울 올림픽에서의 벤 존슨 같지는 않았다. 어떤 선수들은, 인생은 기술과 순수 사이에서 지속적으로 싸우는 것임을 보여주었다. 삶 전체가 승리 하나에 매달려 있는 듯 필사적인 선수도 많았다. 그 경쟁심과 허기, 불안과 전율, 초대형 열망은 타인에게 설명될 수 없을 것이다. 카메라 앞에서 현실이 된 꿈과 깨어진 꿈을 온몸으로 시연하는 선수들은 서정적인 전염 같았다. 하품이나 웃음처럼 그들이 울면 따라 울었다. 그들이 환호하면 덩달아 열반에 들었다. 그때 우리가 보는 것은 실력 지상주의의 불안이 가득한 엘리트 스포츠 세계, 기대라는 압력을 퍼붓는 정부, 가차 없는 통제, 감정적 비참함, 장비의 한계, 논란을 부르는 점수 시스템이 아니라 그의 성취에 바쳐진 무한의 깊이였다.

주제는 무엇일까? 성공일까? 성공은 무엇일까? 프로든 아마추어든 시합에 나가 먹고살 정도의 수입을 얻는 것? 전 세계 상위 몇 위 안에 들면 충분할까? 토너먼트 과정에서 전부를 쏟아부은 것으로 목에 건 마법의 노란 통과증은 그가 원하는 곳으로 데려가줄까?

경기가 끝나면 스포츠에 대해 아는 게 있는지 알기나 하는지 자주 혼란스러웠다. 선수의 탁월함을 판단하는 기준이 무엇인지 수시로 모호했다. 선수들이 비슷한 상황에서 경쟁하는 골프나 탁구라면 답은 좀 쉬울 것이다. 누구도 마롱이 행성 최고의 탁구 선수라는 것에 반박하지 않는다. 팀 스포츠인 야구는 조금 미묘하다. 야구는 투수와 타자 사이의 신중하고 의식화된 조우의 연속이기 때문에 통계와 순위와 분석이 또렷이 잡힌다. 야구는 직관과 (집계로 뒷받침되는) 판단 사이의 불균형이 비교적 작지만, 농구처럼 상황이 복잡해질 때 눈으로 보는 것의 한계는 두드러진다. 보이는 대로가 아닌 결정적 인과를 포함한 일련의 것들을 고려해야 하는 것이다.

그렇다면 선수의 플레이와 팀의 승리는 어떤 법칙으로 관련돼 있을까? 선수의 가치는 팀에 가져다준 승리의 숫자로 확보될까? 개인의 기록은 팀 안에서의 역할 위에서 어떻게 해석되어야 할까? 선수 평가에는 숫자 말고 다른 접근법이 있을까? 그 전의 규격은 그 출중함을 헤아리는 데 여전히 유효할까? 어느 슈터의 최고 득점률은 발군의 기량을 말해주지만, 공을 잡았다 하면 슛부터 쏘는 이기적인 성격과 팀 동료 모두가 리바운드에 능하다는 사실을 암시하는지 모른다. 그러나 파울은 얼마나 하는지, 점수는 얼마나 효율적으로 얻는지, 실책은 잦은지, 블로킹과 리바운드엔 적극적인지, 슛에 이르는 퍼포먼스가 매력적인지를 말해주진 않는다. 사람들은 자기만의 관점으로 그 경기의 게슈탈트를 이해하고, 선수의 특징과 결의와 성장 여부를 판단한다. 관점은 몸으로 획득한 지식의 다른 형태. 문제는 각각의 변수에 얼마만큼 무게를 부여할지 애매하다는 것이다. 상황이 꼬이면 사람들은 임의대로 알고리즘을 만든다. 그런 임의의 알고리즘은 임의적이기 때문에 실수를 부른다.

스포츠와 전쟁만이 영광의 위상을 얻거나 추락한 영웅을 만든다. 올림픽의 순간 속에 비치는 신체적 우아함은 인종적·도덕적 동등함과 결부된다. 신체적인 것과 도덕적인 것의 조화 속엔 스포츠맨십이라고 불리는 겸손이 곁들여진다. 최고 경지에 도달하기 위해 주도면밀하게 기술을 마스터한 운동선수는 단지 빨리 뛰고 헤엄치고 공중을 차오르는 강인한 신체의 청년이 아니라 올라운드 예술가인 것이다.

체조 선수들이야말로 집착적이고 환상에 불과한 완벽주의가 실재한다는 것을 보여준다. 이상에 다가가는 인간의 조건. 잃어버린 고전 시대의 표본. 꿈의 핵. 스포츠의 완전한 심미성을 가르쳐준 것은 1976년 몬트리올 올림픽의 나디아 코마네치였다. 그녀가 이단 평행봉을 전기 뱀장어처럼 휘감다가 눈금자보다 정교하게 착지했을 때, 기계체조 역사상 최초(이자 일곱 번)의 만점이라는 위업을 낚아챘을 때, 있었는지도 모르는 벤 존슨, 알랭 웰스, 린포드 크리스티……. 올림픽 100미터 결승 우승자 이름을 다 외운 건 무슨 까닭이었을까.

키 153센티미터, 몸무게 39킬로그램의 열네 살 소녀는 사소한 실수 하나로 기회는 사라진다는 두려움을 무표정하게 묵살했다. 기계적 확고함, 난이도의 극단적 범위, 추가된 신체적 혁신, 실수 없는 경기는 상상도 못하던 시대를 뒤집은 이질성, 평균대 바닥에 손을 대지 않고 도는 에어리얼 카트휠, 앞으로 나가다 몸을 홱 뒤집는 마루의 아라비안 파이크, 별 노력 없이 하는 듯 뒤로 반 바퀴 비트는 공중돌기, 발목이 흔들리지 않는 착지, 힘차면서 부드럽고 과감하면서 우아한 활강. 코마네치는 더 작고 더 마르고 스트레스에 찌들고 식이장애가 있는 어린 오필리어가 아니었다. 동구권 체조 선수들의 남성적인 몸놀림이 스포츠의 우아함을 퇴색시켰다는 비난이 번성할 때 체조가 스포츠의 결과론적인 진화라는 것을 증명한 여자애. 날 듯이 허공으로 솟구쳐 몸의 한계 너머 말로 전달할 수 없는 인간의 영역을 깨운 냉정한 작은 벼룩. 머리에 리본을 묶은 그 소녀는 부모의 실수가 아니라, 전체주의적 강요가 아니라, 완벽함을 보고자 하는 사람들의 원시 충동이 만든 존재 같았다.

다문화적인 민주주의, 초과된 열광, 인류라는 감정의 세계로부터 잠시 낙오된 증오, 입안에 남는 재의 맛. 올림픽이 끝나자 매일의 불편을 불평하는 일상으로 되돌아왔다. TV는 금메달이라는 단어를 발음하느라 낭비한 기억만 남기고 꺼졌다. 하지만 절정의 즐거움을 연장하는 방법도 있다. 시간을 건너뛰어 다시 도쿄 올림픽에 몰두한다면. 2020년의 도쿄는 누구의 황홀 위로 흘러갈까? 모든 것이 인생의 일화, 꿈의 삽화 같다.

실수투성이

남성성의 가장 큰 비극은 실수의 비율이다. 남자는 의인화된 실수. 몇 살이든 항상 실수한다. 게다가 요즘 남자들은 옛날 남자들이 겪은 실수를 똑같이 따라한다. 남자가 기댈 데라곤 오직 하나. 실수 없이는 보상이 없다는 뻔한 가르침뿐이다.

잘못의 유형도 때에 따라 다르다. 십대 때 미녀 바텐더와 도망가진 않는다. 그땐 너무 빨리 뜨거워지거나 식는 것만이 실수였다. 단지 너무 많은 꿈을 꾸었고, 꿈을 멈출 수 없었다. 중독에 대해선 알고 있었다. 진짜 살이나 피를 대체하는 어떤 것들도. 하지만 밖에 나가 찬 공기를 마시지도 진짜 관계를 만들지도 못한다. 한 손을 사타구니에 넣은 채든 교과서에 코를 박은 채든 남자가 되지 못한 소년들은 인생이 언제 시작되는지 궁금해했다. 그리고 다른 꿈을 꾸며 십대에서 진짜 삶으로 넘어갔다.

이십대의 실수는 젊음이 영원할 거라는 착각이다. 시간이 엄청나게 많으니 방황은 권리였다. 여전히 어리고 늘 존중받아야 했다. 모든 걱정마다 스크래치 투성이었으나 기회는 늘 있다고 우기며 안주했다. 시시한 추억과 첫 번째 상처를 경험한 뒤에야 그 시기가 얼마나 중요했는지 돌아보지만 시간은 이미 달리기 시작했다.

삼십대의 실수는 이미 늙었다고 생각하는 것이다. 뭔가를 시작하기도 끝내기도 이른 나이. 그때부터 인생은 시끌벅적해진다. 동시에 부모가 늙어가는 게 아니라 진작에 늙었다는 것을 깨닫는다. 그리고 자신의 첫아기에게 인사할 때 부모와도 작별한다. 젊음의 광채는 곧 닳고 이제 결정해야 할 순간이 온다. 포기할 것인지 반발할 것인지.

사십대의 실수는 약화된 젊음을 불러오려는 것이다. 머리카락을 꽉 붙들고 아랫도리를 딱딱하게 만드는 방법만으로.

씁쓸함은 오십대의 실수. 낙관적 태도와 건강을 다 잃은 뒤 실수가 자기를 설명해주기를 기다린다. 자주 화를 내고 스스로를 방치하면서. 남은 것은 돈 많고 유명한 사람에 대한 묵은 질투. 복수심은 유치하고 역겨울 따름이다.

거기서 더 나이 든 남자들의 실수는 두려움이다. 죽음과 시간 낭비에 대한 두려움. 한때 사랑했던 것들, 벌고 쓴 돈, 올랐던 산과 가본 장소, 함께한 진짜 우정, 적절한 시기에 수술한 사실까지 모든 게 회한이 된다. "정말 좋은 날들이었어", 프랭크 시나트라 노래를 불러보지만 인생은 망각과 함께 두터워지거나 달콤해지지 않는다. 이윽고 마지막 위안은 이 나라의 역사 속에서 가장 고생스럽게 살다 간 세대라는 원통한 확신뿐.

새집 증후군

새집으로 이사하고 매일 가구를 재배치하면서 수족이 바쁜 나날을 보냈다. 할 말을 잃은 사람들이 눈길을 주는 공간마다 《아키텍처럴 다이제스트》의 스프레드 컷으로 보이길 획책하면서 양쪽 벽이 책으로 덮인 복도와, 클로데트 스뢰더르스(Claudette Schreuders)의 〈Boy〉가 걸린 서재와, 공원으로 향한 발코니 사이에서 교활한 파티를 열었다. 집만큼 새출발하기 좋은 구실이 없으니 밖에 나가 일생의 번뇌에 시달리는 것보다 집 안에서 빈둥거리는 게 속은 편했다. 그런데 집은 나의 심장이며 그 박동은 다른 영역에서도 힘차게 뛰어야 할 텐데 틈만 나면 욕실 등을 바꿀까, 골몰하는 건 왜일까? 욕실은 위험 부담이 적은 장소니까 그 정도야 봐줄 만하다 쳐도 그 무시무시한 계단 공사를 다시 하겠다고 눈에 핏발 세우는 건 문제는 문제다. 타일을 붙이는 동안 삶의 아주 큰 부분이 떨어져나갈 테니까.

울긋불긋 꽃대궐이건 잠시 들렀다 가는 휴게소건, 집은 뭔가 의기소침할 때 나에 대해 말해준다. 내가 누구인지 어디로 가는지 거울보다 똑똑히 나를 비춘다. 소파를 덮은 담요는 내가 관계에 집착하는지, 직장 스트레스는 어느 정도인지 냉큼 일러준다. 탁자에 똑바로 놓인 메모지는 삶을 잘 접고 분류하는 성격을 드러내지만 계획이 틀어지면 정신 못 차린다는 것도 암시한다. 일상의 세세한 영역을 너무 제어하려다 폭삭 망할 거라고. 폭풍우 속 부두처럼 삐걱거리는 의자에 집착하는 데는 뭔가 다른 요소가 작용할 것이다. 미완성의 방은 여전히 학생이고 싶다는 무의식적 소망을 투영한다. 어른이 되길 회피하면서 불건강한 선회 경로에 묶인 거라고. 아무튼 집에 있는 하나하나가 일일이 나를 고자질한다면 물건이 아예 없어야만 비밀을 지킬 수 있을 것이다.

사람은 불안을 느끼면 수동적으로 변한다. 그 수동성은 도저히 상쇄할 수 없어서 내 마음을 다 아는 집 물건들이 가자는 대로 따라갈 수밖에 없다. 그것이 내가 페인트 떨어진 마루에 느끼는 바고, 마루가 나를 비난하며 "빨리 지워!" 무섭게 윽박지르는 이유다.

지금 당장은 집에 아무것도 더할 수 없다. 단순하게는 물건을 둘 공간이 없다. 청소도구함만큼 좁은 집은 아니지만, 훌륭한 라이프스타일 선택 조항으로 소유의 결핍을 한껏 강조한다. 이 금욕주의엔 어쩌면 종교적인 요소, 부족함에 대한 보상의 요소가 있다. 예를 들어 일요일에 예배당에 안 간다면, 회개하지 않는다면, 미래를 위해 오늘을 아낀다면 자제라는 기쁨의 규율을 놓칠 거라고. 그래서 종교적 절제 대신 금욕을 소매하려는 건지 모르겠다.

울지 않고는 내가 애착을 가진 것들에 대해 이야기할 수 없다. 보이는 건 온통 실패의 풍경. 옛날 책꽂이에서 탈출한 책은 잭의 콩나무처럼 천장을 뚫고, 그 많은 티셔츠는 옷장 바닥에 개털로 만든 공처럼 뭉쳐 있다.

《샘터》와 《뿌리 깊은 나무》를 대학 때부터 가지고 있으면서 제대로 들춰본 적 없다는 게 희미하게 역겹다. 신지 않는 신발(나 다족류라서 그거 다 필요해), 아예 고사한 향수(이젠 방향제로도 못 쓴다), 갑자기 필요할지 몰라서 산 일회용 밴드(인생은 나중에야 그 어딘가로 도달하는 여행이지), 육 개월 안에 호텔을 지을 것도 아니면서 주문한 다량의 침구(삶은 지금이 아니라 호텔 부지를 사는 훗날 실컷 덮을 거야!), 금속의 아름다움에 홀려서 산 프라이팬(달걀 프라이 말고 뭘 만들어봤나?), 변강쇠를 닮은 양초(정전 되는 밤이 없었어), 날짜 지난 쿠폰(안 지났다 해도 쓰는 방법을 모른다), 정지한 지 오래인 예금 통장(어차피 저금할 돈도 없다).

언젠가 정리할 거라고 입술을 깨물지만 그 한 시간을 내지 못했다. 팔이 네 개인 인도 브라흐마 신도 이걸 따로 치워줄 팔을 빌려줄 것 같지 않다. 대체 왜? 오래된 물건들이 주는 유대감이 그렇게나 사무쳐서? 아이들의 담요처럼 처음 맞는 상황이 주는 불안을 방어해줄 거라서? 집을 반창고 박물관으로 만들려고? 물건을 못 버리며 만사 미적대는 사람들은 관계 재고 조사를 해봐야 한다. 퇴색한 우정이나 망가진 로맨스처럼 진작 폐기해야 했으나 선반에 올려두는 게 손쉽다는 이유로 간댕간댕 유지하는 관계들을.

세상은 읽지 않을 책을 꽂는, 안 사도 그만인 책장을 만드는 회사 같아서 죽을 때까지 사들여야 한다. 그것이야말로 당신과 나의 원죄. 결국 안경을 어디 두었는지 아침마다 방구석을 통째 헤집는다. 나는 안다. 나 말고 다른 사람들은 안경 찾는 시스템을 갖고 태어났다는 것을, 아세테이트 냄새를 맡는 재능은 타고난다는 것을.

주방 서랍에서 사과 씨를 쏙 도려내는 도구를 보니 사과 하나 깎아본 적이 없다는 생각이 들었다. 언젠가 사과잼을 만드는 날이 올까? 책상 밑을 치우다 다이얼 전화기를 발견하고 나니 이건 정리가 아니라 고고학이었다. 마침내 동네 개가 씹어버린 내 구두 뒤축이 기적적으로 멀쩡해지지 않으리란 걸 인정해야 했다.

그래서 대용량 쓰레기 봉지에 담아 싹 다 버리기로 했다. 섬세한 민감성을 해치지 않기 위해 하얗고, 멸균돼 있고, 벽에 아무것도 없는 공간 말고 어디가 안전하단 말인가? 그래도 고해 신부의 자세는 불편해. 심미적이고 영양이 풍부한 순수와 높고 경건한 깨끗함으로 모든 얼룩을 지워야 하지만 내 영혼이 얼마나 맑은지는 나도 관심 없는걸. 나는 원하는 만큼 부패하고 자기중심적이고 위선적일 수 있어. 나의 외적 이미지가 깨끗한 것보다 더 깨끗하다면.

집 전체를 소독하듯 박박 문지르는 이의 피부가 얼마나 빛날지 몰라도, 그 순수는 피부 두께만큼 얇다. 먼지 덩어리를 쫓아다녀봤자 함부로 사는 사람의 풍부한 특징인 활기가 없다. 집에는 몇 년간 내가 품어야 할 특정한 분량의 어린아이용 잡동사니가 있어야 한다. 정리는 하나의 감정, 마음의 진짜 상태. 중요한 건 나를 행복하게 만드는 정리의 정도일 뿐이다.

이젠 터틀넥에 묻은 얼룩을 신경쓰지 않고 서랍장을 연다. 그 터틀넥을 버렸기 때문에(내 옷장은 오래된 터틀넥이 죽으러 오는 곳이었다). 더 이상 복도에서 소리 지르지 않는다. 발에 채이던 아톰 피규어를 딴 데 치웠기 때문에. 아침에 출근하다 말고 돌아와 오 분 만에 안경을 찾고 나니 안경 찾기 대가인 친구들이 조금 안돼 보인다. 내가 안경을 잘 찾게 된 이상 그들은 다른 일자릴 구해야 할 테니까. 이렇게 뭔가를 찾는 데 시간을 덜 들이다 보면 잃어버린 나를 찾고 수명도 길어지지 않을까? 되도록 결정을 적게 내리도록 인생을 정리한 뒤엔 내가 만든 격언을 읊조릴 것이다. 나는 거부한다!

하지만 아직 그림을 다 걸지 않았고, 우체통은 설치되지도 않았다.

초대받지 못한 자

며칠 전까지도 대담했던 녹색이 골프장의 시든 잔디 색으로 바래기 시작했다. 담장 아래 인공적인 화단은 아직 남은 에너지로 형형하지만 측백나무의 흰빛은 버터처럼 누르스름해졌다. 풀들은 장난처럼 시야를 깨운다. 잡초는 왜 인간사에 왕성하게 개입하는 걸까? 왜 이름이 없을까? 잡초는 자연의 일종일까, 인간이 만든 하찮은 것일까? 단지 동식물학적인 문제일까, 대단한 문화적 창조물일까? 시대의 현자라도 길을 가다 말고 잡초에 대해 생각하진 않을 것이다. 잡초는 열어볼 호기심도 안 생기는 스팸 메일 같아서. 하지만 스팸 메일도 어떤 신진 사기꾼에겐 포스트모더니즘의 한 단면이자 현대의 학구적 이론으로 비칠 것이다. 결국 근본주의 기독교인들만이 설명 불가한 침입자들을 이해할 것이다. 잡초는 여호와가 인간에게 벌로 내린 에덴 동산의 가시니까.

그런데 누가 봐도 못생긴 사람들이 잡초 없는 세상을 꿈꾼다. 그러고 나면 문명을 탄생시킨 야생 풀은 하나도 안 남을 텐데. 키 큰 명아주도 몸에 좋다는 쇠비름도 애처로운 제비꽃도 안 보일 텐데. 국화도 씨가 말라 예식장에서 부케 던질 때 뭔가 앙상할 텐데. 글쎄, 적어도 세상의 의학 물질 절반은 사라질 것이다.

안 그런 척해도 모두의 마음속 정원에는 장미와 글라디올러스를 심는 꿈이 만발한다. 아빠가 매어놓은 새끼줄 따라 나팔꽃을, 곤충의 밀원이 되는 브들레아를, 아쉬운 대로 싸먹을 상추를. 하지만 사람 좋은 곤충학자조차 잡초는 생각도 안 할 것이다. 유충의 먹이가 되는 작물과 서식지를 가린다고 해서.

잡초의 실용적 정의는 '그 밖의 것'. 제일 흔한 정의는 제자리가 아닌 곳에 자란 식물. 산삼이라 한들 튤립 밭에 있으면 뽑아야 할 것이다. 초대받지 않은 간작 식물은 경계 넘어 종종 지형학적이거나 문화적으로 받아들여진다. 대부분 방치된 지역, 화산의 자갈 비탈, 만조의 조석점, 강풍으로 망가진 숲에서 진화된 종이기 때문에.

쐐기풀은 축축한 들판으로 움직인다. 덩굴식물은 쉽게 울타리를 오른다. 개망초 무리는 황무지의 거친 돌무더기로 도망간다. 잘 관리된 수목원에 침입한 불량목이 가지마름병으로 죽으면 빈 공간은 곧 다른 불량목으로 채워진다. 잡초는 수수께끼 같은 종착역으로부터 철조망을 넘어온 생존자이며 영리함, 적응성, 유동성을 무기로 스스로를 경작한 식물인 것이다(잡초를 없애 지구를 황량한 갈색 행성으로 만들고 싶은 사람은 먼저 화성에 가봐야 한다. 어차피 첫 번째 승객이 될 돈도 없겠지만).

지구에 존재하는 어떤 종은 나타나지 말았어야 했다는 생각이 자주 든다. 인간이 제일 그렇다. 이때 보수적인 역할을 수행하는 식물 카테고리가 있다는 게 뭔가 위로가 되고 조금 즐겁다.

마지막 거짓말

전에는 애들에게 과자를 나누어주듯 공정한 세상에서 모두가 공평한 대우를 받아야 한다고 주입받았다. 그러나 당신도 알다시피 받아들이기 힘든 일은 속출한다. 신은 가난한 아이에게서 사탕을 빼앗아 럭셔리 교복을 입은 아이에게 주었기 때문에. 머리 좋고 잘생긴 사람은 구구단도 몰랐으면 좋겠는데 그 친구는 심지어 프랙털 도형까지 우습게 알고 있다. 너무 잔인하다.

더 기분 나쁜 건 그렇게 다 가진 사람이 유머까지 장착했을 때이다. 거기다 자기가 잘생겼다는 걸 모르는 척 못생긴 사람 전용인 자기비하류의 위트까지 구사하면 더 할 얘기가 없다. 결정적으로 짜증나는 건 다른 사람들은 아무리 쥐어짜도 그가 가진 특성 중 작은 하나도 닮을 수 없다는 것이다. 그러니 반으로 접은 듯한 그 대칭 얼굴뿐만 아니라 그의 다른 것조차 좋아해줄 수 없다. 누군가의 아름다움은 옆 사람에겐 개인적인 모욕이라서. 세상엔 관심이라는 자원이 한정돼 있는데 그놈 때문에 그 관심을 못 받는다면 자기 얼굴이 터진 만두라도 열 받을 수밖에 없다.

육체적 우월함은 단지 좋은 자질 중의 하나가 아니다. 필요한 것 자체이자 다른 전부를 비웃는 조건이다. 사회는 잘생긴 사람들에게 그렇게 통찰력 있고 똑똑하고 위트 있으라고 요구하지 않는다. 얼굴이 되는데 왜 굳이 그런 것까지 가져야 하나? 사형장에서 암 치료법을 가진 의사와 미녀, 둘 중 하나를 죽여야 한다면 의사는 삼 초 안에 초벌구이가 될 것이다. 그것이 인간. 아름다운 사람들은 언제나 용서된다. 일반적으로는 다들 비교우위를 느끼는 편이다. 적어도 저 사람보단 내가 나아! 먹이사슬의 낮은 위치에 있다는 것을 스스로 인정하지 않는 한 마음 놓고 살 수가 없다.

아, 농담. 그걸 다 갖춘 사람은 없다. 혹시 궁극의 사기로서 그런 사람이 있다고 해도 시기하지 않겠다. 그들도 노화를 막을 순 없으니까. 그들은, 젊어서도 예쁘지 않았으니 나이 먹는 게 안타까울 것도 없는 우리보단 타격이 오만 배 더 클 테니까. 그것이야말로 못생긴 사람들이 잘생긴 사람들에게 피 한 방울 묻히지 않고 돌려주는 마지막 복수이다.

2월 14일

서울 같은 큰 도시에서 현대의 삶을 유지하는 건 아주 어렵다. 사람끼리 가까워지는 게 만만할 리 없지. 어쩌면, 무섭다. 의도적인 친밀함으로 무장한 채 친하고 싶은 너에게 할 수 있는 최대치를 해주겠다고 말하는 카페조차 위협적으로 느껴진다.

밸런타인데이는 이상한 시절의 로맨스 미스터리가 되었다. 다들 영문도 모르면서 어버이날에 카네이션을 달아드리고, 결혼식에서 부케를 던지고, 졸업식 날 밀가루를 뿌린다. 사랑의 공식 지정일이라고 예외일 리가. 그날의 세상은 당연히 받아야 되는 사람, 마땅히 안겨줘야 하는 사람, 두 부류로만 나뉘는 줄 알았는데 이제 남녀 가릴 것 없이 서로를 위해 부산스럽다.

여자애들은 아침 일찍 시장에 가서 초콜릿을 위한 키트를 원스톱 쇼핑한다. 카카오 덩어리, 색색의 별 모양 스프링클, 유산지 컵, 포장지, 밀봉용 스티커, 캐릭터 타이, 종이상자……. 돈 좀 있는 남자들은 순도 높은 카카오의 고급한 씁쓸함이 휘몰아치는 초콜릿 가게 앞에서 한없이 긴 줄을 만든다. 며칠 전부터 단단히 일러둔 꽃가게. 그녀 몫으로 미리 챙긴 장미 다발이 비닐 포장에 싸여선 아기 냄새를 풍기며 배달된다. 헤어지고 나면 그 장미가 얼만지 한참 지껄이겠지만. 초콜릿은 서랍 구석에서 진작에 미라가 됐거나 다른 사람에게 재활용된 지 오래겠지만.

미션은 아직 끝나지 않았다. 그들은 자격이 있건 말건 황홀한 저녁을 원한다. 여자의 심장은 뛰게, 남자의 심장은 멈추게 하는 요리를. 심장 수술비조차 싸게 느껴질 메뉴를. 너무 요란해서 성욕도 식어버릴 코스를.

요즘 로맨스는 서로의 지불 의사와 같아서 하트가 그려진 케이크, 하트를 닮은 라비올리, 라즈베리 소스가 하트처럼 뿌려진 페이스트리, 그릴로 구운 스위트 하트 피자 중 뭘 먹을지 고민하지 않는다. 모두 시킬 거라서. 뭐가 됐든 하트가 안 보인다면 큐피트가 다 죽여버린다고 활을 쏠 것이다.

밸런타인데이 박람회는 끝났다. 입가심으로 마신 맥주에 맛이 가서 휴대폰을 택시에 두고 내렸을 때 비로소 알게 된다. 진실한 사랑 따위, 전철역 근처 모텔에서의 하룻밤만 못하다고. 그날 자기가 할 수 있는 가장 큰 매너는 상대에게 함께 있자고 떼쓰지 않은 거였다고.

험담

누군가 빨대로 아이스커피를 빨다 말고 답답한 듯 플라스틱 컵 뚜껑을 확 제꼈다. "그 사람은 왜 그 바닥에서 그렇게 평판이 나빠?" 어디서 들었다는 한 디자이너의 험담을 파헤치기 시작했다. 불편한 이야기는 나도 이미 들었다. 그의 디자인은 후배 작품을 노략질한 것이며, 정치가와 줄을 대려고 내내 얼쩡거린다는 것까지. 그녀 주위는 불능자들을 위한 마스터베이션용 대형 화집이자 사악한 물신들의 게토로 변했다. 나는 소문을 옮기는 그녀의 콧구멍이 너무 벌름거려 하늘로 솟지 않을까, 걱정이 앞섰다. 그러나 인생은 투샷으로 잡는 카메라와 같은 것. 나의 양가감정은 너덜거리다가 곧 뾰족해졌다.

다른 사람을 흉보는 것만큼 재미있고 맛있는 일은 우주에 없다. 세상은 타인을 비난하도록 프로그래밍된 사람들의 번식처. 가십을 만드는 부족의 방언이 네 귀퉁이 벽에 구멍을 뚫어도 귀를 씻을 데가 없다. 흉흉한 번개가 두 번쯤 치고 나면 소문은 빈틈없는 스토리로 창공을 덮는다. 사람을 도륙하고 능지하고 육시하고 참척한 다음 시체 썩는 냄새가 나는데도 그치지 않는다. 결국 모두가 자기중심적인 비열한 연놈에 불과하다는 생각만 든다. 십 년 사이가 한순간 끝나는 건 일도 아니다. 곧 상대를 겨냥한 추운 말들이 파종되고 주변의 입을 타고 귓바퀴에 당도한다. 그렇다면 수도원의 진실을 수호하는 성자인 채 인간애 거룩한 광야에 앉아 있을 수만은 없다. 바닥이 핏덩어리 질척한 중세의 수술실로 변하고 서로를 뜯어먹을 붉은 개떼가 어슬렁거리는 광장으로 바뀌는데도 비난과 배덕이 빗발쳐 안채를 적신다.

놀랍게도 그들 모두 요술을 부린 듯 무리 지어 나타나선 곧바로 구름 뒤로 사라진다. 나를 찔러댄 일도, 가십의 한가운데 누워 매춘하던 사람들도, 더 많은 판타지를 갖고 싶어 말을 옮기던 정서적 불구자도 순식간에 잊힌다. 그러니까 우리는 오래된 이야기를 기억해야 한다. 우리의 이야기. 모두가 알다시피, 우리는 한때 박테리아였다는 이야기를.

어느 순간, 노숙자의 요새에 머무는 반사회적 알코올 중독자가 되는 상상을 한다. 맞아도 될 놈을 흠씬 팬 다음 소년원에 들어가는 상상을. 아무도 나를 쳐다보지 않을 때, 혼자 있을 때 가장 외롭지 않으니까. 그리고 이유를 찾고 싶다. 남을 비난하지 않을 이유, 비열한 충동으로부터 내 자신을 마비시킬 이유, 가십을 따라 몽유병자처럼 걷지 않을 이유, 바보가 되지 않을 이유를.

어렸을 땐 소리나 모음 체계를 가지고 놀았다. 탁구보다 재미있었다. 의성어로 연상되는 사물의 이름을 찾고, 애매한 낱말과 어중간한 문구의 끝을 잇고, 초성 게임을 했다. 멈추지 않는 리듬으로 반복되는 단어는 아이들 노래에 무척 많았다. 칠판에 쓰인 유치환의 시를 해체하고 E.E. 커밍스의 체제 전복적인 시를 읽으며 느낀 것은, 음악은 안에서 낱말의 의미를 일깨우지만 소리는 밖에서 더 중요한 문맥을 전달한다는 사실이었다. 멜로디를 만들 수 있다는 것만으로도 어절은 도드라진 모험과 같았다.

'펄럭이다'라는 동사는 움직임뿐 아니라 빛과 속도, 상태, 감정도 포함한다. 은유적인데다 정결함 같은, 아름다움을 수식하는 특징도 드러낸다. 의미와 운율, 품사와 지혜는 화자(話者)의 목소리를 만들기 위해 결합한다. 덧없이 주절거릴 땐 말의 조각들이 허공에 던져져 무작위로 붙어버리는 것이다. 어쩔 도리도 없이.

예전에는 큰 목소리나 상스러운 말씨 같은 건 금지되었다. 말은 대중적 규율을 지탱하기 위해 존재했다. 그러나 겨우 일구어낸 다정한 언어의 역사는 속절없이 끝났다. 품위 있는 말은 수분기 없이 바짝 말라버렸고, 사전에서 찾던 즐거움은 시들해졌으며, 소리를 가지고 놀던 본질적 능력은 사라졌다. 토론을 하는 집단의 추억은 가져본 적도 없이 마주 보며 하는 대화란 시선의 무심한 반영에 그쳤다. 그 몇십 년 동안 충격을 다루는 방법이 달라졌는데, 경험의 스케일도 변했는데, 입을 떼는 것 자체가 여전한 숙제라니.

뒤죽박죽된 혐오의 세계. 거리에서든 작은 모니터에서든 방송에서든 어조는 수용될 수 있는 감성적 수위를 넘었다. 나쁜 말은 국가 구조를 받치는 근원이 되었다. 어떤 반발도 봉인해버리는 재빠른 냉소, 노골적이거나 비밀스러운 경멸의 신호, 극단적 배타성, 직감은커녕 척추조차 없는 요점, 잠시 실룩거리다 이빨 위에서 팽팽해진 윗입술, 비하의 뉘앙스를 빼면 남는 말이 없다. 논쟁에 참여하는 대신 질문을 차단함으로써 쟁점을 끝내고 잘못을 정당화하기 위해 타인을 비난하는 건, 그러지 않고는 삶의 앞뒷면을 표현할 방법이 없기 때문에. 벌 받기는커녕 늘 보상받는 편협함만이 무기가 되었다. 모욕에 무감각해진 사람들은 결국 험한 말을 순진한 엔터테인먼트로 받아들였다. 무관심으로 진정시키다가, 무지로 무뎌지다가, 신경도 안 쓰게 된 것이다.

상식의 범주에서 허용되는 단어의 범위는 어디까지일까? 그렇게 뱉은 단어를 자유라고 할 수 있을까? 자유롭게 말할 권리는 방어될 만한 가치를 가질까? 지성의 의무는 내러티브 속에 생략된 핵심을 불러오고 유해한 말이 함축하는 의미를 점검하는 것 아닌가? 결국 민주주의는 서로 잘 아는 사람들 사이의 논의 아닌가?

말은 인간의 기술이자 기구. 동시에 의식의 건강을 측정하는 청진기와 같아서 체온과 몸의 관계를 설명한다. 고열은 몸의 어딘가 이상이 있다고 신호를 보낸다. 두뇌 다음으로 중요한 신체 부위는 혀. 펜처럼 필수적인 거래 도구.

생각할 권리야말로 자유의 시작이다. 그러나 말이 후진 건 생각이 후진 것. 생각이 뭐지? 그냥 전기 같은 거야? 그래서 자꾸 들어왔다 나갔다, 꺼졌다 켜졌다 그러는 거야?

교활한 얼버무림, 공공 연설이 아닌 공공 읽기, 혼미한 이마, 자기도 모르는 관점에 들러붙는 끝맺음, 산문처럼 주제를 건축하기 위해 문장이 쌓이는 게 아니라 그냥, 할 말이 없어서, 제대로 끝낼 줄 몰라서 늘어지는 말, 종속절을 이끌지 않는 주절, 수시로 바뀌는 인칭, 당황과 역설, 허풍과 애국주의…….

말하는 당사자에겐 황홀해 죽겠는 메들리라 해도 듣는 사람은 완전히 다른 걸 보고 겪고 만는다. 생각으로부터 혁명을 이끌어낸 사건들을 떠올려보지만 그래본들 인간이 원숭이였다는 사실을 되새기게 될 뿐이다. 무의식에 대한 프로이트의 가정이 아니더라도 우리는 자신에게조차 낯선 원숭이라는 것을.

사람의 평생은 타인의 말이 준 고통과 수만 가지 회상으로 쓰여진다. 세상은 거친 말이 만든 광활한 쓰레기장. 일상을 지배하는 쓰레기 중 나쁜 말보다 악취나는 건 없다. 쓰레기의 예술적 가능성은 탐구할 만하지만 유독함까지 인정할 순 없다.

이젠 다른 말을 듣고 싶다. 사물의 밝은 면을 보는 말, 그동안 받은 축복을 세어보는 말, 시간이 치료한 상처를 어루만지는 말, 눈물 고인 웃음으로 끝나는 말. 거기에 유머와 억양, 기벽이 있는 서늘함, 총알 같은 관점, 관점을 더 뾰족하게 만드는 태도, 감정적이면서 조용한 내레이션도 곁들였음 좋겠다.

나의 진실한 감정이 무엇인지 자주 모르겠다. 언어가 만드는 철학에 관심을 갖는 건 그래서인 것도 같다. 철학은 치통을 낫게 해주지 않지만 적어도 내 감정이 어떤 방식으로 감응하는지 말해주니까. 타이어 교체하는 법이나 닭을 잡는 법은 몰라도 살 수 있다. 구겨진 셔츠를 다리지 않고 깨진 창문을 바꾸지 않아도 괜찮다. 나 대신 해주는 누군가에게 지불할 수 있다면. 하지만 내 입에서 나오는 말은 누구도 대신해줄 수 없다. 그러니 목청의 색깔이 세련되지 못하고, 높이와 강도와 리듬이 심오하지 않다고 해도 내 목소리를 사랑할 수밖에 없다. 나쁜 말을 완충시키는 백색소음이라고 해도.

눈물은 알고 있다

여자들이 우는 걸 볼 때마다 매번 두 가지가 놀라웠다. 어떻게 저렇게 광속으로 눈물을 흘릴 수 있을까? 어쩌면 이렇게 원도 한도 없이 감정을 드러낼 수 있을까. 나도 그렇게 모든 것을 붕괴시키는 해탈한 감정 한번 느껴봤음 좋겠다. 그런데 이젠 남자들이 더 운다. TV에서도 밥상머리에서도.

남자와 여자가 구별되는 가장 큰 차이는 눈물이었다. 그러나 남자에게, 남자는 울면 안 되고 운다 한들 평생 세 번이라는 말만 한 폭력도 없다.

우는 남자는 새 시대의 영웅이 되었다. 눈물이 특별한 남자를 만드는 요소가 되다니. TV에서 안구가 붉어지거나, 눈물 한두 방울 맺힌다거나, 떨리는 윗입술로 휴지를 찾는 남자는 당장 추앙받는다(카메라도 켜져 있고 다들 보는 데서 어떻게 눈물이 날까? 정말 예술적이다). 거기다 대차게 울부짖거나 오지게 포효하고 나면 폭풍의 후일담이 국토를 적신다.

초인적인 페더러가 호주 오픈 우승 당시 울지 않으려고 버티다가 아랫입술을 씰그러뜨리며 눈물에 굴복했을 때, 세상은 두 그룹으로 나뉘었다. 우는 남자 운동선수는 영웅일 수도 찌질이일 수도 있다. 카리스마 있거나 아이 엄마 같을 수도 있다. 울지 않는 남자 운동선수도 마찬가지다. 우는 모습이 카메라에 찍히지 않았을 뿐 눈물은 이미 알고 있다.

인간은 원래 눈물을 흘리는 동물이다. 눈물은 논리와 관련된 뇌의 대뇌피질, 감정과 이어진 대뇌변연계가 연합해서 만든다. 다시 한번 말하지만, 눈물은 지금 어떤 상황인지 다 알고 있다.

여자는 남자보다 더 많이 운다. 눈물샘 구조가 달라서인지 타인의 말과 행동, 가해 정도에 더 큰 영향을 받아서인지 분량, 시간, 횟수, 강렬함이 훨씬 더하다. 배란기나 결혼식 같은 감성적인 순간, 공포나 수치심이 임계점으로 치솟는 찰나에는 열거한 가짓수의 총량이 몇 배나 늘어나기도 한다.

눈물은 경험과 추억과 상처만으로 설명할 수 없다. 남자를 울리는 낱말은 향수(鄕愁)뿐만이 아니다. 모든 남성적인 경험, 명예와 수치, 출생과 죽음, 기쁨과 용서, 패배와 승리의 순간에 남자는 운다. 감정이 변해간다는 걸 알 때, 몸의 경험으로 지금 목이 멘다는 걸 인지할 때도 운다. 명치를 걷어채었을 때조차 울지 않는 남자도 육체적 극한에 도달한 운동선수를 보며 운다.

한국 축구가 독일을 이겼을 때 눈물을 펑펑 흘리는 남자에게 누군가 말한다. "너, 나랑 헤어졌을 때도 안 울더니 어떻게 축구 하나 갖고 그렇게 울어? 사차원!" 스포츠의 하이라이트엔 기대나 복잡한 감정이 따르지 않는다. 오직 눈물뿐이다. 그러나 남자는 여자가 울 때 제일 무섭다. 무엇이 그녀를 울리는지 언제 또 울지 모른다는 두려움 때문에.

눈물은 몸의 파이프를 청소해준다. 가슴 아픈 눈물, 고귀한 눈물, 자기 연민의 눈물까지 속에 쌓인 것을 씻어주는 데는 별 차이 없다. 압박감이 최고조에 달했을 때, 밸브 꼭지를 느슨하게 돌리면 샤워한 것처럼 개운해진다. 운다는 행위는 감정의 변비를 해소하는 관장 같은 거라서.

나도 가끔 울었다. 심장에 마이크로칩이 박힌 것도 몸이 탈수된 것도 눈물샘이 없는 것도 아니니까. ET의 손가락이 처음 빛을 밝혔을 때 울었냐고? 당연히. 과학자들이 그를 생포했을 때? 물론. 자전거가 하늘을 날아오를 땐? 미친 눈물이 흘렀다. 스머프 시리즈를 볼 때도 그랬다. 기억할 만한 좌절이 없어서 그런 캐릭터에 빠졌을까. 하지만 영화를 보며 우는 건 필연적인 고통에 대비하는 고유한 방식이었다. 〈밀리언 달러 베이비〉를 보며 찔찔 짜는 건 어쩌면 감정 이입을 위한 훈련일 것이다. 언젠가 식물인간이 된 친구의 안락사를 도와줘야 할 때가 온다면 몇 장면을 기억하며 침착하게 대처할 수 있을 거야…….

그래도 웬만해선 안 울었다. 울 일이 없어서가 아니라 남이 보건 안 보건, 내 자신이 보건 안 보건, 우는 건 확실히 큰 용기가 필요했다. 솔직히 세상에서 제일 창피한 일 같았다.

닭싸움

거리에서 싸우는 자식들도 미친 세상에 한몫한다. 한번 쳐다봤다고 피로 숙청하고, 방향표시등 하나 삐끗했다고 차 트렁크에서 야구 방망이를 꺼내니, 그것이 진짜 남자의 세계란 말인가?

폭력성은 남자 마음의 최전선에 있다. 매일의 방어 메커니즘, 근성, 정력, 근육, 모두 경보음을 울린다. 물리적으로 손 좀 봐주려는 충동은 성격, 신념, 명예에서 오는 걸까, 영역을 방어하는 방법일까, 아니면 보호해야 할 가족이 그렇게나 많아서일까. 생리학적 요소와 심리학적 결함의 결합이건 아니건, 모든 남자는 뭐든 입증하기 위해 주먹을 썼거나 쓸 것이다.

결국 싸운다. 도심이나 골목, 술집이나 지하, 당구장과 실내 골프장 어디서나. 남자의 유전적 성향은 삶과 죽음이 자기 손에 놓여 있는지 매 순간 판단하고 결정한다. 학습된 상상력이 남자됨의 권리를 준다고 착각한다. 하지만 매일을 주먹 하나로 사는 개복숭아 같은 남자라도 지하철이나 주차장에서 기 센 여자를 만나면 무력한 일곱 살 꼬마가 되고 만다.

모든 남자는 영혼 속에서 울부짖는 원초적 야수성을 놓아주고 싶어 한다(러브스토리라고 하나 로미오는 줄리엣을 얻기 위해 두 명이나 죽였다). 변명 대신 일단 저지른다. 물에 올라오자마자 죽어버리는 다혈질 물고기처럼. 쾅! 척추가 깨지고, 목이 뽑혀도 싸움은 끝나지 않는다. 누굴 때릴 기운이 조금이라도 남아 있는 한, 그녀가 저쪽에서 지켜보는 한.

안아주세요

런던 올림픽에서 너무 감격스러우면서도 새삼스러운 광경을 몇 번이나 보았다. 선수들은 환희와 낙담의 순간마다 두 팔을 벌리곤 단 하나의 몰두로 서로에게 달려갔다. 조성동 감독과 양학선, 정재성과 이용대가 몸을 구부려 불길에 타버리듯이 꼭 껴안을 때, 포옹만큼 남자의 감정을 읽기 쉽게 만드는 행위도 없었다.

골을 넣고 동료들의 팔 위로 점프한 박주영한테선 포옹만 한 공동체 경험도 없다는 걸 배웠다. 그렇다면 1997년, NBA에서 38점 차로 유타를 이겼을 때 스카티 피펜의 팔에 뛰어든 마이클 조던이나, 같은 해 마스터즈에서 우승한 뒤 아빠 팔에 안겨 울던 타이거 우즈를 프로페셔널한 선수의 퇴행으로만 설명할 순 없을 것이다.

예전엔 공적으로건 사적으로건 포옹은 상상도 못했다. 누군가 슬쩍 제스처만 보이면 도망가기 바빴다. 하지만 이젠 다들 악수나 작별인사 정도로는 배고파한다. 포옹의 집산지, 영화제 시상식은 아니더라도 여자끼리의 약한 포옹, 쇄골과 뺨이 만나는 정도의 접촉은 차라리 심드렁해졌다. 악수가 손을 잡음으로써 무기 은닉 여부를 드러내는 행위라면, 포옹이야말로 완전한 무장해제 아닌가(그런데 배가 나온 슈트와 셔츠 차림으로는 번번이 단추가 뜯겨질 듯 울어서, 그때마다 포옹은 장려된 캐

주얼 산업의 음모 아냐? 혼자 소설을 쓴다).

기계적 인사로서의 신체 접촉은 비즈니스 관계를 관통한다. 그것이 정치에서만큼 교묘하고 알뜰하게 활용되는 데도 없다. 얼굴이 기름으로 번들대는 인간 오일뱅크, 천연 정유재벌 정치가들이 포옹할 땐 속을 드러내지 않고 웃는 가면의 진면목을 본다.

포옹은 개인적 기쁨과 환영의 수단이며 진정한 우정으로 가는 경계선을 넘었다는 걸 증명하지만, 액취증이 심한 친구에겐 그게 잘……. 아무리 분리와 통합, 증오와 사랑, 정치에 맞선 개인적 영역을 이해한다 해도, 복잡한 현실에 대한 실용적 타협을 생각한다 해도 별 수 없이 차별주의자가 되고 만다.

어쩜 포옹은 최신 유행이자 클래식 같다. 하지만 어떤 어른은, 자기 인생엔 포옹이란 두 글자가 없고 그럴 필요도 없다고 못박았다. 독립운동이라도 하듯이(우리나라에 그렇게 축제가 많은데도 국민 포옹 축제가 없는 건 그런 분들 때문이야). 그래도 속으론 매일 "나를 한 번만 안아주세요"라고 노랠 부를 것이다. 왜냐하면 포옹은 집단적 거주지 안에서 소수가 자기 존재를 확실하게 하려는 가장 강력한 행동이기 때문이다.

넥타이가 말하고 싶은 것

두 손으로 등을 짚은 테디베어 인형을 볼 때마다 마음이 움찔댄다. 넥타이를 볼 때도 그 사람이 (어떤 방법으로가 아닌) 어떤 기분으로 맸는지를 생각한다. 그의 어린 날과 성인이 된 지금에 대해서도.

어디서 입양했는지 잊어버린 넥타이를 목에 두를 때 남자가 어떤 영향을 받는지는 다들 알고 있다. 남자는 넥타이 자체의 관점에 영향을 주지만, 넥타이는 관점을 위한 자유로운 길을 열어놓는다는 것을.

넥타이는 남자를 위한 가장 간결하고 강경한 현대의 하이쿠. 넥타이는 그가 누구이고, 누가 될 수 있으며, 누구일 것 같은지 태생부터 답을 갖고 있다. 로댕의 목을 감싼 끈이 그렇게 절박해 보이고, 소외된 민중과 그를 연결시키는 끈이 부르주아의 목에 감긴 듯 보이는 건 그 때문이다.

넥타이는 화살처럼 뭔가를 겨냥한다. 발이 표적일까? 어쩌면 발과 넥타이 사이에 있는 무엇? 넥타이는 사회의 무기, 성년의 무기라서 전형적인 남성성을 드러내지만 혹시 여성성이 잠재돼 있을지도 모른다. 넥타이도 패션에 영향을 받기 때문에(패션이 궁극의 예술은 아니지만), 무척 아름답기 때문에(다른 장신구처럼 요란하지 않지만).

얼룩지고 쭈글쭈글하고 바보 같고 날카로워 보이고 여러 번 맨 넥타이의 초상화, 그 뒤에 숨긴 이야기가 하나씩 풀리면 가려졌던 천의 끝자락이 보인다. 그 이야기들은 같은 방식, 같은 대답으로 끝난다. 결코 매서는 안 될 것 같은 넥타이에도 엄숙함이 있다는 것이다. 그러니까 원래부터의 엄숙함이.

넥타이는 주인이 누구인지 말해야 한다. 너무 많은 것을 내비치지 않으면서 약간의 기미만 제공하는 식으로. 그렇다면 넥타이를 매지 않은 남자는 자기만의 설명을 따로 준비해야 할 것이다.

소년의 두 번째 여정

1이나 2는 당장 파악되는 숫자입니다. 3은 복잡하지 않고 작은 단위의 최대치입니다. 스포츠의 메달 셋, 트로이카 배우, 성경의 삼위일체도 그래서겠지요? 4는 약간 어렵습니다. 그래서 로마인도 1, 2, 3은 I, II, III으로 표기했지만 4는 IIII가 아니라 IV로 썼잖아요? 5는 쉬운 단위입니다. 해부학적인 이유로.

엄지부터 약지까지면 끝나는 수리력으로 그 이상은 접근 범위 밖의 숫자입니다. 목소리에서 연기가 나는 과부하의 시기엔 왕왕 있는 일입니다. 마감 때는 내일쯤 미칠 것 같은 게 아니라, 어제 이미 미쳤기 때문에.

문득 소똥 속에서 질식사한 헤라클레이토스가 생각납니다. 취향에 관한 미완의 에세이를 남긴 채 죽은 몽테스키외도 있군요. 한 달을 현재형 시제로 묶어 살며 자기가 만드는 잡지를 통해 어떤 사람이 되고 싶은지 자문해온 시간이 이런 식으로 지나고, 나는 성년이 되었습니다. 당신도 이 질문과 무관하지 않습니다. 우리는 서로 무엇을 하는지 알 만큼 충분히 나이 들었고, 여전히 뭔가 도모할 만큼 젊습니다. 짐작되는 그동안의 이야기는 나의 것이면서 같은 목적지로 향하는 당신의 것이기도 합니다. 사람들은 서로 완전히 연결되지 않는다는 사실을 혼란스럽게 이해하지만, 더 공개된 공유 가능한 문화에선 두 개의 언어를 말하는 것과 같다고 여깁니다.

과거의 플래시가 터지고 개인적인 향수가 이어집니다. 알파벳으로 말하는 사람들, 익사시킬 것처럼 쌓인 잡지들, 예쁜 옷이 범람하는 장소들, 독자의 수용성이라는 허가 혹은 일치……. 회상은 일화와 삽화, 건망증과 중독, 생각 없이 축적된 지식과 경험의 희미한 자국으로 이끕니다.

창간 무렵의 나는 차를 마시는 정제되고 부드러운 매너를 몰랐습니다. 신발 끈도 채 안 묶고 비틀대는 아이 같았습니다. 오직 인간의 본성 중 가장 필요한 충동만 컸습니다. 가지는 순간 나를 포기하고 떠나는 충동. 이렇게 결핍된 사람이 게토 같은 한국 남자의 세계로 뛰어들어 법칙을 제시하고 새로 정의를 내리며 불현듯 외칠 수 있는 걸까? 다수가 포함된 화두에 견고한 지식으로 참견할 수 있을까?

직업적으로는 분명 과장된 시간이었습니다.

우선, 글자가 흑임자만큼 빽빽한 문학전집이 사면의 벽에서 퍼붓는 것 같은 감각의 시대에 복식으로부터 시작했습니다. 작은 디테일이 가장 중요한 단서를 지닌다는 사실과, 실용적인 의도가 적고 필수적이지도 않은 사물을 대할 때의 풍성한 감각에 대해 설명했습니다. 말을 할 때 단계와 정도가 존재하듯이 의복도 목적과 대상, 장소의 적절한 척도에 의지한다고 곁들였습니다. 모두가 떠들지만 아무도 정확히 모르는 규칙도 정리정돈했습니다(포켓치프는 어떻게 접어야 하는지, 코트 길이는 다리의 어디까지 내려와야 하는지, 바지 넓이는 어느 정도가 적당한지). 특정한 옷을 왜 입는지보다 중요한, 어떤 옷은 왜 안 입는지에 대한 난감한 주제도 다루었습니다. 인문학적인 섭렵이 주는 지위, 음식, 기기, 음악이라는 친숙한 요소, 기득권 문화로서의 여행과 피트니스가 현대 르네상스맨의 기준인지 상처만 주는 난타인지는 지금도 헷갈리지만, 21세기의 불운을 입증하는 사회와 기울어진 의문들, 먼 길을 돌아온 속물적 근성과 페이지마다 뒷받침되는 통계는 《GQ KOREA》가 가진 크로스오버적 어필의 이면을 드러냅니다.

문제는, 잡지를 만들 땐 대상에 대해 어떤 태도를 취할지 정해야 한다는 것이었습니다. 거기엔 종종 파우스트적인 기미가 있습니다. 입장이 다른 요구를 '수락'하면 잡지가 가진 영혼의 일부를 잃기라도 하듯 뭔가 기분이 상했습니다. 자존심을 매체의 금본위 가치로 고수하는 건 편협한 생각일 수 있었습니다. 우아한 오브제들을 페이지 가득 실으면서도 미숙하게 냉소하며 얕은 불행과 연결시키는 기질, 어디서든 주시받는 걸 싫어하고 그걸 좌우명처럼 여기던 시간은 심화되었습니다.

그간의 결과를 조립해봅니다. 합은 부분보다 중요합니다. 개인이라는 흩어진 조각의 퍼즐은 보기 좋게 짜맞추어졌을까요? 그때 알던 사람을 만나면 나를 다시 소개해야 할 만큼 훌륭해졌을까요? 재검토하려는 건 당신과 나, 누구의 과거일까요? 어떤 식으로든 그때의 안절부절 못하던 미숙아, 침울한 멍청이보단 나을 거라고 자신하지만 상상보단 덜하고 기대보단 못합니다. 시간이 아무리 흘러도 통찰력이 저절로 새겨진 자유 승차권은 없습니다. 다른 사람이 나의 플라톤적인 이상과 동떨어져 있다고 한다면 나 자신은 말할 것도 없습니다. 장수(長壽)는 시간의 가치를 부정하는 세상에 최고의 상품이자 마일리지지만, 그래 봤자 몸은 커진 채 에너지는 통제할 수 없고, 원숭이처럼 웃으며, 플라멩코처럼 걷는 소년에 불과합니다. 그리고 유년기와 성인기의 교차가 감동적인 챕터로 쓰이는 순간이 왔습니다.

규율은 사라집니다. 패션도 다른 분야도 마찬가지. 다만 조금씩 바뀔 뿐입니다. 두 번째 여정도 처음 발자국에서 시작됩니다. 소년은 목적지에 다다를 때쯤 극적인 경계에 있는 도시의 스무 살처럼 떠들썩해질 테지만, 잠깐 망설입니다. 방금 떠난 길에서 어떤 신발을 신어야 했을까? 소년의 정수리에 쏟아지는 햇볕이 간질간질합니다.

루이스 부르주아

루이스 부르주아와의 인터뷰를 읽고 나면 어떤 구실로도 인생에 핑계를 대진 못할 것이다. 인터뷰 당시 아흔다섯 살이었던 그때도 매일 작품을 세 점 이상 만들었다(그 맹렬함에 격발되다 못해 나의 나태를 용서할 수 없게 되었다. 나는 원래 그렇게 생겨먹었는데도). 1997년 이후 일체의 외부 스케줄을 잡지 않았던 이유도 그 시간에 작업을 하기 위해서였다. "난 인생은 비극이라고 생각해요. 하루하루 생존하는 게 고통스러워요." 그렇지만 곧 자신은 허무주의자가 아니라 실존주의자라고 항변한다. "요즘 관심사는 내일 할 작업과, 어제와 내일의 균형이에요. 과거는 이미 도망치고 있으니까."

루이스 부르주아는 2차원 평면에 3차원 세계공간을 나타내기 위해 지표면을 양극으로 잡아 늘리고 적도를 향해 축소시켰던 초기 지도 제작자 같다. 잘 접히지 않는 인생의 얇은 종이가 문화적, 정치적, 경제적 패권을 주장한다고 가르쳐주기 때문에.

그 할머니의 우물 같은 전언을 숙독하면서 내 자신, 불변의 여섯 개 인종 카테고리에 속한 통계적 부적응자가 아니라 대양을 헤엄치는 생명체임을 재확인한다. 그녀보다 키도 더 크고, 술도 잘 마시고, 체중도 더 나가는 남자가 매일매일 더 한심해진다는 것도.

독자란 무엇인가

책을 팔아야 하는 세계는 베개 싸움과 고양이 싸움 중간쯤의 전장이다. 그리고 잡지는 대중이 아니라 독자 한 사람을 위한 것. 판단하는 것이 아니라 경험하는 것.

내가 찾은 독자는 특정한 나이가 아닌 특정한 생각을 하는 사람. '다르게'가 아니라 '따로' 자란 친척 동생. 멀리서 문자와 문화 사이로 순박하게 출몰하는 나를 찾아온 친구. 이야기 도중 냅킨으로 입을 닦을 때조차 참을성 있게 기다려준 선생님…….

나는 타깃을 종이 자르듯 나누지 않았다. 그러나 서른이 되어서도 그 나이가 얼마나 소중한지 모르는 사람은 싫었다. 농담으로 시간이나 죽이던 이들을 가판대로 끌어들여 나 개인의 운을 점치고 싶지 않았다. 씻지도 않은 사람을 목욕까지 시켜주긴 싫었다. 독자는 옷깃을 끌어당겨 차분하게 비밀을 나누고 서로 감정적 파문을 맛보는 몇 안 되는 사람이기 때문에.

잡지와 독자의 관계는 투숙객과 호텔 룸 서비스의 관계와 같다. 호텔에 묵는 중요한 기준이 된다는 점에서. 나는 자기가 내놓은 메뉴가 세기적이라는 소량의 확신과 약간의 초조로 버무려진 레스토랑 주인과 닮았다고 생각했다. 인심도 좋고 소울도 있는 나는 독자가 재능이 많은 동시에 무척 섬세한 손님이란 걸 안다. 그래서 독자들이, 이를 테면 요리가 맘에 들었다는 걸 확실히 보여주기 위해 빵으로 소스를 닦아 먹는 손님이었으면 했다.

동의할 수 없는 안락함, 지루한 레토릭, 글러버린 패러다임, 외잡한 주제, 암내 나는 가십용 아이템도 소비할 누군가는 있기 마련이다. 수챗구멍을 채 빠져나가지 못한 밥알을 핥는 개가 어디나 널린 것처럼, 세상을 이루는 것은 피와 똥과 이따금의 시든 장미 이파리인 것처럼.

떠들썩한 라이프스타일은 싫었다. 그냥 문화의 여명에 나의 동경을 보여주고, 횃불을 든 사람을 앞질러 사물을 비춰주고, 지금 유용하다고 믿는 것들이 정말 가치 있는지 말해주고, 그림자 속으로 사라져 낮의 햇살로부터 멀어진 진실을 불러오고, 그리고 독자를 웃게 하고 싶었다. 놀라운 소설을 교환하듯 도시에서 지속되는 멤버십을 갖고 싶었다. 마테차 한 잔을 마시더라도 전통적인 매너를 지켜 은빛 튜브로 따르고 싶은 마음. 염소처럼 순진한 마음. 결국 포용력 있으면서 복잡한 성격이야말로 쉽지 않은 세월 속에서 내가 독자에게 구했던 것이었다. 이제서야 얘기지만.

일흔 살이 된 나에게

TV를 약하게 틀어놓은 채 다리를 꼬고 앉아 영미 시를 읽다가, 밤 11시쯤 기진맥진해서 베개에 머리를 대고 누웠어. 적당히 낡은 잠옷을 입고, 다른 노인들은 지금 무엇을 하는지 궁금해하면서. 마침 뉴스에선 핵이 초래할 대학살의 위협을 강조하고 있어. 믿을 수 없어. 이 모든 상황이 무시무시한 해일 같던 21세기 초와 하나도 달라지지 않았잖아. 정말이지 인생은 순환되는 필름과 같아.

오늘 나는 일흔 살이 되었어. 공식적으로든 비공식적으로든 노인으로 표명된 시민이 된 거지. 일어났어야 했던 일이 결국 일어난 거야. 아득히 먼 데서 오는 잔혹한 안개처럼 숨이 차가워져. 뭔가 임박한 느낌은 어둡고 웃기면서 공평하기도 해. 매년 다들 일 년씩 나이 먹잖아. 누구나 황금빛 청춘을 동경하고 이십대를 떠올리지만 그건 팽팽한 몸에 대한 회한 아닌가. 젊은 친구들을 볼 때 나도 가끔 생각해. 나의 연륜과 유리 한 장처럼 매끄러운 저 피부를 바꾸면 어떨까.

나는 삶에 주의하는 법, 듣는 법을 배웠어. 그걸 혼자 터득했다는 게 기뻐. 나 스스로 만들었다는 게. 가끔 불만과 불쾌를 못 숨기는 청년들에게 말해. 요즘의 젊음은 지루해. 나 때처럼은 못하더라고. 난 끝내주게 미쳤었지. 늙어본 적이 없는 네가 뭘 알겠어? 난 늙었어. 그렇지만 새롭게 늙어가고 있어. 일흔 살의 최상위 적격자가 되었단 말이야.

그런데 일흔 살이라는 게 어떤 의미인지 아는 작자가 있어? 사실 단어를 지배하는 건 나지, 단어가 나를 지배하는 게 아니거든. 좋은 뉴스는, 이 시대가 어디에 와 있는지 내가 알고 있다는 거야. 그러니 내 나이에 맞는 분수 따윈 알고 싶지 않아. 누구도 나에게 이렇게 해야 한다고 종용할 수 없어. 나는 규칙에 따라 행동하지 않아. 따를 누군가가 없으니까. 멋진 노인은 다 세상을 떠났거든. 무엇보다 노인을 볼 땐 다들 그 안의 사람은 못 보는 것 같아.

나이 든 것과 나이 든 것처럼 행동하는 건 다른 이야기 아닌가? 후자는 전적으로 한 세대나 더 위 세대의 매너리즘과 양식을 택하는 거라고. 그러고 보면 일흔의 의미는 사회에서 해방된 어떤 파시즘이기도 해. 다리에 발진이 있건 팔다리가 가늘건 수영장에 얼마나 사람이 많건 나도 헤엄칠 권리가 있다는 거지. 옛날엔 꿈도 못 꾸었던 방식으로 옷을 입을 자신도 있어. 내 말이 낭비한 청춘을 만회하기 위해 무서운 속도로 돌진하는 것처럼 들려? 이 나이쯤 되면 파텍 필립 정도는 가질 만하지 않아? 그러나 저 밖 어디서도 노인을 고려해서 뭘 만들진 않지. 디오르도 동대문도.

사람들은 요즘 노인이 더 늘었다는 걸 인식할까? 노인인구 증가율은 신생아 출생률보다 훨씬 높아. 인구통계학은, 대한민국이 조만간 멸절할 거라고 경고하잖아. 그런데도 어떻게 노인들이 공동체의 일원이란 걸 도외시 하는 거지? 집에 눌러앉아 종일 TV나 보라고? 나라 돈이나 축내는 존재라고? 어떻게 일흔에 전성기를 맞는 사람들이 정치인과 법관밖에 없냐고?

한 친구는 그랬어. "일흔이 넘으면 보름마다 머리를 손질하고, 구두는 매일 닦고, 옷도 이틀 연속 같은 걸 안 입고, 밖에선 시간마다 넥타이가 똑바른지 확인해야 돼."

그런데 어깨를 펴고 똑바로 서는 게 얼마나 중요한지 자주 잊어. 신병의 애플 워치를 판독하려고 기를 쓰는 늙은 대령이 된 기분이랄까. 프로야구에 환호하기엔 너무 늙었다는 생각도 들어. 스포츠 때문에 졸지에 기저귀를 찬 꼴이 된 거지. 내 안에 숨은 완고한 투덜이는 새로운 음악은 들으려고도 안 해. 나는 CD 비닐조차 뜯기 싫은 회색 물소가 되었거든.

여든 살이 된다 해도 운동 열심히 하고 집도 자주 청소하고 그럴 것 같지는 않아. 실수를 더 하면 더 했지. 집이 빈곤과 빈한의 게토라고 해도 축제 전엔 집 정리가 우선이잖아.

나이 먹으며 깨달은 것들은 차라리 몰랐음 싶어. 가끔 함부로 늙고 싶다가도 이것도 저것도 아니었음 좋겠어. 지금 당장은 죽는 날 먹는 음식이 내가 어떤 삶을 살았는지 보여줄 것 같아서, 그때 어떤 디저트를 먹을까 고민하는 중이야.

기억은 연대기 순으로 놓이지 않아서 생략되거나 압축되거나 건너뛰고 있어. 기억은 나를 초대하지만 되돌리지 못하니까. 노인의 얼굴로 다시 어린애가 된 내 모습을 상상할 때마다 늘 절반이 비어 있어. 어떤 지혜는 지금의 네 자신을 추월하라고 다그치지만, 결국 끝도 없이 진자 운동하는 음양의 극성처럼 혼란스러운 시간이었어. 나는 책임지는 게 싫었어. 의무 같은 말이 주는 알러지 조의 거부감. 칼날 위를 걷는 느낌은 더 무서웠어. 그리고 나는 어떤 종류로든 강박에 시달리는 초조한 존재가 되었지. 시간이 테제베처럼 지나가는 동안 나는 무엇을 했을까? 괴팍한 외양의 소년에서 허세 부리는 중년이 지나 이 나이가 되도록 왜 삶의 가변성을 몰랐을까? 알고 싶어하지 않았을까? 목격자로서의 삶을 사랑하고 적당히 예의 있고 그것에 안도하는 소극적인 기백만으로 나는 행복했을까? 왜 하필 이런 세계에 태어나 대립과 혐오를 물려받게 되었을까? 인생에는 원래 혼돈이 필요할까? 정체성은 피상성 이상의 것일까? 그냥 불투명한 미래 속으로 걸어가면 안 되나? 그 지점에 궁극적인 좌표값이 있을까? 언제쯤 살아 있다는 것이 문제라는 생각에서 벗어날 수 있을까?

불펜에서 나오지 못한 투수라도 됐으면 좋겠다고 생각했던 적이 있었어. 아니면 누군가의 루돌프 사슴이거나. 과거를 돌아보는 로마 시인처럼 지나간 애수를 되새기다 보면 결국 거래를 하나도 성사시키지 못한 증권 거래인이 된 기분이 들어. 기괴하고 때묻은 세상, 피와 하수구, 썩어가는 살의 영상, 처음 보는 형상이 날뛰는 황무지, 위로를 건네는 유령…….

21세기의 첫 번째 반세기에 관한 이런 양가 감정은 무엇일까. 버리지 못한 쓰레기에 앉아 있다 해도 이젠 질문에 답을 찾아야 할 나이가 되었어. 남은 총알이 없어 항복할지 모르지만 그 질문을 안고 평생을 보내야 돼. 내가 발견한 것이 나의 재발견 기회가 줄어들었다는 사실을 말해준다 해도. 이 나이에 의대를 지망할 순 없지. 그러나 어떤 여행자도 다다를 수 없는 한계를 향해 항해할 뿐이야. 눈 없이, 귀 없이, 아무 맛도 없이. 내 말은, 너무 많은 것을 알아서는 안 된다는 거야. 나이 가지고 우는 소리 하는 건 최악이야. 지금 약한 노인의 한때를 보내는 중이긴 해도 다리를 절뚝거리면서라도 춤을 배울 순 있어. 난 아직 소리 지를 힘이 남아 있고 여전히 자라고 있거든. 나를 이끄는 것은 몸이 아니라 심장이니까. 나는 반짝임이 멎었을 때조차 깜빡거리는 전구가 아니야. 나이가 핸디캡인지 더 멋진 훈장인지 아직은 모르는 거야. 자기는 다 겪었고 전부 느꼈고 모두 알고 있다고 누가 말할 수 있어?

시간은 불편한 협상을 해. 현명한 척 성숙을 방해하면서. 지금 15세기 항해사가 대륙 멀리 떨어진 바다에서 일 없이 떠다니는 해초를 보는 기분이 들어. 안개 낀 만에 닻을 내린 요트가 머릿속에 떠오르기 시작해. 갑판 위에서 피돌기가 늦춰져 헐거워진 얼굴과 윤곽 잃은 어깨로 선 채 재킷이 찢어지고, 라펠이 떨어지고, 인생을 불러들이는 동시에 걷어차던 사람도.

나는 묵직한 턱을 가진 풍채 좋은 남자가 아니라 육포처럼 빳빳하게 굳은 사람이 되었어. 그러나 세상과 나의 관계는 아직 끝나지 않았어. 내가 비록 우주에서 완전히 소멸해버렸는지, 충분한 자격을 얻어 영원한 안식처로 갔는지는 불확실하지만. 인생엔 다양한 여정이 있으며 어떤 여정이건 끝나지 않아. 이게 최종 리허설은 아니야. 다시 낭만을 갈구하는 노년의 회상록이 시작되고 있으니까. 이런 페이지는 잘라서 보관해야 하리라…….

잎이 다 지고 추운 바람이 불어오면 추억이 얼어붙는 것 같아. 그러면 나는 주머니 속에서 꽉 쥐어진 내 주먹을 느껴. 몸을 웅크린 채 애달픈 지혜로. 지구가 자꾸 더워지면 따뜻한 가을날이 더 많아지겠지. 그럼 머리 위 태양이 비추는 공원 길을 더 자주 산책하겠지. 12월에도 나뭇잎이 떨어지지 않겠지. 행운이 좀 보태지면 경기 후퇴는 끼익 소리를 내며 멈추겠지. 내가 사는 나라가 집값도 비싸고 전기세도 과도하게 매기며 사람들은 서로 싫어하지만 내 가슴 속엔 햇빛이 비치고 있으니까(꼭 랭스턴 휴의 시 같네).

참, 오늘 아침에 읽은 시는 T.S. 엘리엇의 〈J. 알프레드 프루프록의 연가〉였어.

> 나의 풀 먹인 모닝 코트, 물을 먹여 턱까지 세운 옷깃, 화려하고 점잖으며 조촐한 핀을 꽂은 넥타이 사람들은 말하지 근데 저 사람 팔과 다리가 너무 가늘잖아! 나는 늙어가……. 나는 늙어가……. 바지 밑단을 접어서 젊은 척 좀 해볼까 머리에 뒷가르마를 타면 어떨까 나는 흰 플란넬 바지를 입고 펄럭이며 해변을 걸을 거야……. 그리고 우리는 익사했다…….

4장 남자

높이의 문제

올림픽 대로에서 잠실 어디쯤, 미완성의 콘크리트 구조물 꼭대기에 사선으로 얹힌 타워 크레인을 보며 한숨을 쉬었다. 결국 올라가는구나. 아주 높은 빌딩을 본다는 감흥은 없었다. 단지 이 건설 계획안이 프로젝트 단계에서 멈추길 바랐다. 독창성은 요점이 아니었다. 규모와 균형과 형태의 문제도 아니었다. 건축은 하나의 이데올로기에만 속하지 않으니까.

건축은 보통 특정 문제의 해결책으로 시도된다. 그런데 도시를 경계 없는 개인주의로 보는 시각과, 야망을 아이코닉한 건물로 대체하는 마음은 알 길이 없다. 욕심과 자본의 융합. 심의와 허가. 트레이드마크가 된 공격성. 불순함의 영광. 모순 없는 아이러니. 커뮤니티의 반대……. 건축가와 건축주와 엔지니어 사이를 오래 왕복한 생각들은 무엇일까?

종종 시공의 기이함이 눈에 띄었다. 중력을 거슬러 젖은 콘크리트를 허공으로 쏘아올린 시도엔 작년에 식은 땀이 다시 솟았다(롯데월드타워는 도시 속의 건축적 맥락이나 목록보다 대담한 시공의 사례로 회자될 것이다). 바람을 휘젓는 거인이 이 구역의 아이콘들을 밟고 있다는 두려움은 곧 현실이 되었다. 서울 시내 어디든 출몰하는 존재감과 송도까지 펼쳐진 시계의 광폭 연결성. 마천루에게 조용한 자기주장은 충분치 않다. 일단 위로 올라가면 목적은 다른 것과의 하모니가 아니라 단순히 마천루가 되는 것. 555미터 빌딩은 현대적 리얼리티가 뚫고 들어갈 수 없는 비정한 세계인 것이다.

벚꽃이 만화방창하던 4월, 롯데월드타워는 빌딩 자체가 오브제가 된 불꽃놀이로 역작의 방대한 키스를 날렸다. 이상한 기분이 들었다. 미래화된 현재를 경험하는 동시에 오늘 존재하는 것과 내일 나타날 것 사이의 경계가 흐릿해진 느낌.

도시는 항상 고층 건물과 애증의 관계를 즐겼다. 규모 있는 도시는 실제보다 화려한 외관을 가지기 마련이다. 따라서 초고층 빌딩은 신흥 도시의 승리를 확신시키는 결정타이며 맥도날도나 스타벅스 같은 다국적 브랜드처럼 포부로 가득한 도회 생활의 기준이 되었다.

세계에서 첫 번째 또는 두 번째 높다는 타이틀의 빌딩은 대개 성숙의 정도에서 교차점이 되는 도시에 세워진다. 세계 대도시들이 국제 자본의 거대 유입에 따라 재편성되는 동안 초고층 빌딩은 국경 너머에서도 도시를 알리는 표지가 된다. 울워스 빌딩, 시어즈 타워, 타이페이 101은 각각 한 번쯤 세상에서 가장 높은 빌딩이었다. 모두 세계 무대에 자기 위치를 주장하고 도시 안에서 최고 위치를 공식화하기 위해 올려졌다. 결과는 성공적이었다. 그리고 그것이 현재 아시아와 중동 국가들이 하고자 하는 바다.

국가주의 미학의 따분한 실험이건 아니건, 투자한 돈을 회수할 수 있건 말건 건축 사조는 끝없이 더 높은 빌딩을 원하고, 도시는 화려한 지평선 위로 스스로를 브랜딩한다. 세계 최고 프로젝트를 언급하는 도시 지도자들의 착상으로부터 부풀려진 건축은 지표면 위에 의기양양하게 들어올려져선 참 자본주의의 명분으로 반발을 잠재운다. 그 사이 건축가와 개발업자들이 원하는 건 상징성, '랜드마크' 소리를 듣는 것이다.

투자가 과시가 될수록 건물은 더 높아진다. 줄기차게 돈 걷는 기계들을 만든 뾰족뾰족 뉴욕 지평선처럼. 누군가 항상 더 높은 건물을 짓지만 그것이 높이의 매력을 감소시키지 않는다. 높이는 언젠가 누군가에게 추월당한다. 부르즈 할리파는 구름을 뚫고 올라가 모든 난쟁이 건물 위에서 구두점을 찍었다. 크라이슬러 빌딩을 엠파이어 스테이트 빌딩 위에 올린 것보다 높다. 꼭 〈스타트랙〉의 한 장면 같았다. 또는 지구와 한참 떨어진 행성을 방문한 커크 대장이 된 기분.

높은 빌딩은 그냥 지나치거나 무시할 수 없다. 높이로 손꼽는 빌딩이라면 사람들은 그 그림자 아래 살아가는 셈 아닌가. 게다가 거리의 도보 네트워크에 영향을 끼친다. 그 자체가 생태학이기 때문에. 이런 이유로 도시 스카이라인의 형태를 만든 수상 경력의 건축가, 진가를 인정받길 기다리는 과대평가된 건축가는 우리를 능가하는 힘을 갖는다. 그러나 신념의 건축가조차 시스템의 이익을 얻으면 파우스트적 인간으로 변한다. 프랭크 게리도 무시무시한 아틀란틱 야드 프로젝트를 완성시킨 뒤부턴 그다지 예술가로 보이지 않는다.

한편, 오랫동안 미국 규격의 심오한 소모품으로 포장해온 서울이 이 흐름에서 예외일 리 없다. 서울은 가스 페달이 바닥에 달려 있어 누르기만 하면 미래로 향하는 타임머신이라서. 국제적 위신 자체, 국가 신조와도 맞물린 초고층 빌딩은 서울과 부산이라는 부동산 발전소에 두 다리를 벌렸다. 위풍당당한 건물들이 대거 세워지면 서울은 런던의 지위로 도약하고 도쿄 도심의 바통을 이어받을 것 같았다. 홍콩처럼 시대정신 사이를 비집고 들어가는 도시, 코펜하겐처럼 설득력 강한 도시가 될 수 있을 것 같았다. 초고층 빌딩을 역사적 요소들과 통합할 융통성이 이 도시에 있을까? 어떻게 도시 풍경에 통합될까? 성층권까지 빌딩을 올리면 도시의 저속함을 누그러뜨릴 수 있을까? 자칫 외계적인데다 수평적으로 밀집된 거대 메트로폴리스의 형해만 남는 건 아닐까? 우려는 중요하지 않았다(21세기 에펠탑이 되고 싶었던 용산이 코스모폴리타니즘의 과열로 주저앉는 사이, 현대자동차는 롯데월드 타워보다 겨우 몇 미터 높은 사옥 설계안을 스포일러로 공개함으로써 한국 최고층이라는 미래형 관용구를 선점했다).

그때 세계무역센터 전망대에 오르니 엠파이어 스테이트 빌딩이 아주 멀리 보였다. 나는 천국을 탐구하는 것과 같은 이유로 도시의 방대함을 맛보았다. 위대한 건축은 창공으로 올라갈 수도 있고 넓게 펼칠 수도 있다. 그 자체로 기념관이 될 수도 있다. 그러나 지구라트와 피라미드를 갈망하는 제스처가 현대 도시의 정수가 됨으로써 제풀에 압도당했달까. 불황 속에 지어지는 슈퍼 빌딩들은 지친 기색을 보이기 시작했다. 건축에 농담은 좀처럼 먹히지 않는다. 우아한 퇴장은 없다. 부르즈 할리파의 바늘 끝은, 담배는 담배일 뿐이라는 프로이트의 언어를 약간 변형하면 길다란 페니스일 뿐이다.

오늘, 잠실 그 타워를 덮은 몇만 장의 유리 패치워크를 세어본다. 저 투명한 격자들은 안에서만 여닫히는 진열용 상자일까, 세상을 향한 비싼 창문일까? 유리에 비친 형상은 우리에게 도시를 돌려줄까? 결국 풍경의 순수를 안겨줄까?

가끔 구글 어스와 물리적으로 동등해지는 상상을 한다. 공중을 날다가 급강하하거나 스카이라인 위로 차올라 대기의 소용돌이 속으로 쓸려갈 때 여전히 땅에 묶인 느낌이 들면 그때 걷어차인 듯 깨닫는다. 단순한 높이는 진부하다는 것을.

개가 작아졌다

내 눈이 잘못된 걸까, 아니면 개가 줄어든 걸까. 분명 21세기의 한 장면이다. 트렌치 코트를 입은 볼록 렌즈 몸매의 여자가 슈렉 같은 레인지로버를 몰고 주차장에 들어온다. 차가 멈추면, 모과만 한 강아지가 뛰어내려 주인의 또각또각 힐 소리를 따라 달려간다. 가족용 승합차 열기가 지났건 안 지났건 그렇게 큰 차 안에는 보더콜리쯤 있을 줄 알았다.

패션 트렌드처럼 사회적 경향도 잠깐 머물다 사라진다. 특정한 개나 차에 대한 열광도 예외가 아니다. 어렸을 때 우리 집에 있었던 개는 개 가운데서도 소수계층이었다. 우리 개는 호주머니에 넣고 다니고 싶을 만큼 작았다. 그래서 어디 산책이라도 나갈 땐 저쪽에서 딴전을 피우는 주인의 스모 선수만 한 수입 개 새끼가 우리 개를 물어 죽일까봐 삼 초마다 사주경계를 섰다. 그리고 언제부턴가 큰 개들이 사라졌다.

사실 개가 작아진 진짜 이유는, 그게 메갈로폴리스의 시민들에게 가장 이상적인 장신구이기 때문이다. 작은 개는 쇼핑백에도 랄프 로렌을 걸친 허리에도 황홀하게 어울린다. 다시 말해 '소녀'들은 작은 개를 사랑한다. 남자들은 꼭 그렇진 않다. 헤어진 여자의 푸들을 입양한 친구는 발뒤꿈치에 보풀보풀 테니스공 같은 강아지를 달고 다닐 때마다 남자와 푸들을 번갈아 훑는 사회의 눈초리에 자주 자아를 다쳤다.

사실 큰 개는 최소화된 도시 주거 공간의 액세서리론 좀 맞지 않는다. 딸려오는 애견용품을 담을 여분의 공간도 적다. 그러나 작은 개는 정신적·육체적인 것을 포함, 세상에서 제일 중요한 프리미엄 공간을 침해하지 않는다. 결국 개가 작아진 건 모두가 도시 공학의 미덕에 동의했기 때문이다. 그리고 마침내 도시는 강아지에 관한 한 스몰, 미디엄, 스탠더드 사이즈까지만 안을 수 있게 되었다. 큰 개들은 다 어디 갔을까. 궁금하고 불안하다.

나의 예상 수명

가을이 늦어질 때 농부는 추수하고, 우리는 추궁한다. 올해 뭘 했느냐고. 대답은 사십오년 년 전 어느 신문에 실린 경상도 어린이의 시로 대신한다.

성적표

시험 보고 매 맞고
성적표 받고 매 맞고
내 다리 장한 다리

아무튼 10월까지의 내 성적표는 이렇다.

체중: 전보다 준 것 같긴 하다. 근육이 지방보다 무거워서라거나 전체적으로 비율 배분이 잘 되어서가 아니라 사실 착시일 것이다. 아니면 악착같이 더 작은 사이즈로 입어서? 그런데, 왜 샤워하고 나면 150그램이 더 나갈까.

운동: 게으른 포유동물에겐 가장 짜증나는 문제지. 장시간 걷기? 탁구를 치겠다. 헬스클럽? 농담이지? 나이 드는 게 흉칙한 건 매일 덜어

낸 것에서 얼마나 더 빼느냐를 강박적으로 계산하기 때문이다. 그래서 운동 생각은 처음부터 제외시킨다. 뱃가죽에 골짜기를 낸 자식들의 영웅담은 안 들어도 살 수 있다.

그루밍: 이렇게 피곤한데 왜 얼굴은 멋있을까? 하고 누구에게 물을 때 대답이 일 초만 늦으면 피부 권세를 다친 듯 화가 난다. 어떤 땐 주름이 적은 피부조차 전장의 시체한테서 거둔 듯 황량해 보인다. 그렇지만 깨끗한 손톱은 남자에겐 신용과 같아서 바투 자른다. 지문을 세게 남기지 못한 손끝이 한 해 내내 고달팠다.

자동차: 갈수록 연비가 나빠진다. 스마트 포투로 바꿀까, 고민만 한창이다. 그런데 왜 차를 바꿔서 굳이 새 기계에 적응해야 하지?

습관: 습관을 바꾸는 건 친구를 잃는 거라기보단 적을 죽이는 것과 같다. 소용없는 말이지만 사람은 어떤 애증도 쉽게 타넘지 못한다. 확언할 수 있는 건, 예전 고통은 예전 일, 지금 불안은 지금 것.

성격: 사람들에게 필요 이상으로 겁을 주지 않는다. 나는 돈도 없고 살만 찐 보살의 현현 아닐까. 하지만 관대함은 108초 만에 편협한 발톱을 드러낸다.

스타일: 내 정수리엔 스타일링하기 불가능한 쌍가마가 있다. 왁스로 적당히 손질하면 하루를 시작할 수 있지만 한 시간 후면 바로 뭉친다. 구불거릴 땐 쫙 펴보지만 삶의 어떤 것도 지속적이지 않다. 술 마신 다음날, 얼굴은 당나귀한테 걷어차인 풍선같이 변한다. 닭의 아랫볏 같은 여분의 턱살만큼 나이 들어 보이는 것도 없다. 그러나 남들은 나한테 일체 무신경하거나 더러 잘해주니 세상은 긍정만이 가득

한 살롱 같다.

친구: 열 명의 새 친구가 생겼다. 세 명은 다시는 안 보기로 했다. 친구가 정말 친구인지 단지 아는 사람인지는 지나봐야 안다. 결론. 아는 것은 짐이고 가진 것도 짐이다.

일반적 중산계급의 우울증: 힘 안 들이고 부자가 된 재벌 4세들의 놀라운 공통점을 발견했다. 못생겼다.

통장: 내 형편으론 무시무시한 돈을 썼지만 산술은 변함없다. 대출 건으로 은행에 들렀을 때, 직원이 말했다. "한국에 좀 더 계시면 나아질 거예요." 그는 말을 못 알아듣는 내가 한국에 온 지 한 달 된 흑룡강성 교포인 줄 알았을 것이다. 엄마는 말했다. "네 통장에 '빵원' 있다!"

담배: 올해는 파란 연기에 싸인 담배를 피우며 길고 음탕한 꿈을 꾸고 싶었다. 하지만 여전히 피우는 방법을 모르고, 골초들의 입에서 나는 냄새는 더욱 시체 같았다.

후회: 서사시 같은 여정은 아니지만 세상에 잘 왔다고는 생각한다. 그런데 성장의 어디쯤에 머물러야 할지 모르겠다. 나는 내 인생을 단지 좋게(혹은 더 좋게) 살고 싶은 걸까, 아니면 그저 좋게(최소한 조금이라도 더 좋게) 보이고 싶은 걸까.

노화: 일종의 단기 기억 상실. 몸의 기능이 급하게 떨어졌다. 학교에서 배운 역사적 날들과 시어는 잘 기억했는데 지난달부터 '그게 기억이 안 나' 증세가 생겼다. 첫 번째 인지나 두 번째 회상은 새벽의 귀신같이 스르륵 사라졌다. 그런데 내가 누군가의 이름을 기억하는 게 나

의 여생에 왜 중요한 거지?

예상 수명: 늘어난 것 같진 않다. 그래도 운동을 하며 술도 안 마시는 친구보단 오래 살지 싶다.

종합성적: 올해도 인디 유머 속에서 흘러간다. 인생의 풍부함은 디저트 수레처럼 뒤늦게 찾아오니 미리 낙담하지 않으려고 한다. 어떻게 하든 결과는 같지만.

아버지의 부탁

아버지는 내가 세상에서 만난 첫 번째 남자였다. 평생 남자의 전형으로 생각할 남자였고, 다른 남자를 평가할 때 기준이 될 남자였다. 그러나 아버지에게서 윤리의 기초와 자존심을 배우진 못했다. 아버지는 내가 원하는 만큼 강하거나 사려 깊은 남자가 아니었다. 누가 나를 소홀히 대하면 나에겐 실망이 주는 쓰라린 침묵만 내려앉는다는 걸 아버지는 몰랐다.

아버지는 나의 부적절한 행위나 의심스러운 가능성에 대해 주시하지 않았다. 길을 건널 때는 어떻게 하는지, 옷은 어떻게 사며 술은 어떻게 주문하는지 가르쳐주지 않았다. 그네를 밀어주는 다정함, 한문에 관한 지식, 괜찮은 크레용을 고르는 주의력, 통정부터 난투에 이르는 죄목, 놀이에 전념하는 집중력, 상대에게 한 방 먹이면서 한 방 맞아줄 줄 아는 법에 대해서도. 그래서 나는 알아서 자랐다. 누구보다도 아슬아슬하게.

딸은 아들보다 직관적이다. 아들이라면 소년원에서 몇 년 보내야 터득할 판단력을 처음부터 갖추고 태어난다. 어느 시대나 딸은 아들보다 점잖고 사려깊다. 아들은 잘 길렀다 싶은 놈이라 해도 멋대로 살다가 삶을 망쳐버리기 일쑤다. 바로 그때가, 아들이 가던 길을 멈추고 아버지에게 방향을 물어보는 몇 안 되는 순간이다. 그러나 내가 모든 것을 일시에 망가뜨린 일은 천 개도 넘는다.

함께 있을 때 아들은 아버지의 손짓과 말의 리듬을, 매너와 감정을 통제하는 법을 배운다. 아들은 태생적으로 아버지의 공모자이며 남자들만의 비루한 행위를 인지하는 수행자이다. 아들은 날 때부터 남자의 세계에선 기대치를 낮춰야 한다는 걸 안다. 그중 하나가 남자의 세계에 퍼진 침묵이라는 암호이다. 아들에겐 아버지의 수상한 행동—거짓말, 힐끔거리는 눈길, 몰래 들르는 가게—을 보고도 못 본 체하라고 강요할 필요가 없다. 엄마한테 말하지 말라는 말도 한 번이면 된다. 아직 어려도 아들은 곧 남자가 된다. 조심스러운 방종과 태만으로 버무려진 뒤 순도 높은 남자로 만개하는 것이다.

딸은 쉽지 않다. 엉뚱한 길로 들어섰다 싶을 땐 바로 딸을 낚아채야 한다. 이때 견인 트럭의 운전대를 잡는 사람은 아버지다. 아들에게 보여줬던 나약함을 딸에게 드러냈다가는 모든 걸 망칠지 모른다. 딸은 아버지가 실제보다 멋진 사람이라고 생각하기 때문에. 아버지는 남자로서 갖출 걸 다 갖추어도 불안하고, 가정 안에서 자라는 여성성의 기운에 맞설 만큼 염색체가 멀쩡해도 공격받는다. 딸 앞에서 아버지는 남성성의 강력한 증기 속에 마비되고 마는 것이다.

아버지의 책임감은 머리띠나 실내화보다도 엄숙하지 않다. 단지 스스로 부과한 명예에 부끄럽지 않게 사는 것에 불과해졌다. 아버지는 하나같이 당황한다. 자기를 존경하지 않는 아들 때문에. 아들의 성난 기질을 사과한다. 오토바이라면 정신 못 차리는 아들 때문에. 바쁠 때도 아들의 남성성을 끌어내느라 시간을 들인다. 절대 지지 말라고 다그쳐야 하기 때문에. 그럴 때 온전히 아버지에게 의지하는 사람은 아들밖에 없다. 앞으로도 아버지에게 권한을 부여하고 주시할 사람, 아버지의 동반을 요구하며 시리도록 사랑할 사람은 아들밖에 없다.

아버지에게는 딸이 아니라 아들한테 하고 싶은 부탁이 있다. 경제 필독서 목록이나 죽기 전에 해야 할 일들을 챙기는 것보다 중요한 건 아버지 당신의 일생을 상속하는 것이다. 그것 때문에 아들이 아버지를 증오하게 되더라도…….

만델라의 아흔 번째 생일에 쓴 편지

아흔 번째 생일 축하해요, 만델라 아저씨. 7월 18일은 아직 좀 남았지만요. 일 년 중에서도 가장 또렷한 날짜예요. 아저씨네 나라 사람의 축하가 아니라서 더 좋은가요? 모든 게 한 줌 먼지로 돌아가도 태어난 건 좋은 일이고, 우린 또 인류잖아요. 이렇게 깊은 존경심으로 말을 하고 있으니 소수 아프리카인들의 감정을 대신하는 느낌도 듭니다.

사실 운좋은 나라를 얘기한다면 단연 남아프리카예요. 당신 같은 반체제 운동가, 공상가, 국가를 노예 신분으로부터 벗어나게 해준 정치적 이상주의자를 두었으니까요. 순수한 상상의 힘을 아는 지도자를 가진 특권만 한 게 또 있을까요? 나라 전체가 당신의 리더십에 큰 신세를 진 거니까요. 그러나 당신에겐 오직 지푸라기 영광뿐.

서울에 사는 나는 끈적거리는 의심으로 매일이 불편해요. 무엇이 좋은지 나쁜지 감을 잡을 수 없고, 아무리 뚜렷하게 보려고 해도 질문이 명확하지 않아요. 성자와 자살 폭탄테러범 사이의 어딘가에 붙들린 종교 같죠. 저능아에게 내 성격 어디를 고쳐야 하는지 묻는 듯한 이 시간이 일시적 현상인지, 단지 이상하고 슬픈 시기인지, 결국 서울이라는 메갈로폴리스가 저물어가는 건지.

나이 먹다 보면 세상이 의지가 돼주길 바라지만, 지금 한국 사람들은 모두 나비 같고 지뢰 같아요. 다들 포위당했다고 여기곤 보호 막사를 요구하죠. 권력을 잘못 이해한 자들은 시민들 머리 가죽을 벗기려 들고요. 그들은 우리가 주지 않은 지위를 이용해 개인적 포트폴리오만 만드는 열심당원이란 말이에요. 열두 트럭 분의 거름더미들. 돈이 깔린 땅만 밟는 부동산 거물들이 만델라가 되는 상상을 한다는 것, 천박한 자들이 영웅이 될 기회를 노린다는 게 소스라치게 무서워요.

전투용 참호로 둘러싸여 있을 땐 품위를 지키기 위해 스스로 검열자가 되어야 해요. 강요된 자성으로라도요. 하지만 당신의 화해는 비슷한 관용의 방식을 약속했지요. 용서하는 법과 어떻게 살아왔는지 잊지 않는 법을 동시에 가르쳐주고, 자유를 되찾기 위해 싸운 이들에게 자긍심을 돌려줬어요. 당신의 작은 규칙조차 경험에 적용시킬 지속적인 힘을 주었어요. 그리고 당신은 모세가 아닌데도 흑인과 백인 모두를 해방시켰죠. 나는 당신과 국민, 당신과 야당과의 관계가 화가 나도록 부럽습니다.

예전에, 나라를 다시 건축하는 건 언덕을 여러 개 오르는 일과 같다고 한 적이 있으셨어요. 그건 가난한 사람 중에서도 가장 가난한 사람을 향한 친절, 정의를 돌려주려는 투쟁이었죠. 동시에 인생에 불가능은 없다는 진부하고도 온화한 경구이기도 했어요.

옛날 아프리카 말에 나이는 그를 향한 존경과 감탄을 약화시키지 않는다고 합니다. 아저씨가 젊어서 헌신하지 않았다면 누가 나이 든 당신의 생일을 경멸 없이 축하하겠어요?

고마워요. 세대를 통합한 사랑이라는, 모든 유산 가운데 가장 값진 것을 한 해 더 보여줘서. 초월을 향한 지칠 줄 모르는 욕구를 알게 해줘서. 당신의 자취가 이미 행복한 답례란 걸 느끼게 해줘서. 그러니 구십 년쯤 더 아프리카의 빛이 당신에게 비추길 소망할게요(그 빛을 저한테도 좀 나눠주시고요).

언제까지나 아저씨를 청년으로 보존해준 유머를 잃지 말아주세요. 생옥수수처럼 순수한 미소를 매일 퍼트려주세요. 안개 속에서도 더 나은 삶을 위한 격려가 돼주세요. 남아프리카가 활짝 필 때까지, 민주주의의 성장과 그 자식들이 커가는 모습을 볼 때까지, 모든 아이의 미소와, 만복과, 건강과, 집과, 교육을 위한 간구가 이루어질 때까지, 당신이 온전한 시력으로 다음 월드컵 개막식에 참석할 수 있을 때까지. 왜냐하면 당신은 다음 세대에게도 너무나 커다란 연감이자 영감(靈感)이니까요.

이번 생일을 보낸 뒤엔 쉬엄쉬엄 퇴직을 즐기세요. 내년에는 일일이 전화받는 거 하지 마세요. 그냥 메시지 남기란 말만 녹음하고 호젓하게 쉬면서 자신에게 칭찬도 좀 해보세요.

정치적 수호천사, 인류 법정의 총서기, 모두를 격려하는 훈계이자 전설에게 천 개의 키스를 드려요. 그리고 언제까지나 신의 축복이 함께 하기를 빌게요('신이 죽었다'는 선언은 경박했던 지난 세기의 난센스에 불과하니까요).

내가 스무 살이었을 때

그땐 아무것도 몰랐다. 정말 아무것도 몰랐다. 나에게 다른 문화, 다른 삶의 방식은 없었다. 장밋빛 뺨을 가진 민첩한 젊은이도 아니라서 청춘을 소비할 줄도 몰랐다. 나는 반사회적일 수도 없었던 쓰레기였다.

인터넷도 휴대폰도 비아그라도 없던 시절이었다. 전희만으로도 평생이 걸리던, 키스가 목적지로 가는 수단이라기보단 목적 그 자체이던 시기. 특정 종파처럼 편협한 문화와, 사람들이 매일 이건 해야 하고 저건 하면 안 된다며 태장을 가하던 도그마는 나를 성장시켜주었을까(하긴 우리 중의 누가 예수 그리스도고 누가 양떼를 이끄는 목자였을까).

나에겐 영웅이 없었다. 모형도 없었다(어디로 진행될지 아는 시간은 무가치할 것이다). 바다는 그 자리에서 움직이지 않았다. 원하면 헤엄칠 수 있었지만 나태했다. 튕겨나오는 당구대의 공, 전속력으로 달리며 선회하는 오토바이, 제어 불가능한 스쿨버스……. 자동차 지붕에 필사적으로 매달리는 젊음은 남의 것이었다. 삶의 견고한 중심이나 총알도 뚫지 못할 신념 또한. 그래서 작은 충격에도 흔들렸다. 스무 살은, 사람은 살아 있는 한 계속 전진한다는 것, 성장이 멈출 땐 죽는다는 걸 가르쳐주었으나 나처럼 척박한 독학자에겐 오직 극단적 취향, 고통과

오락, 부끄러운 무위뿐이었다. 시간에 대한 사회적 강박이야말로 스무 살의 특성이었다. 삶을 날짜마다 그려 넣은 눈금과 육체적 부패로 헤아리다니.

젊음이 모든 것인 게임에선 누구도 오래 살아남지 못한다. 곧 만료 일자가 가까워지고 젊음은 즉각적으로 사라진다. 첫 번째로 맞이하는 작은 죽음이다. 누구도 더 이상 링에 남지 않고, 사이드라인에서 지켜봐야 한다. 그것은 즐거움이다. 중력으로부터 자신을 들어올리는 살갗의 게임 속에서 버티는 것으론 찾을 수 없는 즐거움이다. 한편 에고의 문제이다. 모든 나이는 다 멋지며 모두가 그 나이의 특권자라는 에고. 미숙하면서 성숙할 수 있는 놀라움, 몸의 퇴화와 관조를 바꾸는 허심탄회함.

스무 살이 언제였는지 생각도 안 나는 지금에 와서야 삶은 그림이고 어둠은 그 한쪽 끝에 매달린 그림자라는 것을 알았다.

반바지의 중요성

에어컨이 미적지근해서인지 파나메라에서 내리는 남자의 등판이 젖어 있다. 이마 라인도 금모래처럼 반짝거리는 습도 90. 아열대 기후 속에 던져진 오후, 카페에서 밖을 내다보는 내내 남자의 여름 옷이 얼마나 목불인견인지 원 없이 실감한다. 벌거벗는 대신 천 쪼가리 하나 두른 여자가 차라리 수치를 아는 것 같다.

축구복, 크록스 신발, 조끼, 스키니진, 보드복 스타일의 샤론 팬츠, 아라비안 스카프, 어깨에 두른 스웨터, 가짜 디자이너 티셔츠가 그 자체로 온당치 못하달 건 없겠지. 그런데 장물을 모아놓은 데서 건진 것 같은 반바지에 등산 양말, 반바지에 양말을 신은 채로의 샌들, 비키니 위에 코트를 껴입은 것 같은 모습은 노인에게만 허용되는 줄 알았다. 그런데도 디자이너들의 즐거운 야합 속에 샌들과 양말이 트렌드의 최전선에 서다니.

반바지는 힘들다. 너무 짧으면 유아 같고 꽉 끼면 여자 같다가 이윽고 내셔널 지오그래픽 다큐에서 본 히틀러 소년단원으로 보인다. 무릎을 덮는 카프리 바지도 고기잡이 배에 타지 않는 이상 거북하고 웃겨 보인다. 통 큰 배기 바지도 메시 다리통이 아니라면 후줄근하지 않을 도리가 없다.

신경 쓴 듯 무신경한 듯 어두운 리넨 바지에 양말 없이 스웨이드 로퍼를 신고 염천에도 스타일을 고수하는 이탈리아 남자들을 보면 편안함이 인생의 전부가 아니란 걸 알게 된다. 이 더위에 블레이저와 보타이와 페니 로퍼를 착용한 채 제2의 유년기를 보내는 한국의 스타일 군단도 마냥 수월한 건 아니다. 하지만 옷을 시원하게만 입는다면 더위는 금방 지나갈지 몰라도 여자 마음은 더 빨리 지나갈 것이다.

속도전

소위 패셔너블한 사람들은 일 인당 연간 직물 40킬로그램을 소비한다는 통계가 있다. 그야말로 패션 중독의 진정한 무게이다. 팔리지 않거나 버려진 패스트 패션의 나머지는 일 년 안에 어디론가 던져진다. 작게 재활용되거나, 기부되거나, 소각되거나, 매립지로 가거나, 쓰레기통으로 갈 것이다.

광속 패션의 과잉 생산엔 모두가 익숙해졌다. 옷 교체율도 음속보다 빨라졌다. "나은 것을 조금 사야 한다"던 사람들 마음은 패스트 패션을 대하곤 "더 낫건 말건 살 수 있는 건 다 사자"로 바뀌었다.

멋진 남자는 지난겨울 정확히 코트 한 벌을 샀다. 더 멋진 남자는 오 년 전에 입다가 만 옷을 찾아 입는다. 바람에 휘날리는 목도리보다 멋진. 디자이너들은 오래 입는 옷을 만들고 싶어 하면서 사람들은 몇 년 입어도 새것 같은 옷을 원한다고 생각한다. 과연?

패스트 패션 문화는 딱 세 번 입는 동안 유행이 끝나버린 옷을 처분하라고 맨날 조른다. 자기네 티셔츠는 점심시간에 먹는 파니니와 커피보다 싸다고 하도 부추기는 바람에 우리는 매일 늘어나는 쓰레기의 총량을 체험한다. 규모의 경제와 그렇게까지 싼 옷을 생산하는 비밀에 대한 논쟁은 영원히 끝나지 않을 것이다.

럭셔리 소비자에겐 다른 시장이 기다린다. 위축된 시절이 럭셔리 상품을 사야 하는 필요와 동기를 준다는. 럭셔리 제품 조달자들은 이런 정보를 결코 흘려 듣지 않을 것이다. 문제는 하루 만에 만들어지는 티셔츠와 진이 배출하는 이산화탄소 방출량인데, 소비자가 아이템의 출처에 근거해 옷을 사기로 정했다면 브랜드와 소비자 둘 다에게 새로운 숙제가 주어진다. 패션의 의식적인 소비주의라는. 사실 패션 산업은 환경을 주제로 한 비난에 익숙하다. 음료나 세척제도 그렇지만 휴대폰이나 자동차 같은 복잡한 제품에는 우리가 모르는 조항이 붙었을 것이다. 다들 겪는 일이다. 동사무소에서 받은 딱지를 붙이지 않고서는 소파를 함부로 버릴 수 없다. 헤어드라이어나 세탁기를 쓰레기 매립지로 던지지 말라는 지시사항이 있다 해도 하나 이상할 게 없다.

검약함을 숭상하는 르네상스 움직임은 식었다. 농협 대출 이자와 금융 핍박에 시달리는 패션 피플들은 더 조를 벨트도 없다. 패션의 범위는 더 넓어져야 하고 양이 아닌 다른 관점에서 생각할 필요가 있다. 그렇다고 일일이 섬유를 따지는 사람은 생각보다 적다.

어떤 브랜드는 윤리적인 몇 가지 이유를 대며 자기네 회사가 수익 일부를 열악한 사람과 지역에 재투자한다지만, 세상의 모든 바느질 공장이 있는 중국 동남쪽 지역의 노동 비용은 계속 늘고 있다. 패스트 패션은 값싼 폴리에스테르와 코튼에 절대적으로 의지해서 전 세계 섬유 생산의 절반 넘는 양을 충당한다. 이때 또 다른 사안이 따라붙는다. 석유 생산량이 줄면 폴리에스테르 값이 치솟는다. 코튼 양의 3분의 2가 강수량 감소 지역에서 난다는 것은 코튼 공급이 여의치 않으리라는 사실을 의미한다(더러는 부자 나라를 위해 옷을 생산하는 가난한 나라의 경제가 움직이기 시작했다는 신호로 본다).

속도전의 비밀은 느려져서 싸지거나, 빨라져서 비싸진다는 것이다. 일주일에 2회 라인을 돌린다면 그만큼 항공 운임이 더 든다. 언젠가 섬유와 석유는 부족해질 테고 여파는 다가오고 있다. 그러나 배고픈 패션 산업은 새로운 기풍을 만들지 못하고 새로운 괴물의 매력에 갈수록 더 빨려든다. 그렇다면 패스트 패션의 진짜 혁신은 그 기세가 꺾이는 날 겨우 찾아올 것이다.

나태한 사람이 여행하는 법

어느 도시를 가든 여행지에서의 하루는 거주지에서의 시간보다 다섯 배나 길었다. 나는 사람들이 m&m 초콜릿처럼 붐비는 곳이 무서워서 지명도 모르는 장소를 걸었다. 아무 지하철에서나 떨구어져 모르는 거리를 걸을 때, 아무도 나를 잡지 않고 말을 걸지도 않는다. 거리는 곧 바티칸이 다스리던 예전 이탈리아처럼 침중하게 변한다. 나는 아랍인 가게에서 맥주와 유럽 사과를 산 다음 도시의 노숙자들과 공원 벤치에 누워 있는다. 오후에 작은 커피 집에 앉아 밖을 내다보면 도로의 물 웅덩이, 뜨거운 자동차 뚜껑에서 튕겨 오르는 갈치 같은 햇빛, 검은 우산들이 만드는 무늬, 오래된 건물의 중정에서 풍기는 이상한 냄새, 참나무 밑동처럼 두툼한 빌딩의 아랫도리에 마음을 뺏기고 마는 것이다. 이윽고 맥주집에서 라벤더 색 스카프를 두른 지미 스튜어트의 사진을 들여다보거나, 엔터프라이즈호 선원처럼 번쩍거리는 옷을 입은 바텐더를 혐오하는 순간, 인생은 혼자라는 즐거운 진실이 참치 뱃살처럼 친숙해진다. 그러면 나는 오랫동안 혼자 실패를 맛본 듯한 그 순간의 나와 독특한 유대를 갖는다.

혼자라는 것이 탐미적인 강박이나 신경증적 공포, 심연의 막다른 골목으로 쫓기는 멋진 기분을 주진 않는다. 거리의 담벼락에 대고 작게 으르렁대면 세상에서 가장 가치 없는 고독을 느낀다. 그러나 내가 매분 매초 거짓말쟁이가 아니라면 그때 내가 느끼는 것이야말로 '진정한' 고독일 것이다.

밤이 오면 오늘 갔던 데는 우주에 한 장뿐인 폴라로이드 사진처럼 애절함 없이 희미해진다. 그러면 처음으로, 어쩌면 그보다 더 오랜만일지 모르지만 이대로 사라져도 좋다고 잠깐 생각하는 것이다.

태양이 미치도록 뜨거운 날

마이클 잭슨이 묵었던 슈퍼 호텔부터 뒷골목 여인숙까지 투숙해본 결과 내가 좋아하는 숙박 업소에 대해 결론내렸다. 화려하고 우아하면서 호스트와 게스트의 구별이 확실한 데도 좋지만, 등급은 비교적 낮으면서 필요한 부분만 제공하는 접대 방식, 자기도취 없는 단정함 뒤에 살짝 숨긴 안목, 부르주아와 보헤미안의 점잖음과 허름함의 호젓한 배치, 풀을 빳빳이 먹인 침대 시트의 한없이 까칠까칠한 쾌적함처럼, 요소 하나만으로 덥석 믿게 만드는 안목.

그런 점에서 복도와 벽감과 응접실의 범박한 존재감이 외관의 장중함을 무찌르는 런던의 두란 호텔은 내가 호텔을 평가하는 기준이 되었다. 극적이지도 장식이 과하지도 않으면서 거기 빵과 마멀레이드만 먹으면 모든 걸 용서할 수 있었으니까.

스페인의 크고 근육질이며 밝은 이미지가 작열하는 마요르카 섬의 이베로스타 바이아 데 팔마 호텔의 청량한 실내와 바다 색은 장마보다 눅눅한 마음을 말렸다. 스위스 웨지스의 보리바지 호텔 테라스에서 강물 위를 떠다니는 보트를 보다가, 책을 읽다가, 혼곤하게 보낸 어느 시절도 있었다. 스포츠 신문이 널린 로비에서 티와 스콘을 먹으며 정원을 흠향하던 스코틀랜드 엘긴의 크레이겔라치 호텔, 카페 피아니스트가 거의 접신 상태로 연주하던 샌프란시스코의 헌팅턴 호텔, 관광객들이 빠져나간 저녁에 하늘의 별을 보며 캄프리를 먹던 베니스의 로칸다 치프리아니 호텔…….

내 수명보다 오래 유지될 것 같은 호텔들만이 순례의 궤적으로서 여러 도시를 엮고 추억을 묶는다. 도시와 추억 사이의 배접에 호텔의 감정이 머문다.

물병이 하는 말

조난 상태가 아닌 한 목이 마르지 않아도 매 시간 물을 마신다. 내 머릿속은 워낙 절실한 생활로서의 음주 벤다이어그램을 그린다. 물도 그렇게 되었다. 몸 안에 가뭄으로 갈라진 전답이 있는지, 물 의존증 가족력이 있는지, 모태 구갈증인지, 아무튼 물배가 터지도록 마시는 것이다. 술은, 입에 대지도 않는 사람과 주정뱅이 사이의 공간을 점유하거나 중독과 금욕의 양극 중간에서 헤맨다. 그러나 술은 술이고 물은 물이다.

술은 합법적으로 마실 수 있는 나이가 있지만, 물은 죽음처럼 나이를 안 가린다. 사람들은 또 와인만큼 물에 민감하지 않다. 정수된 물이나 약숫물을 대할 때처럼 개인의 기호를 따지지 않는다. 그래서 수돗물도 마신다. 부유 물질, 용존 산소량, 삼중수소, 수도 배관, 저수조, 물탱크, 중금속, 병원성 원생동물을 걱정하면서. 소독에 쓰인 염소 맛을 잠깐 찜찜해하면서. 제품별로 수질을 다 보증할 수 없는 생수나 관리에 따라 미생물 감염이 우려되는 정수기보다 딱히 안전하다고 생각하지도 않으면서.

여행을 갈 때면 특정 지역의 물은 기피하라는 조언을 듣는다. 모든 목적지가 자체의 특성을 갖는 것처럼, 자체로 특징적인 미생물은 현지

인들의 장기에만 친숙할 뿐이다. 빈잔을 든 채 수도꼭지를 닮은 맨발로 조심조심 걷다 보면 오직 낙타만이 물병 없이 비행기를 탈 거란 생각이 든다.

서양 대도시에서 에비앙 물병을 들고 다니는 게 패셔너블한 과시였던 적이 있었다. 석유 왕자라도 된 양 헐렁헐렁 해러즈 백화점을 돌아다닌 경험은 제 나라로 돌아가는 동양인에겐 저 홀로 잘난 후일담이 되었다. 스타벅스에서 방대하게 폭발한 음료들이 이탈리아 말로 된 변덕스러운 커피 메뉴를 양산한 것처럼, 희한한 이름이 새겨진 물이 작은 병으로 쏟기니 아예 홍수가 났다. 게롤슈타이너, 아쿠아파나, 몬테스, 네이키드, 라우레따나, 산 펠레그리노, 피지워터, 폴란드 스프링, 휘슬러, 봉평 샘물, 타이난트, 볼빅, 페리에, 노르데나우, 아이스필드, 바두아, 삼다수…….

강 저편에 계시받은 물맛 선지자들이 도래하자 새로운 물 세례를 받으려는 지지자 무리도 오병이어처럼 늘었다. 이젠 천안, 이스탄불, 블라디보스톡, 어딜 가든 라벨 붙은 생수가 보인다. 수제 맥주를 들이키는 사람의 법석이 와인을 홀짝거리는 사람의 호들갑을 밀어낸 것처럼, 생수 리스트가 맥주 가짓수를 무찌르고 장편소설 부피로 불어난 느낌? 이러다 희귀한 생수를 찾아내려고 카탈로그를 숙독하고 경매장에도 가고 그러다가, 어떤 물건이라도 손에 넣는 배급업자에게 전화를 걸어 마지막까지 수화기를 붙들고 애걸하는 날이 오지 않을까? 그날이 오면 아빠 고주망태들 때문에 학질을 떼던 가족들과, 소주 한 잔만 마셔도 음주로 집어넣어야 한다고 핏대 올리는 청정 지역 사람들은 나를 반상회 회장으로 추대하겠지? 하지만 물 한 병 값이 휴고보스 가방과 맞먹는다는 걸 알고 날 죽이려 들겠지?

원료가 화성에서 왔다고 해도 입자 또는 분자 자체의 물은 불변의 법칙으로서 H_2O의 화학기호를 따른다. 모두에게 표준적이라는 점에서는 콜라를 닮았다. 콜라는 왕자와 거지에게 동일하기 때문에 쓰찬성 제일의 부동산 부자라 해도 더 좋은 콜라를 마실 수 없다. 그런데 참선하는 이의 탁자에 올려진 듯하던 무욕의 물병에 로고가 박히자 물은 즉시 세속적 동기 부여의 배경으로 떠올랐다.

라벨이, 검증된 회사의 술책이 아니라 고소득층의 대안이자 엘리트 취향이며 스타일 부적이 된 건 아주 오래전 이야기이다. 늘 그랬지만 소비 지상주의의 비판적 선민들이 찾는 건 제품 자체가 아니라 배타성이다. 나는 저렴한 물통의 유혹에 지지 않아. 나는 멋의 바늘 끝을 걷는 그룹에 속하거든. 라벨 붙은 생수를 들고 다니는 사람에게는 이국적인 이름에 해시태그를 붙여 인스타그램에 올릴 수 없다면 물 한 잔도 의미가 없다. 생수 한 병으로 살 수 있는 더 나은 대체물을 생각해보아도 하나가 다른 것보다 어쩔 수 없이 더 나쁜 가치라고 말할 수 없다. 이 모든 게 물의 성분과 무관한 유행인지 자본의 문제인지와 상관없이 레스토랑 메뉴에 딸려나오는 한 생수는 현상이 아닌 일상인 것이다.

전 세계적으로 급성장하는 물병의 메시지는 이렇다. 로고 붙은 용기가 계속 공급되는 한 물은 미래에도 통할 비즈니스 원천이라는 것이다. 급기야 리츠 칼튼 같은 호텔, 니만 마커스 같은 백화점, 메이필드 같은 부티크, 프린스턴 같은 대학교까지 생수 브랜드를 만들어 시장 트렌드에 가담했다. 가장 잘 디자인된 물은 디자이너로부터 왔다. 알프스의 물이 담긴 예쁜 병엔 DKNY 라벨이 붙었다. 생수가 지하 자원으로부터 나온 뒤 역삼투 같은 다양한 관문을 통과할 때, 라벨은 병 속의 물이 안전하다는 약속을 의미한다. 사람들이 물의 출처나 명시된 성분에 썩 마음 쓰지 않는 건 그 때문이다. 확실히 식품으로서의 생수는 상대적으로 덜 위험해 보인다. 메르스나 지카 바이러스에 비하면 거의 무시될 정도다. 결국 물도 맛과 향이라는 심미적 쾌락이 결정적 가치가 된 셈이다.

수선화처럼 화사한 맛, 기름처럼 끈적이는 맛, 엄마 젖처럼 밍밍한 맛, 이별처럼 쓴 맛, 녹슨 면도날처럼 혀 옆구리가 아린 맛, 후회처럼 떫은 맛, 표범 고기보다 짠 맛을 순례하다가 문득 증류수처럼 중간이 텅 빈 맛을 대하면, 생수에 쓰인 오존이란 원래 이렇게 무미무향일까, 순수하게 궁금해진다. 생수의 품질을 둘러싼 논쟁점(미크론 여과와 오존화는 물이 탱크에 채워지기 전에 이루어지는지, 물은 정교한 미생물학으로 다루어지는지, 크립토스포리디움은 제거됐는지, 공급자, 유통업체, 생산업자 가운데 누구 입김이 제일 센지, 제조 장소는 어디인지, 유통 기한은 언제인지, 혹시 정부가 물을 민영화하려는 건 아닌지……)보다 중요한 건 종국에 어떤 라벨이 달렸느냐 하는 문제이기 때문에.

이런 논의는 늘 코앞까지 왔으나 눈에 보이지 않는 불안을 도외시한다. 물이 고갈된다는 통계는 일각의 음모론이나 삼류 과학자의 얼렁뚱땅 이론이 아니다. 상상 속의 위험은 말 그대로 구체적인 생과 사의 지점에서 당신의 종말로 뛰어들 거라서. 인류가 이 행성을 분간 없이 요리하고 헬륨이 타오르는 태양에 용광로 역할을 한 뒤, 치유의 쿠르드 샘물은커녕 혀끝에 떨어뜨려줄 물 한 방울 남아 있지 않을 때 서로가 비로소 떠올릴 것이다. 인체의 70퍼센트가 수분이며 사람은 물을 마시지 않으면 열흘도 견디지 못한다는 연약한 진실을.

일을 갖기 전엔 내 인생에 휴일이 없다는 걸 몰랐다. 휴일은 그냥 영화에서나 보이는 어떤 짓이었다. 피부에 햇빛이 닿지 않으면 도대체 휴일 같지 않다는 사람들의 햇빛 동경이 건전한 건지 돈 냄새가 나는지 아직은 모르겠다. 어느 휴일에 찍은 내 사진은 행복해 보이지만 어딘지 기억이 안 난다. 뭘 보고 웃는지도. 그뒤로는 경직된 불만족으로 다른 날들을 채웠다.

사람들은 휴일에 대해 각각의 협의 사항을 가진다. 휴일은 굶는 사람들에 대한 비윤리적 호사라는 훈계이며, 문화제국주의의 안식일에 대한 현대적 금제를 무찌르는 기초이기 때문에.

나는 늘 집에서 내 자신을 행복하게 해주었다. 집은 내가 산 것 중 제일 비싼 거라서 그 안에서 잠 자는 것만으로도 천금의 가치로 꽃필 것이다. 오래된 매트리스가 장기적으로 요추를 손상시키면 그때 가서 바꿀 것이다.

멀리 가는 건 싫었다. 비행기? 22,000피트 창공으로 돌진하는 고속 깡통이자 날개 달린 지옥 아냐? 비행기 티켓은 많은 레벨의 역경이 기다리는 비디오 게임 입문 같아. 공항? 테러에 대한 공항의 최근 답변은 모든 승객을 범죄자처럼 다루는 것이다. 공항에 가기 전에 산 거라곤 들뜬 기대밖에 없는데 핸드크림은 100ml 이하인지, 날카로운 것을 소지한 건 아닌지(공항 밖 어디서도 가위나 포켓 나이프를 날카로운 걸로 분류하지 않는다) 추궁받는다. 로켓 발사기 같은 보안검색대를 지날 때 언더 와이어 브라를 찼다간 끌려갈지도 모른다. 소위 자유사회라는 곳에서 제정신인 사람들이 하는 짓이 그렇다.

공항 부족들은 허용되는 행동 규칙을 정한다. 그 규칙은 날마다 시간마다 바뀐다. 도쿄에선 가방에 넣은 노트북은 괜찮다. 파리에선 안 된다. 시애틀에선 신발을 벗고, 키토에선 신는다. 세 시간 늦게 뜨는 비행기는 세 시간 일찍 도착한 나를 책망하게 만든다. 환승 공항은 우주 저편에 있고, 샌드위치 백은 두고 왔으며, 용량이 적은 방광은 인내심을 모른다.

해변? 사람들이 목가적 이상향쯤으로 여기는 바다는 수달의 주머니보다 습하다(과학적으로 모래와 먼지를 구분하는 한 방법은 거미와 게의 발견 빈도를 보는 거지만, 어디에 누워도 거미는 안 봤음 좋겠다). 호텔? 코믹하도록 적은 팁으로 벨보이를 모욕하건 그의 빚을 대신 갚아주건 돈 자체는 참 적응하기 힘든 물건이란 걸 새로 배운다. 생각 없이 미니바를 털었다간 생애 최초로 지갑을 저당 잡히고말고. 같이 간 동반자? "내가 좀 전에 말했잖아"란 말이 상처가 될 줄 몰랐다. 날씨? 이젠 안다. 소풍이 땡벌을 꼬이게 하듯 어딘가에 치는 텐트의 연금술이 비를 몰고 온다는 걸……. 언제 다시 올까 싶어서 전쟁터에서 성까지, 무덤에서 교회까지 죽을 힘을 다해 돌아다니다가는 숙소로 돌아오자마자 혼절하고 만다.

미술관은 상관없다. 모든 석판화 앞에서 감동하는 척 십 분씩 머물지 않는다면. 박물관은 죄책감이 든다. 질려서. 유물의 정보는 나중에도 절대 생각나지 않는다. 누가 언제 어디에 왕궁을 지었고 누가 언제 어디에 묻혔다는 걸 알면 더 나은 사람이 되나? 과거의 얼굴에서 마스크를 떼어내 미스터리를 읽는 건 폭력 이면의 교리가 아니라 꼭 알아야 할 원칙에 속하나?

가끔 생각한다. 별 일곱 개 호텔에서 아홉 코스 식사를 하는 무리에 섞일 필요도 없고 쇼핑몰 통로에서 길을 잃을 수도 없는, 콘크리트 가드레일들로 흩뿌려진 계시록 이후의 황무지를. 차가운 바람과 적갈색 잎들이 사색을 일깨우고, 마음이 가을과 공생 관계인 명도로 변하는 자갈밭을.

그래서 누가 피렌체행 비행기 티켓과 피아자 산 로렌조를 바라보는 호텔 숙박권을 주면 마조히스트 커플에게 넘길 생각이다. 대전 가는 고속버스 티켓은 절대 양보 안 하겠지만.

주변에 내가 무엇을 먹어야 하고 먹지 말아야 하는지, 또 어떻게 얼마나 먹어야 하는지 정해주는 전문가가 이렇게 많은 줄 몰랐다. 글루텐 프리나 슈가 프리 식품을 향한 선별된 트렌드가 넘실대는 세태 속에선 다들 요리 학교 수료증이나 한국 주방을 바꿀 두꺼운 초안 하나쯤 갖고 있는 것 같다. 간섭은 두루 정교해져서 풍부한 개인적 미각의 영역을 교란시킨다. 나의 태평스러운 미각조차 난타당하는 판국이다.

생활의 베일을 벗겨온 과학에도 불구하고 마음 말고는 호소할 대상이 없는 세상에서 사람들은 위장을 채우는 것으로 의미를 찾는다. 인간을 해석하는 데 있어 뇌 과학이나 심리학, 유전 암호에 기인한 더 분명한 지표, 인종, 종교, 성적 기호, 유머 감각, 음악 취향이라는 더 많은 층을 덧붙인다 해도 자기 자신에 대한 한 인간의 유일한 의무는 오직 먹는 것뿐이다. 모두의 평등을 믿을 순 없지만 먹지 않으면 죽는다는 생물학적 진실만은 영원히 공평할 것이다.

그래서 나도 냉장고를 사랑한다. 엘미라 스토브 제작사의 노스스타 프렌치 도어 냉장고, 가게나우 냉장고, 이소자키 냉장고, 파나소닉 냉장고. 메모한 포스트잇을 붙여놓거나 가족사진을 자석으로 누르기 위해서가 아니라, 냉장칸 선반 깊숙이 저장된 식재료만이 세계를 다시 황홀하게 만드는 의식이라서.

미국식 생활 방식의 사치가 서브제로 냉장고로 귀결되듯이 여기 모든 대화는 음식으로 시작된다. 스테이크를 주문할 때조차 훈계와 구속이 따른다. 피가 뚝뚝 흐르는 레어가 아닌 웰던으로 시키는 것은 스테이크에 대한 범죄야. 그런 사람은 먹을 자격도 없고, 살아갈 자격도 없어! 한 번도 MSG를 쳐서 찌개를 만든 적이 없는 척, 패스트푸드 같은 건 입에도 안 댄 척, 컵라면을 싸갖고 외국에 나간 적이 아예 없는 척, 평범을 증오하는 사람들은 뭘 잘 모르는 자들을 너그럽게 봐줄 수 없다. 눈을 치켜뜬 이상 다소곳이 닫을 수도 없다. 나는 스테이크를 '함부로' 먹는 이들에 대한 소수의 혐오를 정제되지 않은 사랑의 허식으로 이해한다. 뭔가를 너무 좋아한 나머지 격분으로 발화하는 속성의 핵심은 하나의 러브레터이다. 대상은 익지 않은 소고기이지만 감정의 깊이는 해저 2만리니까.

요새는 식품 지식도 과시로 튀겨졌다. 여럿이 모인 자리에서 최초의 치즈 케이크는 기원전 776년의 올림픽 때 그리스인들이 내왔다고 얘기하면 다들 박식하다고 무릎을 칠 것이다. 지금 나는 프라이팬을 1센티미터 덮은 올리브유 속에서 비너스의 조개처럼 부글대는 달걀 프라이 소리를 들으며 TV를 보고 있다. 음식이 목숨이 된 뚱뚱한 날들이라 전원을 켰다 하면 다수가 모여 노래하고 떠들고 먹는다. 같은 듯 다른, 전문적인 듯 잡다한 요소가 부산하게 섞인 요리 프로그램들은 한국인에겐 먹는 것만 한 관심사가 없다고 공표한다. 그리고 모두가 푸드 포르노의 피해자가 되었다.

모르는 사이 요리 프로그램의 영향을 받는다는 첫 번째 신호는 혼잣말이다. 일요일에 토스트를 만들면서 "먼저 빵을 잘라요", 나는 속삭인다. "왜냐면요, 잘 보세요." 아침은 요리 프로그램이 24시간 시작된다는 종소리. 재방송은 추가된 약속. 체격이 가로로 큰 사람들이 위협하듯 고기 굽는 법을 가르칠 때 식탁에서 멀어지는 것이 가장 효과적인 운동이라는 금언은 별 의미가 없다.

청양 고추며 항정살을 추가할 때마다 과장되게 반응할 준비가 된 관객 앞에서 요리하는 프로그램은 네안데르탈 류의 반사작용을 촉발시킨다. 채널을 돌리다 말고 그것을 다시 동굴로 가져오는 인간으로 굳어버리는 것이다.

TV에서 재료를 던져 넣고 국자를 휘저으면, 집에선 덩달아 반죽을 주무른다. 특정 식품의 이점 강요, 조리법 손상에 대한 비과학적 주장, 식문화의 핵심이 된 경탄 속에는 달걀 흰자의 특성이나 젤라틴의 행위에 탄복할 겨를이 없다. 십오 분 내로 점심을 준비하는 제한된 시간 투자법 레슨에는 마늘 깔 시간이 없는 직장인용 깐마늘, 미리 잘라 밀봉해둔 양배추의 친근함, 집에서 기다리는 반려견의 호소, 도시락을 싸주던 아빠의 추억, 식품 영양학이 된 항암 지식, 방심한 깔깔거림, 엉성한 재잘거림이 흩뿌려진다. 에로틱하지는 않다. 푸드 포르노라고 부르는 이유는 그냥 현실적이지 않아서다. 아무리 주방에서 널을 뛰어도 화면에서 본 빨간 즙 흐르는 토마토는 먹을 수 없다. 흙이 묻은 감자, 누더기 같은 초록색 비트, 주름마다 흙이 낀 당근, 잘린 단면이 단층 같은 육류, 전부 이 행성엔 없는 것 같다. 그런데도 부위가 너무 많아 외울 수도 없는 고기 명칭이 스파 브랜드 매대처럼 만만하게 들리다니. 식자재 복음주의는 나의 가난으로는 도저히 극복할 수 없다.

예전엔 전자레인지와 패스트푸드가 국내 어휘 목록에 없었다. 이젠 디테일 하나가 폭발한다. 예를 들어 극도로 뜨겁게 팬을 데우면 오믈렛은 서로 다른 층의 질감을 만들 것이다. 바깥은 살짝 바삭하고(팬이 너무 뜨거우니까) 가운데는 커스터드 같아질 것이다(다 익기 전에 뒤집으니까). 그런데 레시피와 주방 과학에 대한 괴상한 교훈이 넘치고 요리가 올림픽 경기가 된 마당에 날것이었다가 조리된 재료에 대한 서술은 어디 갔을까.

사람들은 타인이 음식을 준비하는 광경을 좋아한다. 인간이라는 종(種)이 가진 근본적인 사교 행동이라서. 그러나 지구 과학의 한 줄기로서 스스로를 먹여온 인간의 핵심 능력에 이렇게 무지할 수가 없다. 역사의 어느 때보다 밖에서 먹는 저녁 식사에 돈을 덜 쓰는 사람들은 숙련되고 다정한 엄마의 레퍼토리를 찬양한다. 온통 사랑과 정화의 언어가 넘친다. 그러나 나는 아무리 저명한 요리 선생이 됐다고 해도 절대로 구루 역할을 하지 않을 것이다. 신도는 단 한 명도 만들지 않을 것이다. 장을 보고 요리하고 먹는 데 따르는 규칙이 너무나 갑갑하고 번거로워서. 나는 규칙 없이 요리하는 잡다한 기쁨만 좋아한다. 배를 채우는 것보다 중요한 것은 먹는 행위의 고상함. 강아지도 따지는 맛은 음식에 대한 설명이나 위신, 건강이나 패션이 아닌 오직 레시피 속에 있다.

엄마는 그러셨다. “보면, 넌 참 요리 잘하게 생겼는데 하나도 안 그래. 네가 잘하는 건 딱 두 가지. 책 보는 거하고 처먹는 거.” 그래서 내가 할 줄 아는 단 하나의 요리는 달걀 프라이가 되었다. 열과 깊이가 살아 있는, 대체로 맛있는, 화려하지 않으면서 대충 거창한…….

닭 한 마리를 통째 튀기건 물속에 넣고 사흘을 끓이건, 좋아하는 음식을 먹는 것이야말로 요리 접근법의 중심에 있다. 자기를 돌보고 맛있어 하는 혀의 감각을 따르라는 것이다. 하지만 음식은 즐거움을 막는 불안으로 곧장 파고든다. 나는 위장이 네 개나 되는 듯 지구가 망하는 날까지 먹는 사람들에게 이렇게 말해주고 싶다. 먹을 수 있을 때 실컷 먹어둬. 언젠가 음식을 삼키지 못할 날이 올 테니까.

TV 없이 살 수 있겠어?

집을 짓기로 정하고 나니 고민이 생겼다. 내 공간에 TV를 둘지 말지. 틀었다 하면 저러다 눈 다치지 싶게 흰자위를 까뒤집고, 치아 파절이 걱정되도록 말을 씹어 돌리는 드라마 속 인물들, 딱 오 분만 귀여운 영유아들, 누가누가 더 흠이 많은지를 다투는 고부간, 얼마나 한심한지 겨루다 제 풀에 지치는 뉴스들, 관절이 헐거워지고 성대가 까지도록 춤추고 노래하는 동이족들, 먹다가 죽을 음식 남녀들이 내 육신을 탈탈 털고 있어서.

TV를 보는 게 전 세계적인 의무는 아니지만 사람들의 일생은 대중 미디어의 영향이 주는 개인적 경험으로 쓰인다. TV의 사회 중심 역할이 전만큼은 아니라고 하나, 쉬는 날 TV를 안 보면 아침과 저녁 약속 시간 사이를 무엇으로든 채워야 한다. TV를 볼지 말지 고민하는 것으로 우리는 자신을 어떤 방법으로 돌보는지에 대해 질문하는 것이다.

다들 모이는 자리엔 집에 TV가 없다는 사람이 꼭 있다. 아예 보지 않는다는 위인도 흔하다. 그게 TV에서 들리는 저급한 대화에 끼지 않겠다거나, TV 얘기 하는 사람의 아이큐 단위가 낮다는 소리로 들리진 않는다. 화면조정 시간부터 애국가까지 다 보는 사람도 사실 없고. 또 요새 누가 대화할 때 《안나 카레니나》의 캐릭터 발전이나 플롯 진행을 분석하고 자빠졌나? 그래도 사람들이 전날 본 프로야구 얘길 할 때마다 성냥도 못 팔고 얼어죽은 소녀 같은 기분이 든다.

나는 진공의 삶에서 헤어나오지 못하는 이들끼리의 상호작용, 모임의 빈 공간에 쥐어짜 넣는 주제의 필요성을 알기엔 열이 모자랐다. 친구의 멍청한 표정을 보며 저게 리얼리티 프로그램에서 어떻게 비칠지 상상한 적은 있었지만. 아무튼 이젠 TV의 해악을 피해 산중에 숨은 서산대사라 해도 "TV가 없어서 아직 노태우 정부 시절인 줄 알았어" "TV를 못 봐서 각목으로 네 머릴 부순 게 그렇게 나쁜 일인지 몰랐어"라곤 말하지 못할 것이다.

좋든 나쁘든 TV는 삶의 일부이며 전부이다. 음극선은 우리가 머무는 공기이자 날씨. 처음 흑백의 TV에서 〈혹성 탈출〉을 보았을 땐 아예 혹성에서 살았다. 언덕과 냇물과 작은 나무 다리에 이름을 붙이고 역사를 재구성했다. 누가 총명한 침팬지였는지는 기억나지 않지만, TV 없인 그때의 인생에 뭔가 빠져 있을 것이다.

아직도 나는 TV가 만든 세트 안에서 산다. 문을 열고 밖에 나가기도 무섭고, 화면과 비슷한 창문으로 달아나는 법도 모른다. 이 슬픈 이야기의 결말을 나는 알고 있다. 잡음 내는 사각형 괴물을 퇴출시키지 못하고 오히려 그 끝없는 입구로 빨려들어가는 이야기를.

글자와 글씨

시력이 더 나빠지면서 집중력이 말할 수 없이 떨어졌다. 글을 읽거나 쓰는 중간에 흐름을 놓치면 다시 시작하기 어려웠다. 손가락이 글자의 윤곽을 따라가다가 자칫 놓치면 책 읽기는 끝. 크로아티아 버전의 책을 펼친 듯 모든 글자가 키릴 문자로 보였다. 외지를 펼치면 A는 이젤 같고, P는 버클 같으며, Z는 뱀 같았다. 사과나 귤같이 친근한 개체가 처음 보는 열대과일처럼 괴상해 보일 때, 손에 쥔 게 자두인지 자몽인지조차 헷갈렸다.

교통 표지판과 상표, 설명서로 가득한 세상에서 나는 눈에 보이는 모든 것을 무작정 읽으며 자랐다. 그런데 글자를 묶음으로 인식하기 어려워진 어느 순간, 독해력을 갖추어가는 아이들의 과정을 새로 겪었다.

이따금 편집실은 박물관에서 보는 모형 서재나 영화 세트장 같았다. 내 글씨가 적힌 포스트잇이 처음 보는 것처럼 어색해 보일 때 글자 주변이 살짝 흔들리면서 번쩍 새 힌트가 나타났다. 글을 읽는 행위는 글자 하나하나를 인식하는 것으로 시작하며, 종이에 적힌 글은 글자의 소리와 의미를 동시에 전해야 한다는.

신호와 음향으로 빽빽한 세상에서 생존하는 길은 외부 자극에 얼마나 빨리 반응하는가에 달려 있다. 그리고 사람들은 서로를 태그한 결과로 만든 사회적 관계의 심오함에 올라탄 채 유치원 책상에 앉은 청중 앞에서 무해한 질문을 주고받는다. 나는 광대하게 재잘거리는 현대의 격류를 헤엄칠 자신이 없었다. 즉, 트위터를 할 생각이 없었다. 그러나 과묵한 냉소와 두껍게 닫힌 입술이 때로 더 뒤틀렸다. 그렇게 신념이라고 믿는 정차장에 계속 서 있기만 하는 게 옳을까?

소통을 위해서는 반드시 완전한 언어를 구사할 필요가 없다. 산문을 휘젓고 운율이 망가지는 것쯤 아무도 신경쓰지 않는다. 손실과 불안, 어두워지는 마음, 스스로를 겨냥한 의심, 일곱 방향에서 빛을 뿜는 문장, 두 번 읽어야 이해할 수 있는 미궁의 낱말, 단어마다 매달린 각주를 볼 때, 다이빙 순서를 기다리는 소년처럼 그 문장들의 저항성과 부딪힌다. 하지만 그것들은 어쩌면 마음을 확장시키는 개념인지도 몰랐다.

문장은 마침표에 의해 의미가 달라진다. 느낌표는 움직임의 동기를 표현한다. 단어가 의미를 잃으면 말의 힘이 사라지지만, 단어에 뜻이 더해지면 의미가 강화된다. 의미가 늘어나면 쓰임도 늘어날 것이다.

언어를 사랑하는 일은 인생에서 가장 위대한 로맨스 중 하나이다. 한 사람이 지금 속한 세상에서 모든 뉘앙스를 배우는 사랑인 동시에 넓은 범위의 비상이랄까.

장르가 어떻든 좋은 글을 쓰는 데는 영원히 중요하고 신성한 무엇이 있다. 재능은 아니다. 화려하게 번쩍이는 재능조차 큰 관련이 없다. 재능은 단지 수단. 잘 써지지 않는 펜 대신 매끄러운 펜을 가진 것과 같다. 좋은 예술과 그저 그런 예술 사이에 존재하는 분명한 차이. 예술이 가진 심장의 목적은 텍스트의 뒤, 의식적인 아젠다 어딘가에 존재한다. 그것이야말로 사랑과 닮았다. 사랑 받고 싶은 이유가 아니라 사랑하고 싶은 마음을 이야기하는 과정인 것이다.

우리를 이루고 있는 문자나 언어의 환각, 글자의 유령, 다른 이의 눈에는 보이지 않는 숫자와 음표는, 물리적으로는 다르지만 각각 불가분의 사이가 되었다. 하지만 언어의 길이는 계속 줄어든다. 구글은 지난 반 세기 동안 이백만 개가 넘는 단어가 원래의 쓰임보다 축소되었다고 전했다.

글을 읽을 때 막연히 슬퍼질 때가 있다. 슬픔은 글의 힘을 증명하고, 저자의 부드러운 영혼이 나에게 미치는 영향을 증명하고, 단어 자체가 갖는 힘을 증명한다. 페더러의 서브처럼 그 재능이 보내는 사람과 받는 사람 사이에 걸리지 않고 나에게 바로 꽂힐 때, 완전히 서로에게 속해버리는 것이다.

이를테면 괘종시계의 물성은 디지털 액정 시계보다 본질과 관련돼 있다. 때로 기능적이지 않은 것들이 제품의 본성을 더 자세히 말해주는 법이다.

내 방 책상 세 번째 서랍엔 인식의 아이템, 연필깎이가 있다. 평생 내 마음보다 연필 끝을 더 뾰족하게 갈아주었지만 가련한 기계는 더 쓸 일이 없어졌다. 분리되는 죔쇠와, 발과, 위로 뻗은 몸통과, 꼼짝 않는 톱니바퀴와, 커팅 실린더까지 죄다 금속인데 손잡이만은 나무라서 시간이 지나면서 때가 타고 금이 갔다(플라스틱 몰드 된 싸구려가 아니란 얘기).

흑연과 나무를 분쇄하는 소용돌이 모양의 원통에 연필을 집어넣으면 작은 칼날이 회전하면서 내 손에 진동을 남겼다. 지식의 도구가 뾰족한 순간으로 장엄하게 나아갈 때 잠시 배움은 중단되지만, 실린더가 축을 중심으로 돌면 연필 길이는 짧아지는 대신 끝은 뾰족하게 확장되는 것이다.

연필이 깎이면서 비어져나오는 꼬불꼬불 나무 부스러기가 나는 좋았다. 그것을 입김으로 날려버리는 게 좋았다. 휘몰아치는 로코코의 톱밥이 바람에 쉽게 흩어질 때 새로 깎은 연필을 손에 쥐고 공책을 펴는 쾌락. 그건 성인의 이야기였다. 연필과 연필깎이를 짝 지을 때 욕구의 해결인 성교, 정의할 수 없는 합일이 일어난다는 걸 그땐 몰랐다. 나는 컴퓨터 시절이 와서야 성년이 되었기 때문에.

대학생 때 읽었던 책의 여백에는 연필로 적은 주석이 가득했다. 한때 명료했던 것의 축적은 고미카와 준페이의 《인간의 조건》에 밑줄을 그으면서 한계에 다다랐다. 나는 밑줄로 그은 길이 얼마나 아름다운가만 생각했지 얼마를 가야 도착할지는 알지 못했던 것이다.

편집장이란 무엇인가

매달 편집장은 얼만큼 쇼 타임을 가질 것인지를 고민하는 카바레 주인이 된다. 고상함이란 없다. 마감의 감정적 잔해와 진상된 해탈뿐. 어쩌면 나를 슬프게 만드는 건 뭔가 해낸 상태이다. 실패는 쉽다. 매일 하니까. 쭉 그랬다. 언제나 둘째 아이를 낳는 기분. 유전자 변형 식품에 덜 당황하게 된 부모가 되어 지지난번 아이보다는 저번 아이가 낫고, 저번 아이보다는 지금 아이가 낫다고 여긴다.

나는 매달 많은 말을 하지만, 결국 말해야 하지만, 그게 뭔가를 말하고 말하지 말아야 할 근거는 아니다. 그러나 일어나는 모든 일을 다 알아야 하고 다음에 뭐가 올지 알아내려는 탐정 같은 강박은 무엇일까? 종속되지 않으면서 이미지에 참여할 수는 없나? 시대정신이 도덕을 거스르는 세태란 한 사람의 존재론적 레벨과 무슨 관계가 있나?

모든 사색은 시시하며 사색만으로 세상을 움직일 순 없다. 종이와 잉크 이상? 랜드마크 출판물? 제도에 반발하면서도 계율을 만든 돈키호테? 평등과 사회 생태학? 판타지의 명분? 정치적으로 올바른 계급 의식?

내가 원한 것은 '완벽'이었다. 있을 수 없고 자연스럽지도 않은 완벽. 완벽한 직육면체란 단순히 개인적인 품사일 뿐이다. 쉼표 하나까지 완벽한 책을 만든다는 야심은 신경증 병동과 가까울 것이다.

가끔 작곡가들을 질투하는 두 번째 메신저, 연주자가 된 기분이 든다. 내 연주가 아니라면 베토벤이 무슨 소용인가, 라며 치근대는. 두 번째 창조의 과실조차 따먹을 수 없다는 열패감은 모든 것을 판결하는 성마른 비평가로 만든다. 호평만큼 혹평도 똑같이 다뤄야 한다고 자신에게 주의를 주지만 아무것도 믿지 않는다.

그달 내가 취한 팩트는 이런 것이다. 복식을 예로 들면, 셔츠는 제대로 보이는 칼라가 관건이라거나 남성복엔 컷과 비례가 중요하다는 것, 남자에게 올인원을 입힐 수 없다는 것을 배운다. 어쩌다 우아한 다기능성이란 말도 알게 된다. 그리고 그것이 전부이다(나는 넓은 안장에 앉아 지도에 나온 곳은 다 다니고, 4가지 와인과 15가지 식기가 마련된 저녁에 어떻게 행동할지 알고, 타인을 위한 촘촘한 안내서를 만들고, 나와 멀어진 그 사람을 후회스럽게 만들 줄 알았다. 그러나 브레게처럼 내 것이 아닌 제스처의 이론화. 속물적 가치 측정. 퇴고를 거친 농담의 저장고, 손가락을 부러뜨리는 허튼소리, 불능자의 오르가슴. 마음에 안 드는 것에 대한 신경질적인 직관, 얇은 통장으로 긁는 그늘진 습관. 허술한 탈출 판타지, 톰 포드가 모델이던 시절보다 구닥다리 감각. 냉소와 자조의 합창, 거세된 음풍농월. 브랜디에 젖은 낭패감. 마틴 스콜세지 영화류의 질편함, 까다로운 후각망……으로는 한참 곤란한 일이다). 나는 문자 노동자이며 2차 산업 종사자니까. 자기 오줌이 담긴 유리병이 파격적 창조라고 떠벌리는 실험실 과학자, 쇼핑몰 현장에서 콘크리트를 쏟아붓는 일꾼, 눈 높은 최저생활자니까.

순진한 쾌락주의자는 생각한다. 언제쯤 의도가 있다는 생각을 안

할 수 있을까? 언제가 되면 만 원짜리로 시가에 불을 붙일 수 있을까? 또는 그런 생각 좀 안 할 수 있을까? 언제까지 얕은 재치만으로 살아갈 수 있을까? 언제면 새로 온 지배자에게 짓밟힌 느낌이 사라질까?

모든 것이 나의 잘못이었지만

꿈은 순식간에 지옥의 열두 번째 문을 두드린다. 매번 차례가 되어 상상도 못했던 펀치가 나를 가격한다. 몇 가지는 내 잘못이 아니었다. 어떤 것은 자초했을 것이다. 결국 운명에 지고 만다.

행복은 없다. 지혜로운 책에서 본 대로 빈터에 나무를 심거나, 서로를 용서하거나, 헐벗은 이에게 옷을 입히거나, 일로 가득한 세상을 용감한 팔꿈치로 헤쳐나가거나, 더 큰 지위라는 월계수 왕관을 쓰거나, 당장의 즐거움으로만 산다 해도 심장을 나른하게 만드는 평화의 감각은 십 분 만에 깨진다. 원하는 것조차 나를 채우지 못한다면 지옥에선 무슨 일이 일어난다는 걸까?

사는 것 자체가 벌 받는 것 같다. 체중도 잘 유지되고, 생각도 못한 데서 돈이 들어오고, 햇볕은 각막을 벗길 만큼 화창하고, 사소한 약속도 잘 지키고, 좋은 평판이 백만의 입으로 돌아다니고, 더 이상 행복에 매달리지 않는 순간, 누군가 내 얼굴을 세게 친다.

모든 건 내일, 십 년 후, 다음 삼십 년 안에 일어난다. 대부분 전부 겪는다. 나에게 진짜 투지가 있는지 알 시간이 없고, 위험과 보상의 균형을 이해하지 못하며, 파괴된 연애의 방향을 바꿀 수도 없다. 뛰는 법과 미끄러지지 않는 법을 배우고, 펀치를 날리고 받는 법을 익혀도 현재는 즐겁지 않고 미래는 희망이 없다. 계획한 인생 이외의 것들은 완전히 지쳤을 때 한번에 일어난다. 거지 같은 직장에 처박히고, 연인은 울며 문밖으로 뛰쳐나가고, 부모는 암에 걸린다. 절대 안 만날 사람을 신경쓰는 시시한 삶. 생기를 잃어버린 사람에게 가차없는 대가. 결국 살기 위해 참혹함을 이용한다. 지나가는 사람을 또 할퀴는 거지 무리가 아니라는 것에 안도하는 캘커타 뒷골목의 매춘부처럼.

두려운 건 나보다 센 것들이 아니라 내 안의 연약함이다. 쾌락은 순간의 노예. 허무는 과거의 시종. 너무 늦어버려 더 이상 이끌어야 할 삶이 없을 때 어떻게 살아가느냐는 중요하지 않다. 지친 한쪽 발을 다른 쪽 앞에 놓는 것, 그것만이 전부일 뿐.

유약한 남자의 가을

집 전체를 지렛대로 들어올려 완전히 해체했다 조립하는 정도라면 모를까, 배전반을 열거나 벽에 못을 박는 사소한 일로 누가 도구 박스를 들고 집에 올 때마다 남성성이 부들부들 떨린다. 그가 현관에 발을 들여놓는 순간, 엄마가 아랫입술을 꽉 물며 "누굴 부르기 전에 네가 한번 고쳐봐라!" 그럴까봐. 집 구석에 처박혀 있다가 그가 출장비 얼마라고 말하면 무력감을 닮은 증오가 바로 터진다.

따로 배우지 않아도 남자는 의지가 필요한 조직적인 일을 할 수 있다. 비밀 병기는, 남자라면 태생적으로 가진 에너지, 세상을 수리하고 정비하는 본능적 의무감. 그런데 세상에는 집 수리를 남에게 맡기는 남자도 있다. 혼자 고치지도 못할뿐더러 누구에게 시킬 변변한 통장도 없는 신종 머저리.

쓸모 있는 남자에 대한 논의는 당장 도덕적 상대성으로 이어진다. 잘났고 못났고의 기준이 감정이나 자기만족이라는 현실로 이루어졌다는 건 다 착각이다. 남자의 유용성이라는 측면에는 알고 있거나 할 수 있는 것과는 다른 원천도 있다.

사실 못 박을 줄은 안다. 시간이 걸리고 지저분해서 그렇지. 전기제품을 건드릴 때 스위치를 꺼야 한다는 상식은 있다. 드릴 사용법은 모른다. 자동차 보닛을 연 적도 있다. 냉각수 통에 엔진 오일을 넣었다. 타자는 친다. 조금만 서식이 바뀌어도 화면이 멈춘다. 뭐든 내 손만 닿으면 탈이 난다. 나사는 빗나가고, 접착제는 쏟기고, 냄비 손잡이는 휘고, 자동차는 멈추고, 제대로 붙인 줄 알았던 문은 반대로 열린다. 즉 나는 엄마를 불행하지 않게 만들 수도 없다.

나의 유용함에 대해서는 이야기할 게 없다. 크루아상 꼬는 법은커녕 감자 삶을 줄도 모르고 기계식 주차 조작법도 모르며 이태원에 임대 빌딩도 없는 낙오자는 무위를 찾을 수밖에 없다. 무력감보다 괴로운 용어는 없다. 거의 역사를 거슬러 올라가는 전통과 같다. 나는 막힌 세면대 뚫는 것을 은연중이든 노골적이든 내 역할로 여긴다. 지금이 남자 역량에 따라 가족의 흥망성쇠가 달린 옛날은 아니지만 내가 잘하는 것 역시 생존에 절대적인 것도 아니다. 나는 다만 분수를 아는 겸손한 사람이고, 진작에 나 스스로 할 수 있는 일과 절대 혼자 해결할 수 없는 일을 구분해두었다. 콘센트를 잘 못 만져도 나에겐 시민의식이 있어, 마감만 아니었어도 에어컨 정도는 고칠 수 있어,라고 거짓말하지 않는다. 그러나 나 같은 사람은 사랑과 박애가 아무리 우람한들 아무짝에 쓸 데 없다. 솔직히 무서운 철물점과 DIY라는 영어는 지구에서 사라졌음 좋겠다. 자기들에게 타고난 능력으로 뭐든 뚝딱 해치우는 사람들은 엄두도 못 내는 나의 상처 입은 내면을 알 리 없다.

욕실등을 갈지 못하고, 가스레인지 타이머에서 왜 소리가 나는지 모르고, 물이 새는 욕실을 손볼 순 없지만 나는 가끔 고향 가는 친구들을 터미널까지 바래다주고, 그들 차에 기름도 채워준다. 어쩌다 크리스마스 선물도 한다. 가난한 친구와의 술자리를 아주 특별하게 여겨 나의 어둠보다 조금 화사한 친구의 밝음을 같이 나누기도 한다. 목소리는 벌꿀처럼 풍부하거나 담요처럼 따뜻하지 않아도 상처 받은 친구에게 먼저 전화 걸 줄 안다.

내가 강력한 팔을 가지고 있었다면 상황은 또 달랐을 것이다. 팔은 총만큼 강력해서 자기 체중의 두 배 이상을 들어올릴 수 있고, 주먹질 한 번으로 그자의 광대뼈를 주저앉힐 수도 있으니까. 나도 거인의 인사법을 배워 좋아하는 사람을 나비처럼 폴짝 들어올려 힘찬 충일감으로 포옹할 수 있다면 좋겠다.

하지만 그때 종말이 다가온 친구 앞에서 나는 한숨 쉬는 것 말고 아무것도 못했다. 표면적이 넓은 손바닥으로 그 손을 감싸주지도 않았다. 나는 팔이 없어서 다른 사람을 안을 줄도 때릴 줄도 몰랐었나. 한쪽 팔을 내 어깨에 둘러 말할 수 없는 일치감으로 나를 안아준 건 오히려 친구였다. 나의 무거운 영혼을 들어올린 것이 그렇게 종이처럼 얇은 팔이었다니. 그게 헤라클레스의 팔보다 더 사려 깊고 보좌적일 수 있었다니.

글 쓰는 사람의 특징

늘 내 자신에 대해 수없이 많은 말을 한다. 항상 "난 이렇게 생각해"라고 말한다. 전에도 지금도 주제는 언제나 나에 대한 것. 나, 나, 나, 나뿐이다. 그러나 그것이 인간.

내가 쓰는 모든 것도 본성적으론 나 중심이다. 내가 당신에게 전화를 걸어 "삽 하나 빌려줄 수 있어? 내가 너무 한심해서 내 머리를 파내버리고 싶어"라며 자책해도 여전히 나르시시즘의 한 부분일 뿐이다. 왜냐하면 첫째, 당신은 나의 이야기를 들어줄 테고, 둘째, 결국 삽을 빌려줄 거니까.

고매한 글을 쓰든 노동을 위해 쓰든 어쩔 수 없어서 쓰든, 쓰는 이들은 모두 독선적이다. 설정 자체가 그렇다. 자신을 조금이라도 만족시키는 (독보적인) 소리를 하지 않고는 스스로 얼마나 불우한지에 대해 쓸 수조차 없다. 발 아래 끌리는 벨벳 드레스를 입고 먼지 텁텁한 마룻바닥에 설인 같은 발자국을 남기려는 존재들이기 때문에. 아무도 읽는 이 없는 퍼포먼스란 항아리에 담긴 고문서와 같다. 동굴 벽이 허물어지고 항아리 뚜껑이 열리는 날이 언제 올까. 글 쓰는 이의 나약한 특성은 읽는 사람에게 안락한 동정심을 줄진 모르지만, 문제는 모든 것이 통제 범위를 벗어나고 있다는 것이다. 아니, 방사성 물질처럼 계속 증식한다. 호아킨 피닉스의 〈조커〉가 출중하며, 바이런을 읽는 남자의 목소리가 고요한 리듬 위에서 묵주 소리를 내며, 어제 먹은 빵이 오늘 내가 살아 있다는 걸 확신하게 만든다고 쓴들 누가 동요한다고? 나는 아니다. 당신도 아닐 것이다. 그러니까 나만 지지하는 내 사색은 시간 낭비다. 나는 당신이 죽든지 말든지 상관하지 않기 때문이다. 내가 횡단보도 건너에서 불에 타고 있을 때 당신 또한 불을 꺼주러 달려오지 않기 때문이다(너무 손쉬운 정리인가). 그래서 카트리나 태풍의 희생자들을 추모하며 바다를 건넌 아홉 살 꼬마아이, 이라크에서 아들을 잃은 슬픔으로부터 강력한 반전 운동의 열기를 작열시킨 어머니, 아프리카 난민을 위해 수십억 원을 모금한 두 명의 록스타처럼 찰나를 최고의 순간으로 기록한 영웅의 이야기를 읽는다. 처절하게 어리석은 비양심의 보호구역까지 뚫고 들어가는 행동주의자들에게 고마운 이유를 찾는다. 진실의 빛은 웅변적이되 고통을 드러내지 않는 그들 역시 살과 피로 이루어진 인간들이라고 말한다.

나도 숲속에 숨은 두 마리 반딧불이처럼 반짝이는 눈으로 세상을 비출 수 있을까. 꿈만은 그렇다. 하지만 도회적 심미안만으로 장전된 탐욕, 모든 걸 다 가지면 궤도를 벗어날 수 있다고 믿는 우둔함, 지식이 나를 끌어올려줄 거라고 믿는 순진함으로는 곤란한 일이다. 이젠 낭비할 시간이 없다고 조르는 폭음 성향으로는 더더욱.

대학에서 건축공학과 전공을 마친 뒤 내 머리에 남은 건 알바 알토나 미스 반 데어 로에 같은 몇몇 건축가 이름, 나무가 콘크리트보다 인장강도·압축강도가 세다는 것, 소음을 가리기 위해 다른 소리를 끌어오는 게 백색소음이라는 것, 세 가지 말고 없다. 스스로 아카데믹한 구석도 없었고, 직업훈련원으로서의 대학의 기능에 화답할 열의도 없었다.

너절한 세태 속에서 나는 한 술 더 뜨게 너절했으나 다만 책을 읽었다. 학교 도서관에서 늘 일주일에 두 권씩 대출해 엎드려서 읽었다. 흑임자만 한 글씨로 세로 조판된 전후 일본 작가들의 소설을 다 찾아 읽었고, 이청준, 한승원, 윤흥길, 전상국도 잊지 않았다. 그 무렵 김원우의《무기질 청년》을 읽었다. 이문구와 다른 경계에서 한국말의 구획을 넓힌 문장을.《태백산맥》류의 서사가 통 거북하고 아베 고보 류의 극단적 진술만 탐식해온 나로선 넓게 터를 잡고 꿀리지 않는 기개로 운반해가는 문장의 우직함이 뇌간까지 미더웠다. 작가로서의 로열티에 자신을 바친다는 건 어쩌면 그런 것 같았다.

지금은 예의도 문화도 없는 떠버리들의 세대. 고조선 이래 가장 분열된 언어의 시절. 농담에도 무엇이 희화화되어야 하는지에 대한 분별이 없다. 그런데 글 쓰는 이들이 그렇게 많다 하나 선명한 주의 위에 언어의 기품을 드러내는 이는 누구인가. 어린아이들이 파괴한 글은 차라리 경이롭고, 문법의 기초 없이 문자를 다루는 직업 청년들은 오히려 역설적인 신선함을 주지만, 오문과 비문과 하나 마나 한 소리들과 '것이었던 것이었다' 식의 중언부언으로 무슨 교구의 사제 연(然)하는 작가들 앞에선 입을 닫는다. 너절한 플롯을 벌여놓고 서사로 착각하는 작가, 일군의 찬양자와 타이밍의 행운 위에 한국식 성공을 대변하는 작가의 프로파간다는 어떤 어휘 선택으로 확보되었을까? 그 언어의 어디에 베케트 희곡의 단편쯤으로 변환시킬 세부가 있을까? 문학적 성취란 옥석 구분 못하는 이들의 헐한 응답이 준 것 아닌가? 모든 것이 말에 대한 나의 중증 강박 신경증 탓이다.

지금까지 작가들에게 투사해온 열망과 증오의 감정은 차라리 신성한 유령 같은 얼굴을 하고 있다. 작가란 트렌디한 존재도, 패거리로 몰려다니며 야합하는 자도, 추종자들을 내려다보며 발코니에서 손을 흔드는 영웅도 아닐 것이다. 작가에게 요가 수행자쯤의 아우라를 요구하는 것은 나의 교조겠으나 물러날 생각이 없다. 나에게 작가란 신이 서품하여 언어의 연단 위에 선 사제이기 때문에.

최승자

'시가 죽었다'는 말이 세탁기에서 양말을 잃어버리는 횟수만큼 주기적으로 들릴 때, 시의 본성적 가치가 여전히 중요하다는 걸 역설적으로 알게 된다. 공적 교육이 원하는 수요에 시가 제외되고 시의 즐거움은 연구로 변형되면서 그 위치는 너무 난해하거나, 돈과 무관하거나, 단순히 지겨운 무엇이 되었지만. 가끔 라디오의 축축한 감상성이 시를 확장시키고 어떤 퍼포먼스가 시를 불러오려 하지만, 변색된 시의 문제는 전달이 아니라 욕구에 있다는 걸 서로 잘 모른다.

시는 요구한다. 시는 삶에 귀속돼 있으며 전체로서의 경험을 반영해야 한다고. 시는 사회만큼 다양해야 하고 묘사하는 관계만큼 곡절 있어야 한다고. 삶의 모습 그대로 즐거워해야 하고, 비판해야 하며, 환영해야 하고, 거절해야 한다고.

나는 최승자를 애송한 적은 없지만 알아야 했던 시절을 살았다. 진짜 시란 미학, 사회적 논평, 문맥, 구두점, 전례, 통찰, 플롯, 구성으로 혼합된 예술적 용기의 결과라는 것은 이미 알고 있었다. 현란함에 버무려진 거만함, 궁시렁거리는 비유, 비제한적 상징, 의문스러운 관용구로 버무려진 요즘 시의 기조는 너무 메스껍고 뚱뚱해졌지만.

햇빛에 눈이 부신 느린 거북이 같은 최승자는 껍질을 등에 진 채 안녕이라는 인사 혹은 찬가 같은 날씨를 이야기하며 기어나오는 중이다. 조용하게 배신당한 날, 혼란이 안정감보다 힘센 날, 얼어붙은 마음으로 느린 시간을 세는 날, 최승자를 읽는다. 그리고 시란 짧은 단어로 이어진 조각이나 전략한 말의 기묘한 형태가 아니라, 인생에 직접적으로 매달린 언어 형식이라는 걸 또다시 배운다.

5장 행인들

새해에 나누고 싶은 39가지 사소함

1 고개를 들면 천지에 아름다운 말이 넘치는 세상이야. 그래도 새해에는 새로운 언어가 필요해. 세포도 때 되면 바뀌듯이.

2 괴로워도 너무 괴로워하지 마. 고통은 곧 몸을 떠나갈 어떤 취약함일 뿐이거든.

3 사람들이 잘 모르는 사실이 있어. 매너 있게 행동하는데도 배짱이 필요하다는 것 말이야.

4 살다 보면 점잖은 자리에 추리닝을 입고 가거나 퍼질러 앉아 놀아야 할 자리에 슈트를 입고 갈 때도 있을 거야. 그럴 땐 그냥 밀고 나가. 뻔뻔한 건 무지해서가 아니라 부끄러워서니까.

5 신발엔 절대로 돈을 아끼지 마. 신발은 비행기처럼 어디든 데려다줄 신비한 운송장비거든.

6 매일 체중을 재는 게 귀찮긴 해도 하루에 한 번은 체크해야 돼. 그건 무게가 아니라 인식의 문제란 말이야.

7 헬스장에 갔다가 집에 돌아오면 곧바로 다음 번 갈 때를 위해 짐을 챙겨둬. 그렇지 않음 또 가기가 당최 힘들어져.

8 돈을 쓰기 전에 벌어야 한다는 걸 잊지 마. 근데 자본주의를 개발한 나라들은 왜 기부보다 부가 먼저라는 걸 까먹는 거지?

9 모든 사람과 눈을 마주치도록 해. 아이 컨택과 커다란 미소. 이런 소소한 것들이 너의 세상을 바꾸는 거야.

10 다들 바보 같은 실수를 저질러. 그러니 남의 실수는 그냥 웃고 넘겨. 그렇지만 나의 실수는 한 번으로 족하지.

11 모든 게 한 가지 이유 때문에 일어난다는 건 다 거짓말이야.

12 Y 염색체도 존재를 통치하던 젠더의 압박도 지난 세기의 것이야. 누군가의 자아—성별, 국적, 인종, 지위, 종교—로 그를 소외시키는 위협적인 사회에서 제대로 된 남자라면 여자가 사회적 지능, 대화의 방법, 도덕적 권위, 차분한 집중력이 더 뛰어나다는 것을 알 거야. 그러니까 (문학적 암시가 아닌) 말 그대로 차이에 대한 존중을 보여줘야 해. 아니면 조용히 딴 데 가서 죽거나.

13 주량을 과시해야 할 때는 지갑과 발기능력을 유지해야 돼.

14 처음 만난 사람하곤 그날 자지 마.

15 상대의 마음을 다치게 하고 싶지 않다는 이유로 그 사람과 잘 이유는 없어.

16 옛사랑을 그리워하는 건 좋지만, 꼭 마음속으로만. 그게 잘 안 되더라도 알아둘 게 있어. 그 사람은 예전만큼 뜨겁지 않다는걸.

17 누구랑 자는가에 대해 굉장히 까다로운 것이 더 나은 사람이 되는 조건은 아닌 것 같아.

18 우는 건 괜찮아. 남자도 울 수 있어. 단, 습관을 들이지는 마.

19 아이를 갖는 게 제일 나쁜 건 다시는 자유롭지 못하기 때문이야. 가장 좋은 점은 사는 데 그것만 한 이유가 없다는 거고.

20 남자의 천성은 여자보다 난잡해. 하지만 지금 막 사랑에 빠진 여자는 어떤 남자보다 야생적이고 야성적인 것 같아.

21 불행했던 시간을 기억할 필요는 있어. 그러나 지금 받고 있는 축복을 상기하는 건 아주 중요한 일이야. 불행했던 때를 떠올리는 건 그 후의 문제라고.

22 남자는 그녀보다 돈을 더 벌어야 해. 여자보다 더 버는 건 성차별도 구식도 아니야. 사랑하기 때문에, 사랑하면 뭐든 해주고 싶기 때문에, 마음 하나로는 안 될 때도 있기 때문에…….

23 망한 집에서 태어나는 게 망한 집에서 사는 것보다 나아.

24 가난은 때로 사람을 수감자로 만들지만 어떤 때 돈은 시간을 사게도 만들어. 그런데 돈을 너무 사랑하면 수감자도 아닌 노비가 되어버린다고. 내가 돈이 없어서 하는 소리지만.

25 행동은 세상을 인식하는 태도야. 그런데 행동이 습관화되는 건 반복 때문이야. 반복을 통해 얻은 나쁜 습관을 못 고치는 건 마음이 그걸 너무 좋아해서지. 좋은 습관을 다시 갖추려면 역시 고통스러운 반복이 필요해. 어떤 행동 양식은 사회 규칙을 지킴으로써 생기거든. 인사를 할 때 손을 흔들거나 같은 색 양말을 두 짝 신어야 한다는 건 유아 때 다 배웠잖아. 처음부터 갖추어진 게 아니라 그래야 한다는 관습으로서. 안전벨트도 지금은 안 매는 사람이 드문 건 악기를 배우는 데 몇 시간이나 투자하는 것과 똑같은 양상이야. 벨트 채우는 법쯤 누가 모른다고.

26 용서를 구하는 건 허락해주겠냐고 우회하며 묻는 것보다 확실

히 나은 방법이야. 세상엔 정공법만 한 게 별로 없거든.

27 입술을 빨리 놀리면 턱이 더 빨리 돌아가는 수가 있어.

28 성공의 정의는 엄청나게 많지. 그런데 일을 놀이처럼 여긴다면 이미 그 세계의 왕 아니겠어?

29 신은 모든 인간이 행복하길 바라는 것 같아. 심지어 나쁜 새끼들까지도. 인생의 불공평은 그때부터 시작되는 것 같아.

30 수치심을 주는 건 뭐든 응징해버려. 용맹한 순결함만이 유약한 육체를 시로 만들 수 있거든.

31 소년은 삶의 큰 부분을 성적인 만남을 찾는 데 바치지. 그러나 성인 남자의 더 큰 부분은 그것을 피하는 거야.

32 오늘이 아마 평생의 사랑을 만나는 날일지 모르지. 저 밖에는 사랑하고 싶은 사람이 몇 백만 명 널렸어. 문제는, 그들은 네가 찾는 사람이 아니라는 거야.

33 남자들은 모든 것을 바치는 상태를 무서워해. 마음을 다 주지 않아야 자유로울 여지가 있다고 믿으니까. 그래도 가끔 한눈을 팔 순 있어. 남자는 여자에게 전부 바치지 않는다는 걸 그녀가 이해해준다면. 그런데 그런 여자는 지구인이 아닐 거야.

34 깨어났을 때 그 사람이 옆에 없어서 충격을 받았다면 정말로 사랑하는 거야. 그것보다 더한 확인이 뭐겠어?

35 부모님을 다시는 못 돌아올 먼 나라로 가는 친구처럼 대해드려. 그들을 절대로 당연히 여겨선 안 돼. 부모가 세상을 뜨는 건 상상하기 힘들지만, 결국, 정말로 돌아가시거든.

36 직장동료, 여자친구, 이웃과 사소한 걸로 다투지 마. 떠나고 싶음 그냥 떠나. 그건 다르게 보면 새 이웃, 새 직장, 새 여자를 만나는 기회잖아.

37 국가가 너를 위해 뭔가 해주길 기대하지 마. 아무것도 없어. 차라리 그 시간에 자신을 위해 무엇을 할 수 있는지 자문해봐. 곧 알게 될 거야. 정부에 바라는 딱 한 가지는 나를 그냥 내버려뒀으면, 이라는걸.

38 친구는 나의 명예야. 침을 아무 데서나 뱉는 친구가 있다면 둘 중 하나를 택해. 당장 헤어지거나, 침샘을 도려내거나.

39 세상에서 가장 든든한 너의 동맹군은 바로 네 자신이야. 그러니 매 순간 스스로를 믿어. 믿을 만한 구석이 하나도 없겠지만.

한가한 소리

몇몇 예외를 빼고 연말의 레스토랑은 너무 따분해서 때로 실존주의 소설 속에 들어와 있는 것 같다. 시작은 조명. 너무 센 나치 스타일의 조도부터 이미 괴로운데, 머리 위 둥근 조명은 달인 듯 이지러진다. 들여다보는 게 무의미하도록 표준적인 메뉴, 격렬히 덮인 크림소스, 고무 같은 냉동 칩, 가죽 비슷한 로스트 포테이토, 치즈 가루가 비듬처럼 살포된 시저 샐러드, 안초비와 케이퍼를 하도 조금 뿌려서 찾자면 돋보기가 있어야 하는 피자에 절망해 그 무정한 사장한테 영국 최악의 피시앤칩스조차 여기 한우 스테이크보다 맛있겠다고 울부짖으면, 그럼 당장 영국으로 꺼지라고 하겠지? 그런데 영국으로 꺼지면 여기보단 나은 걸 먹게 되겠지? 이곳은 돈이 있어도 천대받는 맛집의 나라. 맹숭맹숭한 영국까지 휩쓴 음식 혁명이 기어이 비켜간 도시. 도저히 수정할 수 없다. 어차피 식문화는 소생 불가능하고 경제 구조가 뿌리까지 뭉개진 판이라면 내가 나서면 왜 안 되는 건데?

그렇지만 레스토랑 사업 채산성은 낮은 편이라는데 이윤은 어떻게 남기지? 정신 제대로 박힌 사람들의 지불 저지선을 훌쩍 넘기면 될까? 아예 예약제로만 운영한다면? 하지만 최고급 요리의 성전(聖殿)이란 정말 무리수다. 일단 푸아그라의 덫에 걸려들면 그보다 나은 덫은 만들기 어렵지. 매달 계절 나초 메뉴, 당나귀 소스 한상차림 같은 새 아이템을 소개하면 너무 정신없으려나? 아님 일관되게 간명한 프렌치-아메리칸 식당? 우주선도 부식시킬 극강의 홍어집? 막판에 쫓겨서 피자 체인점을 차린다 해도 나를 '피자집 아저씨' 말고 '피자 전문 셰프'라 부르라고 해야지. 피자 자르는 스태프는 '슬라이서'가 아니라 '슬라이세요리뇨'로, 바닥 청소하는 사람은 '종업원'이 아니라 '일 마에스트로 델라 스코파 에 델라 스위퍼'라고 부르게 하고, 그걸 어기면 집중 피자 교실에 한 삼 년 보내버려야지. 혹시 모험심 강한 주방장조차 식용으로 찝찝해하는 내장 요리 전문점이 나의 종착역일까? 인기 메뉴는 들소 담즙, 달팽이 횡격막, 자벌레를 버무린 엔젤 케이크! 종국엔 하다 하다 테이블 하나짜리 마이크로 식당으로 축소되겠지? 작은 것은 아름답다! 근데 큰 건 더 아름답다!

레스토랑 매출의 주요소는 테이블 회전율일 텐데 초코 머핀 한 조각 시켜놓고 동틀 때까지 앉은 딱풀족이며, 생트집 잡아 드잡이하듯 서비스를 받아내는 얌체들은 어떻게 퇴치하지? 작은 마당에 테이블을 몇 개 더 넣어야 돈이 될지 고심하는 건 욕심이 아니라 순수한 경계 확장 맞지? 테이블이 8개인 레스토랑에서 저녁에 두 번을 돌린다 치면 식탁보는 16개, 냅킨은 64개가 필요한데 그걸 언제 빨고 다리나? 손님이 물건을 부수어도 마냥 웃으며 넘겨야 하나? 그가 시킨 흰살생선 샐러드는 1만 2천 원, 깨뜨린 리델 비늄 카베르네 와인 잔은 7만 원!

고객의 기분, 서비스의 상태, 각각의 테이블에 필요한 것을 살피는 한편, 자리가 매끄럽게 차고 비는지, 포크가 바닥에 떨어졌는지 누구주머니로 들어갔는지, 누가 대화를 원하는지 아예 입을 닫는지, 누가 조언을 구하는지 만사가 귀찮은지를 주시하는 빗나간 상태에선 더 급한 일들이 속출한다. 이달 올려줘야 할 직원 임금, 고객의 부가티를 또 긁은 주차 관리인, 단골이 훔쳐가는 재떨이, 카드 수수료, 맛도 모르면서 말은 많은 블로거, 직원이 받는 멸시, 주인의 신념을 몰래 흉보는 매니저, 내일 다른 데로 옮길 거라고 오늘 통보하는 주방 보조……. 사장의 심정은 나로선 영원히 알 길이 없다.

레스토랑 경험은 금방 사라지지 않는다. 오늘 마신 와인을 며칠 뒤 뒷집에서 더 싸게 받는다는 걸 아는 순간 추억은 바가지로 끝난다. 주방 가스관을 타고 쪼르르 도망가는 생쥐가 구청 환경과 직원의 위생검사에 딱 걸리면, 잘 모르겠지만 카탈루냐에선 들쥐도 요리한다고 우길까. 다 먹고살자고 하는 일인데 야박하게 그러지 말라며 할복이라도 할까.

모두가 맛 감정가이자 레스토랑 컨설턴트인 채 먹고 죽자는 사람들 천지인 11월, 미슐랭 가이드가 처음 공개되자 업계와 비평가와 미식가들은 토론과 분석으로 분분했다. "모든 행복한 가족은 서로 닮은 데가 있지만 모든 불행한 가족은 그만의 독특한 방법으로 불행하다"던 톨스토이가 떠오르는 반응들. 롤러코스터를 탄 듯 흥분되면서도 여자친구가 수능 직전 갑자기 헤어지자면서 이유도 말 안 해줄 때처럼 어리둥절하다고나 할까. 러브레터같이 동기를 주는 동시에 비굴하게 만드는 이 가이드는 서울의 레스토랑 연대기를 새로 쓴 것일까? 흰 식탁보를 갖춘 레스토랑의 맹목적 우수함과 극적인 멀티 요리는 무관한 걸까? 그 심장이 프랑스에 있어서? 투명 망토를 두른 채 세계를 누비는

닌자 패널들은 왜 그렇게 거의 고의적으로 보일 만큼 면을 좋아할까? 민족주의야말로 우선시되는 가치일까? 모든 평가가 지닌 성가신 약점은 주관성과 만사에 순위를 매기려는 인간의 본능일 것이다.

거론되는 순간 좋은 레스토랑을 혼자 갖고 싶은 사람들이 몰리고, 복음은 전파되고, 예약 명단은 향후 500년 동안 가득 찬다. 영원한 뫼비우스의 띠. 하지만 별 받은 레스토랑의 메뉴와 아티스트급 셰프의 동태를 교리인 듯 염탐하는 미슐랭 오타쿠라 한들 평생 몇 번을 들를 것인가. 자체의 메뉴는 재능과 노력의 봉헌물이다. 입을 대기 전 불타는 묘기가 투하됐단 걸 안다 해도 갑자기 더 맛있어질 리 없다.

패널들은 맛집 순례 루트에 답하지 않는다. 그건 요리 엘리트들의 관심사를 순간 포착한 사진 같은 것. 모든 레스토랑은 하나의 작은 국가이며 모든 테이블은 각각의 세계라는 걸 잊으면 안 된다. 한 세대의 기쁨은 다음 세대의 호기심. 우리 식당에서 점심을 먹은 사람이 늙어서까지 그날 오후의 맛을 기억한다면 오래 고맙겠다. 마음속에 들리는 슬픈 노래가 집으로 돌아가는 혀뿌리에 튀김옷처럼 입혀진다면.

하지만 마데이라 소스를 끼얹은 어제의 트러플은 솔직히 약간 토사물 맛이 났다. 조리법이 변해서가 아니라 미각은 어차피 바뀌기 마련이니까. 즉, 나는 좋은 손님은 모르겠지만 좋은 식당 주인이 될 자신은 없다. 누구의 노래도 들을 수 없고 어떤 책도 읽을 수 없게 된 지금, 돼지 정강이 살을 철학적으로 사색하는 게 무슨 의미가 있나? 미식의 무한한 가능성? 봄여름가을겨울, 사계절이 다 불만이고 꿈도 헤쳐진 지금에 와선 퍽이나 한가한 소리.

나도 개를 기를 수 있을까

네 발 달린 친구가 곁을 지키는 외로운 남자의 이미지는 도저히 저항할 수 없다. 책임감, 너그러움, 감수성, 부성애, 생명 있는 것들에 대한 두려움 없는 사랑, 취약한 몸을 다루는 능력, 가죽으로 만든 물건을 배척하는 박애(여자들은 개가 남자들에게서 끄집어내는 페르소나에 끌린다). 위험하도록 매력적인 남자의 문신은 그 사람에 대한 피상성만 드러내지만 필라 브라질레이로와의 우정은 그의 영혼까지 읽게 해준다. 하지만 나는 가로등에 흐릿하게 붙은 강아지 실종 전단지를 보며 반려동물을 잃어버린 고통을 짐작만 한다. 이것은 동정 없는 세상과 야멸찬 인간.

애초에 몇 가지 의문이 있었다. 나의 공식 전기 작가로 삼아도 될 만큼 나를 이해해주는 개가 있을까? 어떤 개가 누워 있고만 싶은 나를 일어나게 해줄까? 그러나 종일 현관 앞에서 내가 퇴근하기만 기다리고, 세상을 향해 내가 관심 받아 마땅한 자라고 외치는 존재는 상상만으로도 감당이 안 된다. 개는 에너지를 분출하는 공간에서 일일 여행을 해야 하는데 출장 갈 땐 누구에게 맡기나? 전염성 강한 기관지염에 걸려 밖에 일절 못 나가면 신경 쇠약이 될까? 동네 민원 들어오도록 짖고 친구의 하복부를 물어뜯는 반사회적 특성은 어떻게 진정시키지? 악수하거나 하이파이브 하기가 해부학적으로 어려운 개들이 침한 양동이 매달고 내 엉덩이에 코를 비비면? 개들은 특히 친숙한 소리에 반응할 텐데 내가 화를 내면 더 우울해하겠지? 결국 나보다 더 외로운 척하겠지? 사실 이기적인 말이지만 털복숭이 개가 얼굴을 핥는 건 알약으로 세로토닌을 추출할 때나 알코올 기운으로 고조될 때보다 자극적이다. 게다가 개는 웬만해선 내 결점을 지적하거나 처세 좀 잘하라고 훈계하는 법이 없다.

친구가 우리 집에 데리고 온 래브라도 레트리버는 개를 기르는 데 사이즈가 문제 될까, 하는 쟁점을 만들었다. 순한데다 느긋하기 이루 말할 수 없는 대형견이 옆에 있다는 게 얼마나 근사한 일인지, 꼼짝없이 반했다. 그러나 둘 사이에 부푼 교감에도 불구하고 래브라도 추종자들에겐 테스토스테론이 약간 필요한 순간이 있을 것이다.

그 무렵, 반은 도베르만, 반은 셰퍼드의 피가 흐르는 마초 수컷과 친한 사이가 되었는데 하도 기운이 뻗쳐 개 끈을 쥔 십오 분 동안 헝겊처럼 끌려다녔다. 돼지만 한 푸들은 양귀비 뺨을 후려칠 교태가 영 부담스러웠다. 내가 개로 태어난다면 저 개다 싶은 러셀 테리어는 체구에 비해 생식기가 커서인지 다른 종의 개 꼬리를 쫓느라 나 같은 건 안중에도 없었다. 흥분할 때조차 건들대는 달마시안은 작은 개들 귀만 씹어댔다. 얼굴 가로 길이가 더 긴 퍼그는 육포에 스물네 시간 얼굴을 처박는 주제에 교만하기 짝이 없었다. 알래스칸 맬러뮤트는 주인의 인기를 가로채지 않으면서 군중을 어떻게 기쁘게 만드는지 알았지만 심심해지면 뜻밖의 공격성을 드러냈다.

얼마 전, 지방의 일흔 되신 할머니가 집에서 기르던 풍산개에게 습격당했다는 기사를 보고 쇼크를 받았다. 풍산개는 충성심 강하고 영리하다고들 하지 않았나? 동시에 몇 해 전 미국 온타리오주에서 세 살짜리 남자애를 공격한 핏불 테리어 생각이 났다. 그 사건 발생 오 일 뒤 핏불 테리어 사육 금지법이 제정되었던.

핏불 테리어가 위험하다는 건 흔한 소리였다. 다른 개들에게 싸움은 최후의 수단이지만 핏불 테리어는 자극 없이도 달려들어선 완전히 지칠 때까지 싸운다. 적이 몸을 한껏 낮춰 패배 신호를 보내면 아예 배를 갈라놓기도 한다. 그런데 그레이트 데인과 티베탄 마스티프, 로트와일러도 못지않게 공격적이라고 알려졌다.

넓은 붓으로 물감을 듬성듬성 칠한 듯한 일반화는 뭐든 결정해야 하는 삶의 피할 수 없는 기준이 되었다. 즉, 핏불 테리어가 위험하단 말은 지나치게 일반화된 것이다. 자동차 보험사가 젊은 사람에게 더 비싼 보험료를 책정하는 것(거친 노인 운전자를 더 많이 보았다), 의사들이 과체중의 중년에게 콜레스테롤을 경고하는 것(그래 보여도 심장 튼튼한 사람 많다)도 마찬가지. 어떤 개가 물지, 누가 심장병에 걸릴지, 누가 차 사고를 낼지 모르니 일반화를 통해서만 예측할 뿐이다.

일반화는 다시 말해 고정관념. 남자들은 동네 형 얘기하듯 마피아를 입에 담지만 어떻게 생겼는지는 하나도 모른다. 마피아에 대한 지식은 거의 〈대부〉에서 얻는데, 코를레오네 가의 남자 중 말론 브란도는 아일랜드계 프랑스인, 제임스 칸은 유태인, 알파치노와 존 카제일은 이탈리아계 미국인이다. 그럼 그중 누가 가장 '마피아스럽'게 생겼다는 걸까? 구체적인 것에서 일반적인 것으로 이동하는 과정은 필연적이나 위험천만하고, 각각의 일반화를 거치기 위해 버릴 요소와 남길 요소를 선택하는 일은 이렇게나 복잡하다. 요는 범주와 분류의 문제. 일반화란 행동이나 성향에 따라 나눈 기준에 맞추는 것인데, 과체중의 중년 남자는 심장병 발병률이 높고 어린 남자는 운전을 잘 못한다는 분류가 제대로 먹히려면 일반화하려는 범주를 정확히 정해야 한다.

이를테면 핏불 테리어는 단일종이 아니라 핏불 아메리칸 스태포드샤이어 테리어, 스태포드샤이어 불 테리어, 아메리칸 핏불 테리어 같은 유사종을 한데 아우른다. 다부진 테리어를 핏불로 규정하는 게 일반화라면, 위험한 개가 모두 핏불을 닮았다는 건 일반화에 대한 일반화. 일반적이지 않은 성향을 일반화하고 그걸 또다시 일반화한 것이다.

세월 따라 인기 있는 개의 종이 달라지자 공격적인 개의 종도 바뀌었다. 그러니까 핏불 테리어를 둘러싼 문제가 늘어난다면 단지 숫자가 늘어났다는 뜻일지 모른다. '위험한 개'란 잘못된 상호작용과 얽힌 잘못된 개, 잘못된 상황, 잘못된 환경, 잘못된 주인이라는 경고들의 총합인 것이다.

모든 복잡한 문제를 뒤쫓는 더 복잡한 문제들은 다른 트라우마들에 대한 재연 같다. 때로 개 한 마리는 몇십 년 전을 거슬러 뒤죽박죽된 형제의 갈등을 드러내기도 하는 것이다. 그래서 나는 개를 포기하고 고양이를 찾기로 했다. 하지만 고양이는 늘 사랑을 원하는 나를 만족시키기엔 해줄 게 적다. 자기 삶을 살아야 하니까. 이런 추측 역시 내가 빌려온 일반화일 것이다. 결국 나에게 필요한 건 모든 인간은 동물에게 괴로움을 안긴다는 각성뿐. 내가 좋은 가장이 되지 못하리라는 건 진작에 알았지만, 반려동물의 반려가 될 자신도 자격도 없는 인생이 새삼 한심하다.

여자 옷을 탐험하는 남자들

여자들이 가장 심했던 숙취를 영웅담으로 꺼낼 때, 소주나 고량주, 별의별 폭탄주가 후일담을 드나들어도 하이힐에 대해선 그들 자신도 간과한다. 4차까지 달린 여자의 다음날 아침이든, 종일 밤비처럼 부산스럽다가 위로받을 술자리도 없이 퇴근한 밤이든, 구두를 벗고 나면 힐 모양 그대로 굳어버린 발을 세심하게 만져줘야 한다는 걸 더구나 남자가 알 리 없다.

패션은 대문자 F(ashion)로 시작하는 여자만의 방언이다. 모호한 확신밖에 없는 남자가 순전히 공상인 여자들의 패션 이미지에 응답하는 건 영원히 불가능하다. 옷에 대한 여자의 욕구와 냉소, 불신과 인내를 오해한 건 똑똑한 칸트라고 다르지 않았다. "패션은 허영으로 가는 것, 그리고 어리석음으로 가는 것." 박식한 니체도 덩달아 이죽거렸다. "입는 것 갖고 잘난 척하기는."

여자가 옷을 어떻게 여기는지에 대해 남자들이 그렇게 무심하다는 게 부정적으로 신선할 따름이다. 남자에겐 스포츠, 여자에겐 의상이라는 공식도 어이없긴 마찬가지다. 특정 팀의 열혈 팬 남자들은 성적에 상관없이 그 팀을 지지하지만, 여자들은 옷이건 사랑이건 식으면 뒤돌아보지 않는다. 여자라고 다 같은 건 아니겠지만. 플레어 스커트가 하체를 통통해 보이게 한다는 사실의 결론은, 트렌드는 소수에게 해당된다는 것이다. 어그 부츠가 국토를 휩쓸 때 모든 여자가 결정된 룩에 굴복한 건 아니었다. 이 논리에 수긍한다고 여자와 옷의 상관관계를 더 잘 알 순 없겠지만(그런데 여자들은 얼마만큼 키가 크고 싶은 걸까? 여자가 압정 같은 힐을 신는 건 괜찮고 키 작은 남자가 굽 있는 구두를 신으면 왜 비웃을까? 루이 14세가 힐을 신었을 때도 수근댔을까?).

패션 코드를 아는 것으로는 여자의 암호를 풀 수 없지만 옷장에 관한 부분적인 정보만 얻어도 윤곽이 보인다. 개인의 분류 시스템이 심화될수록 정체성에 조금 더 다가갈 수 있는 법이다. 옷과 가방을 위한 침실로서의 옷장, 음영에 따른 정렬이 만화경 같은 옷장, 물감의 색상표를 걸어놓은 옷장……. 옷을 분류하고 배열할 때 그녀의 옷장은 트렌드와 상관없는 저장소이자 보관소가 된다.

여자가 열망하는 진짜 패션의 상패는 몸의 돌출된 부분이다. 가방, 구두 그리고 강조점으로서의 보석. 즉, 어떤 가방은 참 좋은 소품인 동시에 미치도록 비싼 투자이다. 3백만 원짜리 가방은 3백만 원짜리 드레스보다 가치 있다. 드레스는 몇 번만 입어도 쟤는 왜 자꾸 같은 걸 입느냐고 떠들어대니까. 하지만 멀버리 베이스워터, 펜디 바게트, 에르메스 버킨은 아무도 지겨워하지 않는다. 심지어 다이어트도 필요없다. 치수가 무엇이건 아무 때나 들 수 있어서.

패션의 국제어로서 트렌드를 발설하는 것은 '멤버십'의 기초이다. 지금 것은 3초 안에 예전 것으로 변한다. 회원권을 유지하기 위해선 경계태세를 늦출 수 없다. 샤넬을 입은 여자가 있어 보이기는 하나 어딘지 고전적이고 오히려 평범해 보이는 건 그 이유에서다.

눈 깜박할 새에 진짜 멋진 친구와 패션 사기꾼을 가려낼 수 있게 된 지금, 어쩌다 여성복 쇼를 볼 때면 링을 백 개나 끼운 듯 목을 쳐든 이들 사이에서 척추만곡증 노인처럼 구부정하게 앉아 있는다(남성복 컬렉션에서 부푼 복부를 두른 외국 에디터 사이에 앉아 있을 때는 좀 다르긴 하다. 남자 옷 역시 키 크고 엉덩이 작고 날카롭게 '크롭트'된 이십대의 얼굴을 하고 있다는 게 매번 섭섭하긴 해도).

뮬에 새겨진 로고, 꽃들이 만발한 하얀색 메시 스커트, 저녁을 위한 검정 레이스 블라우스를 입은 모델이 순진한 얼굴 밑에 여자의 독선을 감추고 수영장에 들어가듯 무대 가운데로 미끄러질 때, 저 생기 철철 넘치는 옷이 누구를 위한 것인지를 생각한다. 완전히 새로운 것도 아니고 그저 조금 달라진 저 옷들이.

유행의 만장일치를 읽는 것도 중요하지만 사물에는 제약이 많다. 그 가방을 사야만 예쁘게 살 수 있다고 약속하는 광고가 천지를 덮은들 내륙이 바다로 확장되는 것도 아니다. 이젠 아무도 옷의 현재를 다루지 않는다. 차라리 의미 없이 사치스러운 공상 뒤로 숨기 바쁘다. 옷으로 자기를 표현하려다 나가떨어지는 바람에.

시간을 멈출 순 없지만

인생은 지나간 시간들로 나뉜다. 사람들은 시간을 인지하는 자기만의 방식을 찾는다. 봄은 매년 하나씩 사라진다. 영원히 계속될지 언제 끝날진 모르지만 시간은 지구에 배급된 작은 조각이라서.

결국 시간은 누구의 편도 아니다. 시간이 흐르면 다들 쉽게 안전해진다고들 믿지만, 손가락 몇 개로 헤아릴 수 있는 제한된 성숙기로는 정체(停滯)를 받아들일 만큼 강인하지 않다. 하지만 꽤 괜찮은 이닝을 끝낸 것도 같다.

아니, 운전기사가 염세주의자인 택시에 탄 듯 사지 뒤틀리는 시간이었다. 불안과 자책, 희망과 축하하는 이유를 나열하는 속삭임 위에 흘러간 시간이기도 했다. 인간적인 계산기로도 지금까지 단 한 권의 책도 마음에 들지 않지만, 유익한 생각의 교환, 확신이 준 충동, 농담 같은 평화, 남보다 낫다고 말하고 싶은 잔인한 우월성 속에서 소량의 만족을 찾았다. 그리고 일반적이고도 전혀 일반적이지 않은 갈등과 취소, 민감한 판단이라는 착각. 시간은 움켜쥘 수 없고, 속도를 가늠하는 순간 더 빨리 간다. 잠시 멈추게 할 수 있는 시간은 세상에 없다. 당신도 지금 헐떡이는 단계가 지나면 다시 뒤를 향해 돌아오는 시간의 역

순환을 알 것이다.

잡지를 발간하는 과정에는 크게 부풀리거나 손바닥만큼 축소시키는 정신적 상태가 있다. 개별적 특성의 집합 속에서 걸러낸 사실들은 다 같은 맥락의 이야기다. 예술이 그렇듯이 잡지도 비밀한 악수와 같아서 읽는 동안 비밀번호를 찾는 게임이 시작된다. 나의 은밀한 공식은 콜라냐 식혜냐를 결정하는 데도 쓰였다. 방향을 가리킬 때도 그랬다. 예를 들어 "바로 저기 있어요"라는 표현은 손가락으로 가리키지 않는다면 "좌회전 한 다음 두 번째 사거리에서 270도 각도로 우회전 해주세요"란 말만큼 시적이지 않고 리듬도 없다. 쓸모도 없다. 그때 나는 전통적인 방법("목포집 바로 맞은편에 있어요") 말고도 미친 방법("돌아갈 차비도 없는데 너무 멀리 왔네요. 이제 어떡할까요? 죽을까요?")도 재미있겠다고 혼자 좋아라 하는 것이다.

새로운 척하는 어떤 음악은 자동차 경적 소리로 시작한다. 새로운 남자에 대한 더 계산되고 더 냉소적인 대답은 지각 못하는 사이 상황에 따라 의식을 교체하는 영혼 조절 장치가 내장된 포스트 페미니즘의 남자일 것이다. 좋은 커피를 모르고 살았던 조상들이 일평생 부러워할 자본가 사회의 젊은 수컷들은 뒷사람을 위해 문을 잡아주는 것과 무관해진 레이디 퍼스트 철학은 잘 모를 것이다. 그러나 오르가슴이 목적이 아니라면, 동네 야구 게임에서 보는 소탈한 얼굴만으로도 충분하다는 것을 자주 느낄 것이다.

자의식은 이렇게 비웃는다. 경계하면 세계를 구할 수 있다고 외쳐본들 한번 폭우가 쏟아지면 옆집 강아지조차 못 구하면서……. 하지만 프로작을 백 통 먹는 대신 더 큰 고마움을 느낀다. 사랑하는 사람이 죽는 꿈에서 깨어 그가 옆에서 잠든 것을 확인했을 때 갖는 안도감 같은. 그러니 다가올 시간은 오직 당신과 나만을 위한 자비였으면 좋겠다.

젠체하지 마세요

존경하는 편집장님. 《GQ KOREA》에 헌사를 바칠 기회를 주셔서 고맙단 말을 하고 싶지만, 안 되겠어요. 내 입안엔 할 말을 다 못해 부러진 이빨만 가득하니까요.

오랫동안 나는 《GQ KOREA》를 봐왔어요. 당신의 독자로 그 미끈덕거리는 잡지 속에 발을 들여놓은 이래, 모든 사색과 판단은 당신의 지령에 따랐죠. 당신이 건넨 잔을 계속 들이켜온 지금, 거의 독살된 느낌입니다. 그간의 내 인생은 순수한 비참함의 긴 역사란 걸 알았으니까요.

이젠 갈수록 빈정대는 편집장의 글에 진저리가 납니다. 도대체 심란한데다 비논리적인 질서로 나열된 문구들은 눈으로조차 우물거릴 수 없어요. 거만한 에디터들도 마찬가지죠. '정중' '단정' '소회' '명민'이란 단어밖에 모르는 집단은 생전 처음 보았어요. 크리틱이 다들 하찮아 하거나 까다로워하는 문제를 다룬다는 건 알아요. 말해야 할 사안을 덮으면 더 상해버린다는 거겠죠. 하지만 타인을 다치게 하는 데는 어떻게 그렇게 무심한가요? 나 같으면 누굴 베어버릴 말을 해야 한다면 제일 적은 자극만 줄 것 같아요. 그런데 당신이 하는 말은 술자리의 직설적인 충고처럼 거칠고 퉁명스럽지요. 가끔 정치적인 말도 하던데,

그거 '뭐가 옳은지 알면서 하지 않는 건 최악으로 비겁하다'던 중국 철학자 흉내죠? 공자 말이에요. 당신이 동그란 눈의 산골짜기 소녀를 흰 자위가 새파란 섹스 심볼로 만들 수 있다고요? 속물의 최전방에서 비싼 물건들만 실어나르는 당신 같은 사람이요?

처음엔 《GQ》에 나오는 걸 다 따라하고 싶었어요. 테두리가 밤색인 면 포켓치프, 끈 달린 갈색 구두, 가늘게 골이 진 캐시미어 양말……. 그땐 구두 하나가 도시 근로자의 세 달 임금인 치들은 살짝 돌았거나 치매 졸부거나 출장 온 외국인인 줄 알았어요. 이젠 알아요. 그건 잡지의 호사스러운 칙령이 아닌 짓뭉개진 탐욕이었어요. 당신은 분리를 가르친 셈이에요. 실질 경제에 있는 이로부터, 비싼 걸 사는 능력자들로부터, 과시하지 않아서 더 화나게 하는 사람으로부터의 분리. 내 말이 저 낮은 곳에서 서식하는 평등주의자들의 이데올로기로 들리나요? 당신은 돌연변이 괴물처럼 소비란 형태를 변화시키는 예술이라고 자꾸 우기겠죠. 변명도 어쩜 그렇게 하이브리드한가요?

자아 존중감이 있는 남자가 되라고 그렇게 떠들었지만 때와 장소에 맞춰 입는 남자가 늘기나 했나요? 아직도 자기 몸을 모르는 인지불능에 무분별과 게으름만 보이지 않나요? 인간은 달라지지 않는다는 걸 왜 모르세요?

이해해요. 편집실은 피터팬 무법지대이며, 마감의 검은 말들이 젖먹여 키웠던 에디터들은 아수라장 속의 웬디니까. 운동 선수? 심판이 뭔가 강탈해가죠. 경찰관? 대체로 존경받지 못해요. 의사? 늘 과로 상태 아니에요? 에디터? 늘 발진 같은 적개심이 지글지글하죠. 당신의 뺏

뻣한 목을 따라 승리의 전율이 흘러내릴 때, 에디터들은 교수대로 걸어가는 이교도의 모습을 한 채 임기응변이 창궐하는 마감에 먹히고 말죠. 당신의 감색 컨버스를 문구 칼로 내리찍는 상상을 하면서.

그래도 가끔 잡지의 용도를 생각해요. 권리 부여란 단어는 무식하게 들리지만 당신에겐 왠지 자격이 있는 것 같아요. 적어도 기득권에 반발하는 척하지 않으면서. 지위 같은 건 있지도 않은 현대 삶의 후미진 구석을 비추기도 하니까요.

이제 난 자유예요. 정화된 영혼으로 영원히 독자로 남을 수도 있고, 아님 평생 보이콧할 수도 있고, 집에 있는 책을 다 태워 그 재를 당신 책상에 뿌릴 수도 있죠. 그러니 나를 꽉 잡아요, 창간 90주년까지.

다음엔 편지 쓰는 법부터 배우겠다고 약속할게요. 그게 당신이 가르쳐준 인생의 순서 맞죠? 그럼 안녕히 계셔요.

당신의 첫 번째 독자로부터.

당신이 그렇게 똑똑해?

Q: 이억 년 동안 지속되던 빙하기가 BC 일만 년쯤 끝났지만, 작은 빙하기는 경련하듯 지속됩니다. 날씨가 하도 변하다 보니 패턴에 기댈 수도 없습니다. 어떤 동물이 위험한지 사냥할 만한지, 어떤 식물이 유독하거나 먹을 수 있는지 예측할 수도 없습니다. 그런데도 사람들은 어떻게 위기를 극복했을까요?

A: 사람들이 점점 똑똑해졌기 때문에…….

하나 마나 한 소리 같지만 틀린 답은 아니다. 세상엔 안 똑똑한 사람이 없다. 트위터에 모인 집합은 민감한 급습 같았다. 선택의 태도, 선(禪)적 관조, 규율 대신 융통성이 날개를 활짝 펴고 있었다. 다 보는 앞에서 퍼나르는 무식, 웅변 같은 지랄, 통찰 같은 자랑……. 평소엔 어눌한 듯 일 년에 한두 마디만 하던 분이 바꿔치기한 듯 논리와 섭렵을 뻬길 줄이야. 엊저녁, 곱창 대창으로 목도리를 두르던 친구가 오늘 아침 브라우니가 당긴다며 구라파스러운 식탁을 자랑할 때보다 더 웃긴다.

사람들이 언제 이렇게 똑똑해진 걸까? 정치적이라기보다 스마트한 정사(正邪) 감각은 어디서 배웠을까? 높은 사회적 인식과 칭찬을 부르는 행동양식들은? 새 정보를 얻는 데는 누구의 역할이 컸을까? 그것이 혁신보급, 학제 간 협력, 공급자와 수요자, 심지어 데이트에까지 영향을 미쳤을까? 지식은 쌓는 게 아니라 발화하는 것이었나? 그럴 때마다 내 자신, 순식간에 미개해져선 초월적이고 따뜻한 어른에서 대체로 실패한 자, 어두침침한 천덕꾸러기가 된 것 같았다.

지난 세기 동안 사람들의 지능은 분명 높아졌을 것이다(그러면 지금보다 머리 안 좋은 사람들이 어떻게 현대사회의 바탕을 만들 수 있었을까?). 세계가 서둘러 똑똑해지는 이유는 무엇일까? 단순히 더 나은 학교 시스템 때문일까? 머리가 환경이 아닌 유전의 영향을 더 많이 받는다 해도 환경은 여전히 결정적인 이유 아닌가? 환경은 약한 동시에 강할 수 있는 걸까?

뉴스를 보면 매일이 빙하기나 슈퍼 화산 폭발 당시만큼 아슬아슬해 보인다. 아니면 뭔가 임박해 있거나. 지금이 그렇다면 몇백 년은 어떨까? 초점은 물리적인 세상에 어떻게 적응할지가 아니라 문명이 만든 방대한 지식을 어떻게 적용할 것인가에 있다면 너무 순진한 낙관일까? 그러나 구글이 우리를 바보로 만든다는 생각, 나노 기술의 급진성이 종국에는 문명을 완파시킬 거라는 걱정이 만연하고 하이퍼링크가 넘쳐나는 이상, 더는 느긋하게만 명상할 수 없게 되었다.

인간은 사회적인 동물이라면서 이십 세기 전까지는 오직 특권층만 정보를 가졌다. 정신적으로 우월한 이들은 다른 사람을 위한 환경을 만들었다. 이윽고 일만이천 년 간의 홀로세가 지나 생각의 공유로 만들어진 집단이 도래하자 세상은 전혀 다른 곳이 되었다.

지식의 왕국에는 한계 없는 지배권이 횡행한다. 고유한 문화적 위엄을 방어하고 스스로 검열자가 되는 네트워크 속에선 굳이 똑똑할 필요도 없다. 배틀그라운드나 오버워치 같은 게임도 현실 같은 공간을 만들고, 시청률 높은 프로그램일수록 한심하기만 한 것을.

정보의 과다를 걱정하는 목소리는 웹이 처음 등장했을 때부터 시끄러웠다. 유전학 엔지니어링의 범위가 더 확대되면 요즘 지식 역시 왜소하게 여겨질 것이다. 구글은 문제 자체가 아니라 문제의 시작일 뿐이니까.

그들끼리 전자 마을을 벗어나 현실에서 직접 만날 땐 생각보다 똑똑해 보이지 않는다. 상식 위에 가설을 세우고 실험하는 유동적인 지식이란 기억력이나 지식의 나열과 다르다. 똑똑한 것과 지식을 차용한다는 것은 별개의 문제이기 때문이다.

누가 나만큼 피곤해?

"피곤해."

누군가에게 어떻게 지내느냐고 물어볼 때마다 제일 먼저 듣는 말. 언제나 같은 말. 하긴 사는 게 얼마나 피곤하면 구약 시대의 전도서 기자도 "세상이 다 피곤해. 말로 표현할 수도 없어. 눈은 아무리 봐도 본 것 같지 않고, 귀는 줄곧 들어도 아쉬울 뿐이야"라고 적었을까. 사실 피곤하기로 말하자면 지구가 제일 피곤하지. 어떻게 받쳐주는 것도 없이 허공에 뜬 채 매일 시속 108,000킬로미터로 공전하고 1,660킬로미터로 자전할 수 있을까.

허세든 진심이든 어떤 사람에겐 자기가 요새 얼마나 피곤한지 들려주는 것만큼 중요한 일도 없다. 그렇지만 만나자마자 봇짐 풀 듯 피곤하단 얘기부터 꺼내는 입을 보면 내 마음은 두 개로 나뉜다. "와, 목소리부터 맛이 갔구나. 얼마나 죽도록 일했으면." 아니면 "아, 또 시작이다. 진짜 누가 더 피곤한지 한번 해볼까?"

안부를 물으면 늘 "난 괜찮아. 관심 가져줘서 고마워"라고 답해주던 친구가 있었다. 하나도 안 괜찮으면서 상대에게 피곤을 감염시키지 않고 자기한테만 남겨두던 날들이. 그러나 모두가 잘나서 피곤한 시절엔 최고로 잘난 사람도 피곤하다고 털어놓지 않고는 못 배길 것이다.

어쩌다 누구 사무실에 들렀는데 나를 보자마자 추접한 손가락으로 메추라기 알보다 큰 눈곱을 떼며 악관절이 빠질 듯 하품을 하면 그가 뭘 말하고 싶은지 감이 확 온다. "내가 이렇게 피곤한데도 일 잘하고 인정받는다는 게 믿어져?" 이거, 이거! 게다가 식어빠진 벤티 사이즈 라테를 후루룩 비우곤 한참 일하는 후배를 불러 "냉장고에서 레드불 갖고 와. 밤새웠더니 피곤해서 안 되겠다. 없으면 편의점에서 사와. 돈 준다니까, 글쎄!" 이 지랄을 하면, 이 자는 필시 하는 일도 없으면서 실적은 이스트처럼 부풀리는 두꺼비 종자구나, 싶다.

사람들은 피곤을 방어기제나 고생의 대리인, 가장 당당한 설명으로 사용한다. 다크서클이 무릎까지 내려오는 피로는 위압적인 지위를 상징하니까. 하지만 누가 신경쓴다고? 홍송 껍질 같은 피부, 지방이 사발처럼 고인 눈밑, 거북보다 구부러진 목조차 아침에 게으르고 석양에 바쁜 이의 숙명으로 보인다.

피곤하다는 말이 과시와 핑계로 이어지면서 희생과 헌신의 의미는 완전히 김이 빠졌다. 그러니 피곤해 죽겠다고 노래를 불러도 아무도 신경쓰지 않는다. 다들 자기만큼 피곤한 사람은 아무도 없다고 떠들기 때문에.

수염의 해석

어떤 친구는 지난밤 얼굴에 파종이라도 했는지 아침마다 털이 수북하다. 로버트 드 니로 얼굴의 사마귀인 양 피부에 딱 붙어선. 나무를 헤치고 지나가는 사냥꾼처럼 지저분한 수염은 이렇게 말한다. 나는 지위, 경제력, 재능 다 가졌어. 다른 건 하나도 부럽지 않아.

남자는 정말이지 거울에 비친 모습 그대로 말고는 도리가 없다. 운동? 너무 점진적이다. 음경 확대? 소수만 본다. 모발 이식? 벌에 쏘인 할아버지 두피처럼 변하면 어쩌지? 이때 수염은 남자가 외관을 바꿀 수 있는 허용 가능한 범위 안에 있다(사실 눈썹을 다듬거나 뽑는 건 수염을 기르는 것보다 훨씬 대담해 보인다).

남자 얼굴은 흰 도화지. 수염은 세상 유일의 페인트. 수염은 똑같은 얼굴을 거울로 몇십 년 봐야 하는 따분한 세월에 과격한 금을 긋는다. 현상수배범을 엉뚱한 사람으로 변장시키기도 한다. 수염은 동시에 타인에게 무조건 동조하는 노예가 아니란 걸 증명하는 온순한 반란이다. 옆집에 피해도 안 주고 고양이도 안 무서워하니까.

이차성징 때부터 면도하기 시작하면 죽어도 멈출 수 없다. 대충 열다섯부터 여든까지라고 해도 23,740번! 여자들이 좋아하니까? 수염은 여자의 하이힐이나 짧은 스커트 같은 거라서? 털을 좋아하는 소수에 맞춘 변태 페티시? 여기서 수염의 (남)성적 매력이라는 미스터리가 생긴다.

수염은 아침마다 어떤 걸 고를까 망설이는 타이와 같다. 1970년대 무정부의 상징이던 장발처럼 패션 그 이상이다. 수염은 민감하다. 가라오케에서 마지막으로 부르는 〈마이 웨이〉처럼 상투적이되 '나여야만 한다'는 개인적 정체성을 함축하니까.

면도 안 한 그루터기 수염, 빳빳한 혈기방장 수염, 인위적인 수염, 위엄 터지는 수염, 사악한 수소 수염, 야생적인 낙타 수염, 가발 공장에서 반색할 숱 많은 수염, 코끝에 닿을락 말락 하는 수염…….

깨달음, 체념, 화, 비밀을 담은 수염은 아이처럼 자꾸 자란다. 통제할 수도 없다. 매일 차로 등교시켜도 다음날 차 키를 훔치는 악동 같아서.

수염은 크리스마스에만 반짝하는 트리가 아니다. 인생 자체이다. 누구 얼굴에 매달려 있느냐에 따라 다르지만, 수염은 한 번도 로망 아니었던 적이 없다. 그래도 수염의 독립적인, 건강한, 선구자 이미지를 가지진 못했다. 나에게 수염은 감지할 수 없는 그림자였다.

술잔을 바라보는 불안한 눈동자

요즘은 조금만 마셔도 숙취가 폭발한다. 숙취가 괴로우면 술을 안 마셔야겠지만 다 하나 마나 한 소리. 술을 마신다는 것은 어떤 선택이나 자유의지와 무관하다. 집 천장이 미친 오로라처럼 돌 때마다 모든 쾌락엔 벌이 따른다는 깨달음도 후루룩 마신다. 그래서 의사도 '여명 808' 직원도 콩나물 해장국집 사장도 아닌 나는 어떻게든 나만의 해결책을 찾았다.

다음날 아침, 술냄새가 양조장급인 방에 쓰러져 아스피린을 사 먹을지 생수를 백 병 마실지 고민하다가 마트에 간다. 잎 달린 채소를 들고 올 수 있는 만큼 산다. 식이섬유 때문에 무슨 일이 있어도 채소부터 먹어야 한다. 먹지 않고 이마에 붙이는 방법도 있다. 그리고 웃는 것이다. 웃음은 명약이라고 했으니까. 심지어 샐러드로 만든 모자를 쓰고 웃는다. 웃는 건 원래 이렇게 쉬운 일이다.

그러다가 다시 술 생각이 난다. 그 상황에서 어떻게 술 생각이 나지? 인간도 아니야……. 아픈 머리를 쥐어뜯지만 자책은 의미없다. 사실 마티니가 끝내주는 선택이다. 올리브의 풍부한 지방과 나트륨은 전해질을 재보충시켜준단 말이야. 전해질이 건강에 얼마나 중요한데? 이건 따로 저장할 수 있는 것도 아니야!

마티니를 한 잔 마시고 나니 당장 달려야 한다는 강박이 생긴다. 그간의 연구를 보면 운동이 엔도르핀을 만들어주고 메스꺼움과 어지럼증을 줄여준다고 했잖아. 불쾌감을 기분 좋은 감정으로 바꿔준다고 했잖아.

나이키 후드 티도 안 입고 동네 좁은 길을 달리는 동안, 어제 왜 그렇게 술을 펐는지 떠올린다. 왜 조절하지 못했을까? 한 번뿐인 시절을 왜 그렇게 몽롱하게 낭비했을까? 내 인생은 왜 이렇게 엉망진창일까? 조금 남은 나의 이성이 다그친다. 그걸 알기나 해? 그럼 더 빨리 달려!

우심방 좌심실이 바뀌도록 숨차게 달리다 보니 뜸했던 친구에게 연락해야 한다는, 문경새재에 여행 가야 한다는, 사랑 같은 건 지긋지긋하다는, 고양이 말고 소를 길러야 한다는 확실성이 차곡차곡 쌓인다. 힘이 들어서 잠깐 쉬다 보니 석양이 진다. 또 술을 마실 시간이 된 것이다.

이튿날 다른 숙취를 안고 눈을 떠도 당황스럽지 않다. 나는 치료법을 발견했잖아? 때가 되면 학술지에 발표하자. 우선 마트에 가서 채소 좀 산 다음에, 아니 먼저 잔을 부딪치고 난 뒤에.

10주년 때 하고 싶었던 말

공항에서 지연되는 시간을 견디는 것만큼 애매하게 지치는 일도 없습니다. 공항은 촉박하게 시계를 쳐다보는 사람들의 성지라서 자칫 필요하지 않은데도 시계를 사는 위험한 곳이기도 하지만요.

비행기를 타고 날짜변경선을 넘나들 때마다 시간이 얼마나 주관적이고 제멋대로인지 허파꽈리까지 충격을 받습니다. 정해진 시간 속에서 하루를 빼먹거나 똑같은 날을 두 번 겪을 수 있다니요.

우리는 전형적인 속도 감각을 가지고 있습니다. 조금 빠르건 느리건 일생 동안 허용된 에너지와 운동 범위 안에 있습니다. 시간은 개인에겐 전혀 다른 감각으로 육박해갑니다. 각자 직관적으로 느끼는 존속 기간과 그 기간을 채우는 미세한 사건에 대한 감각은 엄청나게 차이 납니다. 누구에겐 시간이 난폭하고 빠르지만 다른 사람에겐 얼어붙어 미동도 없습니다. 시간에 대한 각자의 인지 속도는 주어진 시간 단위 안에 얼마나 많은 사건을 인식하느냐에 달려 있기 때문입니다.

우리가 일 초에 만 개의 각각 다른 사건을 겪는다 칩시다. 그처럼 여러 장면을 동시에 그려낼 수 있다면 유기체의 움직임은 감각으로 인지하기엔 너무 느려서 육안으로 볼 수 없을 것입니다. 이 가정을 뒤집어서 제한된 시간 안에 감각의 천분의 일만 사용한다고 해봅시다. 그럼 천 배의 시간을 더 살게 되겠지만 겨울은 삼십 분도 안 돼 여름으로 변할 것입니다. 해마다 자라는 떨기나무는 쉬지 않고 끓어오르는 샘처럼 땅 위로 자라나고 떨어지길 반복하겠지요. 태양은 하늘을 가로지르며 지나간 자리에 유성처럼 길게 불타는 꼬리를 남길 테고요.

어떤 때 나의 시간도 천 배 짧아져 발진처럼 지나갑니다. 또 다른 때는 주어진 시간 동안 감각의 천분의 일만 쓴 듯 초포화 상태로 흘러갑니다. 《GQ》에서 보낸 십 년은 쇳덩이가 매달린 카우보이 부츠를 신고 공항 검색대를 통과해온 기분과 무척 닮았습니다. 가해자로 법정에 앉아 싸구려 향수를 뒤집어쓴 고지혈증 변호사 아저씨가 나를 째려보고, 머리를 뒤로 바짝 묶은 여검사가 심문하는 듯한 상황도 익숙합니다. 배심원으로서의 독자는 내 의도와 가까울 수도 있고 멀 수도 있습니다. 내 진실과 부합하기도 아니기도 합니다.

확실히 현대 남성성에 관한 지속적인 관심과 그것에 관한 저널리즘은 시간을 들여 더 연구해야 할 주제입니다. 다양성이 늘 삶의 양념은 아니지만, 자기 남성성을 정립하지 못하는 사람과 왕년에 좀 놀았다던 캐릭터는 여전히 공존합니다. 그 소요 사이에서 내 자신에게 네가 《GQ》냐고 물어보지만, 그 질문을 뺀 나머지 답만 가진 것 같습니다.

인생의 중요한 순간은 챕터로 나뉘어 순차적으로 기록됩니다. 사람들은 터닝 포인트로 새날을 맞이합니다. 이룬 것이 없는 나의 이야기는 아닙니다. 흐름을 어떻게 느끼건 정해진 날은 변함이 없고, 항상 그랬듯 매 분, 매 시간 똑같은 간격으로 지날 것입니다.

미디어 하나가 당신의 경험을 바꿀 순 없습니다. 잡지 따위는 과학만큼 지대한 영향을 끼치지도 않습니다. 하지만 땅을 보는 농부의 관심이 부동산 업자와 다르듯이 우리는 대상을 보는 관점의 매개체를 통해 세상을 받아들입니다. 정체성이 누군가 분명히 인식되는 특성의 집합적인 면모라면 그것이야말로 새로운 발견이 될 테니까요.

살찐 미남은 없다

크림 케이크에 포크가 남긴 주저흔. 심장병을 감내하려는 의지와 라볶이의 손짓 사이. 먹자마자 뱉는 토사물 발사체. 절식과 폭식으로 억압을 다루는 법. 과잉 섭취와 과잉 성취로 나뉜 삶. 농경 사회의 레트로 유토피아. 고단백 저탄수화물 이론의 호언장담. 신체 수고를 최소화하는 기구…….

올리버 색스가 신경과학을 위해 했던 것을 이제 모든 사람이 지방과학에 바친다. 골상학자나 나치 과학자라도 된 듯 신체 형태와 치수, 측정과 계량에 달려들면서. 디지털 황야에서 천만의 도적떼로 변한 건강 구루들이 미친 몸의 집단적 꿈을 실어나를 때, 귀가 얇은 남자들은 칼 없이도 목이 잘린다.

나이는 가면을 벗기고 몸의 헐거운 틈을 살로 채운다. 그래서 우리는 칼로리 백과사전이자 지방 파시스트가 되었다. 쓸 데도 없이 비활성 상태로 잡히는 지방을 발로 차버린다. 지방은 삶과 죽음에 영향을 주는, 결장만큼 중요한 내분비 기관이 아니라 그냥 노란 기름 덩어리. 삼천 년 동안 뚱뚱한 남자를 추앙하는 조각은 본 적이 없다. 부처만 빼고.

미스터 올림피아는 체지방 4퍼센트로 경쟁한다. 미켈란젤로 다비드 상의 체지방은 한 16퍼센트쯤이다. 내가 그 정도 되려면 다시 태어나야 하나? 도시의 힙스터 체육관 쥐들을 위한 탑승 안내 방송은 늙은 세포에게 젊은 세포처럼 행동하는 법을 가르치고, 고갈되는 콜라겐을 붙들라며 근육을 재훈련시킨다. 이 시대의 승자는 지방을 통제하는 자. 궁둥이 0.7 비율의 허리로 경배 받는 여자처럼 남자에게도 이상적인 신체 표본이 정해졌다. 하지만 근력도 속도도 기술도 지구력도 없는 자에게 주어진 운동 체계는 너무 구식이라 바벨을 들자마자 삼일을 못 넘긴다는 걸 알아챌 수밖에 없다. 근육은 스스로를 느끼는 방법이며 두려움의 기준. 남자들은 머리에 리본을 맨 열 살 소녀가 되어 5백 그램이 들락날락하는 시시포스의 삶을 산다. 뼈만 남아도 너무 찐 거고 아무리 운동을 해도 안 한 거나 마찬가지다. 기어이 뿔 같은 흉근을 만들고 뱃가죽이 사발처럼 파여도 야박하게 매겨진 평균 체중 차트 앞에서 정확도 떨어지는 좌절감. 현실을 똑바로 보는 기준 체형들조차 복부만 좀 줄이면 그녀가 전화할 거라고 믿지만 그런 일은 없다. 그녀는 살이 아니라 살을 대하는 당신 태도가 싫은 거니까. 복근 숭배 시대에 성인 대다수는 그렇게 임상적 과체중이 되었다.

이 와중에 새 몸을 만들어 새 사람이 된 남자는 170센티미터 키로 2미터인 듯 거룩하게 걷는다. 거울 중독자로 몇 개월 보낸 뒤 문득 키가 도로 주저앉은 기분이 들 때 그의 자아는 묻는다. "결국 이렇게 되는 거였니?" 아무리 먹어도 몸이 그대로이던 시절은 끝났으니 돌아갈 길을 찾아야 한다. 어릴 땐 재미로, 이젠 살기 위해서 운동을 한다. 하루에 할당된 팔굽혀펴기 횟수를 채운 날, 무릎에서 우두둑 소리가 날 때 뿜어져나오는 울버린의 본성. 결과가 어떻든 슈퍼맨으로 살았던 이들은 다시는 클라크 켄트로 돌아갈 수 없다.

신진대사율도 운명처럼 불공평하다. 성별, 유전자, 호르몬, 염색체, 인종, 나이에 따라 칼로리 소비량은 다 다르다. 나는 근육을 컨디션에 맞춰 손쉽게 사용하는 법을 배운 운동선수도 아닌데도 신진대사율을 안다. 그렇게 먹고 얼마나 안 움직였는지는 나만 알기 때문에. 육천 년 문명이 기름기 번들거리는 카운터에서 고열량 메뉴를 걱정하는 신세가 되다니.

어떤 자리라도 축적된 살을 미안하게 만져보며 스트레스 탓이라며 동의를 구하는 것으로 이야기의 전채를 먹는다. 그건 함께 있는 모두를 감염시킨다는 점에서 결핵과 같다. 침대에서 빠져나가려면 기중기가 필요한 몸이건, 미풍에 실려갈 지푸라기 몸이건, 강박엔 예외가 없다.

열역학 제1법칙은 살찐 사람을 메스꺼워 한다(게다가 반역, 저항, 거절이라는 새 용어의 무게까지 지녔다). 일종의 가학적 그룹 테라피 같다. 뚱뚱한 사람들이 마른 사람들이 가득 찬 방에서 "나, 자제할 줄도 모르고 너무 게을러……" 라며 울먹여도 결국 공분을 사는 테라피. 비만은 단순히 건강 시스템의 문제 같지만 사회학적 측면에서는 좀 복잡하다. 통풍은 왕족만 걸리는 병이고 뚱뚱한 사람일수록 아래 계급으로 내려온다는 이론을 만드니까. 누가 뚱뚱하다는 소리는 누가 가난하다는 소문과 다르게 들리지만 둘 사이는 불편하도록 가깝다. 세상에서 가장 가난한 도시에 사는 10억 명은 생존에 필요한 최소한의 열량만

섭취하는데, 빈곤 수치가 그보다 한 뼘 나은 사람들 체중은 오히려 늘고 있어서. 살찌는 게 굶는 것보다 낫다 하겠지만, 신세계의 역학 속에서 고칼로리의 싼 식품이 최단기간에 만들어졌다면 과체중과 영양 결핍 둘 다 피할 수 없을 것이다. 그러나 이런 식의 숙명론과 입씨름하기란 정말 힘든 일이다.

뚱뚱한 사람들의 행동학은 면밀히 고려되어야 한다. 비만은 도덕적 결점이 아니라 단순히 의학의 문제이며, 원인은 나태와 폭식이 아니라 식욕 유전자여야 하니까. 감기 바이러스조차 살찌게 한다는 건 아무도 모른다. 우리는 많이 먹도록 만들어진 피조물이라 적당한 과식은 없다. 하지만 원하는 걸 다 먹고 버터를 공장처럼 퍼붓는데도 체중이 그대로라는 연놈들에게 복수하기 위해 살을 빼야 한다. 다이어트 커피는 하루에 한 말, 거식 담배는 두 보루 해치우고, 열흘간 잠도 자지 말아야지. 저녁 일곱 시 이후엔 공기도 입술을 지나갈 수 없어. 200칼로리 밀크셰이크 한 컵이 일생의 차이를 만들거든. 일주일에 200그램이 늘면 한 달에 857그램, 일 년에 10428그램, 이십 년 후면 208571그램이 늘잖아. 그래도 줄어든 만큼 높은 정밀함으로 추가되는 지방의 교활한 능력을 따라갈 수 없다. 늘어난 체중을 줄이는 건 전부인과 재결합하기보다 힘들다. 체중은 뼈나 십자수, 섹스의 구조처럼 개인이 통제하지 못하는 생물학적 특성이라서. 몸무게는 계속 는다. 요새 남자들은 1970년대보다 못해도 7킬로그램은 더 나간다. 보통 사람 몸도 자꾸 무거워지니 원래 무거웠던 사람은 더 무거워질 수밖에. 비만 기준은 갈수록 야박해져서 과체중 비율과 체질량 지수는 몇 년 전엔 상상도 못했을 만큼 늘었다. 그러나 음식이 나고 내가 음식이라면 이미 늦었다. 보상 음식을 대체하는 것은 다른 보상 음식. 부르주아 돼지가 되는 수밖에 없다. 적어도 몸의 어떤 부분은 버릇없는 롤케이크 돼지로 보일 것이다. 왜소해 보이는 법은 사실 차고 넘치지만 아무리 몸을 조여도 살의 재분배는 일어날 리 없다.

추가된 부피는 돈을 부른다. 비행기는 불어난 무게 때문에 연료를 더 써야 하고, 병원은 거인용 휠체어를 제작해야 하며, 빌딩 회전문은 더 넓혀야 하고, 장례식장 관도 커져야 할 것이다(아무래도 정부는 이달 안에 고칼로리 과자에 역대급 세금을 부과하고 식품 광고를 규제하고 공공 시설용 음식을 제한하지 싶다).

나도 초경량급 권투선수 같은 몸을 갖고 싶었으나, 커진 몸은 그 전부터 약속된 신의 계획 같다. 나에게 복근을 주려고 했다면 먹을 것 없이 이글거리는 애리조나 평원에 떨어뜨렸겠지. 그렇다면 창자를 우회하고 위장을 작은 발칸 반도처럼 분할시키는 수술만이 세월의 바위에 눌려 난파된 자를 구조하는 마법의 탄환이라는 말인가.

여자의 신체는 피하 지방을 있을 만한 곳에 배치한다. 당뇨나 부르는 남자의 내장 지방과 비교할 수 없다. 그러나 야비하게도 지방을 수치스러워하는 문화는 여자를 겨눈다. 의료 기록이 이미 비만인 남자조차 공개적으로 살집 있는 여자를 조롱한다. 못생긴 것들은 거울도 안 보는 법. 엄밀히 말하면 날씬한 몸이란 젊음처럼 하나의 상품이며 구매 가능한 혜택이라서 계급 문제와 엮인다. 하루의 칼로리를 줄이는 행위는 며칠을 몸에 남은 지방으로 버텨야 하는 르완다 소년의 옵션이 아닌 것이다.

마하트마 간디나 메이즈 감옥에서 죽은 바비 샌드에게 단식은 대장을 비우는 해독이 아닌 필사의 정치적 무기였다. 삶보다 중요한 명분을 위해 시간을 오래 끌며 스스로를 천천히 죽이는 행위였으니까. 마태복음 6장 16절만 봐도 초기 기독교인들은 굶는 것을 참회와 정화라고 믿었다. 음식을 거부하는 영광스러운 순간 갈비뼈가 만져질 때의 승리감. 배설은 음식을 갈망하는 성스러운 근거였으니 굶주림의 겸허함도 배출 없이는 아무것도 아니었다(먹는 게 그렇게 중하면서 화장실은 개차반인 한국 맛집, 그 배변의 배반은 영원히 감당할 길이 없다).

인간 유아는 다들 뚱뚱한데, 뚱뚱해도 예뻐들 하는데, 뚱뚱한 어른은 멸시받는다. 몸의 불평등 중 가히 최고 수준이다. 그렇지만 광야에서 사십 일 금식을 마친 예수는 복음서에 적히지 않은 말을 했다. "살찐 미남은 없다."

안개 속의 두 얼굴

생각을 기록하는 작은 레코드가 발명됐다 치자. 그럼 최악의 적이 나에 대해 어떻게 말하는지 바로 알 수 있을 것이다. 그렇지만 나부터 나를 부정하는 소리를 초장부터 들어야 하다니. 눈 뜨자마자 상황은 거울 위에 펼쳐진다. 동네에서 아무리 잘나가던 남자라도 화장실에서 문득 눈이 당구공만해지는 것이다. "저게 나야? 저 양푼처럼 찌그러진 노인이?" 회한이 발등에 떨어질 때 둔감한 아내가 문을 두드린다. "안에서 뭐해? 아직 멀었어……? 근데 당신, 혹시 울어?"

시간이라는 약탈자가 콜라겐 가득했던 얼굴에 주름의 음탕한 낙서를 길게 늘어뜨리면, 눈 밑엔 바로 부푼 살덩어리의 잔해가 들어선다. 대출 이자를 넣어야 하는 어느 멋진 날, 전철 계단을 오르는데 가게 유리에 노인이 비친다. 무력하게도 그 골룸이 나란 사실을 받아들일 때 하루 24시간, 일주일 내내, 아니 평생 지구 최악의 룸메이트와 살았다는 것을 비로소 깨우친다.

노화의 스텝을 축하할 수 있다면 세월의 공습에도 산맥처럼 꿈쩍 안 하겠지만 남자에겐 처진 몸을 추켜올리거나 파인 피부를 메울 용기가 없다. 그게 한국인의 국가적 취미가 될 수도 없다.

자기 몸에 대한 원시적 구애와 첫 번째 스릴이 지나간 뒤엔 태도를 정해야 한다. 풍습에 구애받지 않고 최소한의 돈도 있는 지금, 우중충한 피부와 사포 같은 입술, 옥수수 밭을 옮겨놓은 코털과 인간의 살덩이가 안고 가야 할 공포에 무신경할 수 없다. 잡힐 듯 잡히지 않는 불가사의의 세계, '남자의 아름다움'이 여자친구나 여자친구의 얼굴보다 우선하는 나날이 왔으니까. 그런데 우리가 몸의 결합이라고 믿는 게 모세가 시나이 산에서 받은 돌판 때문인지, 마켓이 조작한 불확실성 때문인지 누가 장담할 수 있을까?

진짜 아름다움은 실험실에서 힘들게 제조되지 않는다. 슈퍼노바처럼 아주 쉽게 생겨난다. 분명 육체적 우월함은 단지 좋은 자질 가운데 하나가 아니라 필요한 것 자체이며 다른 것을 무찌르는 조건이다. 병원과 스타일리스트 사무실과 미용실 고데기로 재조정된 것이라 해도.

예전 집 욕실에는 스킨과 로션, 샴푸와 왁스가 전부였다. 그나마 잘 챙기지도 않았다. 땡볕 아래 선크림도 바르지 않고 돌아다니던 내가 정말 나였을까? 이제 크림과 모이스처라이저, 바디클렌저와 샴푸가 즐비한 욕실은 웬만한 신도시의 스카이라인쯤 우습다. 수분 크림 없이 잔다는 걸 상상 못하는 친구들과 아무래도 상관없다는 시대 사이에 끼인 채, 통통한 볼살 때문에 못생겨 보인다고 자조하던 내가 그루밍 세대에 뛰어든 것이다. 헤어디자이너 친구는 향수를 뿌리는 새로운 법을 가르쳐주었다. 다들 맥박이 뛰는 귀밑이나 손목에 뿌리지만, 자기는 쉬지 않는 심장과 내내 꿀럭 대는 갑상선 연골에 뿌린다고. 그러면 향기가 더 오래간다고. 나도 향수를 공중에 뿌리고 그 속으로 걸어가는 나탈리 포트만 이야기를 들려주었으니, 치장도 주량 못지 않은 주제였다.

그루밍은 방심하면 소용돌이에 휘말리는 애착증이다. 순진하게 눈썹 정리부터 시작했다간 때마다 다리털까지 제모해야 한다. 여차하면 엄마 립스틱을 바른 중학생 딸처럼 비참해질 것이다. 그러니까 적당함의 기준, 간단하고 현명한 정도, 철조망을 넘지 않아야 한다는 약속을 지켜야 한다. 립밤은 몰라도 손톱 광은 안돼. 얼굴에 '자유와 웰빙, 힘과 에너지를 줄' 거라는 장 폴 고티에를 의심하지 않으면 그 벌로 잡티 하나 타협하지 못하는 구역에서 살아야 할 것이다.

창간 무렵 괌에서 햇빛 화상을 입었다. 비치 타올을 얼굴에 덮고 누웠다가 가리지 못한 나머지 면이 그을렸다. 코티지 치즈 색 얼굴이 짬뽕 국물처럼 벌개지고, 이어 유리 가루로 문지르는 통증이……. 그날 이후 햇빛 알러지는 불가역적인 병이 되었다. 그렇지만 선크림 바르는 법은 여전히 서툴다. 눈이 따가워 종일 토끼 눈인데다 백탁 때문에 가부키가 된 나를 보고 누가 놀린다. 화장? 내가 잔혹하게 싸운 뒤 서커스 너구리 같은 메이크업을 안 지우고 술자리에 온 배우라도 되나? 그래도 얼굴이 케밥처럼 죽은 회색빛이란 말보단 나았다.

그 가을, 방송국 분장실의 주부 메이크업 아티스트는 분첩을 꺼내 범죄자가 차를 도색하듯 내 얼굴을 두드렸다. 이러다 눈꺼풀에도 뭐 바르는 거 아냐? 불안해하는데 콧등에도 뭔가 스쳤다! 머리 만지는 시간은 더 걸렸다. 결론은, 남자가 어떻게 보여야 하는지에 대한 TV의 생각은 있는 그대로와 멀다는 것이다. 내가 보기엔 비극의 강판에 갈아버린 얼굴보다 귀가 더 문제였다. 통통한 거미 다리로 채운, 덜 구운 베이컨 조각 같던 귀가.

아무래도 색조는 남자의 것이 아니다. 부드럽게 호를 그리는 눈썹, 마이구미처럼 말랑말랑한 피부, 회초리처럼 찰랑찰랑한 머릿결은 적어도 나, 당신, 할아버지, 선배, 삼촌의 방법이 아니었다. 남자는 대신 핏기 없는 전체주의적 회색 세계에 머무는 조지 오웰의 윈스턴 스미스처럼 창백하고 응어리진 삶을 사니까……라고 말하진 않겠으나. 확실히 여자들은 훨씬 오래 걸린다. 신만이 거울 앞에서 그들이 무엇을 하는지 알 것이다. 요샌 종일 뿌연 얼굴로도 씩씩한 자식들이 참 많다. 결점을 가리려다 자충수를 둔 건 그 친구만 모른다. 이탈리아 남자들도 더 남자다우려고 메이크업을 하진 않는다. 그러나 요즘 어떤 조짐은, 남자들이 지금 뭔가 얼굴에 손을 대야 할 시점이고, 또 각자 그것에 관해 어떤 책무를 맡았다고 생각한다는 것이다(여기서 잠깐, 멀끔한 얼굴을 약속한다는 수천 가지 제품을 다 써볼 수도 없지만, 그들 중 싸고 새파란 깡통 니베아 크림을 누가 이길까 싶다).

그런데 거울 앞에서 이쪽 얼굴 저쪽 얼굴, 5초마다 번갈아 비춰보는 남자에게 오랑우탄인들 관심 가질까? 남자들이 감각의 측면에서 여자들과 동등함을 느끼기까지 긴 시간이 걸렸지만, 그 게임에서 여자를 이기려고 당신까지 여자가 될 필요는 없다.

평생의 주제

인생이라는 놀이터에서 책장을 넘기다 보면, 꼭 아니꼬운 부류를 만난다. 마야 피라미드 꼭대기의 가차없는 사형 집행인처럼 키 작은 사람들을 내려다보는 키 큰 족속들.

좋은 것으로 지칭되는 것들은 사실 키가 크다. 시어즈 타워, 해바라기, 기린. 이상적이라고들 여기는 남자는 키가 크다. 고상해 보이는 여자도 고고해 보이는 길쭉한 체형을 가졌다. 즉, 현대의 지위를 즉각적으로 드러내는 건 인체의 높이와 넓이다. 체격의 조건은 체중보다는 키. 다리가 젤리처럼 후들거려도, 클리토리스 위치를 못 찾아도, 아이큐가 한참 낮아도, 일단 키부터 커야 한다.

사회 전체가 큰 키를 숭상한다. 주인의 다급한 부름에 상관없이 쓰레기차를 쫓는 개와 같이. 평균적인 바보들에겐 그것보다 심오한 가치도 없다. 곳곳에 폭탄이 터지고, 마을에 홍수가 나고, 아이가 고문받고, 그들의 시체가 버려진다는 소식이 퍼져도, 거울 앞에서만큼은 큰 키가 더 중요하다. 마음의 깊이보다도 지갑의 두께보다도. 그래서 키 작은 이들은 키 큰 자들이 지배하는 세상에서 몸 둘 곳을 찾지 못한 채 깊은 생물학적 분노를 안고 살아간다.

진화 인류학은 키 큰 남자들이 더 생산적인 기회를 가진다고 우긴다. 성적 매력에 관한 연구들도 키 큰 사람의 육체적 어필을 지지한다. 몸 형태에 상관없이 평균보다 5퍼센트 다리가 긴 사람이 가장 매력적이라는 보고도 있었다. 다리 길이가 그의 전반적인 매력 정도에 얼마나 영향을 끼치는지는 알려진 바 없는데도. 매력을 등급화시킬 순 없으나 그 선호에는 필시 진화론적인 이유가 있을 것이다. 긴 다리는 여자의 유아 시기 영양 상태, 그러니까 그때 취한 영양이 지금 건강과 상관있음을 암시하는 미묘한 단서이기 때문이다. 사춘기에 이르면 다리 성장이 정체되는 여자와 달리 그 시기 이후에도 계속 자라는 남자의 경우, 영향은 보다 복잡미묘하다.

성에 따른 차별적인 사회 전략은 늘 차이를 만든다. 여자에게 키 크다는 건 꼭 유리한 일만은 아니다. 여자의 세계는 훨씬 협동적인데다 네트워크 중심이므로 어느 기준에 맞춘다는 것은 결정적인 강령일 수 있다. 키가 송전선만 하다면 반대로 뚜렷한 단점이 될 수 있는 것이다.

그래서 남자는 키 큰 여자를 만나면 씨알도 안 먹히는 유머를 꺼낸다. 위쪽 공기가 어떤지, 혹시 나무 위에서 자는 건 아닌지……. 큰 키로 버스 맨 뒤쪽 자리로 걸어가는 동안 몸을 훑는 사람들의 눈길, 관찰하는 동시에 말을 만드는 이웃의 습성, 키 큰 여자가 공공장소에서 그녀보다 작은 남자 손을 잡고 있을 때의 이상한 유머와 맞닥뜨리면 대처 여사라도 자기 키에 예민해질 것이다.

극단적 사회의 냉정함은 여자가 상대적으로 작은 남자와 데이트할 때 작렬한다. 무엇보다 올려다보기 위해 잠망경이 필요하고, 머릿결 쓰다듬자고 사다리를 찾아야 하는 여자를 키 작은 남자가 동굴로 데리고 갈 때…….

근육이라면 나도 만들 수 있다. 지방도 태울 수 있다. 구운 치킨이 안 들어간 마른 샐러드를 씹어야 한다면 그냥 삼킬 것이다. 그렇게 알량하게 먹고도 변기를 껴안고 토해야 한다면 또 그럴 것이다. 물리학의 법칙은 그럴 때 더 굶고 분노를 운동에너지로 바꾸면 복근이 올 거라고 약속한다. 그러나 그 무엇으로도 키가 크게 할 수는 없다! 필라테스가 몸길이를 늘려준다지만 다 착시 아닌가.

나도 지금보다 키 컸으면 좋겠다. 필요에는 결승선이 없다. 필요는 무척 활기차서 모든 것을 소비한다. 마음은 개입되지 않는다. 필요는 항상, 항상 거기 있다. 해야 할 한 가지는 언제나 더 있다. 키 크거나, 더 크거나. 진짜, 바보들의 마라톤, 병신들의 향연이다.

중간 키인 나의 결론은 질투로 맺는다. 아주 키 큰 남자는 몸에 맞는 자전거를 찾기도 힘들잖아? 2.3미터 야오밍도 아니고 어디서나 눈에 띈다는 게 뭐 그리 좋겠어? 키 커봤자 죽고 나서 오래 썩어. 180센티미터 넘는 치들은 남들보다 웃자란 몇 센티미터마다 인생의 짐을 더 얹고 사는지도 몰라. 근데 키 큰 것과 다리 긴 것은 다른 얘기인데, 허리가 아주 길어서 다리가 나보다 짧은 애가 내 앞에서 키 크다고 자랑할 때만큼 어이없는 일도 없더라.

우주의 어린이

시간이라는 얕은 물속에서 멍청하게 뛰어다니다

가끔 생각한다. 어땠을까. 엄마가 내 곁에서 이렇게 살아계시지 않는다면 내 삶이 어떻게 변했을까. 이런 식으로 손끝에 미성숙한 적개심만 묻히며 살게 된다면? 결국 그렇게 독립된 인간이 되고 싶었지만 생명을 준 부모와 절대 알지 못하는 선조에 대한 책무로부터 벗어날 수 없다는 걸 깨닫는다. 진짜 어른이 될 수 없다는걸.

무엇이 원숙한 나이에 이르렀는지의 여부를 말해줄까? 어떤 어린애가 그것을 위한 티켓을 살까? 성인기란 합리적으로 축적된 이해력을 가진 시기일까? 그건 모두가 들어서길 두려워하는 감정적인 터널 아닌가? 그럼 통찰력이 어른의 조건일까?

모든 문제는 아닌 척해도 다 자기가 불러들인 일. 난처한 순간, 본래 성격의 뚜렷한 윤곽이 드러나는 건 그 상황에선 외형을 꾸며 짐짓 가장할 여지가 없기 때문이다. 그때 얼핏 성숙을 배울 것도 같지만, 통찰력은 실은 힘든 일 이후가 아니라 놀랍게도 편안한 시기에 조금씩 획득된다. 그것을 이해할 수 없다면 평생 구강기에 머무를 것이다.

종국엔 사랑이 어른의 조건일까? 그런데 다들 사랑이라고 이해하는 건 그냥 긴급하고 맛있는 살의 이끌림 아닌가? 사랑의 가장자리에서 다른 선택이 없을 때 남는 건 오직 지저분하고 단순하고 실질적이며 동물적인 감흥뿐이다.

태어나 처음 했던 말과 첫 번째 발걸음, 옷을 혼자서 입었던 첫 해는 기억나지 않는다. 어두운 부엌에서 엄마의 어깨에 기대 잠들었던 순간도 까맣게 지워졌다. 나는 그 시간들로부터 빠져나왔다. 망각은 다시는 어린아이로 돌아갈 수 없는 채 지금까지도 우주의 어린이로 배회하는 내 자신의 결함이자 신분증이 되고 말았다.

데이비드 보위의 추억

어느 여름, 런던에서 데이비드 보위의 공연 포스터를 보았을 때 그는 예전의 그 사람이 아니었다. 그가 아무리 대중을 계몽하려 들어도 사람들은 병든 수탉처럼 졸았다. 확실히 타이밍의 문제였다. 왜냐하면 보위의 시기적절함은 우연이었으니까. 그를 보며 1970년대를 회상하는 나는 가끔 그가 이끌어낸 흥분이 무엇일까, 의심하곤 했다. 그가 보여주려는 것이 옛날의 자신을 답습한 거라면.

제임스 딘도 그랬다. 턱시도를 입고 있을 때, 언더웨어만 걸치고 있을 때, 용의주도하게 흐트러진 모습을 하고 있을 때 그 각각은 어떻게 같고 또 어떻게 다를까. 실제로는 무참한 순간이 더 많았을 것이다.

아무리 좋은 것도 (전부는 아니더라도) 반년이면 잊히고, 그토록 센세이셔널해도 영구적인 이슈는 되지 못한다. 우리는 세상 모든 것에 작용되는 원리가 불명확하다는 것을 인정해야 한다. 하나의 표정에 자신감, 유머, 겸손함이 혼합된 사람을 볼 때처럼. 품평하기 위해선 시간을 아까워하면 안 된다. 타인이 그 사람에 관해 생각하고 쓰는 시간보다 당사자가 대상이 되기까지 들인 시간이 훨씬 길기 때문에.

작가에게 늙었다는 형용사처럼 비실재적인 것은 없다. 나이 든 작가는 단지 나이 든 작가일 뿐이지 늙고 주름진 도라지 뿌리가 아니다.

누군가 데이비드 보위더러 늙었다고 써도, 그 자신, 보여줄 미지의 것이 있다고 믿고 여전히 왕성한 호르몬을 발산한다면 사료 몇 페이지로 그를 제한할 수 없다. 반쯤 지워진 기억으로부터 살아나 다시 세상을 바꾼 지금은 더더구나.

나이 먹을수록 기분이 나아진다. 스무 살이란 이유만으로 누구에게나 언제나 유용한 건 아니다. 게다가 그 대부분 지리멸렬하다. 매일 우리를 적대시하는 것들(병적인 패배감이건 나태한 좌절이건)을 생각하면 오래 살아 있다는 것은 또 하나의 운이라는 생각이 든다. 일흔이 되었을 때 인생의 서막이 다시 시작되었음을 알았다던 오노 요코가 그런 것처럼.

마감이란 무엇인가

나에게 편집실은 생업용 사각 공간이 아니라 행복하게 밀폐된 보호처이다. 함포 사격 소리가 들리는 격전지인 동시에 한 발 물러선 참호. 자기만 웃긴 농담으로 기운을 빼는 적대자들로부터 나를 분리시켜주는. 결국 놀이터가 된다. 놀이기구가 많으니 지루할 새가 없다. 시간만이 폭력적인 속도로 흘러간다. 질풍은 흔하되 노도는 없다.

나는 요일도 날짜도 잘 모른다. 어떤 땐 몇 월인지도 놓친다. 무한히 지속되는 마감의 간섭 혹은 몽환 때문에. 편집실은 정독 도서관의 새벽 다섯 시처럼 조용하다. 부채꼴로 핼쑥해진 얼굴 살을 만지면 복식호흡 같은 한숨이 흐른다. 시장 좌판보다 분주할 타이밍에 하나같이 침중한 에디터들의 녹다운 얼굴. 사무실 천장의 석고 보드가 가루처럼 떨어진다. 머리카락이 몽땅 흰색으로 변한 어느 밤, 안구가 쏙 빠져 단백질 끈으로 대롱대롱 매달려 있고, 피는 머리로 쏠려 지금까지 고여 있다.

마감은 항상 너무 빨리 다가온다. 더디 가기를 바라는 시간만큼 빠른 게 있을까. 아포리즘은 마감 첫날 부패한다. 네버 랜드에서 잘 놀다 왔는데 누가 면전에서 욕할 때처럼 기분 잡친다. 헤어 드라이어에 감전돼 죽어버렸으면, 하는 생각도 든다.

한 달 단위로 일하는 사람은 시간이 어떤 식으로 침식되는지 안다. 한 달이 지나면 호텔 투숙객이 체크아웃을 하듯 달력을 점검한다. 우주 바깥으로 밀려난 느낌표 뭉치, 오류와 주장이 밀려나간 출입구를. 책과 종이와 요령부득인 무엇들로 채워진 책상을 치우는 나는 빈자들의 공동 묘지에 널린 우디 앨런의 시체 같다.

한 달 치의 삶을 지불하는 마지막 순간은 현실 속의 포털 사이트, 날씨 따라 변하는 면역 체계, 모임 속의 속빈 멘트, 모든 허장성세로부터 자유로워진다. 만사가 낙관적으로 변한다. 요한 스트라우스가 영화음악을 맡은 무균의 영역 같달까. 좋아하는 노래의 코러스를 따라갈 때 무분별, 단순한 무례, 오전의 숙취, 복합된 짜증은 세밀의 냄비처럼 온화하게 변한다. 그리고 수능 날 저녁, 수험생의 기분이 되어 술을 찾는다. 중력만큼 중요한 술을.

소주는 잘 못 마신다. 그러나 와인 일곱 병 정도는 마실 수 있다. 조미 김, 명란, 송이 버섯에 죽염, 치킨에 히말라야 소금, 약간의 엘리트주의까지 더해진 미끈미끈한 캐비어 한 수저도 곁들이면서. 구운 백조, 공작의 가슴살처럼 한때 이름 높았으나 미각과 법률 변화로 설 자리를 잃은 고대 요리들도 먹으라면 먹겠다.

이윽고 지우개 크기로 고기를 찢는다. 인류가 동굴에서 살던 시절, 가장 큰 집단은 표범을 사냥하던 무리였다. 군집을 이루어 서로의 길흉에 참여하는 본질은 그때도 지금도 달라진 것이 없다. 그러나 혀가 넥타이 매듭처럼 꼬일 때까지 마시다 발을 접질려 회사 복도를 찌그덕거리며 배회한다 해도 그럴만한 이유가 있는 며칠인 것을.

애도의 방식

대부분의 우리는 증명해야 할 것이 많은 삶을 산다. 만족하고 만족시켜야 한다는 강박으로 분투한다. 삶은 우화가 아니고 중독은 근거가 아니므로. 하지만 내가 행복하지 않다면 타인의 희망이 무슨 의미가 있단 말인가.

필립 세이모어 호프만이 죽고 나자 그에 대해 더 많은 것을 알게 되었다. 알게 된 것들은 그를 더 존중하게 만든다고 믿었다. 그런데 곧바로 그의 시신이 아파트 블록을 떠나는 사진이 떴다. 그가 욕실 바닥에서 주사기 바늘을 꽂은 채 발견되었다는 가십도 광속으로 이어졌다. 슬픔보다 사적인 것은 없다. 어떤 방식으로든 철저히 새로운 것이다. 그러나 가십 세상에선 알려진 사람의 죽음만큼 즉각적으로 공유되는 사안도 없다.

한 사람의 종말을 두고 타인들이 얼마나 무례한가는 보고도 믿기 힘들다. 화장실에서 발견된 엘비스부터 입에 총을 겨눈 헤밍웨이, 욕조에 얼굴을 담근 휘트니까지 죽음의 무작위한 패턴이 얼마나 황폐한지 자다가도 소스라친다. 그들의 마지막 순간은 클럽에서 드잡이하거나 토사물 위로 엎어진 일 정도로 '처리'된다. 하지만 티끌만 한 예의라도 있다면 죽은 친구를 스마트폰으로 촬영해 곧바로 인스타그램에 올릴 수는 없는 것이다. 정말이지 그럴 수는.

해파리도 아는 소리지만 명성이 만족을 주진 않는다. 할리우드는 성공이 무엇을 의미하는지에 대한 직접적인 대답일 텐데 호프만에겐 증명할 무엇이 더 있었을까. 예를 들어 러셀 크로가 아무리 여호와가 택한 한 사람, 노아 역을 맡았다고 해도 그가 한때 좌절한 록가수였다는 걸 알고 나면 질투가 걷히고 연민이 몽글거릴 것이다.

어떤 유명한 사람은 자기를 수식하는 부풀려진 품사를 못 견뎌한다. '최고' '국민' '전설'……. 사람들이 아는 건 그의 복제뿐이다. 톰 크루즈라면야 자기가 뭐가 되고 싶은지 알 것이다. 혹시 예수?

뷔페처럼 잔뜩 차려진 명성은 나의 기준이 아니다. 당신의 규준도 아니다. 예쁘다 소리만 듣는 사람에겐 모든 숭배가 사라진 어느 아침이 테러처럼 급습할 것이다. 자기가 쓰레기에다 사기꾼, 뒷담화 도사, 얍삽한 뺑쟁이 새끼라는 소리가 들리기 시작하면, 뒷목 잡고 쓰러진 그때서야 날숨 같은 안도를 최후의 선물로 받게 될 것이다.

6장 외양

올림픽은 어떻게 도시를 파괴할까

스타디움의 열기가 너무 뜨겁다고 고쟁이까지 벗어 던지진 않겠지만, 올림픽은 일단 시작되면 확실히 고조되는 어떤 순간이 있다. 모든 인간적 시도의 선봉에 선 이들을 테스트하는 과정에 나타나는 경외심, 영광의 찰나에 보이는 기념비적 품행, 국가의 자부심과 공존하는 모순, 묘기보다 공교로운 재능, 경기가 끝났다는 속일 수 없는 기쁨, 영웅이 악당의 허를 찌르는 순간에 때맞춰 펄럭이는 국기……. 그때 국적은 상관이 없다. 스포츠 따윈 보지 않는다는 인권주의자, 수면제 같은 개회식에 고개 젓는 지식인도 곧 태권도 규칙에 정통한 전문가가 되기 일쑤다. 그리고 그사이 올림픽 준비 단계의 허들—인권, 오염, 약물들—은 경쟁적 드라마의 부수적인 것으로 내려앉는다.

올림픽 개최만큼 자국의 스포츠에 더 많이 투자하라고 정부를 압박하는 카드도 없다. 더 빠르고 높고 강해야 한다는 선수의 압박감처럼 국가도 잠재력의 최고치를 요구받는다. 올림픽 개최가 결정된 도시는 달력에 경기가 열리는 2주밖에 없는 듯 형질이 변한다(하지만 올림픽이 끝나도 4년의 나머지 206주가 있다!). 몇 년 후에 있을 여름 스포츠 행사를 위해 소스라치듯 구조물을 세우고 기반 시설을 확충한다. 올림픽의 낙관이 경제 전반을 뒤덮는 건 행정가들만의 기만이 아니다. 영국 정부에게 런던 올림픽은 국력 신장의 결정적 한 방이었다. 여름 관광에 미칠 영향, 박물관과 미술관의 수익 예측치, 문화적 지평을 덩달아 넓힐 축제라는 통계는 연일 기사화되었다. 광고 홍수가 지하철역과 2층 버스를 강타하고, 올림픽 특수를 맞은 호텔들은 숙박비를 올리고, 파리나 마드리드보다 열악한 도로가 우회로까지 늘어 오토바이조차 정신 못 차리고, 온갖 법석이 본즈 거리에 돈을 떠안길 때 죽어나는 건 택시기사뿐이었다.

그때 베이징 시민들도 두 열 평행으로 로비에 도열한 채 갖춰 입은 정복을 자랑스러워하는 수위 같았다. 공손한 공무원들은 할당된 역할에 맞춰 효율적으로 움직였다. 개인 운전자들은 잠깐 들른 VIP 호송 차량에게 길을 내주었다. 올림픽 사랑과 자랑, 공중 보건 질서의 순응, 외국인을 대하는 태도. 도시 지수는 급상승했다. 공기 여과 계획도 불을 뿜었다. 사적 교통수단은 줄이고 먼지 이는 공사 현장은 닫았다. 역풍에 석탄을 태우는 것도 금지되었다. 지하철이 확충되고, 공항 고속도로변에 나무가 들어섰으며, 구시가 순환도로도 재정비되었다. 도시 전체가 게르만족이 이상적으로 바라던 세상처럼 변했다. 오래전의 베를린이나 서울처럼 올림픽용 정화 활동 역시 변함없이 유서 깊었다.

고민은 더 있었다. 혁신된 공공장소를 지어 제2의 바르셀로나로 거듭날까, 런던처럼 올림픽의 과시에 몰두할까. 정부는 베이징의 우선순위와 상관없이 광활한 수도에 새 시설을 약속했다. 워싱턴 D.C.와 비슷하게, 모스크바보단 크게. 이 정도 규모와 구상, 기술과 실행, 투자만큼의 기개를 소화할 도시는 베이징밖에 없었다. 기울어진 기둥과 엮인 철근의 유별난 테두리 사이로 붉은빛이 새어나오는 '새의 둥지' 스타디움엔 베이징에 만연한 민족주의적 흥분이 내내 작열하고 있었다. 건축적 메시지는 명백했다. 다른 나라가 뭘 하건 우린 더 잘할 수 있다.

감탄스러운 건축의 화두는 올림픽 종료 후 도시에 어떤 변화를 주었을까. 이제 베이징은 그 자체로 하나의 거대 기업 정치 도시이자, 공산당이 버린 평등주의가 다른 기회를 노리며 새 파벌을 만든 곳이 되었다. 잠깐 비춘 영광 뒤에 이미지를 위해 급조된 도시, 뻔뻔스러운 전체주의가 일군 도시, 외국인을 상대로 한 국가 규제에 맞춰 가동된 도시라는 오명도 썼다. 예리한 현대식 탑과 방대한 쇼핑몰 너머 올림픽 공원은 불규칙한 중심지에 남은 텅 빈 공간이 되었다. 도시 다른 지역과의 관련성은 유실되었다. 역사를 밀어내 도시 구조를 무미하게 만든 탓으로.

석양이면 아직 잊히지 않은 스탈린 시절 건축가들이 디자인한 광대한 불모지를 차와 사람이 뒤덮는다. 다리를 쳐들며 밀집대형으로 행진하다 자금성에서 국기를 내리는 군인들을 보기 위해.

기회주의적 정부의 클래식이자 국가적 몰두는 굉장히 간단한 메시지를 담고 있다. 올림픽은 늘 그 나라의 문제를 마주하기보단 피하게 만들고, 정부가 책임져야 하는 원죄를 가리고, 국가가 떠안기 싫어하는 문제를 대신 짊어졌다. 결국 베이징 올림픽의 진짜 별은 '새의 둥지' 운동장이 아니라 중국인의 열광이었다. 런던 올림픽의 불꽃은 제2차 세계대전 이후 뿌리 깊은 숙제를 마술처럼 지우리라는 국가적 기대감이었다.

현대 올림픽은 페어플레이를 주창한다. 사람들은 스포츠에 진정한 헌신을 고대한다. 단순성 위에 내면의 심각함이 깃들고 지적인 이들을 집중시키는. 즉, 올림픽의 성공엔 그게 웃기는 서커스라는 냉소를 반전시킬 플레이가 필요하다. 베이징 올림픽 200미터 결승에서 한 세기를 통틀어 영광의 끝자락을 보여준 우사인 볼트처럼. 하지만 아무리 올림픽의 열기에 델 것 같아도 아예 관심 밖인 종목이 있고 아무도 들여다보지 않는 라커룸도 있다. 운동에는 경쟁이 필수적이며 메달 획득에 따른 국가적 위상이 참가보다 중요한 세태라면 연민 같은 건 아무 의미 없겠지만.

올림픽의 성공은 보는 사람의 관점에 달렸지만 그 2주가 개최국을 환골탈태시켰는지는 나중 문제다. 가장 중요한 가치는 거의 언급되지 않은 주제에 내포되어 있기 때문이다.

커피집과 나무 계단

건축은 육감적인 경험이라서 차라리 인격화된 형태를 띤다. 세계무역센터가 무너진 지 한참 지났지만 잔영은 여전히 어른거린다. 하지만 아이티의 지진, 중국의 댐, 파키스탄의 홍수, 아프가니스탄에 퍼부어진 폭탄, 디트로이트의 버려진 중심가, 인도네시아의 쓰나미, 후쿠시마의 원전 사고를 보면 인류와 주거지 사이의 기초적 연결선이 사라진 것 같다.

어떤 도시에 가도 그곳에 내가 온전히 존재한다는 느낌은 받기 힘들다. 그것은 시도 때도 없이 변하는 메타 시티의 생활. 도시의 지리학적 현실은 갈수록 고착화되거나 더 새로워지거나, 두 가지 양상을 동시에 띤다. 이미지가 화석화돼 함정에 빠진 도시는 파리가 대표적이고, 뉴욕과 런던이 뒤를 잇는다. 중간 높이의 건물들과 중세풍 현대 구조물로 채워진 나이로비, 뭄바이, 멕시코 시티, 이스탄불은 미국과 유럽이 성장해온 길과 다른 방향으로 걷는다.

경쟁의 관점에서 보면 건축적 심전계 프로필은 뚜렷이 구별된다. 멈추는 방법을 잃어버린 채 로켓 같은 폭발력을 장착한 이 행성의 도시들은 시카고 같은 차세대 거물급 도시가 되기 위해 필사적으로 경쟁하고 있다. 대대적인 주름제거술의 과도기랄까. 상하이가 "세계에서 가장 생동감 넘치는 도시"라고 묘사되면, 두바이는 그 다음날 바로 "세계에서 가장 히피스러운 도시"로 언급된다. 뉴욕은 가까운 미래에 사회 기본 시설들이 드리운 그림자에 먹힐까봐 무섭고, 파리 중심은 순결이라는 강박에 중독됐으며, 서울에는 부자를 위한 놀이터만 번쩍인다. 상상력을 압도하는 기네스북 풍 축제에는 LA 진입 도로에 견줄 새 고속도로, 무자비하게 뻗은 홍콩 공항, 지상에서 가장 빠른 열차에 대한 논쟁이 추가돼 있다. 자카르타도 오만도 부산도 예외가 없다. 경제학자나 환경주의자들이 뭐라고 하건 이런 밀물이 모든 배를 끌어내리지는 못할 것이다.

랜드마크 없는 도시는 스카이라인이 짜깁기 된 거리의 외양과 합세한다. 유별나게 회화적이지 않은 서울의 스카이라인 또한 오직 거주지를 장려하고 밀집도를 높인다는 난공불락의 목표를 달성하기 위해 건축을 전리품으로 다루었다. 국토 변화는 다른 거대 개발 도시의 모방이거나 도시를 부동산으로 바꾸려는 영악한 변환을 의미했다. 그 결과 서울의 거대 빌딩들은 커다란 암석 기둥, 서사 없는 타워의 정체성만 얻었다. 어떻게 지각 있는 존재들이 그렇게 많은 시간과 돈과 열의를 그런 못생긴 것들을 만드는 데 바칠 수 있었을까. 최신 개발을 지지하는 이들과 도시 유산을 보호하려는 이들 사이에서 불꽃이 튄 런던의 예는 안중에도 없었다. 모두가 가장 작은 저항의 길을 따르고, 그리고 다음으로 넘어갔다.

도시의 자부심은 그 안의 다양성과 이질성으로 이루어진다. 상하이나 두바이는 도시의 야심과 트릭이 건축학적 유사성에 기대지 않고

드라마틱하게 공존하는데, 새 빌딩일수록 그 혼합을 밀어붙인다. 남미 인디오 마을과 미얀마 헤호의 고샅길에도 원색의 키치와 남루한 조형이 작열한다. 서울 올림픽 때, 모두들 장학사 맞듯이 환경 정리다 뭐다 분주했지만, 이만하면 얼추 빌딩도 많고 남 부끄럽지 않다고 안심했지만, 나는 당시 서울이 1964년의 도쿄보다 못하다고 말한 백남준을 기억한다.

걸리버 거인국의 웨딩 케이크처럼 물리적 현실을 경멸하는 건축, 공간을 임대했을 뿐인 인간 창고는 그 안의 활기를 뺏는다. 우리는 한 도시를 이루는 유기물의 하나지만 지속되는 부조리 상태에선 살아남기 위해 어긋난 진화를 택한 동물 같은 기분이 든다. 우주선에 납작 붙어 있다가 발사 순간 뛰어내린 개구리, 물속의 새, 미국을 떠난 재미동포처럼.

백 년 전, 고즈넉한 서울의 조형은 어디 갔을까? 조상이 본능적으로 지녔던 미감은? 고졸한 목가구를 만들던 18세기의 손길은? 당대의 기호를 핀셋으로 끄집어낸 건축, 유클리드 기하학 원리에 따라 레이아웃된 빌딩, 테이트 모던처럼 장소와 프로그램이 배합된 건물, 뉴욕 시그램 빌딩의 시대정신을 서울 어디에서 찾아야 할까?

형태의 힘, 서사적 유장함에 골몰하는 건축가는 실질적이다. 텍스처의 시각적 쾌락, 테크놀로지 찬양에 몰두하는 설계자는 유토피아적이다. 장기적인 결과는 보통 모호하다. 낯선 느낌과 외로움은 똑같이 로맨틱하면서 동시에 고민스럽다. 악몽 같은 도시가 역설적으로 아름다운 건 그 때문이다. 가까운 미래에 건축이 어떤 모습이어야 하는지 질문받는 때가 오면 인본주의의 신중함은 또다시 우리를 추궁할 것이다.

사람들은 스케일이 아니라 유래에 매혹된다. 뉴욕 트윈타워가 사랑받았던 이유는 단순히 키가 커서가 아니었다. 헬싱키가 아름다운 건 그 안에 역사를 포함하기 때문 아닌가. 제2차 세계대전 때 맨해튼이 얼마나 진정한 도시의 위용을 담고 있었는지, 1960년대 서울이 얼마나 아름다웠는지는 이제 하나의 발제가 되었다. 지금 발을 디딘 땅의 중요성은 우리가 그 가치를 모른다는 것에 있다. 언제쯤일까? 십오 년 혹은 이십 년 뒤에는 알게 될까? 가끔 고층건물 사이, 버섯 같은 커피숍의 완만한 나무 계단을 올라가며 예전 서울을 회상한다. 새로운 경험에서 얻는 즐거움을 기억에서 찾는다. 도시의 신화로 남겨진 과거를 커피집 이 층에서 재발견하는 것은 존재하지만 존재하지 않는 초상화를 그리는 일인 것이다.

중요한 순간이다. 어떤 환란으로부터도 살아남은 융통성 있는 서울이 계속되어야 하는 순간이자 다른 도시를 닮으려는 유혹에 저항해야 하는 바로 그 순간이다.

다이어리의 역습

브리짓 존스가 일기장을 갖고 있다면 나에겐 멀버리 다이어리가 있다. 2003년, 잊었던 크리스마스 선물처럼 그녀가 나에게 선물했고, 산타클로스의 소망대로 나는 그녀를 오래 기억하게 되었다. 내가 입관할 때까지.

나는 몸을 숙여 다이어리의 무두질 된 가죽이 풍기는 냄새를 맡았다. 오래된 서가에서 나는 그리운 먼지 냄새, 쓸쓸한 맛이 차오르는 퇴적된 냄새. 나는 신구약 합친 성경보다 부피가 큰 다이어리를 전화번호부 겸용 스케줄 북으로 썼다. 한 남자의 이야기는 너무 신산스럽고 때로 초현실적이어서 기록을 남기지 않으면 당장 사라졌다. 나는 다 쓴 다이어리 속지를 서랍에 넣었다. 그럼 손 뻗는 곳에 보관된 나의 목격자는 귀여운 과거가 되겠지.

해가 바뀌면 다이어리의 하루 계획표와 전화번호부를 새것으로 갈아끼웠다. 일종의 윤회였다. 내가 흰 공백 위에 엎드려 내 자신과 회고담을 나누는 동안 다이어리는 종용하듯 물었다. 올해는 누구와 만나고 또 누구와 헤어질 건지를. 나는 그 질문에 따랐다.

A에게는 당연히 계속 연락하겠지만, B에겐 가끔, C에겐 다시 전화할 일이 없을 것이다. 다이어리에 전화번호를 옮겨 적는 동안 그 존재

가 유실된 건 내 탓이 아니다. D는 한때 좋았지만 이제는 수명이 다한 이름. F는 처음 만난 자리에서 자기가 가장 좋아하는 소설가가 잭 케로스라고 말하며 나에게 어필하려고 했다. 내가 잭 케루악이라고 정정하자 대화는 오리무중에 빠졌다. 나는 길 위에서 한숨을 쉬었다. 다른 알파벳 이니셜로 구분되는 한 묶음의 사람도 그 하나하나의 전화번호를 버릴 때는 긴 끈처럼 매달린 가래침 보듯 난감해진다.

다이어리는 일생을 가지런하게 만들어주는 듯하지만 나의 다이어리는 골치 아픈 인격 하나를 담았다. 늘 머리가 흐트러진 어떤 잡지 편집장의 특징을. 낡은 다이어리를 간직하는 건 확실히 학습된 행동이다. 예를 들어 헤어진 그 친구가 희대의 종교 지도자가 된다면 그의 개인 정보며 거짓말, 때로 유전자 정보까지 기록된 나의 다이어리는 하늘을 오르는 야곱의 사다리처럼 그를 역습할 증거가 될 것이다.

다이어리를 쓰지 않는 지금, 휴대폰을 잃어버린 탓에 연락 자체가 두절된 친구를 만나면 이렇게 변명하느라 수족이 바쁘다. "있잖아요, 달라이 라마 아저씨. 휴대폰을 잃어버려서 연락처가 다 없어졌어요. 아저씨 번호만 사라진 게 아니에요. 하지만 어떤 의미론 우리 사이가 관계의 거추장스러운 거죽을 벗고 진정한 윤회의 길로 들어섰는지도 몰라요. 아저씨도 맨날 그랬잖아요. 육신의 옷을 벗고 영혼의 새 옷을 입어라. 이제 아시겠어요?"

통화가 사라진다

기차와 전보가 사람들을 한데 모은 반면, 자동차와 TV는 의자에 앉아 정신줄을 놓은 사람들을 서로 흩어놓았다. 눈은 액정 화면에, 손은 유아용 점자 같은 자판에 착 달라붙은 요즘, 특징적인 변화가 감지된다. 전화 통화의 몰락! 소셜 네트워크 세대는 통화를 안 한다. 횟수도 길이도 줄었다. 웅얼거리는 친구의 한 음절을 뭉개고 토막난 어휘로 페이스북 업데이트 소식만 전할 뿐. 인터넷 노드의 젖을 같이 빠는 사람 말고는 말이 안 통한다. 전화 통화는 요즘 소통 방식이 아닌 것으로 결론이 났다. 즉, 사라져도 된다!

통화는 감정적으로 대역폭이 큰 소통 수단이라서 금방 지친다. 서로의 지금 상태를 알려주지 않아 서로 방해할 수밖에 없다. 야망에 찬 누군가는 새벽에 떠오른 아이디어를 곧바로 전화로 알린다지만 받는 이가 알몸교류 중이거나 인천대교를 시속 120킬로미터로 달리는 중이라면 얘기가 다르다.

가끔 지하철이나 엘리베이터에서 전화가 끊길 땐 관계의 본질을 생각한다. 업로드는 고가도로, 다운로드는 지하도인 줄만 알았던 나로선 이런 변화가 별로 놀랍지 않다. 멀티태스킹 역시 생활의 방식일 뿐인 것이다.

달의 중심

탄원하듯 말라버린 눈으로 카메라를 쳐다보는 팔레스타인 아이들을 보며 혼자 읊는다. 죽기가 쉽다고 그렇게 쉽게 죽일 수 있을까? 미사일이 하늘에 불길한 금을 그으며 퍼붓자 아침 신문의 마지막 페이지를 덮는 사람들이 영문 모르고 죽었다. 새장을 만들거나 양념 묻은 숟가락으로 냄비를 휘젓는 사람들도. 세상에 태어날 확률이 얼마나 적은지, 우리가 죽기까지 얼마나 많은 세대가 태어날지를 생각한다 해도 이렇게 어이없이 뺏기는 목숨이라니. 주일학교 다니던 때 생겨났던 희미한 신앙심조차 사라진다.

미국인들이 조지 워싱턴을 영웅으로 여긴다면, 그 많은 이슬람교도는 빈 라덴 역시 같은 일을 한다고 믿는다. 누군가에게는 침략이, 다른 이에겐 절대적 사명이다. 지금이 미국독립전쟁 중이라면, 조지 워싱턴은 영국인들에겐 수배자일 뿐이다. 무엇으로 부르건 그 나라 마음이다. 어느 혁명 어떤 전쟁이든 한쪽은 구원자거나 압제자이다. 미국이 이라크 침공 전에 후세인에게 장미 열 다발이나 키스 한 묶음을 보냈을까? 이것이야말로 세계를 고찰하는 가장 단순화된 패러다임이다.

이스라엘의 팔레스타인 폭격은 화학 기호로라면 모를까, 상식으로는 분석할 수 없다. 수류탄 핀을 뽑으면 터질 거라고 협박하며 살인 전쟁에 몰두하는 고릴라 얘기라서. 명분은 전쟁의 흔한 구실인 '다른 피부색'보다 개별적이지 않다. 모세가 장인의 사막을 지나 호렙 산으로 가축 떼를 인도했을 때 신은 거기서 그를 기다렸다. 악마의 판테온 가운데 앉은 이스라엘 신의 군사적 지령은 이성으론 따라갈 수 없다. 이윽고 가자 거리의 신호등은 자동차들에게 피의 신호를 보냈다. 팔레스타인의 테마는 분할되고 삶을 갖지 못한 팔레스타인 인들의 세월은 버려졌다. 도시는 붕괴되었고, 반으로 나뉘었으며, 또다시 쪼개져선 추방당했다. 오랜 구원(舊怨)만이 파르페처럼 쌓였다.

예수가 말한 사랑은, 자기만 사랑하는 현세의 기독문화권 속에선 이기심의 단어일 뿐이다(술집에서 취해 모르는 아무나한테 할 수 있는 말). 신이 택한 나라라면서 이웃을 위협함으로써 사라진 옛 국가의 위대함을 내세우는 지정학적 협잡꾼이 되다니. 죽은 사람도 살려낸 이의 후손이면서 그렇게 매일 사상자를 늘려가다니. 히브리 복음은 창조의 광대함을 찬송하며 사람이 신의 완전한 형상대로 지어졌음을 찬송하지만, 이스라엘은 종교도 명예도 어떤 것도 남기지 않았다. 모두를 망가뜨렸다. 빌어먹을 마약이나 성병보다 더 최종적인 살인으로. 이윽고 이스라엘이 회 칠한 납골당은 묻히고 세워지고 다시 허물어져 연대가 맞지 않는 벽 안에 던져진 채 여행 책자에서나 위조되었다.

중세의 어떤 세계 지도는 우주를 둥글게 그렸다. 태양은 불 모양의 턱수염을 가졌고, 세계의 모든 강줄기는 달의 입에서 발원된다. 그 중심에 이스라엘이 있어서 "신이 이쪽에 있으니 우리는 반드시 옳다, 신을 믿기 때문에"라고 주창한다. 확실성은 폭력의 방식을 정당화시켰다. 구약을 감찰했던 여호와의 동기 역시 이스라엘 군대가 전승했을 때, 군대가 그 먼지 속을 걸었을 때, 화산이 폭발했을 때, 바다가 '적'들을 삼켰을 때, 모두 신이 정한 바대로였다고 우긴다.

섬기는 신은 달라도, 십계명은 지구 전체가 공유하고 있다. 신은 아마 위대하겠으나 그들 같은 '선민'은 상상도 할 수 없다. 기만의 신성과 시체의 역사 또한. 탐욕스러운 기도로 채워진 중세의 수세기 동안 교회 종은 동틀 녘과 정오와 다가올 밤을 알렸다. 지금 철창을 흔드는 영장류의 땅에선 폭탄과 쓰레기차의 배기음 섞인 조종(弔鍾) 소리만 들린다.

오세훈 서울 시장에게

가로등과 우편함과 길 표지판과 광장과 가판대와 벤치는 모든 시민에게 영향을 미칩니다. 눈에 들어오는 것들은 공공의 경치이며 민주주의의 열매지만 때로 퇴화한 정치가들이 만든 국토의 시체이기도 하지요.

장마 끝 무렵의 세종로는 출근 시간이 지났는데도 꽉 막혀 있었습니다. 경적 소리도 평소보다 잦았죠. 21세기의 거리 어디라도 자동차 때문에 덜미 잡혀 있지만요. 아시겠지만 도시 행정가들은 맨 먼저 엔지니어여야 합니다. 대학 졸업장을 가진 하수도 수리공과 같아서 능률적으로 길을 넓히고 도로 흐름이 매끄럽도록 힘써야 합니다. 그렇지 않으면 도시는 제 기능을 못하겠다고 냉정하게 경고하죠. 그날, 며느리와 함께 온 할머니는 연잎 같은 구조물을 차양 삼아 뼈가 시린 콘크리트 널빤지에 앉아선 김밥을 먹고 있었습니다. 한 점 그늘 없는 땡볕 아래선 행락객처럼 웃음꽃을 피워본들 처량해 보이기만 했습니다.

시장님은 차로를 몇 개나 점유하고도 의기양양한 설치물이 시민의 답답한 삶을 빛으로 이끌고 피곤한 뼈가 쉴 만한 디자인이라고 믿지요? 광장이 아파트 이상의 가치가 있다는 걸 몰랐던 도시의 카타르시스 같죠? 방문객 숫자와 주변의 아첨으로 자기를 속이지 마세요. 양

옆 차도에 포위된 채 길쭉한 수세미처럼 구획된 섬이 개방된 공간이라니요? 광화문 광장을 통해 미래의 서울을 다른 나라에까지 호소하시게요? 세계 대도시들도 부러워할 광장 프로젝트 같아서요? 서울의 구조물이 도쿄에 비해 왜 그렇게 기품 없는지 생각해본 적은 있으세요? 세종로 한가운데 그 무성한 은행나무들은 왜 다 뽑아버린 건데요? 미풍에 나지막하게 흔들리던 풀들은요?

도시 지형과 생태학은 도시의 운명을 결정짓습니다. 광화문은 어떤 상위성과 집중력 때문에 서울의 프로파일 중 가장 매력적인 곳입니다. 광화문 광장이 궁궐 앞에 운집해 주군에게 상소하던 평등주의의 터전이라고 생각했다면, 광장 덩어리를 공공장소로 되돌리는 것이 민주적 하모니의 근간이라 믿었다면 저렇게는 아니었어야 합니다. 광장 계획은 어딘가에 널찍한 공간을 만드는 기획이 아니라 가치 충돌의 문제거든요.

기진맥진해질 만큼의 장관은 아니지만 어떤 점에선 이태원의 키치에도 낯선 우연의 아름다움과 끝없이 각색 가능한 활기, 그것과 병렬 상태를 이루는 늠름함이 있습니다. 서울은 토목의 광란으로 급조하기엔 그토록 내력 깊은 도시란 말이지요. 그런데 언제부턴가 서울 재정비 움직임은 쏟기듯 현실이 되었습니다. 도시 계획은 높은 건축적 압력으로 빨려들어가고, 도시 중흥을 위한 슬로건은 강박적 난개발로 소요하고 있지요. 관건은, 그 재정비가 서울의 고유성을 지키느냐 파괴하느냐인데, 결국 세종로의 신성 불가침은 화훼단지풍 중앙분리대의 허풍에 떠밀리고 말았어요.

매일매일 서울 시민으로서의 평정과 이성을 시험받습니다. 처음엔 서울 자체의 광기로 인해, 다음엔 서울을 사적 공사판으로 채우는 과대망상 변태 정치인들 때문에. 로테르담의 역사적 구역들은 나치에 의해 사라졌고, 이야기가 많은 서울의 오랜 장소들은 정략가들이 서둘러 없앴죠. 도시 경관조차 개인적 야심에 복속되다니요. 그런데 뉴욕 그라운드 제로를 구멍 난 채 두어야 한다는 주장에 대해선 어떻게 생각하세요?

시대적 이동과 혼란기에는 필수적인 게 있지요. 장군님 동상 류의 치적 말이에요. 항상 그래왔고, 지금도 다르지 않아요. 결국 시장님은 어떤 이들에겐 신통방통한 비전 탐험가겠지만, 나에겐 초대형 부동산업자이며 황당한 구상을 고뇌 없이 밀어붙인 그 전 서울 시장의 적자(嫡子)일 뿐입니다. 광화문을 이상하리만치 버려진 섬, 문화적 무감각으로 벌집이 된 도시의 저질 기념비, 서울의 살점을 긋는 최악의 상처로 만들어버린.

보고 싶지 않은 것들에 온통 둘러싸인 마음을 이해하시려나요? 진심인데요, 그걸 모른다면 그동안 시장님의 배움에 들인 돈이 너무너무 아까울 것 같아서요.

더는 드릴 말씀이 없네요. 모쪼록 자중자애하세요.

욕망의 섬

어떤 나라의 문화적 특성은 자주 상투적으로 비친다. 질주하는 독일인, 영혼을 찾아 헤매는 러시아인, 무례한 이탈리아인이라는 표현은 상식이 되었다. 베토벤의 음악은 냉혹한 진실을 향해 분노했으되 이탈리아 것일 수 없다. 보티첼리의 회화는 표면적인 아름다움에 집착했지만 절대 독일 것이 아니다. 희비의 높낮이가 뚜렷한 셰익스피어의 감수성은 전형적인 영국의 것이다. 귀엽고 재미있는 비틀즈도 마찬가지다.

새빛둥둥 섬을 보았을 때, 절망은 즉각적으로 연구개를 드러냈다. 충격은 때로 매력적인 충돌이고 관심을 부르는 위험이며 위기를 완화시키는 이벤트지만 이 갑갑한 풍경은 어디에서 왔을까? 심정으로야 그렇다 쳐도 지리로도 접근하기 힘든 부표 같은 섬이야말로 매일 기절할 것 투성이인 서울의 것 아닌가. 그것이 시스티나 성당과 〈환희의 송가〉가 한국에서 나올 수 없는 이유라고 하기도 객쩍다. 누가 무슨 상관이라고? 유통기한이 살짝 지난 음식처럼 쉽게 버리지 못하는 죄책감, 결국 쓰레기를 만드는 것 자체가 범죄라는 기분……. "먹고살기 바쁜데 쓸데없는 짓 좀 하지 마!"는 이전 세대의 클리셰였는데 이 세대는 무엇이 쓸데없는지조차 모른다.

속물의 기준

서른 살 되도록 한 번도 인스턴트커피를 마셔본 적 없다던 여자애를 볼 때마다 인생 제 잘난 멋에 사는 거다, 싶다. 사람들이 다 알아준다는 착각으로 세상이 자기에게 빚진 양 살아가는 CF용 연예인도, 부모 덕 없이 벌판처럼 꿋꿋한 중화요릿집 배달부도 다를 게 없다.

올해의 현실에도 여전히 계급 이슈가 만연하지만, 이제 계층은 계급이 아닌 취향으로 나뉜다. 취향은 난데없이 속물을 불러 모은다.

마키아토가 새끈한 음료인 줄 아는 커피 속물, 장미리의 〈두 남편〉이 좋다는 걸 인정할 수 없는 음악 속물, 마트용 포도주가 마냥 창피한 와인 속물, 피카소라면 못 그린 스케치조차 가보인 미술 속물, 파스타를 먹을 때 스푼과 포크를 동시에 쓰는 게 구리다고 생각하는 음식 속물, 돈을 안 들이고는 자식을 공부시킬 수 없다고 믿는 교육 속물, 죽어도 영어를 원어민처럼 해야 하는 발음 속물, 그 해변은 자기 말고 아무도 가지 않아야 마땅한 여행 속물…….

속물들은 한 번도 닭똥집을 먹지 않은 척 연탄 아궁이를 못 본 척하지만 누구인들 자기 식대로의 속물 아닌가. 나는 스테이크를 웰던으로 주문하는 건 죄라고 생각한다. 뚝뚝 흐르는 피맛을 모르면서 스테이크는 왜들 먹을까. 나의 변명은, 음식에 관해 속물적이지 않다면 나름대로 움튼 식문화조차 일률적인 1980년대 다이닝에서 멈추었을 것이다.

속물됨이란 또 하나의 생존이다. 일정량의 허세, 열망의 게임. 타인을 깔볼 수 없다면 지위를 갖는 게 무슨 소용인가? 지위는 현대 삶의 구석으로 후미진 곳으로 퍼진다. 구석이 커질수록, 후미진 곳이 밝을수록 '일반인'들로부터 사수해야 한다. 욕망과 행동 사이의 투명성은 속물의 특권. 인종이나 성별로서가 아닌 취향으로 자기 기대를 충족시키는 것이야말로 정당한 분류법 아닌가.

까다로움은 도회적 속물들의 조건이다. 까다롭다는 건 뭔가를 너무 좋아하는 바람에 자주 화가 나는 것. 순진한 이류, 키치하거나 흔한 것, 평범한 것에 반발하지만 제대로 내린 커피만 있으면 온누리에 사랑이 가득한 것.

편견은 무지와 무관심, 치우친 신념으로 비롯되지만 까다로움은 경험으로부터 직접 획득된다. 그러나 경험은 지식이 되고 지식은 고통스러우니 호젓한 해변을 망가진 환경의 측면으로 볼 수밖에 없다. 경험은 속물들이 받는 저주라서 눈을 뜬 이상 그 눈을 닫을 수 없다.

이 논의의 마지막은 터너 상을 탄 그림보다 화투장을 더 좋아하는 사람을 비웃을 수 있느냐는 것이다. 답은 이미 나와 있다. 속물들의 후천적 천성을 멸시하기 전에 어떤 것들은 그 자체로 이미 혐오스럽다는 것이다.

유명인 클럽

마이클 J. 폭스는 자서전에 이런 이야기를 썼다. 1986년, 그는 오스카 시상식장 백스테이지에서 셰어와 마주쳤는데, 손을 내밀며 인사했지만 별로 반가운 표정이 아니었다. "그녀는 자기 주위에 벨벳이 쳐 있는 것처럼 쌀쌀맞게 대하곤 내 손을 잡아주지도 않고 가버렸다. 난 유명하지만, 넌 나만큼은 아니야."

오디션 프로그램 출연자만이 아니라 나라 전체가 대중의 관심을 받고 싶은 사람들로 만원이다. 달력의 모든 날짜가 다시 태어나 새롭게 단장하는 부활절이 되었다. 명성은 바이럴 시대에 결정적인 자극이자 절대적인 힘이 되었다. 다들 이미지 컨설턴트며 브랜드 전략가가 되어 뭐가 더 재미있고 누가 더 눈길을 끄는지 불을 켜고 찾는 때엔 명성만이 의미 있을 것이다. 세상이 알아주는 사람이 되고 싶어서 저스틴 비버를 따라 하는 꼬마들이 하루에도 수백 번 유튜브 조회수를 갈아치우는 마당에 독점은 아무 의미가 없다.

현대의 명성 형성 공식은 두 가지이다. 시장이 증명하는가, 존재감 자체가 드러나는가. 아무튼 명성은 신나는 일. 대충 떠오르는 생각을 공유하는 팔로워를 팬으로 착각하는 사람에겐 더 그렇다. 갈채를 오 분 더 맛보기 위해 염치를 잃고 집적대며 명성을 매춘한다. 결국 모두가 유명인이 되었다. 동시에 망상에 찬 스토커가 되었다.

유명인 찬양은 종교적 믿음을 대신했다. 그들은 관심조차 특권이 될 만큼 예쁘기 때문에. 몸이 안 좋을 때도 발광체처럼 빛을 내기 때문에. 충족감은 손 닿지 않는 곳, 별들이 춤추는 도달 불가능한 세계에서만 채워진다. 돈, 성적 매력, 사치, 복마전이 한 가마니인 곳에 사는 이들은 날이 밝자마자 흐지부지되는 환상이 아닌 진짜 재미를 준다. 유명인 숭배를 우스워하는 사람, 누군가를 존경하지만 열광하진 않는다는 사람도 속으론 다른 생각을 할 것이다. 유명인들이 자기보다 잘났다는 걸 인정하기 싫은 인공의 방어수단으로.

우리는 반드시 누군가의 어린 양이 되는 시기를 보낸다. 그 시절을 휩쓰는 대중적 열광에 빨려들고 나면 아스라하게 전하는 팬의 마음으로는 양에 안 찬다. 결국 일 분에 몇 명 꼴로 합류하는 팔로워 묶음에 끼어선 그 사람을 집중적으로 수집하고 전시하다가 사랑이라고 믿는 무엇으로 포위한다.

유명한 사람을 보는 즐거움은 중독과 같다. 그가 나를 알아보건 말건, 이런 마음이 불건강하건 말건 포기가 안 된다. 적당한 거리를 유지하다가 조용히 물러날 수 없다. 그 신성한 손 한번 만져보자고 주위를 밀치며 돌진하는 광기, 식당에 앉은 유명인에게 덮치듯 알은체하는 오지랖의 에너르기. 장대비 맞으며 소속사 건물을 에워싼 소녀들의 극한 인내심, 야구장에서 소주 팩을 든 채 좋아하는 팀의 유니폼을 입은 아저씨의 기백…….

오랫동안 심장 울렁거리게 했던 사람을 만날 땐 벅찬 상대를 좋아하는 심정이 된다. 열망하는 대상 가까이 갈수록 숨 쉬는 것조차 창피하게 느껴진다. 횡격막을 훑고 지나가는 감각은 사랑에 빠졌을 때의 고통스러운 황홀경과 비슷하다. 하지만 그 사람은 안 만나는 게 좋다. 그는 나의 환상을 실현시켜주려고 긴 견습 기간을 거친 게 아니다. 하나를 소비하는 순간 파괴도 동시에 일어난다. 경배와 악의는 칼을 품는 것과 같아서 휘두른 사람을 먼저 벤다. 곧 모독과 질투와 타락이 이어진다.

숭배는 파괴로 질주한다. 갖지 못할 바엔 결국 그가 부러져 누구에게도 사랑 받지 못할 증거를 찾는다. 경쟁심 강한 직종에서 최고 자리에 오른 이들조차 나약하기 짝이 없고 대중의 환대 속에 사는 삶도 별다를 게 없는데, 실수 같지도 않은 실수로 전부를 날려버리는 걸 볼 땐 다른 기쁨이 찾아온다. 복수와 비슷한 쾌감이.

유명하고 싶은데 도대체 유명해지지 않으면 유명한 사람을 들먹이는 것으로 유명해지고 싶어 한다. 그래서 클럽 화장실에서 한번 마주쳤는데 그의 성형수술 부위를 다 꿰고, 악수 한번 했는데 피보다 진한 의형제로 둔갑한다.

예수도 제자들에게 말했다. "너희들, 내 말 잘 들어. 하나님에게 내 이름 대고 무엇을 구하든 그분은 너희에게 그걸 줄 거야. 무슨 말인지 알지?" 이 단순한 어구는 유명인과 연줄이 있다는 게 얼마나 중요한 일인지 이천 년 넘도록 증명했다. 이것만큼 인맥에 목맨 사람을 사로잡은 가르침이 또 있을까.

그렇지만 예수가 말하지 않은 두 가지가 더 있다. 명성은 성취의 결과물이라는 것. 남의 명성에 치근대는 게 치사하지도 않느냐는 것.

제발 좀 조용히 해요

여름이 갔다. 관리들의 건국 기념 행사도 지나갔고, 나뭇잎 차양을 뚫고 나무 줄기 동맥 위로 폭포처럼 쏟기던 매미 소리도 그쳤다. 엄밀치 못한 과학으로서의 올림픽과 이후의 세밀한 분석은 타인 몫으로 남았다. 각각은 광막한 풍경 속에서 먼지까지 빨아들일 것 같았지만 누구도 막지 못하는 시간의 돌풍 속에 휩쓸려 사라졌다.

올여름은 가장 힘들었다. 더워서가 아니라 시끄러워서. 만날 장소를 정할 때마다 천 년 동안 진저리 쳤다. 어딜 가도, 노인들도 애들도 최대치 데시벨로 떠드는 바람에. 거위 떼보다 꽥꽥거리고, 손톱으로 칠판 긁는 소리보다 소름 끼치고, 비행기 이륙 때보다 큰 소리가 사람 목구멍에서 나오다니. TV에도 박장대소하며 나뒹구는 자들 뿐. 모든 종과 집단이 서로 부딪히며 자기를 좀 봐달라고 쿵쾅댔다. 생기 없는 색과 맥락 잃은 고함이 뒤범벅된 소음들은 단 한 번인 삶을 원 없이 쓰는 네안데르탈인들의 존재증명일까. 왜소하고 박약한 마음들이 서로 물어뜯는 반도에 사는 게 뭐 그리 행복할까. 노파의 신, 앨리스의 미치광이 모자장수, 3월의 토끼, 자장가 속 인물이 만든 시멘트 조각만 널린 나라가.

아무도 상관하지 않는다. 둘러봐도 소음의 덤불에 갇혀 귀를 틀어

막으며 괴로워하는 건 나뿐이다. 나는 어느새 융통성 없는 작자가 되었다. 사적으로 그 소음을 용납할 수 없다. 공적으로 내 혀를 깨물어야 한다. 그래서 자주 스스로를 묻다. 소음을 참으려고 애쓰다가, 물이 담긴 유리컵을 던지지 않으려고 어금니를 물다가, 나의 다스려지지 않은 야생성으로 그 연놈들 목을 조일까봐 조마조마해하다가, 결국 양식 있는 사람의 작위를 뺏긴 채 희망 잃은 사별한 어부, 꿈이 사라진 우편 접수원, 힘센 나라에 딸을 뺏긴 아랍인보다 가여운 처지가 되어버린다. 부지중의 의식 교체 장치, 분열증만이 그 속에서 생존하는 방법일까. 목을 빼 하늘 피난처를 찾으려 하나 구름의 지도엔 기념물 표시가 없다.

자연이 만드는 연속적인 음조엔 하나의 공명 연결선으로부터 발산되는 배음들의 무지개가 있다. 그래서 처마 밑 낙숫물의 단조로움도 위안이 된다. 그러나 들리지 않는 걸 듣고 귀에 다다르는 진동을 음악으로 표현할 수 있다 해도 공적 공간에서 내지르는 목소리는 용서할 수 없다. 내 기준의 소음 한계치는 지하층 파티에서 울리는 비트의 물결, 댄서가 탭 댄스를 추며 계단을 내려올 때의 우아한 일렁거림까지라서.

해안선이 황폐해지는 겨울, 썰물에 젖은 모래 위를 걷거나, 얼음 과자를 먹으며 서해를 바라보거나, 호머의 작품 속 인물이 되어보다가, 마침내 세상은 한결같이 보드라운 공간이라고 우기는 오만한 태아가 되고 싶다. 하지만 아홉 달 뒤엔 공포에 질려 뭘 몰랐던 옛날을 사과하겠지. 나중에 여든아홉 살이 되면 당시의 소음을 오늘과 비교하며 이렇게 말하겠지. 그게 시끄럽다고? 지금에 비하면 그때 소음은 차라리 음악이었어.

퇴근 전, 빌딩 너머로 올라온 주홍색 해를 보면 종일 밖에 버려진 느낌이 든다. 내 자신을 못생긴 죄수, 중성화된 화석, 실제면서 상상인 존재로 여기는 기분은 내가 모자라서가 아니라 세상이 너무 시끄러워서 지능이 낮아졌기 때문이다.

모르겠다. 지구가 도는 소리도 귀 아파 죽겠는데 미치지 않은 걸 다행으로 여겨야 하는지. 아니 이미 미쳤는지.

셉템버 송

"나는 시 없이 일주일은 살 수 있지만 재즈 없이는 단 하루도 못 살겠어"라고 필립 라킨이 말했다. 이 복고주의적 영국 시인은 분명 이른 저녁의 진토닉, 레코드 플레이어에서 흐르는 트럼펫 소리를 좋아했을 거라고 상상해보지만 행복한 당김음들이 어깨를 들썩이게 하는 경지는 모르겠다. 나에게 재즈는 카테고리화된 음악이니까. 줄무늬 조끼를 입은 남자들의 앙상블, 찰스턴 춤을 추는 신여성, 포마드로 넘긴 머리, 프랑스 담배, 제2차 세계대전보다 먼 세계, 도시의 반짝거림과 소음, 퀴퀴한 옛날에 섞인 신세계 사운드, 녹아버리는 기쁨, 이상한 무책임……. 그리고 9월이 오면 언제나 찾아 듣는다. 엘라 피츠제럴드의 〈셉템버 송〉.

그 겨울, 광흥창역의 분식집 앞에서 택시를 기다릴 때 그 노래가 들렸다. 〈셉템버 송〉. 나는 거의 기술적으로 방어자세를 풀었다. '가을 날씨는 나뭇잎을 화염으로 불타오르게 해'라는 가사가 들리자 아픈 듯한 밤바람 속에서 아예 신성한 상태로 돌입했다. 그 나이의 내가 원하던 특별히 은밀한 흥분 속에서.

엘라의 노래를 들을 때마다 '가수'가 부른다는 걸 잊었다. 그녀는 노래를 노래 자체로만 불렀다. 그녀가 부르는 것을 듣기 전까진 〈엔젤 아이즈〉가 그렇게 좋은지 몰랐다. 이상하게 엘라의 노래에는 성이 배제된 듯했다. 그녀가 부른 콜 포터의 〈레츠 두 잇〉은 생물 시간에 실험 결과를 열람하는 듯 느껴졌다. 그녀가 '당신, 밖은 추워'라고 노래하면 꼭 중앙 난방이 되는 실내에 들어가고 싶다는 얘기 같았다(반대로 레이 찰스와 베티 카터는 그런 가사의 의미를 아주 잘 알고 불렀다).

불세출의 여가수들은 그렇게 다 달랐다. 빌리 홀리데이의 노래는 상처받은 여자의 환부였다. 끝없이 계속되는 신음. 디나 워싱턴의 노래는 꽉 쥔 주먹 같았다. 누가 아프게 하면 당장 되받아치는. 엘라는 현명하고 충직한 사랑을 노래하는 듯했다. 그 사람과 지금 함께 있는 것처럼. 뜨거움과 배타성이 함께 섞인 목소리는 단순한 가사와 느끼한 어절조차 어떻게든 연인끼리의 사적인 대화로 바꾸었다. 다정함과 유머로 채워진 엘라의 목소리가 '사랑은 지브롤터 암벽만큼 단단하다'고 노래하면 정말 그런 것 같았다. 그때만큼은 사랑이 옳은 것 같았다.

〈셉템버 송〉을 들으면 옛날 시가 내포한 감정을 느낄 수 있다. 9월이 오면 그 노래의 권고에 마음을 맡긴다. *셉템버. 노벰버. 많은 날들은 얼마 남지 않는 소중한 날들로 줄어들어요. 그 시간을 당신과 함께 보내고 싶어요.*

무의미라는 질병

상수리나무 아래 도토리 떨어지는 소리도 무한 증폭되는 가을 아침, 집 앞 공원에서 풀을 깎는 기계음이 호젓한 마음을 들쑤신다. 불안정하게 뒤척이다 입술을 깨물면 폭설 같은 한숨. 세상은 왜 이렇게 시끄러울까. 원자 폭발 250데시벨, 청고래 울음 188데시벨, 굴착기 100데시벨, 지하철 80데시벨, 일상의 대화 60데시벨, 뒹구는 낙엽 10데시벨.

문명은 모든 분야에서 더 큰 소음을 만들었다. 하지만 세상에 아무리 시끄러운 게 많아도 사람 목소리만큼 시끄러운 것도 없다. 멧돼지를 오백 마리 삶아 먹은 저팔계의 목울대, 모기 백만 마리가 앵앵거리는 그 여자의 목소리, 힐링 구루들의 설교 같은 호통, 공짜도 아니면서 "얼른 가져가시라"는 쇼호스트들의 다그침. 어떤 땐 나긋나긋한 친구 목소리도 내이(內耳)를 찢는다. 국가가 아무리 소음 기준을 강화한다 해도 시끄럽다는 이유로 죽거나 죽이는 사람들은 나날이 늘고 있다.

테슬라 전기 자동차를 보면 마음이 즐겁게 복잡해진다. 전기 엔진은 상대적으로 조용하니까 더 큰 연료 효율을 위해 궁리하다는 건 깨끗한 공기와 차분한 도시를 만든다는 얘기 같아서.

그런데 점멸하는 빛을 감지하면 더 방어적으로 운전하도록 프로그래밍 된 자율 운행 자동차에도 사이렌이나 경적이 필요할까? 클랙슨과 사이렌이 사라진 세상에선 자전거 벨 소리가 도시 소음의 핵이 될까? 고무 아스팔스나 부드러운 콘크리트 도로 같은 걸 자꾸 실험하다 보면 미래 도시는 씻은 듯 잠잠해질까?

요즘 박물관들이 소리의 방향을 조절해 옆 사람 방해 없이 설명을 듣게 한 걸 보면, 광고판이나 가게 디스플레이 앞을 지나는 개인들에게 선택적으로 오디오 메시지를 보낼 수 있을 것이다. 사이렌 소리를 수평으로 퍼지게 하면 고층 빌딩 거주자에게만큼은 덜 들리겠지. 비행기 개체수가 그렇게 늘었는데도 공항이 덜 소란스러운 건 위성 시스템이 가파른 앵글로 비행기를 이착륙하게 만들어 활주 거리가 짧아진 탓 아닌가? 하이브리드 엔진을 날개 아래가 아니라 위에 단다면 마침내 이 땅에 평화가 찾아올 것이다. 테크놀로지는 가령 화해를 선물하니까. 언젠가 법적 제한 소음이 넘는 차 번호판을 찍고 딱지도 떼는 장치가 생기면 기계에게 백날 하소연해봤자 들은 척도 안 할걸. 배터리의 혁신은 70데시벨로 윙윙거리는 청소기에게도 참견해 고요히 자폭하게 만들 것이다. 소리를 막는 장치가 더 정교해지다 보면 들어오는 소음의 반대 주파수 음파를 내보내 아예 무음화시키는 세상도 오겠지.

하지만 아무리 소음에 항거해도 더 시끄러운 것이 세상을 채운다. 드론이 소포를 더 많이 배달하게 되면 추석 즈음의 도로는 한결 침착해지겠지만 머리 위는 난리가 날 것이다. 그런데 지속적인 주변 소음이야 어찌어찌 차단한다 해도, 급작스러운 소음엔 당할 재간이 없다.

공연장에서 울리는 폭망의 휴대전화 벨소리를 막는 그날 비로소 기술의 승전보가 울려퍼질 것이다. 하지만 진짜 시끄러운 건 물리적인 소리가 아니다.

관료주의의 어두움, 애쓰지조차 않는 사회 정의, 폭도들로 들끓는 실락원, 가라앉는 배의 낡은 구명보트, 숨을 쉰다는 거짓말, 불타는 키보드, 고등 감옥. 회오리치는 사우론의 눈은 결코 깜빡이지 않는다. 부풀어가는 분노, 토네이도의 힘으로 살육하는 수천 개의 지저귐, 모르는 사람 무리의 육식 스튜. 합당한 의심은 한 번의 숨보다 짧다. 날렵한 반사 작용, 두꺼운 낯가죽, 어그로 봉기에 대한 요새화, 인파이터들의 날아다니는 파편을 쳐내는 전투의 끝. 망설이다 위험 지역에 들어가면 구로사와 아키라의 〈거미의 성〉에서처럼 진짜 화살이 빗발친다. 동료들이 당신을 돕기 위해 모일 거라고는 믿지 말 것. 악의가 없다는 건 중요하지 않다. 누구도 거머리처럼 스스로의 피를 빨지 않고는 살아갈 수 없다.

드러난 부정직, 더 드러난 무식함을 공유하는 사람들, 언제나 실망시키는 시대의 아이콘들, 지적 한 번에도 서로에게서 등 돌리는 작가들, 문맹이 들끓는 싸구려 숙박 업소, 물질 세상의 인종차별주의를 미러링한 뒤 날것 그대로의 자아까지 벗겨내는 혐오증, 장기간의 귀착을 요구하는 매일매일의 적대감. 그것에 정면으로 맞서는 것은 여성과 소수자들뿐이다. 그리고 그들의 용맹한 심장.

댓글이 사람이 되어 나타났다는 오컬트 이론, 거기에 신빙성을 보태는 정신병자들, 속도는 더 극적이고 늘 반전을 부르지만 결국은 같은 기계들, 공포가 잦아진 세상, 오감이 주는 욕망을 피하느라 지치고 모든 걸 판단하느라 나가떨어진 삶. 배회하는 마음은 공간을 찾고 인생에 설명을 구한다.

이렇게 모든 게 뒤죽박죽인데 뭘 해야 하지? 홀딱 벗고 스트리핑? 아니면 나체로 스카이다이빙? 이 꼴 저 꼴 안 보고 방구석에서 매일 포르노나 봐야 하나? 현대의 정치적 삶 자체가 포르노라는 것도 모르고?

내가 사는 이 행성에서 참을 만큼 참았으니 이젠 미친 짓도 하고 싶다. 멸치 낚싯대를 쥐고 나를 가장 잘 이해해주는 내 개하고 작은 쪽배에 앉아 바다 공기를 마시는 상상. 잠시 후 숲의 마법 같은 빈터, 비밀의 수영장을 찾아가보지만 깨진 유리와 날카로운 바위와 미끌미끌한 쓰레기가 덮여 있다. 더러운 거품을 걷어내면 그 많은 사람이 수영장에 대놓고 오줌을 쌌다는 걸 알게 된다. 나의 독점적 주거 공간, 종이와 윤전기가 접촉하는 아날로그 세상은 오줌 수영장 가장자리로 밀려나버렸다. 인생이 사라지길 원치 않지만 맛도 모르고 술을 마시고, 누구를 만나도 내가 거기 없는 상태로 대화 전체가 이루어진다.

실은 오래전부터 나에게 선물을 주고 싶었다. 단 하루 만이라도 침묵하는 것. 차라리 생각 자체를 안 하는 것. 내가 들은 치료법은 오직 즐거움뿐이었다. 절정의 무신경함. 한적한 지하철에 앉아 눈을 감고, 척추는 바르게, 고개는 살짝 아래로, 느릿느릿 호흡하다 보면 심장이 웃는다. 하지만 지하철은 늘 붐비고 비밀의 만트라를 읊을 수 없다. 혹시 소금 한 가마니가 담긴 스테인리스강 탱크 안에 사해에 온 듯 누우면 모든 자극으로부터 자유로워질까? 아니면 수도원? 침묵의 은둔? 삶은 느려져서 새벽 다섯 시 기상, 일곱 시 대나무 스트레칭. 아홉 시 반까지 걷고 나면 고귀한 적막이 찾아오겠지. 입은 닫고 전자기기는 금물. 누가 찾아와도 채소를 씹으며 고요히 있을 수 있어.

솔직히 딱 한 가지가 신경쓰인다. 한밤중의 차가운 안도 속에서 네가 어디에 있든 너는 거기 존재한다는 식의 깨달음을 얻을까봐. 그건 위안이 아니라 위협이잖아. 그런데 어떡해야 하지? 정답을 못 구한다고 해도 질문할 거지만 대답해줄 대상이 안 보이는걸.

가을에 무의미라는 질병이 도지고 말았다.

불쾌지수

새벽 두 시. 아파트 공원에서 호르몬 넘실대는 청소년들이 죽일 듯 깔깔댄다. 곧 "야, 잠 좀 자자!" 핏대 불거진 주민의 목소리가 후텁지근한 밤공기를 찢자마자 "거기, 조용히 해라!" 경찰차 메가폰이 앵앵거리는 건지 으르렁대는 건지 알 수 없는 경고음을 내지른다. 나는 멜라토닌 한 박스를 먹고 겨우 잠들었다가 그 소동에 깨어선 이레이저 헤드를 한 채 몸부림친다. "내가 왜 이 시간에 저런 소릴 들어야 돼?" 하지만 그 시간엔 갈 곳도 없다. 내 말은, 도대체가 짜증나는 사람들은 자기만 그걸 모른다는 것이다. 항상 그게 문제다.

모임마다 글루건으로 붙인 듯 마이크를 잡고 놓지 않는 사람이 있다 치자. 어떻게든 돈을 안 내는 사람도 마찬가지다. 그게 누군지 모르겠다면 당신이 그 사람일지도 모르지. 결론은, 미안하지만, 당신은 이미 짜증나는 사람이고 주변 모두 그렇게 생각한다는 거다.

한 시간 넘게 택시를 타고 가야 하는데 기사 아저씨가 노래를 튼다. 따라 부르는 것까진 괜찮다. 가사 틀리는 거? 그런 것쯤. 그런데 반 박자씩 늦는 건? 뭔가 갑갑해진다. 게다가 과하게 구성지다. 짜증이 검은 석유처럼 솟구친다. 마침내 억지 비브라토까지 쌍으로 곁들이면 아, 더 이상은 들어줄 수 없다……. 하지만 그분은 열반에 든 얼굴인걸.

인생의 중심에 쓰여 있진 않지만 넓게 포용되는 사회적 제약이 있다. 남에게 폐 끼치지 말아라. 하지만 축하한다. 방금 당신이 세상에서 제일 짜증나는 사람이 되었다! 이제 나는 이렇게 할 거다. 만약 당신이 고속버스를 탔는데 방광이 찢어질 듯해 차를 세우게 한 다음 뾰족뾰족 침엽수 사이로 사라지면, 덤불 속에 사자 무리가 숨어 있다 해도 그대로 떠나버리자고 소리칠 거다. 사자가 당신을 잡아먹었음 좋겠지만 짜증나는 음식은 배가 고파도 먹기 싫겠지. 사실 그게 더 짜증난다.

내가 싫어하는 사람들에 대해 쭉 나열하자니 죽기 전엔 끝나지 않을 거란 생각이 든다. 그럼 다음 생엔? 그것도 안 된다. 다음 생은 없으니까. 일백 번 고쳐 죽는다 해도 소용없어. 짜증도 계속 코멘트와 포스팅을 필요로 하니까 살아 있는 한 남에게 불쾌한 사람이 될 수밖에 없다. 삶의 짜증나는 부분을 편집할 수도 없다. 뒤틀린 개인적 삶과 괜한 분노라는 나르시시즘의 새 물결. 그래 봤자 노르아드레날린의 과녁이 될 뿐이다. 짜증나게 하는 것들이 도덕적인 혐오를 부를 때 피부가 홀딱 벗겨질 듯 화를 내도 거기에 어떤 무게는 없다. 아무도 꿈쩍하지 않으니까. 진짜 다들 공룡처럼 가죽이 두껍다. 나만 빼고 일상의 짜증나는 일들을 너끈히 다루는 걸 보면.

입만 열면 바쁘다는 사람(요새 안 바쁜 사람이 있나?), 갑자기 물어봐서 생각이 안 난다는 사람(인생에 리허설이 어디 있다고?), 자기보다 핸디캡이 있어 보이면 마음 놓고 무례한 사람(하나같이 못생겼다), 약속 같은 건 개똥으로 여기는 사람(아무리 작은 약속도 약속인데), 양반다리를 해야 하는 식당으로 예약하는 사람(왜 발 냄새를 맡으며 먹어야 하나?)…….

소리 내며 밥 먹는 사람, 음식 앞에서 파찰음으로 침 홍수를 퍼붓는 사람, 먹은 자리가 더러워도 너무 더러운 사람, 사방에 담뱃재를 터는 사람, 그게 왜 문제인지 모르는 사람…….

유리창이 깨지고 탁자가 갈라지도록 떠드는 초고주파음 여자애들도 적어야지. 남 얘기 안 듣고 말 자르는 데 명수인 사람, 특히 내 얘길 안 듣는 사람, 팔꿈치를 직각으로 하고 술잔을 드는 사람, 혼신의 힘을 다해 정치를 경멸하며 자기 혼자 후련해하는 사람, 세상을 자판 위에서만 재단하는 사람, 지식은 과시로 기개는 냉소로 표현하는 사람, 엄청 교육받았다면서 매일 뭘 먹었는지만 필사적으로 올리는 사람, 무엇으로든 어떻게든 유명해지고 싶은 사람…….

저쪽의 다른 사회도 짜증 난다. 지금 당장 아줌마들 목소리가 가장 시끄러운 세 나라를 말할 수 있다. 욕먹을 소리지만 정말 있다. 프랑스 아저씨들도 똑같이 이상하지만 짜증나는 국적이 따로 있을 리 없으니 그 얘기는 패스! 젊은 부부? 레벨 따라 다르지만 대체로 지뢰밭이다. 집에서 아기 목소리를 내건 말건 나랑은 상관없어. 공공장소에서 모든 말을 유아처럼 하는 것도 그렇다 쳐. 두 살짜리 아기 앞에 나폴레옹 알현하듯 무릎 꿇고 앉아선 나를 가리키며 "저 아저씨가 너 자꾸 이러면 떼찌, 이럴 거예요"라던 젊은 엄마(지금 쓰면서도 짜증이 난다)도 있었다. 그 아기한테 내가 뭐라고.

이 페이지를 남의 흉으로 채우진 않겠다. 축구 얘기 그만하란 말을 절대 못 알아듣는 사람이나 관심 없는 낚시 얘기만 삼 년 동안 하는 사람 얘기도 안 하겠다. 나보다도 나를 잘 대해주지 않는 사람들 얘기로 왜 시간을 낭비해야 하나?

살아보니 제일 짜증나게 하는 말은 "짜증난다"는 말이었다. 오직 자기만 순백인 사람도 정말 짜증스러웠다. 하지만 걸리적대는 걸 싫어하면 꼭 누구랑 부딪치게 돼 있다.

그래도 완전 짜증나는 순간 어설픈 유머라도 불러올 수 있다면 고통의 나머지를 조금은 덜 수 있겠지? 파스텔 풍경을 잃어버린 세상 속에서 울혈된 마음을 풀어주고, 찢긴 마음을 상상력으로 엮고, 물리적 관계의 단단한 모서리를 완화시켜주겠지?라고 지혜로운 척 쓰자니 더 짜증난다. 실은 내가 남에게 똑같이 짜증나는 존재라고 말하고 싶었다. 모두가 그러니까 괜찮다고 말하고 싶었다.

바쁘다는 이유로

12월엔 다들 동사가 빠진 문장처럼 불안정해진다. 무자비하게 째깍거리는 시한폭탄으로 돌진하는 제임스 본드가 되어. 나이 먹는 것은 자연의 생리이며 섭리라서 평범한 모험과 위험한 낙관이 가득한 세상에서 몇 년 더 살고 나면 관절염 걸린 쓰레기나 마지막 연료를 소진한 고물차 처지로 추락해버린다.

모두가 바쁘다. 바쁘다는 말도 못할 만큼 바쁘다. 사는 것 말곤 특별히 하는 일도 없이 바빠서 인간 핀볼처럼 만남과 만남 사이를 튕겨 다닌다. '무의미하게 바쁘다'는 말에는 검열이 필요 없다. 사실 바쁘다는 개념은 오랜 시간 누적된 상공업 도시의 풍습이 현재적 삶에 갈등으로 드러난 결과 아닌가? 유산계급이 부르주아적 삶의 관습을 정립하던 17, 18세기 때는 바쁘다는 이유로 불평하지 않았다. 불만 속에서 삶을 기록하기는 했어도.

바쁘다는 것에는 두 가지 유형이 있다. 마주 보며 달리는 19세기부터 20세기 초의 패턴과, 전화벨과 기계가 공명하는 20세기 말부터 21세기 초의 포스트모더니즘 양상. 사람과 일에 치이다 보면 바쁘다는 명제는 손이나 귀처럼 당연해진다. 우리는 아파트에서 나와 수용소 같은 지하철과 식당에 몰려감으로써 19세기 유형의 분주함을, 집에 돌아와서는 유튜브와 넷플릭스로 불완전하게 완료된 21세기 초의 수선스러움을 마무리한다. 그렇지만 그 바쁜 와중에도 우리가 어디 있는지 추적하는 문자가 열두 개, 이메일은 열세 통이나 와 있다니.

시간이 부족해지면 공간도 줄어든다. 이때 나를 보호하기 위해선 영속적인 집행 연기 구조를 만들어야 한다. 언제 밥 한번 먹자, 다음주에 보자, 곧 연락할게, 라는 관용구를. 하지만 크고 작은 문제를 해결한다고 해도 중요하고 핵심적이며 실제적인 사안은 폭주한다. 인생엔 끝이 있지만 일에는 끝이 없기 때문에.

우리는, 바쁘다는 건 생산적인 사람이 열심히 일하기 때문이라고 교육받았다(쓸데없이 바쁜 것도 생산활동으로 쳐준다). 하지만 정말 힘든 건 일을 더 많이 하기 위해 쓸데없이 시간을 소모하지 말아야 한다는 초조 때문이다.

12월엔 사교 네트워크가 창궐한다. 소박하게 살고 싶은 사람도 이러다 뉴스 첫머리를 장식하는 것 아닌가 싶게 운명적으로 바빠진다. 약속 홍수 속에서 혼숙 모텔로 변한 인간 생선들의 산란 장소, 술잔을 든 채 목을 빼고 주위를 훑는 예쁜 타조 인간들, 정서적 무덤가의 지루한 행렬, 기획 부동산 업자 같은 티 나는 아첨, 어디서 왔는지 모를 AI들 사이에서 밤새 환대의 젖꼭지를 빤다. 판자 조각에 올라탄 난파 선원처럼 애처롭고, 거래처 미팅에서 헤프게 취한 듯 딱하며, 매일 바를 헤집고 다닌 보들레르처럼 사는 게 지루해 보인다면 문학적이다 하겠으나, 아무도 이 외로운 풍속과 무관할 수 없다.

바쁘다는 것은 한편 자유, 자력으로 성취한 부, 이성을 마비시키는 열중이 섞인 이 세대의 특징이다. 또한 어떤 예술 형식이자 시민 의식이며 내 자신이 되기 위한 통로이기도 하다. 지친 만큼 보상이 뒤따르는.

죽도록 바빠도 생활은 해프닝으로 가득하고 갈망은 채울 수 없다. 그래서 우선 미적지근한 스토아 학파식 체념 대신 효험 있는 임시 변통을 소개하려 한다.

남의 불행을 고소하게 여겨라. 타인의 실수를 비웃고, 엉덩방아 찧은 친구를 보며 깔깔대고, 나보다 우울한 사람을 만나라(젊어 보이는 유일한 방법은 누가 봐도 자기보다 나이 든 사람과 같이 있는 것 아닌가). 이렇게 야비한 12월에는.

패션 디자이너의 슬픔

요 몇 해, 세계 경제는 경망스러운 붕괴의 조짐으로 비틀거렸다. 열띤 패션 소비자들조차 신중한 소비로 우회하는 듯 보였다. 대수로울 게 없었다. 특정 시대의 분주한 삶 속에서 금욕은 유행이기도 하니까. 그래도 1월과 6월은 불멸의 남자 스타일을 재구축하는 달. 파리와 밀라노와 런던에 온 디자이너들은 돌아오는 계절엔 이 옷을 입으라고 사랑스럽게 종용한다. 동시에 암흑 시대가 투자를 악화시켰을지 모를 스타일의 가치를 방어한다. 시장의 가파른 하강은 견딜 만한지, 침식은 순환의 과정인 건지, 컬렉션은 여전히 가치 있는 비즈니스인지, 이때만큼은 사라진 호시절이 몰려드는 희망으로 대체되고, 번쩍거리는 것들에 자리를 내준다. 어쩜 패션을 부상시키는 것이야말로 불황에 저항하는 유일한 방법 같다.

그런데 런웨이 쇼엔 아주 큰돈이 든다. 수십 벌이 핸드메이드여야 하고, 공간을 빌려야 하고, 신발도 준비해야 하고, 스태프도 두루 갖춰야 하고, 비슷한 시간대에 쇼가 잡힌 메가 브랜드가 자기 무대에 서기로 한 모델을 빼가려는 술책과 싸워야 한다. 그전에 당장 현금이 필요하다. 옷감을 사고, 패턴을 자르고, 바느질을 하고, 입금 받기도 전에 송금해야 한다. 패션은 대부분 작은 비즈니스이며 신용 압박에 시달리는 산업이라서 누구나 아는 디자이너들도 자주 후원자가 없다. 즉 그들은 연 2회 도박을 한다. 당연히. 모든 패션 디자이너는 현대에 대한 반발로 특징지어지는 무리니까. 항상 한 시즌 앞서가야 한다는 강박에 비춰보면 더 그렇다. 마틴 마르지엘라만 한 압박감도 못 봤다는 프레스들은 사실 너무 흔했다. 사람들이 무엇을 원하기도 전에 바로 그것을 보여줘야 한다는 예지력이란 얼마나 과민한가.

그 해 봄여름 밀라노 컬렉션은 희망의 문턱에 와 있는 것 같았다. 그 동안 오 초마다 뒤틀리는 패션의 지각 변동 속에서 초기 패닉에 빠져 있었는데 공장의 하얀 불빛이 차례차례 켜지는 기분. 의복 르네상스의 새벽이 아니라도 꽤 말쑥한 시대에 진입한 느낌. 어쩌면 남자 패션에 변덕스러운 학습곡선이 사라진 걸까.

규칙은 순환된다. 분위기 변화에 대한 간단한 대답이다. 누구든 규칙을 세우고 그것을 깬다. 모든 규칙은 아닐지라도. 심오하고도 실제적인 징후는 기후 변화가 아닌 더 근본적인 데서 왔다. 비비안 웨스트우드는 패션은 결국 벗는 것에 관한 이야기라고 했다. 사실 초반부엔 진정한 폭동을 부추기는 쇼가 안 보인다고 생각했다. 시즌에 억눌린 압축적 폭발력의 카타르시스가 없다고. 그런데 디스퀘어드도 베르사체도 아르마니도 쇼의 중간, 뭔가 산만해질 때쯤 화끈하게 벗어 젖혔다. 뻿뻿하게 채운 여성복의 크리놀린과 패드가 남성복에 차용되자 남자 옷이 여성복보다 삶(과 살)의 누드에 얼마나 더 가까운지 알았다.

남자 패션의 충돌은 새삼스럽지 않다. 돌연변이 쿠튀르, 클래식의 재해석, 버려진 옷을 뒤지는 것, 죽은 사람 옷을 미화한 빈티지, 하나의 심으로 된 비단 한 장, 속치마가 된 남자 드레스 셔츠, 신체 각 부분에서 빠르게 흔들대는 커프……. 오랫동안 남성복 디자이너들은 각자의 표현이라는 문제에 부딪혔지만 이젠 남자들이 유행과 상관없이 길거나 짧게 치마를 입는 날이 왔다. 즉 더 이상 지배적인 스타일이란 없다. 유니폼만 제외하고.

패션에는 정의가 붙는다. 어떤 디자인은 그를 저절로 '패션' 디자이너로 만든다. 반면 '의상' 디자이너가 될 수도 있다. 패션이 밀려오고 밀려가는 조류의 일부라면 디자이너는 패션과 평행선 위에 존재한다. 트렌드란 결국 너무나 협소한 이데올로기적 기반이나 '풍토병'에 기댈 뿐이며, 그들 역시 초조한 물결 위를 부유하기 때문이다. 결국 모든 디자이너는 옷의 기초적 명제를 재고하는 철학자가 된다. 그들은 항상 질문을 하고, 자극과 도전에 응전하고, 마침내 그 결과를 사람들에게 보여줄 방식을 찾는다. 사이즈는 어떤 게 좋을지, 판매는 어떻게 할지, 이 옷을 어떤 방법으로 몸에 붙게 할지. 이때 남자의 언어로 남자를 건축하는 디자이너는 누구일까? 여성 취향의 스릴 속에서 불을 뿜는 긴장된 기쁨은 무엇일까? 패션 위크 이후의 삶은 추궁으로 되돌아온다. 패션의 장막 밑에서 위험에 빠진 사람들은 예술과 부자 후원자의 관계와 같다. 돈은 초과되었으되 아름다움을 고수하기 위해 쓰였다는 우아한 명제가 남는다. 컬렉션은 정의하기 애매한 술과 밑 빠진 돈의 혼합이기 때문에.

똑똑한 척 입만 싼 이들은 여자들에게 바지를 입힘으로써 그들을 '걷게'한 이브 생 로랑을 닮으라고 하지만 속 모르는 이야기. 디트로이트 기술자들이 지난 오십 년간 디자인을 가지고 그렇게 경쟁했지만 자동차 자체는 별로 나아진 게 없다. 패션 역시 해 아래 있던 패턴과 바느질과 형태의 재해석이며 재조립 아닌가. 어떤 점으론 남성복 컬렉션의 신(scene)은 한계에 다다랐다는 생각이 들었다. 이젠 예를 들어 정교한 트위드의 질감, 실과 천의 릴리프에 대한 연구가 패션에 더 영향을 미칠 것 같았다.

컬렉션 전반부가 과하게 느껴질 때쯤 누군가는 남자 옷의 예쁜 미래를 낙관하고 있었다. 그러나 그 미래는 누가 준비할까? 남자 패션의 미래에 가장 중요한 아이템은 진 아닐까? 아님 양말 한 켤레? 패션에 대한 세심한 인식은, 세상은 더 많은 걸 필요로 하지 않는다고 말해준다. 남자 패션의 미래가 은색 우주복이라고 믿는 사람에겐 좀 미안하지만.

맛있는 연구

나는 요리의 유행을 구분하고 따르는 것엔 큰 관심이 없다. 만능 조리기구로 만든 페스토가 막사발에 담긴 할머니의 양념간장만큼 맛있지 않다는 건 알지만. 아무튼 국자부터 무채칼까지, 가마솥부터 냉장고까지, 요리와 관련된 도구를 볼 때마다 이런 걸 발명한 사람이야말로 진짜 세상을 변화시켰다는 생각이 든다. 어쩜 직접적으로 역사의 방향을 바꾼 건 종교가 아니라 요리 방식이 아니었을까. 병따개나 마늘 분쇄기는 확실히 혁신적이다. 그것들의 독창성이 아니라면 엄마를 비롯한 우주 최고 셰프들이 만든 어떤 요리도 맛볼 수 없었을 것이다.

요리의 발명에 관한 역사는 뒤적거릴수록 재미있다. 예를 들어 아인슈타인은 최초의 현대 냉장고 중 하나를 발명했다. 17세기까지 저택의 요리사가 늘 남자였던 건 여자들의 커다란 스커트가 불 주변을 돌아다니기엔 너무 위험해서였다. 그런데 인간이 중세를 넘기도록 살아남게 만들고 생활방식을 수렵에서 농경사회로 변화시킨 게 점토로 빚은 냄비였다니!

육회를 먹을 땐 그런 생각이 안 들지만, 불을 피우는 방법을 몰랐다면 인간은 아주 다른 생명체가 되었을 것이다. 인간 조상의 유골은 대략 만 년 전까지 치아를 잃은 어린아이가 성인으로 살아남지 못했다고 증언한다. 씹을 수 없었다면 굶주렸을 것이다. 현대 치의학은 양철 도시락 뚜껑처럼 윗니가 아랫니를 덮도록 교정한다. 발달된 아랫턱이 줄곧 죄악시되다가 턱의 정상적 형태로 바뀐 것은 어쩌면 나이프와 포크를 쓴 결과인지도 모르겠다.

인간 조상은 음식을 효율적으로 잡기 위해 윗니 아랫니를 부딪쳐 모서리부터 씹었다. 구운 살덩어리를 한 손에 쥐고 한쪽 끝은 이로 고정해 당기는 식이었다(침팬지와 다를 게 없다). 윗니 대신 포크로 뭔가를 꼼짝 못하게 찍은 뒤 작은 조각으로 잘라 입 속에 집어넣는 동안 나이프는 엄지손가락처럼 뭉툭해졌다. 씹는 번거로움을 줄이기 위해 부드러운 밀도로 요리하는 건 현재 우리가 먹는 방법이다. 결과적으로 치아가 구강 안쪽으로 이동한 건 도구 변화에 따른 불가피한 신체 반응이었을 것이다.

조리도구는 소수에게만 어울리는 아이템이다. 그러나 요리 자체는 모두의 주제이다. 즉, 조리도구는 맛있게 만든 탐구와 같고, 부엌은 흠향하는 영혼으로 가득하다…….

13년 우정이 가르쳐준 것

패션은 문화의 합법적 형태로서 예술과 동등합니다. 클래식은 중요하지만 취약한 것들과의 경계를 아우르는 유연함도 필요합니다. 디자이너로 말하자면, 나는 발렌시아가의 후발 주자가 아니라 미래의 대담한 아웃사이더를 찾았습니다. 우아함과 유머러스한 비틀기의 혼합, 헤드라인을 덮는 한 문장의 직격탄. 《GQ》식 글쓰기의 기조도 공고히 했습니다. 문득 깊진 않지만 쉽게 말할 수 없고, 미스터리하지만 빽빽한 13년이 하나의 자전적 연감처럼 느껴집니다.

누군가를 처음 만나면 둘 사이엔 비밀이 생깁니다. 대부분 상대에게 중요한 것을 금방 말해주기 때문입니다. 그들은 요즘을 지배하는 기분, 사소한 좌절, 정치적 고답 상태, 가족의 딜레마에 대해 토로합니다. 거의 무의식적으로 대출 이자의 부담과 보금자리 주택의 행복에 대해 들려주기도 할 것입니다. 거개가 일정량의 현재 상태를 규정하는 이야기들입니다. 이때 해야 할 일이 있습니다. 그 말들의 상징과 의미에 주목하는 것입니다.

잡지에 대해서도 그럴 필요가 있습니다. 잡지는 태도를 드러냅니다. 당신이 부자건 사려 깊건 못생겼건, 만날 일도 없는 유명하고 예쁜 사람들이 궁금하다면 (당신이 실리지도 않지만) 봐야 할 잡지가 있습니다.

사치로 가치를 재는 이를 위한 잡지, 정치적 옳고 그름과 곡직을 따지는 사람을 위한 잡지는 필시 따로 있을 것입니다.

문화를 스타일에 대입한 세대를 마중 나가는 동안 나도 공부했습니다. 무엇이 좋은 스타일인가? 그것을 어떻게 알아보는가? 누가 격식을 아는 남자인가? 그건 어떤 의미를 갖는가? 또 어떻게 묘사되는가? 불변인가, 부득불 지금 필요한 것인가?

다양성은 정체성을 견고히 만드는 데 있어 얼핏 모순인 듯 보입니다. 나는 스타일의 일부일처제에 정착하라고 요구하지 않습니다. 사람, 장소, 책, 유행처럼 살아 있는 것은 자꾸 재생되기 때문입니다. 우리는 그저 사물의 기발함에 감탄하고 신기술에 열광하며 스타일의 가변성을 이해할 필요가 있습니다.

시대는 남자를 길 잃은 상태로 방치합니다. 요즘 남자들은 노인, 아이 할 것 없이 무엇을 할지, 누구를 따라갈지 모르는 어리둥절한 고아 같습니다. 당연합니다. 감정과 지능 사이에서 균형을 잡고 적절한 분량의 야망을 보여주며 언제나 대화할 수 있는 남자는 보이지 않습니다(혹시 멋진 남자란 20세기 후반 페미니즘의 견해가 만든 판타지 아닐까요?). 실재하지 않기 때문입니다. 불가능하고, 도대체 비합리적이며, 극적인데다 누구도 부응할 수 없는 가상의 '상품'은 닿을 듯 닿지 않는 감각의 영역에서 명멸할 뿐입니다. 아무리 자기 이미지를 이상화된 모형과 맞추려 해도 그럴 수 없다는 걸 우리는 압니다. 시간을 당기고 환상을 향해 날아오르려 해도 공기는 무겁게 내려앉습니다.

갱신을 반복해온 오랜 세월이라고 말하진 않겠습니다. 다만 쉬지 않고 열매를 맺는 가지처럼 뻗어가기 위해선 많은 발판과 높은 사다리와 긴 로프가 필요했습니다.

시멘트만큼 딱딱한 어른의 슈트가 첫 경험만큼 두렵고 황홀한 소년기를 보낸 뒤, 우리는 생각보다 강한 유대로 엮였습니다. 특징적 유사성을 이어주는 유전 코드, 손만 들어도 마음이 통하는 민감함, 완전히 상호 보완적인 이해, 서로가 바라는 만큼의 진지함은 다른 표본과 구별되었습니다. 최고의 우정은 자신의 가치를 다치지 않고 어떻게 상대를 채우는지 압니다. 그런 우정은 깊은 배려, 배려의 태도, 태도의 방식, 방식의 선명함으로 건축되기 때문입니다.

지구의 축이 기울기라도 한 듯 삶의 기준은 바뀌었습니다. 이젠 성공이 더 빠른 차와 직장 내 지위를 의미하지 않습니다. 온종일 일한 대가로 통장이 두둑해진 사람만 부자라 칭하지 않습니다. 핵심은 풍부함입니다. 예민하지만 까다롭지 않은, 적극적이나 허세는 뺀, 선크림을 바르되 필요하면 턱수염을 기르는.

탈 근육화 시대에 어떤 역할을 고르고 맡아야 할지 고민이 큽니다. 그러나 소년의 몸과 터질 듯한 남성성을 교환하려는 것만큼 무모한 소리입니다. 당신은 당신 자신이어야 하고, 너무나 충분하며, 마땅히 그래야 합니다. 당신의 오랜 친구는 이렇게 조언하겠습니다. 오직 심장이 시키는 대로 따르라고.

고양이의 편지

나의 운 좋고도 무지한 삶 중에 이렇게 가을 냄새를 많이 맡은 적이 없습니다.

공원의 해가 빨리 지고, 서쪽 아파트 사이로 분홍색 구름이 흐릅니다.

저녁에 찍은 영화처럼 공기 입자가 거칩니다. 그리고 우묵한 은색 그릇 같은 하늘.

10월을 감지하기 위해선 많은 것이 필요합니다. 뼈와 근육, 깊게 저항하는 어두움까지.

침묵도 필요합니다. 나와 종이 사이의 공간을 채우는 침묵.

풍경으로 만든 나라와 개인의 습득 방식 사이를 채우는 침묵.

이젠 아는 사람들과 여전히 모르는 사람 사이를 채우는 침묵.

안 보이는 선물에 감사하듯 꿈 몇 개가 사라졌습니다. 그걸 꿈이라고 할 수 있다면.

사랑하는 것들은 더 늘어났습니다. 기억하는 것이 사실이라면.

과거는 빨리 무르익었지만 더는 성숙하지 못한 관계.

현재는 갈망하면서도 물러서버린 순간.

미래는 아직 맛보지 못한 군더더기.

어떻게 숨을 쉬건 어떻게 사랑받건 시간은 변합니다.

빛이 변하듯이, 잎사귀가 변하듯이.

인정받기 원하는 침묵은 이렇게 질문합니다.

당신에게 나는 좋은 친구일까. 비록 소수가 그렇게 부르지만.

나는 아름다움을 배웠을까. 비록 한가할 때 찾았지만.

별난 공포심 속에서 짧은 편지를 쓰고 모든 기억은 배경으로 다른 이의 얼굴을 원한다는 말로 맺습니다.

당신에겐 더 말할 필요가 없다는 듯이,

당신은 모든 걸 이해한다는 듯이.

10월은 고양이처럼 너무나 독립적이니까요.

요양객

그 가을, 뜻하지 않게 병을 얻어 두 달 남짓 입원하게 되었다. 그때 느낀 상념은 얼추 이런 것들이었다.

1 우주가 쏟길 듯이 어지럽다. 침대를 30도 이상 올릴 수 없으니 누운 채 눈을 감고 이야기할 수밖에 없다.

2 친구들은 왜 문병이 아니라 먹을 걸 잔뜩 싸가지고 소풍을 오는 걸까.

3 문병 온 에디터들에게 말했다. "너희들을 생각하니 퇴원하고 나면 한동안 화내지 못할까봐 그게 화가 나."

4 '그때 그 사람'이 심수봉에게 "기타를 쳐주고 위로"해주던 병실은 어느 병원에 있을까? 병실이면 의료진이 수시로 들락날락거렸을 텐데 어떻게 기타를 쳤지? 병실이 교회처럼 넓었을까? 아니면 산골짜기에 병실 하나만 있었을까?

5 병실 문이 열릴 때마다 인간이 괜히 아름답다는 생각이 든다. 주저하며 노크하는 소리, 문이 열리는 속도, 병실로 들어서는 몸짓의 주춤거림, 전력투구하여 기미를 살피고 그 순간 연민을 드러내는 각자의 방식, 그 와중에도 사랑받아야 채울 수 있는

문병객의 결핍…….

6 어떤 땐 문병 와서 자리에 앉는 순간 얼마쯤 있다가 가는 게 적절한지 헤아리는 친구들의 소극적인 초조도 예뻐 보인다.

7 환자복도 멋지다는 걸 보여주려면 몸에 딱 붙게 입어야 하나.

8 위로 혹은 격려하는 법에 서툴러도 너무 서툰 어른들은 하나같이 매력 없는 아저씨 밤비 같다.

9 왜 간호사 분들은 "제일 아픈 게 10이고 하나도 안 아픈 게 0이라고 할 때 지금 어느 정도인가요?" 하고 물어놓고 내가 "6.8이요" 하고 대답하면 뭔 소리 하냐는 듯이 "네에?" 소리 지르는 걸까.

10 지금 여기가 우주의 끝인지, 지표면 260킬로미터 아래인지, 살아서 온 연옥인지, 눈에 보이는 모든 것이 헛것 같다.

11 다른 사람들이 위에서 부감으로 나를 내려다볼 때, 밑에서 위를 올려다보기만 하는 각도의 이상한 층위.

12 스티브 호킹보다 내 처지가 좀 나은가 싶었으나, 그는 하녀도 있고 기계도 잘 다루고 돈도 많다. 게다가 나는 스티븐 호킹의 우주를 하나도 모른다. 생각나는 건, 우주가 어떻게 만들어졌는지는 알겠는데 왜 만들어졌는지는 모르겠다는 단말마뿐.

13 나는 발자국 소리 하나, 침대를 툭 치는 무심한 울림 하나에도 물리적인 타격이 낱낱이 가해지는데 어떻게 그렇게들 부주의한지, 어떻게 그렇게 하하 호호 데시벨 높게 웃을 수 있는지 좀 많이 놀랍다.

14 매일 매일이 타인을 배려하는 진짜 센스에 대해 외롭게 탐구하는 시간이군.

15 한 친구는 말했다. 내가 그동안 보지 못했던 것들을 보게 되고, 보던 것들을 뒤돌아보게 될 거라고. 그 친구는 열두 살. 지혜는 나이를 가리지 않는다.

16 단지 서 있는다거나 누군가를 쳐다보는 단순한 행위에 얼마나 복잡한 메커니즘이 기능하는가를 세포 단위까지 느낀다. 당연한 것이 마냥 당연할 수 없다는 진실까지. 세속의 극단을 헤엄치는 나에겐 좀체 드문 영적인 시간들.

17 그러고 보니 성인이 되어서 이렇게 오래 술을 안 마신 적이 없었구나. 태어나 제일 믿을 수가 없다. 자다가 깨었다가 다시 기절할 만큼.

18 언젠가 나는 법을 배워서 내일은 꼭 날아야지, 하지 말고 그냥 지금 확 날아야지. 인간은 약하고 결심은 쓸모없고 정신성은 남루해. 금방 또 어떻게 바뀔지 모르지만.

어둑어둑해질 무렵

추운 날, 미셸 콰스트 신부의 시를 선물받았습니다. 누구에게도 기대지 않고 혼자 어둠 속에 있을 때, 불안할 때, 침묵에 잠겨 있을 때, 모든 게 희미하게 느껴질 때 붙들 수 있는 말 같아서,라고 친구가 말했습니다. 그는 주(註)를 달았습니다. 네가 이 시를 좋아할지 모르지만, 나는 내가 할 수 있는 걸 하겠어.

12월엔 모든 게 범람합니다. 하늘의 영광도 땅의 광채도 온통 차고 넘칩니다. 높은 가지에서 빛이 흘러나올 때, 지저분하게 벌어진 아기의 입조차 붉게 상기됩니다. 하지만 마음은 모든 은총을 잃어버리고 재수생의 저녁 무렵처럼 어둑어둑해집니다. 우리는 하나이며 모두가 사랑이라고 분주하게 아우성쳐봤자 12월만큼 혼자라는 걸 절감하는 때도 없습니다. 이 시를 소개하는 이유는 감상적인 종교심 때문이 아닙니다. 세속의 바늘 끝을 점프하며 사는 처지지만 이렇게 거룩한 순간도 있다고 흘낏대는 것이 아닙니다. 헐벗은 마음에는 어떤 보상도 필요하지 않습니다. 단지 그 언어가 아름다웠습니다. 이렇게 드문 아름다움을 당신과 나눠 갖고 싶었습니다.

사제—주일 밤의 기도

미셸 콰스트

주여, 오늘 밤, 나는 혼자입니다. 성당 안의 소음도 차츰 사라지고 모두들 제각기 집으로 돌아갔습니다. 나도 집으로 돌아가겠습니다. 나 혼자서.

산책에서 돌아오는 사람들과 마주쳤습니다. 많은 사람을 내뱉듯 쏟아놓는 극장 앞을 지나서 일요일의 기쁨을 좀 더 오래 즐기려고 다방 앞에서 노닥거리고 있는 한가한 이들을 피해 가다가 나는 길에서 놀고 있던 아이들과 마주쳤습니다. 주여, 그 아이들은 절대 내 아이가 될 수 없는 남의 아이들입니다.

주여, 나를 보십시오. 나는 혼자입니다. 침묵이 나를 숨막히게 하고 고독이 나를 괴롭힙니다.

주여, 나는 서른다섯, 다른 사람과 다름없이 건장한 몸, 얼마든지 일할 수 있는 힘찬 팔과 누군가를 사랑하고픈 마음을 가지고 있습니다. 그러나 그 모든 것을 다 주님께 바쳐왔습니다. 이렇게 하기를 당신은 원하셨습니다. 그래서 나는 그것들을 다 주님께 드렸습니다. 그러나 주여, 이것은 여간 어려운 일이 아닙니다. 이 몸을 사람에게 주지 않고 주님께만 드린다는 것은 정말 어렵습니다. 모든 사람을 다 사랑하면서도 누구의 사랑도 받지 않는다는 것은 정말 어렵습니다. 젊은 여성과 악수를 하면서도 그 손을 오래 잡고 있을 수 없는 것은 정말 어려운 일입니다.

이성에 대한 사랑이 싹트면서도 이를 주님께 드린다는 것이 정말 어렵습니다. 자신을 위해서 살지 않고 남을 위해서 모든 것이 된다는 것이 정말 어렵습니다. 다른 사람들과 같이 있고 또 그들 틈에 끼어 있으면서도 그들을 따라갈 수 없다는 것은 정말 어렵습니다. 받을 생각을 않고 언제나 주기만 한다는 것, 내 이익은 찾지 않고 남의 이익만을 찾는다는 것, 남의 죄를 듣고 혼자 괴로워하고 이를 견디어내는 것, 비밀이 있으면서도 이를 어떻게든 터놓지 못한다는 것, 언제나 남을 이끌고 가면서도 자신은 한순간도 이끌리지 못한다는 것, 약한 사람을 붙들어주면서도 자신은 어느 강한 사람에게도 의지할 수 없다는 것이 모두 다 어려운 것뿐입니다. 혼자라는 것은 정말 어렵습니다. 여러 사람 앞에 있으면서도 혼자라는 것, 세상에 혼자 있는 것, 고통과 죽음과 죄 앞에 혼자 서 있다는 것. 주여, 정말 어렵습니다.

아들아, 그래도 너는 혼자가 아니다. 내가 너와 함께 있지 않느냐?

내가 바로 너다. 내가 아직도 끝나지 않은 강생과 구속사업을 이어가자면 또 다른 '나'가 있어야 한다. 그래서 내가 너를 나로 알고 영원으로부터 뽑은 것이다. 나는 네가 있어야 한다.

내가 계속 축복을 주려면, 네 손이 있어야 한다. 내가 계속 말을 하려면, 네 입술이 있어야 한다. 내가 계속 고통을 받으려면, 네 몸이 있어야 한다. 내가 계속 사랑하려면, 네 마음이 있어야 한다. 내가 계속 구원을 주려면, 너 자신이 있어야 한다. 그러니 아들아, 나와 함께 있어다오.

주여, 저 여기 있습니다. 내 몸도 내 마음도 내 영혼도, 다 여기 있습니다.

이 모든 것들을 이 세상 어디나 다 닿을 만큼 크게 해주시고 이 세상을 다 짊어질 수 있을 만큼 강하게 해주시고 자신을 위해서는 아무것도 간직하지 않고 이 세상을 다 끌어안을 만큼 순결하게 해주소서. 나로 하여금 사람들이 주님을 만나 뵙는 장소가 되어도 곧 지나쳐버리는 곳이 되게 하소서. 나로 하여금 주님께로 향해 가는 길이 되게 하시고 아무것도 꺾을 것이 없는 길이 되게 하소서. 주여, 오늘 밤은 모든 것이 고요한데 내 마음속은 뒤끓어 몹시 고통을 느낍니다. 모두 내게서 영혼을 탐내고 있지만 나는 그들 하나하나의 굶주림을 다 풀어줄 수가 없습니다.

온 세상이 내 두 어깨를 비참과 죄악으로 마구 찍어 누르지만 나는 자조하지 않고 천천히, 똑똑히, 또 겸허하게 "그렇습니다, 주여" 하고 되풀이합니다.

주여, 나는 주님 앞에 혼자 있습니다. 이 밤의 평화 속에서.

이 시는 1974년, 성바오로 출판사에서 발간한 《삶의 모든 것》(미셸 콰스트, 최익철 옮김)에서 발췌했음을 밝힙니다.

7장

혼자

일 년 열한 달

세상에서 가장 신기한 발명품은 시간 같지만, 실은 달력이다. 더더구나 시간은 임의로 흐르지만 달력은 불변이다. 1년을 12달, 52주, 365일로 나눌 생각은 누가 한 걸까? 그걸 다시 8,760시간, 525,600분, 31,536,000초로 쪼갠 건? 결국 사람의 일생은 살아 있는 날을 계수함에 따라 정해진다. 미래의 특정한 날짜를 골라 공식화하는 이들의 능력 역시 놀랍다. 매년 그날은 개개인의 휴일이 되니까('우리 만난 지 오백 일' 같은 것엔 마음이 가지 않는다. 제대로 셀 자신도 없고 도대체 거스르는 데가 있어서).

사람들은 일기를 발명했다. 이어 시계를 만들었다. 엄청난 일이지만 그런 초능력으로도 하루의 길이를 지금보다 두 배 늘릴 순 없다. 시간을 거슬러 반복할 수도 없다.

나는 11월이 좋았다. 나이 먹어서까지 고수해온 것들이 변할 때도. 추위엔 청결한 도취가 있었다. 한 해의 끝에서 지난 1년을 추궁할 때 12월은 뭔가 돌이키기엔 너무 늦었지만, 11월엔 잘못을 만회할 수 있는 한 달의 유예 기간이 남았으니까.

11월이 다 갔어! 하지만 아직도 31일, 744시간이 남았어…….

11월은 오린 듯이 외롭다. 별빛 총총한 밤이 지나 다음날 바삭한 아침의 정적. 파란 불꽃이 타오르는 담배. 신문지에 싸인 사과의 우수. 번성하던 것들의 이지러짐. 오후의 창백한 분홍 태양. 어두운 산의 주황색 팔레트. 땅에 고인 물에 비치는 나무의 암갈색 밑동.

어떤 11월엔 나에 대해 새로운 걸 알게 되었다. 예전보다 열과 추위에 원시적으로 반응하기 시작했고, 봄날이 서둘러 그리워졌다.

질질 끌지도 재촉하지도 않는 4월의 바람엔 아무것도 달라지지 않는다는 약속, 기적과 같은 맛이 섞여 있었다. 매일 저녁, 달빛 아래 어리둥절한 즐거움 속에서 친구들과 술을 마시면 하루하루가 병적으로 빨리 지나갔다. 이런 막간이 금방 사라지지 않을까, 초조는 쾌락을 손상시킬 정도였다.

3월의 음울한 대기는 어긋난 약속 같았다. 남은 눈은 다 녹고, 산중턱에서 싹처럼 돋은 안개는 겨울이 다 지나갔음을 알렸다. 태양의 아치 위에 드리운 구름, 봄비의 습기 속에서 1월의 바스라진 회색빛을 그리워할 때면 순진한 세상이 어서 다가올 거라는 몽상이 몽글거렸다.

5월 아침엔 셔츠에 땀을 흘려도 상관이 없다. 순을 틔운 나무와 열린 꽃봉오리. 옷가게 밖으로 울리는 음악. 빵집 앞에 늘어선 쾌활한 줄을 보면 나쁜 일들은 하나도 일어나지 않을 것처럼 화사하게 마취된다. 욕망의 무정부 상태랄까. 초여름 옷을 입은 여자들 앞에서 남자들은 기혼자 처지를 후회한다. 온기가 남은 밤엔, 올해는 작년보다 나으리라는 기대와 더 좋은 사람이 될 것 같은 과장된 믿음이 웅성거린다.

1월은 싫었다. 첫날의 새 결의가 순식간에 헌것이 되니까. 31일도 실수 같았다. 31은 어떤 숫자로도 나눌 수 없다. 반쪽 달(月), 반쪽짜리

주(週)도 만들 수 없다. 무엇일까, 이런 의미없는 실망은?

2월은 오기도 전에 싫증이 났다. 다른 달보다 인색한 달이라서.

8월의 휴가도 늘 실망스럽다. 기대가 그렇게 큰데 어떻게 안 그렇겠어? 햇빛이 해바라기 샤워기의 물줄기처럼 쏟아져도, 아무리 커다란 열매가 열려도, 시무룩해진 마음은 펴지지 않는다.

8월의 메아리가 조금 먼 데서 들릴 때 9월은 노래한다. 가로수의 나뭇잎은 무성해도 우리들의 마음엔 낙엽이 지네.

시작도 끝도 없는 달, 7월에 일어난 일은 영원한 여름이라는 옷감에 스며든다. 과수원의 비현실적인 그림자, 댓돌 위의 요란한 비, 밀집된 빛이 희미해지는 어떤 단계, 망토처럼 퍼지는 수증기. 멀리서 웃는 사람들은 자기 그림자와 숨바꼭질한다. 우리는 한때 그렇게 놀던 아이들이었다. 은밀한 연인은 숲에서 만난다. 단단한 살의 무중력. 이끼 낀 주택가 계단. 그 아래서 일렁이는 몸. 남자의 야릇한 산책길. 프린트 원피스를 입은 바닷가의 여자. 소문과 가면.

10월은 과거와 현재, 두 방향에서 온다. 축축한 밝음, 진고동색의 환각. 어둠은 계절의 면적을 덮는다. 불만족스러운 서쪽 달. 신들의 따분한 행진. 나무 타는 맛이 나는 공기의 응답. 빙점에서 바람이 불어올 때 북극의 난민처럼 하늘 아래 서 있으면 세상이 얼마나 낯선지 알게 된다. 10월은 어쩌면 한 해의 진짜 마지막 달 같다. 파국이 아닌 하나의 미스터리로서.

12월은 더 외롭다. 12월에는 살이 찌니까. 슬픈 집중, 노출된 우울, 어두운 인내심, 동반의 의미, 가장 많은 촛불, 붐비는 호의. 잠자는 애들은 마술이 퍼덕거리는 소리를 듣고 이모는 소파에 앉아 졸며 점심을 기다리는 상냥한 시간, 다른 세계로 스며들 것 같은 이상한 투과성, 가지 위에서 반짝이는 서리, 흰 눈에 맞서는 검은 코트, 열띤 볼, 이른 황혼의 입김, 용납할 수 있는 비의 냉랭함, 바람에 저항하는 실내의 귤색 불빛, 가장 차가운 샴페인 한 잔, 회한을 남기지 않는 구매 행위…….

12월의 마지막 밤. 많은 날이 지나갔다. 무엇이 그렇게 애절했는지는 다 잊었다. 숫자를 붙이고 싶은 새벽이 오면 다시 읊조린다. 모든 것은 사라진다고. 사라지는 것은 역시 아름답다고.

내 마음의 지도

한때의 문명에는 경험과 직감이 가장 중요했다. 역사는 국가의 운명을 정한 산과 강과 평원 사이의 끝나지 않는 충돌. 충돌을 만든 것은 지리였다. 그때의 세상은 인구를 가두는 봉우리와 좁은 골짜기, 그들을 풀어주는 넓은 평원과 수로로 이루어진 입체 지도였다. 모든 영토의 윤곽은 지도에 그려져 있었다. 물리 영역에 속해 있던 19세기의 박제된 지리가 우주적 아우라를 지닌 우리를 그릴 때, 등고선, 해수면의 높이, 사하라, 아프리카의 인구 밀도, 울란바토르에서 블라디보스톡에 이르는 정확한 거리 같은 먼지투성이 통계는 중요하지 않다. 계몽적인 호기심을 자극하는 흥미진진한 지리는 따분할 뿐이다. 교육이 정한 수리적 지식의 목표는 발견의 순수와 세계를 배우는 스릴, 또는 그것을 일깨우는 능력을 망가뜨렸다. 도시와 도시를 제트족처럼 드나들며 비잔틴 문명과 스코틀랜드 북동부의 문명 간 접속로를 추적해보리라는 기개는 처음부터 있지도 않았다. 언젠가 북극으로 미끄러져내려가거나 손가락 끝으로 새빨간 적도를 느낄 거라던 소년 시절의 공상도 다 사라졌다.

하지만 매일 마중 나가는 뻔한 날들, 눈 버릴 것 같은 뻔한 사건, 뻔한 인간들의 뻔한 궤적, 상상력이란 존재하지 않는 뻔한 복제 구역,

4월 봄밤의 뻔한 세속에 신물 날 때 아직 발견되지 않은 대륙 심장부에 모든 것이 이채로운 나라가 있다는 이런 확신.

제한된 지리학에는 개인사만 끓어넘친다. 이젠 굉장한 교통체증으로 꼼짝달싹 못할 때 차창 밖으로 동시에 양쪽 팔을 펼치면 정말 재미있다는 걸 배우고 싶다. 새로 펼친 내 마음의 지도 위에선.

먹고 떠들고 돈을 내라

영화는 〈벤허〉보다 백 배는 감동적이었다. 그 '날아라 삼겹살'이 옆에 앉기 전까지는. 스크린 음향이 버석버석, 비닐 봉지 소리와 추르릅 춥춥, 과자 씹는 소리에 묻힐 때, 그 삼겹살의 목을 조르지 않은 게 지금도 화가 난다. 다른 영화는 〈애수〉 뺨치게 슬펐다. 또 다른 오겹살이 사워크림을 흘리며 뭉개진 햄버거를 처먹기 전까지는.

일상 중에 누가 무엇을 먹건 나와는 상관없는 일이다. 누군가 타조알 통조림이나 황소 망막 초무침을 먹고 있다면야 인상 깊게 봤겠지만. 손바닥을 바지에 슥슥 문지른 그 돼지 비계가 피날레를 장식하기 위해 트림 한 방 대차게 날렸다면 놀라지도 않았을 것이다.

사람들은 먹는다. 언제 어디서나, 최면에 걸린 듯이. 공공장소? 무슨 대수야? 축산물 등급 판정하듯 도장 찍힌 손목을 쳐들고 식당으로 직행하는 결혼식장은 말할 것도 없지. 이러다 장례식장에서 피자 시키는 날도 오고 말 것이다. 춘궁기며 보릿고개가 아직 안 지난 걸까? 배를 곯는 성인들이 이렇게까지 많았나? 구강기 집착 말고는 설명할 길이 없다.

이젠 햇빛 아래 고개를 떨군 채 졸고 있는 노인이나 노숙자 빼고는 아무도 사색하지 않는다. 생각 자체가 사회적 금기로 낙인 찍혀 추방당했으니까. 몇몇은 명상하러 명산대찰로 들어간다지만 그게 숨쉬기 위해 돈을 내는 것과 무엇이 다른가. 다 공짜로 할 수 있는 일인걸.

결국 사색은 예술이 되었다. 그리고 잠깐 사이에 인스타그램과 ASMR에 자리를 뺏겼다. 정치한 고상함이며 심오한 화두가 대중적 상상력을 잠깐 사로잡을진 몰라도 유치한 사건사고로 옥신각신, 히스테리에 빠지는 재미만 못한 것이다.

열광과 고요를 조절해야 하는 클래식 공연장에서 오뉴월 개구리처럼 산발적으로 터지는 기침 소리에 질려버린 뒤, 사람은 조용히 있는 것 자체가 불가능하다는 걸 알았다. 그들이 지속적으로 쿨럭대는 건 자기가 거기 있다는 걸 알아봐달라는 호소이기 때문에.

나는 공연장에서 소음을 내는 사람에게, 이를테면 기침 한 번에 얼마,라는 식으로 벌금을 물려서 나처럼 조용하고 가난한 사람의 복지를 위해 써야 된다고 생각한다.

타인의 숙제

올여름, 처음 보는 더위에 녹다운되면서 뭔가 오싹해졌다. 기후 시스템은 지구 전역에 걸친 해류와 바람의 순환으로 이루어지는데 마지막 빙하기부터 만 년이 넘게 비교적 안정적으로 지속되어온 기후 시스템이 아예 뒤틀려버렸나. 태양은 궁창이 열린 듯 이글거렸다.

지구온난화는 공룡의 멸종 속도를 방불하는 속도로 생물을 궤멸시키는 중이다. 과학자들은 지구와 충돌하는 소행성 때문이라는 이론을 줄기차게 제시하지만, 지구를 망가뜨리는 건 다른 누구도 아닌 바로 인간이다. 인간이 대기 속에 방출하는 이산화탄소 양만 해도 성간 사이 에너지 균형을 흔들어버릴 정도이다. 지구가 방사하는 축적된 열에너지 또한 다른 행성 사이 생명 체계의 예민한 구조를 느슨하게 만든다. 엊그제 해수욕 하던 남해 바다는 인류를 길렀던 옛날과 완전히 다른 화학적 수소이온농도로 변형되었다. 그리고 이 불길한 징조의 대가는 지금 막 태어난 아기들이 치를 것이다.

지구온난화야말로 해양어장의 파괴, 기능을 상실한 가족, 이스라엘의 베이루트 폭격, 빈곤과 기근, 민족주의, 서로 교통하지 않는 공동체, 쇠하는 민주주의, 공공 토론장의 재봉건화에 견줄 재난이 되었다. 아니, 인간과 지구의 생존 가능한 조합을 근원부터 부정하는 마지막 환란 같다.

그러나 환경을 지키는 일에 투신한 영웅들의 이야기는 어쩌다 내가 보여주는 박애조차 이기적이라는 사실을 되비춘다. 나는 동시대인의 임무, 도덕의 목적, 공동의 대의를 모르니까. 입만 열면 자기만 제일 아픈 류머티즘 환자처럼 내 이야기의 주제는 나뿐이니까. 지금 여기가 어디인지, 내가 디딘 땅이 왜 흔들리는지 관심도 없으면서 괜찮은 시민인 척하니까. 타인의 행불행에 개입하지 않고 나만 고상하면 되는 매우 독립적인 개인이니까.

무엇을 할 수 있는지에 대한 내 대답은 "다음에 나중에 먼 훗날에" 뿐이었다. 재난 현장에 달려드는 직접적 행동은 꿈도 못 꾸면서 오지의 아이들을 입양하는 방식이 해법인지 고민만 한다. 인식하는 순간 움직여야 한다는 게 성가셔서, 의무를 무시하는 게 편해서, 장기간의 헌신이란 오직 타인의 숙제인 것만 같아서.

저녁에 혼자 있는 법

세상에서 가장 바보 같은 것은 바보 같은 질문이란 없다고 말할 때. 어느 술자리에서 누가 나에게 한 질문은 첫 번째 단서를 주었다. 그는 가능하다면 역사 속 인물 가운데 누구를 저녁 식사에 초대하고 싶으냐고 물었다. 나는 내 자신이라고 답했다. 거울 속에 있는 것 같은 사람과 빵을 나누어 먹는다는 것. 다시 생각해도 상식 위에 진심을 보탠 말이었다.

나는 혼자 먹고 마시는 것을 좋아한다. 저녁에는 메뉴든 서정적인 측면이든 몇 가지 더 갖추고 싶지만 괘념치 않는다. 누구도 언젠가는 혼자 남게 되니까. 물론 혼자 백화점 통로를 걸어본 적 없고 누구와도 친구가 될 수 있는 명랑한 사람에겐 불필요한 질문이다.

24년 전, 펜 스테이션 역 근처 레스토랑에 앉아 있던 저녁, 나는 세상에서 가장 고독한 부랑아 같았다. 나는 혼자였고, 테이블은 너무 컸으며, 가죽 소파는 과장되게 높았다. 혼자 식사할 때 통과해야 하는 몇 가지 과정이 그렇게까지 고역스러울 수 있다니.

혼자 갈 땐 붐비는 식당도 신물 나도록 낭만적인 식당도 다 불편하다. 가격이 너무 싼 곳도 화려가 지나쳐 바로크와 로코코가 성교하는 레스토랑도 애매하긴 마찬가지. 그런 점에서 초밥 집은 혼자 가기가 제일 좋다. 하지만 그때만큼 혼자라는 자각이 드는 순간도 없다. 게다가 나는 들어갈 때나 나갈 때 항상 입가에 친절한 눈금을 그려 보이는 주인에게 말을 건넬 주변머리도 없다(이제는 좀 생겼다).

아무 데서나 되는대로 혼자 먹을 바엔 차라리 호텔 레스토랑에 간다는 사람도 봤다. 그렇지만 이제는 상관하지 않는다. 혼자도 좋으니까. 담백하게 이야기하는 사람들과 목청 큰 사람들, 매너가 숙성되지 않은 사람들과 메뉴를 여태 못 고른 사람들이 섞인 레스토랑, 스태프들이 혼자 온 손님을 연민으로 대하지 않고, 미소 짓되 자원봉사자처럼 과장하지 않으며, 그를 혼자 두는 법을 아는 레스토랑이라면, 또 가끔 "양파 수프 좀 어때요?" 하고 조용히 살펴주는 데라면.

작은 책을 보며 포크를 움직일 땐 내 앞에 놓인 해물 샐러드까지 네가 다 먹으라고 할 사람 없어도 머릿속에서 허밍이 울린다. 비록 식기 소리가 너무 웅장하며 음악이 완전히 요즘 것인데다 모든 기호를 충족시킬 백만의 메뉴 앞에서는 더 이상 책을 읽을 수 없지만.

어쩌다 깜짝 놀라게 싼 와인이 복잡하게 나열된 리스트를 보면 기분이 덮어놓고 좋아진다. 혼자 마시는 다른 손님들과 평소에 없던 인류애를 나누고 싶을 만큼. 그래도 혼자는 조금 외롭다(마더 테레사는, 아니라고 하셨겠지만 혼자 드실 때는 약간 우울해하지 않으셨을까). 메뉴에 2인 기준이라고 쓰여 있을 땐 더 외롭다. 그땐 내 옆 테이블에서 열애 중인 분들을 위해 주문해줘야 할까? 아니면 혼자 2인분을 먹으며 외로움을 이겨야 할까? 그런데 왜 혼자는 못 견뎌하면서 사람들이 모인 데서는 그렇게 진저리를 칠까. 세상은 보이는 모든 것이 미스터리이다.

시간의 얼굴

임마누엘 칸트가 이 말을 하지 않았다면 시간 같은 건 없다고 내가 먼저 말했지 싶다. 최소한 전우주적이고 절대적인 시간은.

시간이 존재하기 전, 손목시계 시장은 참 지리멸렬했다. 150억 년이 지나 시계 수집이 취미에서 진지한 투자로 진화한 걸 보니 감회가 무척 새롭다. 아무튼 그동안 모은 시계가 모두 얼만지 두근두근 계산해 보았으나 바쉐론 콘스탄틴 250주년 기념 투르드릴이나 2002년 파네라이 한정판 정도가 없는 한 다 쓸데없는 짓이었다.

시계의 가치 역시 여러 요소에 기초한다. 한정판 생산 시계나 제조 중단된 것들은 종종 최고가를 휩쓴다. 제2차 세계대전의 여파로 만든 시계는 최상급 블루칩이다. 그 시절 파텍 필립은 정말이지 즐겁고 파괴적인 역설로 가득하다. 거의 생산되지 않았다는 이유로 가치가 천정부지로 치솟다니. 1920년대 도자기 다이얼이나 초기 초박형 같은 특정 장르 또한 시계 수집의 비옥한 토양이 된다. 1930년대 초 최초의 방수 시계 롤렉스 오이스터, 높은 고도용으로 디자인된 IWC 플리거 크로노그래프 1939처럼 시계 제작 기술의 새 막을 연 모델 역시. 특정 행사나 유명인사의 이름도 시계의 존재감에 힘을 싣는다. 하지만 이젠 탐구욕이 식었고, 무엇보다 돈이 없다.

시계는 대부분 추나 평형 바퀴, 소리굽쇠, 진동하는 크리스털 같은 무엇이 스프링과 무게로 가한 동력의 횟수를 더함으로써 작동한다. 이 무엇인가가 특정 횟수를 반복하고 나면—추는 1~2회, 평형 바퀴는 5~10회, 쿼츠 크리스털은 32,768회—시계가 1초 지났다고 외친다. 시계의 정확성은 진자 장치가 얼마나 균일하게 왕복하느냐에 달려 있는데 그게 꼭 시계 가격과 비례하진 않는다. 콜로라도 미국표준기술연구소의 세슘 원자시계는 1억 년에 1초 꼴로 틀린다. 8천 원짜리 쿼츠가 한 달에 8초 늦을 때 8억짜리 기계적 경이는 8분 더 빨리 갈지 모른다. 즉, 틀리지 않는 시계는 없다. 그런데도 광고에 실리는 시계들의 10시 10분은 참 행복해 보인다. 문자판이 두 팔 벌려 만세 부르는 게 링컨과 케네디 암살 시각과 관련 있어서라는 얘기는 다 거짓말. 제조사가 로고를 구성하는 데 가장 이상적인 포지션이기 때문이다. 다 아는 얘기지만.

시계의 디테일은 혼란을 주기 위해 디자인되었다. 그런데 어떤 다이얼이 "나 항공기 함장이야!"하고 뻐길 땐 브랜드 시그니처가 당장 드러난다. 또 제조사 이름이 다이얼에서 지워지면 상표를 구분하기 무척 애매해진다. 브랜드 정체성은 케이스나 형태에 갇혀 있지만 시계 유리처럼 작은 요소에도 머문다. 사이클롭스 돋보기 날짜 창을 빼고 롤렉스를 상상할 수 있을까. 기술과 재료는 외장을 두드러지게 개조하기 위한 더 기발한 조건을 제시한다. 마노, 공작석, 운석, 루비라이트, 칠보, 에나멜……. 재료의 범위는 상상력에 의해서만 제한된다. 다이얼과 메커니즘 사이의 선은 갈수록 희미해지다가 급기야 '시계학적' 물질이 아닌 지푸라기까지 페이스에 쓰였다.

쿼츠 위기로 시계공들이 고장난 용수철처럼 멈춰버렸을 때 스위스는 자책 말고 할 게 없었다. 위기를 넘긴 보상으로 시간 기록업에 종사했던 나라는 이제 시계업 자체에 골몰한다. 그 무딘 도시 바젤의 실험실에서 매년 기상천외한 시계들이 출품되는 걸 보다 보면 눈이 정수리에 달리다 못해 로즈골드 베젤조차 평범해 보인다.

그동안 말하는 시계가 있었다. 향기를 뿜는 시계, 항말라리아 시계도 있었다. 바늘이 없는 아날로그 시계, 공기를 에너지원으로 삼는 시계, 아무것도 없는 페이스에 볼이 굴러다니다 수평으로 놓으면 지금 시각에 멈추는 시계, 형광 초록 물질이 움직이며 숫자를 표현하는 시계, 빌트인 드럼 세트와 키보드를 동원해 차이코프스키를 연주하는 시계……. 이 정도면 거의 컬트 아닌가. 작고 둥근 공간에 몇 개의 서브 다이얼과 여분의 바늘과 달 형상이 더해지다가 종국엔 미로로 변해버리다니.

보석이 그냥 앉아서 뽐내고만 있을 때 시계는 벌이를 위해 일을 해야 한다. 1천7백28개 부품과 24개 바늘을 가진 세상에서 가장 복잡한 파텍 필립 칼리버 89는, 빨래는 못하지만 다른 일은 33가지나 한다. 2376년의 크리스마스 요일을 알아내고, 2천8백 개의 별이 수놓은 밤하늘 차트도 보여준다. 컴플리케이션이 기본적인 시간 기능 말고도 추가된 성능 모두를 뜻하는 건, 일이 하도 많아 합병증(complication)에 걸렸다는 걸 암시하는 게 틀림없다. 기온과 윤달과 춘분, 달의 위상과 주기와 시차까지 척척 살피는 걸 보면 필시 지구가 멸망하는 시간까지 스스로를 리셋해두었을 것이다. 하지만 내 생각엔 나도 못지 않게 복잡한 구조와 사상을 가졌으니 그렇게까지 놀랍진 않다.

그리고 투르비용. 19세기 시계공 아브라함 루이 브레게가 발명했다는 이 장치는 너무 복잡해서 용도를 듣기도 전에 머리가 아프다. 그는 중력이 포켓용 시계에 미치는 영향을 최소화하고 시곗바늘의 정확도를 높이기 위해 회전 케이지(이게 뭐지?)로 탈진기(이건 또 뭐야?)와 밸런스 휠(아, 하나도 모르겠다)도 만들었다. 중력을 거뜬히 극복한다고 하지만 어떤 상황에서 그 성능이 발휘되는지, 실제로 수행되는지는 솔직히 잘 모르겠다. 용도나 필요와는 별개로 기본인 척 장착되는 건 순전히 투르비용을 자랑하려는 시계공들의 망상 아닌가? 혜성처럼 나타난 그뤼벨 포지는 (백 년 전 어느 난파선에서 발견된 안티키테라 메커니즘의 현대 버전으로서) 네 개의 투르비용이 한꺼번에 돌아가는 기술까지 개발했다! 시계 엔진의 사적인 부분을 가리지 않고 유리 엑스레이를 통해 안을 들여다보도록 렌더링한 스켈레톤을 보면 어쩐지 갸웃해진다. 돌아가는 내부 장치를 황홀하게 구경하다 말고 그중 하나가 작동하지 않는다는 의구심이 드는 것이다.

어느 아침에 살구만 한 검정 세라믹 시계를 보며 생각한다. 이건 영원이야. 그러니까 영원을 구매하면 최대한 신과 가까워지겠지? 혹시 시곗바늘을 거꾸로 돌리면 인생을 되돌리게 될까? 시간이 거꾸로 흐르면 기억은 미래의 것이 될까? 근데 시계를 몇 분 앞으로 돌려놓고 지각하는 습관은 언제부터 시작된 거지? 시간이 시간에 쫓기기 때문에? 스와로브스키 보석 알이 내 주의를 끌고 싶은 듯 동그란 스크린 위에 미끄러지면 제임스 조이스가 생각난다. 그는 다른 시각으로 설정된 시계 여러 개를 동시에 차는 걸 좋아했지.

현재와 과거의 간격은 공간과 중력과 움직임에 달려 있다. 그러니까 "어디서?"와 "얼마나 빨리?"를 고려하지 않고는 "언제?"라는 질문에 답할 수 없다. 어쨌든 시간을 아끼기 위해선 원하는 시계를 가져야 한다. 나만 그런가?

인생은 짧은데 걱정만 는다. 만약 시공간 위에서 우주가 탁구공 크기로 찌그러지는 때가 오면 영원한 달력이 탑재된 플래티넘 소티리오 불가리는 어떻게 하지? 뭐, 그건 그때 가서 다시 생각하고 지금은 맥주를 마셔야지. 거품 다 꺼지기 전에.

노상에서 담배나 피우며

평생 해온 일도 그만둘 때가 있다. 대신 전혀 몰랐던 일을 순식간에 배우기도 한다. 담배 피우는 법 하나 배우지 못하고, 필터 무는 순간의 그윽한 향연도 모르고, 재로 덮인 재떨이를 씻어본 적도 없이 연기 한 모금이 허공을 채우듯 담배를 찾았다. 그래봤자 일주일에 한 개비. 이건 필시 담배 때문에 죽은 사람들의 손이 무덤 밖으로 나와 내 이마에 재를 턴 게 분명해…….

그동안은 금연 빌딩이나 비행기 안에서 고통스러워하는 이들을 살피며 남의 불행이 곧 나의 기쁨이라는 전율로 자지러졌다. 치흔만 남은 꽁초를 일렬로 세우던 무르익은 후배 중독자들을 불러세우고 그 갈색 구취를 도대체 어떡할 거냐고 다그쳤다. 그때만큼 순수하게 고소한 순간도 없었다(고대 그리스인들은 이런 태도를 오만이라고 했겠지. 신의 권세를 갈망하는 인간의 거드름이라고).

어렸을 땐 지옥 같았던 것들이 언젠가 그렇게 나쁘지 않은 순간이 온다. 그러고 보면 담배가 해롭다는 이미지는 매달릴 가치라곤 젊음 하나뿐인 사회에 해당되는 것만 같다. 그래서 황달기가 비치기엔 시간이 좀 남은 손가락으로 가느다란 몸체를 그러쥐고는 서툰 입술로 빨아 당긴다. 이젠 일주일에 두 개비. 몸을 불건강에 팔아넘겼다는 죄의식이나 담배의 엄숙한 사색 같은 건 생각하고 싶지 않다.

니코틴이 혈류에 섞여 몇 시간이고 돌아다녀도 다음날 아침, 하루의 무기력을 씻는 에스프레소의 위력에 못 미친다. 그렇지만 슬픈 일이 너무 많아서 폐 뒤로 넘어간 연기가 다시는 밖으로 나올 것 같지 않다. 아픈 후배가 털고 일어나서 예전처럼 당신은 슈퍼맨이에요, 하고 추켜세우는 소리를 꼭 다시 듣고 싶다.

춤과 술

어렸을 땐 춤을 추었다. 일곱 살 때도, 대학생이 되어서도. 잡지사에 들어가서는 가끔 마감 뒤풀이로 노루 떼처럼 춤을 추었다. 물론 우아한 댄서일 리 없었다.

지금은 탱고가 들린다고 해도 바람을 가를 수 없다. 다 큰 남자가 엉덩이를 흔드는 건 안 되는 일. 헤프게 농담할 수 있고 사람 많은 데서 넘어질 수도 있지만 춤은 출 수 없다. 춤추는 법은 배운 적도 없이 잊어버렸다. 거울 속에서 몇 번 구체관절인형처럼 꿈틀댄 적은 있다. 그러나 밤이 오고 술을 마시고 모두의 피돌기가 빨라졌을 때 누군가 들썩일 기미를 보이면 당장 얼어붙는다. 얼굴 벌개진 상사가 파이 속 고깃덩이를 헤집듯 집요하게 나를 당겨본들, 팔은 알래스카 송유관처럼 딱딱하고 다리는 얼린 고등어처럼 꼼짝 못하는 수감 상태. 댄스머신이 빙의했다 한들 평창 돌배처럼 배 내밀고 씰룩거리더라는 목격담만 남길 것이다.

남자 인생엔 위엄을 지키는 게 전부인 때가 있다. 그때 춤은 단테의 지옥으로 향하는 마지막 관문이다. 윗세대도 그랬다. 돈을 버는 순간 권위와 책임의 세계로 들어간다. 그래서 나는 아버지의 춤을 본 적이 없고, 그 때문에 전적으로 그에게 감사한다.

남자의 춤은 십대 시절이 불러오는 비참한 기억의 고요 속에 있다. 〈더티 댄싱〉을 흉내내던 열일곱 살의 나를 친구가 떠올린다면 그를 당장 죽여버릴 것이다. 어느 날 실성해서 오랑우탄처럼 춤추는 나를 누가 본다면 다음날 내 다리를 분질러버릴 것이다.

두꺼운 낯짝이나 뻔뻔함 같은 요소는 어른 남자의 신체와 편히 어울릴 수 없다. 나이 들수록 몸에 대한 자의식은 삼 년 입은 팬티 고무줄처럼 늘어나기 때문에. 나는 알고 있다. 구석에서 양주잔을 든 채 역설적 점잖음으로 흐릿하게 앉아 있은들, 한번쯤 장식된 존엄성을 지키려 해본들, 손톱이 펜치로 뽑힌 듯 일그러진 미소로 춤추는 이를 멸시한들, "나는 테르프시코레 풍으로 왈츠를 추는 죽은 남자"라고 헛소릴 해본들 아무 의미 없다는 것을.

춤추는 사람들은 무섭다. 섹스보다 강렬한 엔도르핀을 발사하며 두개골을 비워버리는 건 광란의 밤에 우주를 향해 흔드는 엉덩이 말고 없다. 실은, 플로어에서 바보처럼 보이는 것보다 폼 나 보이는 게 더 무섭다.

여자 몸은 남자보다 훨씬 리드미컬해 보인다. 그렇지만 춤을 잘 추는 건 여성적인 몸짓이 아니라 흐름을 잘 탄다는 의미이며 동시에 몸을 잘 쓴다는 얘기일 것이다. 'YMCA'를 들으며 윈드서핑을 하거나 호피 코트를 입고 맨발로 쿵쾅거리는 게 춤일지는 모르겠지만, 누군가에겐 문지방을 타넘거나 손가락을 까딱하거나 상모돌리기처럼 머리를 휘젓는 것조차 춤일 것이다.

비욘세가 아닌 이상 여자들의 자연스러운 자의식은 모든 춤 동작을 단순화시킨다. 남자들은 기관차처럼 손을 휘저으며 먹이를 들추듯

스테이지를 유린한다. 가끔 줄을 당기듯 추임새를 넣거나 정원의 스프링클러처럼 팔을 뻗고 빙글빙글 돈다. 재킷을 어깨까지 내리고 두 팔을 몸에 딱 붙이곤 입을 내민 채 돌아다닌다. 과일즙을 내듯이 주먹을 쥐고 좌우로 비튼다. 뻐드렁니로 입술을 깨물며 미친 닭처럼 목을 뒤로 젖힌다. 거기다 바닥에 누워 등으로 스핀하기, 손가락 튀기기, 담배 끄듯 발 비비기, 거길 잡고 허리 흔들기, 양손 검지를 천장으로 찌르기…… 해선 안 되는 행위가 그날 밤을 친절하게 망가뜨린다.

두려움 없는 애들은 어디에나 있다. 다른 사람이 자길 어떻게 보건 전혀 상관없는 애들이야말로 수치심으로부터 탈출해 열락의 메시지를 전하는 무명의 댄서인 것이다.

무서운 각오로 클럽을 장악하는 여자를 보면 알게 된다. 춤은 수평적 욕망의 수직적 표현이며, 스탠드업 섹스며, 발기된 둔부며, 죄책감 없는 딥 키스며, 불성실한 전희며, 집요한 사회 의식이며, 최고의 최음제이며, 비교할 수 없는 외설이라는 것을. 몸으로부터 우러나와 접신하듯 가슴을 흔드는 여자라면 어디에서도 살아남을 것이다.

춤과 운동량의 상관관계를 따지고 칼로리를 세는 순간 춤은 끝난다. 생일을 축하하는 클럽 플로어에서 다음 단계로 돌입할 때, 그 여자가 당신의 두 손을 꽉 쥐고 "이 음악 들으니까 옛날 생각이 나"라고 귓속말을 할 때, 그중에서 제일 예쁜 여자가 성냥개비만큼만 입고 눈을 흘기듯 올려다볼 때, 춤의 순수는 끝나버리고 마는 것이다.

그런데 나는 춤 말고 술이 필요하다. 진짜 춤은 발효된 술로 시작되었다가 증류된 술로 봉인되기 때문에.

가장 외로운 사실

각 세대의 특성에 대한 인구학자들의 탐구는 면밀한 만큼 피상적이다. 사실 아들과 아버지만큼 다른 세대끼리 모호하게 대하는 예도 없다.

혼란이 어떻게 일어났는지는 다들 얼추 안다. 할아버지가 무등 한 번 태워준 적 없는 아버지는 근면하기만 했지 자기 아들을 어떻게 길러야 하는지에 대해선 백치나 같았다. 아버지를 롤모델 삼지 못한 채 짜증 다스리는 법을 모르는 아들은 평범무쌍한 집안이면서 영웅을 고대하고, 쥐뿔 없으면서 부자를 지지하는 아버지를 욕하고, 그의 망할 직업을 탓한다. 늙은 주제에 사라진 권위에 매달리는 아버지의 허세는 더 봐줄 수도 없다.

아버지는 가난하고 어리석어서 좋은 부모가 될 수 없었다. 사십대에 이미 늙어버린 아버지는 자기도 어린이인 채 세상에 자기를 닮은 어린이를 데려왔다.

아들을 최고 학교에 진학시키고 철마다 한정판 운동화를 사준다 해도 더는 자랑스러운 아버지가 아닌 때가 온다. 함께 쇼핑할 때 바지 밑단을 줄일 필요 없는 아들의 긴 다리와, 조수석에서 여자애 세 명에게 동시에 문자하는 아들을 부러워하는 순간 붕괴는 시작된다. 아버지는 자기가 자란 옛날과 비교해서, 아니 이때까지 겨우 얻은 것조차 게임이 안 되는 환경, 예술과 학습이 차고 넘치는 일상, 유희와 유흥의 엄청난 선택권을 가진 아들을 질투한다. 아버지가 어렸을 때 그의 부모는 장난감이 왜 불필요한지 설명도 없이 이틀마다 때렸다. 지금 아들은 멀티플레이 게임기도 있고 가지고 놀 시간도 조금 있다. 중학교 때 기억이라곤 톱밥 난로 하나로 버티던 겨울밖에 없는데, 아들은 웃풍 없이 따뜻한 교실에서 공부하다니.

아버지는, 자기는 가져본 적도 없는 것을 주어도 고마워하지 않는 아들에게 화를 낸다. 하지만 아들은 풍족함밖에 모르는데 어떻게 당연한 것에 감사한단 말인가. 치사한 분노를 누르고 억지로 이해하려 해도 아버지가 찌질하다고 생각하는 아들의 마음이 다 읽힌다.

가장 외로운 사실은 아들이 아버지보다 훨씬 재능 있고 멋지다는 것이다! 아들은 스시와 회의 차이를 알고, 디지털을 동생처럼 다루며, 생활 영어쯤 콧구멍으로 구사한다. 늙을 기미조차 안 보인다. 새엄마가 아들만 사랑하는 게 싫어서 그애를 사막에 내다버리는 그림 동화까지는 아니어도, 아버지의 질투는 격렬하게 치솟아오르다 소년 강화 콤플렉스로 불이 붙는다. 마침내 공허에 압도된 아버지는 돌아갈 수도 없는 일곱 살 인생을 애타게 부르짖는 것이다.

아들이 학교에서 겪는 일들이 물질과 별 상관없다는 걸 이해했을 때 아버지는 아들 주위를 맴돌기 시작한다. 질투 때문이 아니라 아들 나이에 누리지 못했던 것에 여전히 화를 내는 자신이 미워서, 아직도 그걸 못 버리는 마음이 서글퍼서.

샤넬을 든 스웨덴 사람

실체와 같건 아니건 고정관념은 흔히 도표화된다. 국민성이 특히 그렇다. 이탈리아인은 화려하다 못해 현란하고, 독일인의 엄격함은 청결 강박증으로 이어지며, 영국인은 어떤 상황에서도 의연하다는 식이다. 일상을 이어주는 행위로서의 쇼핑은 나라마다 또 어떻게 다를까?

(누구도 타인보다 더 중요하지 않다는) 평등에 대한 믿음은 스웨덴의 사회주의적 성향을 지배한다. 대형 원스톱 숍 사이에서 H&M과 이케아의 존재감이 유독 우뚝한 건 그래서다. 두 브랜드의 철학은 국가 정신과 닮았다. 너와 나, 우리는 모두 패션과 인테리어를 누릴 자격이 있다! 평등을 강요하는 사회 분위기는 럭셔리 혐오에 이른다. 샤넬을 든 스웨덴 사람이 그렇게나 드문 건 그들에게 샤넬은 자기 것이 아니라서다. 이성적이다 못해 갑갑한 민족성, 정연하다 못해 냉담한 질서는 삶에 필요한 모든 건 분별 있게 조직되어야 한다는 가치로부터 온다.

명동의 저가 화장품 가게와 구찌 매장을 동시에 들르다 말고 제주도에 땅을 사러 가는 중국인의 쇼핑처럼 복잡하고 호쾌한 것도 없다. 시장 중심의 유물론과 가시적 상징물인 쇼핑몰에 대한 반감으로 과시적인 소비를 불허하던 중국인들은 럭셔리 시장에서 불이 붙었다.

'명품'은 지위의 고속도로가 되었다. 도시를 메운 메가 브랜드를 나라가 흥하는 증거로 보기 때문에.

일본의 쇼핑은 감각의 폭격과 같다. 패션은 사소한 재미 정도가 아니라 하나의 종교이다. 패션 스페셜리스트에겐 라벨로 정체성을 확립하는 것이 일생의 조건이 되었다. 그들은 잡지를 성경처럼 챙기며 사고 싶은 걸 위해 당연히 굶는다. 그리고 티셔츠에 대한 순수한 집념! 짓무른 규범 사회는 아찔한 경험을 통해 오타쿠의 나라가 된 것이다. 한국보다 국민 소득이 월등한 데도 별로 티나지 않는 건 소금에 절인 매실로 반찬을 대신하던 전쟁의 기억을 못 잊은 까닭에.

러시아인의 체질은 극단적으로 나뉜다. 금욕과 탐닉. 공산주의 시절의 통 큰 소비자, 지주들은 방금 출시된 모자를 사오라고 쇼핑 대행 비서를 파리로 보냈다. 하위 계층조차 말을 타고 가다 말고 롤스로이스 주변을 애절하게 돌았다. 러시아가 상품과 벅찬 사랑에 빠진 건 최근 일. 새 브랜드들은 생계가 절실한 러시아의 텅 빈 선반을 채웠다. 엘리트나 전문직종 계층은 도래한 지 30년도 안 된 신인류이다. 럭셔리 모스크바, 뉴 모스크바는 백화점 문밖에서 다섯 시간 이상 기다리는 건 일도 아니게 만들었다.

이탈리아인들은 악명 높은 축구 마니아지만 도로 안전에 대한 기사도적 매너, 제 엄마를 신성시하는 태도로만 유별난 건 아니다. 무솔리니 통치 때 겉치레의 퍼레이드로 북적이던 일상을 지배한 것은 정부가 아니라 가족 체제의 독립 브랜드들이었다. 늘 최고의 외관을 갖추어야 하는 이탈리아식 체면은 국가적 취미가 되었다. 점심 한 끼가 저녁까지 이어지는 네 시간짜리 이벤트인 사람들에게 영국식의 절제란 속 터지는 노릇. 옷들이 자기를 사달라고 돌림노래를 부르는데 어떤 예쁜 사람이 모른 척 지나칠 수 있나?

물가가 잔인하다 하나 런던은 워낙 쇼핑객의 도시였다. 영국은 가게 주인의 나라라고 나폴레옹이 말한 탓인지는 모르지만 런던에서의 쇼핑은 영국인만 빼고 다 좋아한다. 미국과 달리 자본주의와 부조화한 청교도 정신은 돈에 관한 뿌리 깊은 수치심을 남겼다. 낭비로 보일까봐 방금 산 프라이팬이 얼마인지 안 밝히고 가격도 낮춰 말하는 건 영국식 억제이다. 죄의식 때문에 비싼 옷을 안 산다는 말은, 능력이 돼도 옷 말고 정원을 꾸미거나 연금에 투자하겠다는 의미인 것이다. 그냥 간이 작은 사람일 수도 있겠지만.

누가 방금 산 페라리를 자제 없이 자랑할 때, 미국인은 그의 소득을 추측한다. 돈 얘기는 생활. 연봉 과시는 상식. 가격도 껌처럼 구사한다. "네가 침을 튀긴 이 셔츠가 얼만 줄이나 아니?" 소비주의의 본향이자 상업주의의 신전이며 생산성을 독려하기 위해 소비가 미덕이란 말을 만든 나라지만, 국민들은 지출과 저축을 위한 돈을 구분한다. 주말마다 우편함엔 판촉용 10센트 할인 쿠폰이 쌓인다. 계산대 줄이 늘어지는 건 계산원의 손이 느려서가 아니라 주부들이 쿠폰을 너무 많이 내놓았기 때문이다.

이스라엘의 쇼핑은 정치의 자장 안에 있다. 이스라엘 디자이너가 만든 화사한 파스텔 옷이 괜히 소박해 보이는 건 그래서이다. 50년 분쟁을 미루고 이스라엘과 팔레스타인 간의 평화를 약속했던 한때의 협정 기간에는 그들도 쇼핑에 적극적이었지만, 평화가 끝나자 중산층은 부자의 영역으로 진입하거나 빈민으로 후진하는 두 가지 길을 택했다.

프랑스인은 창피한 줄 모르고 "그거 완전 비싸"라고 말한다. 세금관리소에 가선 과다 청구된 세금을 자주 하소연한다. 궁상이 아닌 소박한 생존의 구실로서. 남의 돈엔 관심 없다. 자국의 세기적 브랜드는 외국에 가치를 파는 비즈니스일 뿐. 젊은 여자는 중년이 되어도 슈퍼마켓에서 화장품을 사고, 지식인은 같은 옷으로 한 철을 보낸다. 삼대째 쓴 가구, 백 년 된 포크, 때 묻은 인형, 이 빠진 찻잔은 프랑스 가정에선 먼지처럼 흔한 일이다.

어느 나라건 사회경제적 흥미, 세대별 거리, 국가와 개인 사이의 가치는 때로 일치하고 자주 충돌한다. 그러나 한국 사람처럼 남의 돈에 눈 돌리는 민족도 우주에 없다. 이곳에서 가장 인기 있는 화두는 남들은 얼마를 벌까,이다. 백수조차 "요즘 아파트 5억 갖고 못 사. 적어도 9억?" 대수롭지 않게 내뱉는 건 남의 돈 얘기라서다. 비교 심리는 청소하는 성자도 면벽한 스님도 어쩔 수 없으니 끝내 신세 한탄이 이어진다. 남의 돈 6억은 우스워도 내 돈 60만 원은 피 같은 현실이라서(그런데 솔직히 부자도, 부자의 소비도 부럽지 않다. 취향부터 되게 별로고, 또 하나같이 나보다 못생겼기 때문에).

시간은 내 편

우리는 항상 어제보다 늙어 있다. 그래서 더 이상 참신한 게 없다고 맨날 찡찡댄다. 텔레비전과 음악도 모두 허튼소리가 되었다. 할아버지가 된 남자의 흔한 불평이지만 도대체 볼 만한 TV 프로그램이 없다. 노래는 더 소름끼친다. 우리 땐 진짜 음악이 있었어. 패티 김 노래엔 멜로디와 감정과 가사가 있었어. 하물며 우리 때 듣던 팝송 가사도 '감정. 무엇보다 감정', 이랬다고. 그런데 이제 진짜 음악이 있나? 있다고 한들 어떤 가치가 있나? 또 누가 상관하나?

노골적으로 호르몬이 넘실대는 광고나 짝짓기 프로그램을 볼 때도, 저딴 건 아무것도 아니야. 예전 섹스가 훨씬 값지고 금욕적이었어, 라고 읊조린다. 폭력도 옛날이 순진했지. 카인과 아벨 사건이 일어났을 때 다들 놀랬잖아. 뭐? 뭐라고? 몇 번이고 묻고 또 물었지. 형이 동생을 죽였다고? 돌로 깠다고?

이 세대 할아버지 앞에는 도표가 놓여 있다. 지위를 의미하는 상징이나 북실북실 거품 목욕 같은 건 몰랐던 할아버지, 폭등하는 집값과 1인당 GNP에 기대 살아온 할아버지, "내가 일할 땐, 마누라가 첫 애를 낳는데도 야근하러 가야 했어"라면서 똑같은 상황에선 더 까다롭게 구는 할아버지는 생각한다. 나는 문제가 뭔지 알아. 내가 늙었다는 거야. 성적으로든 무엇으로든 가망 없이 쇠락하는 나이가 됐다고.

그의 자조는 진중한 문화의 쇠퇴라거나 고전적 가치의 훼손에 대한 것이라기보다 엎질러진 규율에 대한 분개일 것이다. 그 투덜거림엔 어딘지 소년기의 잔해가 매달려 있는 것 같지만.

이젠 늙었다고 말할 수 있는 사람이 없다. 한때는 누구나 어렸으나 요샌 아무도 나이를 먹지 않는다. 아버지 때 나이를 먹던 습관이나 자연이 나이 들게 만드는 방법과도 다르다. 피터팬만 성장할 수 없거나 성장하고 싶지 않은 게 아니다. 새치인지 백발인지 분간되지 않는 피터팬의 친구도 헤어 스타일만은 젊다. 퇴행성 관절염이라 조기 축구회에 나갈 수 없으면서도 축구 유니폼은 입는다. 요즘 노래는 노래 같지도 않아. 신중현만 한 요즘 밴드가 어디 있어? 불만이 산더미라도 노래방에 가면 비트가 얍삽한 요즘 트로트를 부르는 것이다.

퇴화에 관해 요즘 청년들은 한술 더 뜬다. 불운이 떠안긴 빚, 알 수 없는 미래가 주는 분노, 붕괴된 직업 시장, 불분명한 직업 윤리, 무미한 무력감, 아득한 마음은 저쪽에 잠깐 밀어놓고 당장은 축구를 이불처럼 편히 여긴다. "우리가 후반전에 완전 잘했어"라고 흥분하는 걸 보면, 잘한 건 그들이 아니라 축구 선수들인데, 싶지만 그 열광에 초를 칠 건 아니라서……. 그러나 어떤 축구팀을 세계의 중심으로 생각하고, 프리미어리그의 축구 왕자들을 교황보다 추앙하는 건 분명 성인 남자가 아니라 소년들의 영역이다.

어린애는 자기가 절대 죽지 않을 거라고 생각한다. 어린애는 틀렸다. 노인은 자신이 반드시 죽으리란 걸 안다. 노인이 옳다. 노년은 죽음이나 죽어감이 아닌 거칠고 황량한 세월. 이윽고 원하는 걸 맘대로 할 수 있게 된 세월. 그럴 때 나이는 나쁜 행동을 저지를 수 있는 자격증이 된다.

도처에서 늙음이라는 지위로 윽박지르는 광경을 본다. 그럴 때마다 지하철에서 임산부에게 자리를 비키라고 지팡이로 위협하는 노인을 선로에 던져버리는 대신 자문하는 것이다.

노년이 정말 지혜, 경험, 지식을 의미하는 게 맞아? 삶의 미친 여정을 거치며 많은 것을 배웠다고? 그러니까 어르신이 생각하고 말하고 행동하는 모든 것이 다 옳다고?

속에서 말들이 날뛴다.

"우린 존재 하나로 너무 충분해요. 당신은 당신의 방법이 있고 다른 사람들은 그들만의 스타일이 있어요. 그러니 참견하지 마시라고요."

어릴 땐 어서 크고 싶었다. 온갖 간섭으로부터 벗어나면 덜 불행할 것 같았다. 호르몬과 화학의 고속도로에는 재미있는 일도 많았지만 남은 건 박살난 차처럼 지치고 슬픈 추억뿐. 생각해보면 평생 젖니를 갖고 산다는 게 피터팬의 영광이었을 것 같지도 않다.

피터와 웬디가 등장한 지 백 년이 넘은 지금, 자라지 않는 소년이란 폭풍처럼 추앙받다가 종국엔 모두에게 밀쳐지기 마련이다. 늙지 않는다는 건 모든 가능성을 차단하는 회색 지붕일 뿐. 웬디도 마지막엔 피터팬을 떠났다. 그들이 다시 만났을 때 웬디는 유부녀였고 피터팬은 그녀가 장난감을 보관하던 박스의 먼지보다 나을 게 없었다.

오 분마다 타오르던 어린 날의 불길은 진작에 꺼졌다. 무너진 경계와 뭉개진 끝에서 다른 것을 깨닫는다. 어떤 시간엔 끊기지 않는 이음새가 있다는 것을. 하지만 시간이 내 편이라는 착각은 집어치워야 한다는 것을.

마지막 깨달음이 남았다. 진짜 삶은 노인들이 본 나라와 지금 그들이 사는 곳에 있다는 것이다. 그보다 더 놀라운 사실은 우리가 멸시해온 조상들이 바로 우리 자신이라는 것이다.

어린 것과 어려 보이는 것

평생 '독특하다' '어려 보인다', 두 마디만 듣고 살았다(지겨워. 꿈도 악몽도 꿀 수 없는 말……). 내 대답은 이렇다. 내가 독특하다 못해 기괴하다 한들 너보다 도덕적이다, 어려 '보인다'는 것과 어리다는 것은 다르다. 그럼 곧 '어리게 입는다'는 말이 뒤따랐다. 젊어 보이려고 필사적일 때 더 나이 들어 뵌다는 것도 모르면서.

사람들은 타인의 몸, 직업, 사회가 자기를 봐주길 원하는 모습으로 입는다. 찢긴 워싱 청바지나 인식표를 단 가죽 보머 재킷을 입으면 안 된다는 법은 없다. 그러나 나이 든 로커는 싫다. 나는 스키니진 못 입는다. 할아버지용 미소니 스웨터도 싫다. 후드 티에 배트맨 티셔츠를 입고 활보하는 쉰네 살 남자는, 짧은 톱에 데님 미니스커트, 어그 부츠까지 딸애 옷을 몽땅 뺏어 입은 마흔아홉 살 엄마처럼 보인다. 꽉 조이는 옷 밖으로 비어져나온 살은 꿈 속에서 차에 치여 죽은 짐승 같다.

중년 남자의 위기는 펑크가 자기 건 줄 알면서 쉰아홉을 넘긴 남자나, 귀걸이를 중화시키지 못하는 청재킷의 예순 살 남자를 타고 넘을 수 없다. 시간의 비율이야말로 남자에겐 결정적인 한 방이라서.

정확한 터닝포인트는 언제일까? 언제 십대의 옷을 벗고 나이에 맞게 입지? 부조리한 의식의 반복 너머 긴 세월을 보내도 나이는 더 이상 성인이 되는 굉장한 단계가 아니다. 공허라는 절벽에서 붙잡을 수 있는 나뭇가지도 아니다. 나이란 인생의 강에 발헤엄 정도이며 물살 따라 흘러가면 그만이다. 거기서 더 나이 들면 본성은 완전히 찌그러든다. 퇴락하는 나이란 현재를 부정하게 하는 사악한 이유인 것이다.

쉰다섯 살 남자는 백화점 거울 앞에서 흠칫한다. 아버지가 왜 지금 여기 계시지? 그는 놀라서 방법을 찾는다. 시간을 멈추는 법을. 남자로 태어나 걷는 것부터 시작해 평균대 위에서 균형 잡고 서는 법, 철도 끝 도랑에서 가재 잡는 법, 그 모든 것을 경쟁해왔지만 어느 시점, 노화를 늦추는 경쟁에 황황스레 뛰어든다. 이 시합의 본질은 위험으로부터 촉발된 거라서 규칙이나 지시가 없다.

떠밀려가는 세월을 붙잡으려는 작전은 급기야 나이를 속인다. 나이가 죄인 시대의 여자에게 청년처럼 보이고 싶다면 불가피하게 처녀와 비슷한 나이여야 하니까. 빰을 당겨 귀 뒤에 매달아두는 수술을 받은 여자는 남편 불알을 물어뜯어 볼 속에 감춘 다람쥐 같다. 그러나 공제된 몇 년으로 얼마나 속일 수 있을까. 사십대 후반이 분명한 남녀가 "몇 살로 보여요?"라고 물을 때 "예순 살요" 이렇게 답하는 내가 조금은 나쁘다고 생각한다.

정말로 나이를 먹고 싶지 않다면 규율을 따라야 한다(그래픽 티셔츠와 컨버스 화의 풍부함을 속 편히 다룬다면 아무 상관없다). 이 문제에 대한 번뜩이면서도 단순한 해법은 나이를 높여 말하는 것이다. 원래 나이보다 다섯 살쯤 높여 말하면 다들 나이에 비해 젊다고 생각할 것이다. 문서의 숫자와 실제 나이의 격차가 클수록 불멸의 연인이 된다. 올해 불사의 묘약으로 마흔 살이 됐으니 내년에 얼른 마흔다섯 살이 돼야지. 생일엔 춤으로 밤을 꼴딱 새워서 모두를 놀라게 해야지. 그래봤자 점점 추레해지는 노인의 수십 년 세월만 남는다. 자기 기만은 아무도 속일 수 없으니까.

나도 이 나이까지 반사회적이고 경솔하며 아주 개인적인 판테온에서 살았다. 비밀스럽지만 허술한 삶은 특정한 암기로 구성돼 있었다. 60년대 유행가나 파커의 초기 재즈같이 아는 분야에만 국한되는 것이다. 후기 현대사회의 도덕 구조 같은 건 아예 모른다. 머릿속 플랑크톤의 양상은 이런 식이다.

나의 진짜 결핍은 어른으로서의 연습이다. 인생이 얼마나 약하고 어느 정도 유한한지를 아는 어른. 인간의 야심이 그토록 왜소한지 아는 어른.

그렇지만 사실 우주 나이가 150억 년인데 사오십 년 산 주제에 늙고 젊고가 어디 있어? 백 살이라고 해봤자 우주의 어린이인 것을.

2015년 3월

잡지를 만드는 시간은 인생처럼 드라마틱합니다. 동시에 인생처럼 하찮고 재미없기도 합니다. 진실은 더 깊고, 더 신비로우며, 어느 면에선 더 끔찍합니다. 시계를 들여다보며 순간적인 침묵으로 뛰어들어보지만, 조증 같은 환희도 협심증 같은 감격도 없군요.

나는 서기(書記)로서 후일담이나 추억을 담은 아카이브를 생각하지 않았습니다. 누구의 발도 닿지 않은 미개척 분야를 긁어모은 것도 아니고, 이렇게 하면 영웅처럼 보일까, 모든 짐을 지고 비탈을 오른 것도 아닙니다.

망상의 영역, 지하 게토에 살면서 스타일의 세계를 비집고 들어가던 외계인들을 합법화한 일, 스타일을 찾으려는 평범한 용자를 위해 판테온을 세운 일도 옛날이 되었습니다. 어떤 이름은 사라지고 지문도 열어졌습니다. 남자의 세상을 체계화하는 방식, 검토된 회고, 다원주의, 매일 마시던 술은 시계추가 처음 움직이고 우체부의 발걸음이 시작된 옛날과 다르지 않군요.

어떤 미디어건 독자를 늘리려 합니다. 짧게는 보상이 없는 과정입니다. 그런데 환상적인 잡지라 해도 환상적으로 지루할 수 있습니다. 《GQ》는 자극적인 사상가이자 담백한 엔터테이너이고 싶었습니다. 부분적으로 문화적 심사위원의 역할을 조금은 해온 듯합니다. 사물의 경계에서 관찰만 하는 지적 기회주의나 딜레탕트, 입만 재빠른 선동가의 역할은 누구라도 거북해할 것입니다. 그 와중에 다소 구별되는 관점과 괜찮은 기억력, 수줍음만큼의 박식함으로 사물을 해석하고 찰나를 감정으로 남기는 수필을 써왔다는 자부심은 있습니다.

그런데 뭔가 변했습니다. 논리적인 것에 대한 억압이 산문을 얼려버린 한국 남자의 삶은 다시 따분해졌습니다. 어깨에 걸친 옷, 손에 든 가방이 성품을 말해준다는 말은 공허해졌습니다. 무엇을 허락하고 지지해야 할지, 무엇을 사고 봐야 할지에 대한 질문은 지나간 20세기에 흡수되었습니다. 보다 쓸데없고 보다 무례하며 보다 무자비한 것을 기다리는 사람들, 모욕에 무감각하고 차별과 공격을 순진한 즐거움으로 받아들이는 대중, 집단의 본능으로 이리저리 찌르레기처럼 날아다니는 경향, 섹시함 없는 감수성, 인생의 모서리와 역사의 끄트머리에 게으르게 누워 스스로를 방기하는 안도감, 사일로처럼 꽉 막힌 일상적 순응의 상태, 애통할 만큼 둔감한 룩에 둘러싸인 채 돈키호테처럼 묻고 싶어집니다. 이 모든 것이 망상일까?

옷장에 걸린 슈트를 보는 조용한 순간, 운석이 지구를 파괴하는 광경이 떠오릅니다. 이런 공포는 새로운 관심사만큼 상품화되었다는 걸 깨달습니다. 미디어가 지시하는 대로 입고, 슬퍼하라는 대로 애도하는. 나의 두려움 역시 번쩍이는 외향적 두려움일 뿐입니다.

내 자신에 대해 생각해보면, 나는 구겨진 사람입니다. 철학적으로, 그리고 현실적으로. (얻기 어려운 인품이지만) 지혜도 모자라고, 결점은 더 심해집니다. 내가 나의 친구였다면 애초에 나를 떠났을 거라는 생각도 자주 합니다. 패션도, 모른다고 할 순 없지만 위트 넘치는 건 아닙니다. 행커치프를 포켓에 꽂는 법은 알지만 자주 하진 않습니다. 갈수록 막 다루어도 되는 옷이 좋아집니다. 인생의 가장 어두운 시기인 것처럼 매일 아침 침대에서 굴러떨어져 실크 셔츠 대신 올 풀린 스웨터를 집습니다. 평범해 보이는 것은 문제가 아닙니다. 가끔은 후진 것도 유행합니다. 마냥 촌스러운 사람에겐 중요한 이야기입니다. 재킷의 구조에는 약속이, 자신에게는 지킬 약속이 있음을 아는 건 더 중요합니다.

점점 모든 것의 표면이 보이기 시작합니다. 수시로 변하는 사람의 얼굴, 책상의 흔한 나뭇결, 파랗거나 빨간 하늘의 표면.

소롱포 같은 내 몸을 보면 불안정한 마음 따윈 무시하게 됩니다. 껍데기에 집중하는 삶이 얕은 건 아닙니다. 그 역시 동요하는 무대 위의 삶입니다. 외적인 것은 이미지를 만듭니다. 이미지는 예술의 본질입니다. 세상은 차려입을 가치가 있습니다. 나르시시즘의 빛나는 터널 안에서 자기 에고와 결혼한 채 치장을 배우는 것은 인간의 유연성을 축복하는 기회이며, 뻔한 존재가 새로운 무한대를 접하는 일입니다. 옷은 긴 휴가이며 잊기 힘든 모험이지만 우리는 몸으로 돌아옵니다. 몸은 날씨로부터, 젊음으로부터, 통장으로부터 버려져 순식간에 가라앉습니다. 시간조차 우리에게서 멀어져 녹아내릴 때, 옷은 영혼이 쉴 수 있는 굉장한 도구가 됩니다.

당신과 나는 서로에게 기반을 두면서 해마다 기록을 깨왔습니다.

시간의 밖에서 움직이는 공간으로 이동해왔으니 세월과 이미지의 경쾌한 비행인가요. 상자를 열었다가 다시 덮는 지금, 내가 잘 아는 당신의 얼굴이 보입니다. 서로 똑똑하게 또 멍청하게 말해도 되는 친구. 의견에 동조할 수도 안 할 수도 있고, 이렇게도 저렇게도 갈 수 있는 친구. 친밀함에 싸인 말 없는 순간. 경계심을 지우는 편안함. 평화롭고 복잡하지 않은 행복. 일종의 실존적 동감으로서 이런 결합은 보다 근본적입니다.

우리는 압니다. 이브닝 슈트의 가치와 레이몬드 카버의 유쾌함을 토론하는 그 순간에도 진짜 남자다움을 위해 함께 불을 지피며 상대에게 공감이라는 특별한 변명거리를 주리라는 것을. 우리가 원하는 것은 우리 자신이 되는 것이며, 내가 누구인지 목격하는 것임을. 이윽고 데이비드 보위처럼 삶이 주는 모든 것에 취하는 것임을.

새벽에 내리는 눈

노란 구름이 창문을 누른다. 연기처럼 불투명한 빛. 고정되지 않은 빛. 눈앞을 불명확하게 만드는 빛이 커다란 눈송이들과 아파트의 보안등 때문이란 건 나중에 알았다. 눈은 규칙적인 세로로 내리지 않는다. 휘젓고 올라가고 흐느적거리다 소리 없이 유리창에 부딪친다. 술 마셔서 제정신을 잃은 신장을 안정시키기 위해, 아니면 그냥 왜인지 생각하면서 집을 비추는 더 큰 집들의 검은 창문을 올려다본다. 눈은 새벽에 일어나 헤매는 평화, 조금 더 연장되길 바라는 평화, 창문으로 더 잘 보일 것 같은 평화이다.

또는 마지막으로 기억하는 그 사람의 한숨. 백만 개의 질문을 가진 백만 개의 꿈. 수천 개의 하이쿠. 운율 없는 세 줄짜리 시. 엉킨 숨들의 속삭임.

이런 오전은 너무 나약하고 의기소침해서 삼십 센티미터 움직이기도 무섭다. 결국 종이 위에 구부린 채 내 자신을 출산하거나 처형해온 세월, 내 자신의 칼에 꽂힌 처지, 살사 댄서처럼 무대를 휘젓다가 곧 원래 자리로 되돌아오는 역설.

오직 과민한 자부심만 남았다. 입는 것과 말하는 것의 자부심, 사소한 좌절과 구차한 변덕 속에서 가까스로 품위를 찾던 자부심, 무질서 속에서 겨우 떠올리는 자부심(라 스칼라 박스에서 어떻게 행동해야 하는지, 공공장소에서 어떻게 닥치고 있어야 하는지, 위트라는 무기 없이 어떻게 구애해야 하는지에 대한 기술은 빈약하지만, 긴밀한 교환의 증거가 된 자부심).

뭔가 표현하는 데 소용되는 불, 통례적인 자기 발견의 불안, 안 좋은 일은 늘 그 자리로 돌아오듯 머리가 빠지고 환상을 잃어버리듯 결심과 위축의 맥빠지는 순환, 항상 해왔던 일에 재발명을 섞는 변함없이 무익한 탐색, 삶의 하나를 잃는 게 무서워 모든 걸 가지려다 망가진 꼴.

밑천과 재료를 다 써버렸을 때조차 나를 받치고 있는 게 기능인지 직업의식인지 모르겠다. 아님 뭔지도 모를 것들에 깔려버렸는지. 모든 걸 하얗게 지우면서도 무음인 새벽의 눈송이를 아까부터 쳐다보고 있다. 다른 사람은 모르는 우수처럼.

내일 일은 난 몰라요

천국은 없다고 스티븐 호킹이 말했다. 시신을 냉동시켜 미래에 깨어나려는 족속들도 보인다. 그런데 불멸이란 믿음으로만 용납되는 개념 아니었나? 신경과학으로 설명할 수 없으나 어떤 가능성을 열어둔 몇몇은 신이 죽었건 말건 내세를 기대할 필요가 있다면서 슬픈 우리를 위로한다.

불멸은 종교론적 의미보다 이교도적 의미를 갖는다. 영혼이 불멸한다는 생각은 플라톤으로 거슬러 올라간다. 구약에도 내세 얘기가 조금 나온다. 모세가 기원이 된 보상과 처벌은 다음 생에야 이루어진다. 오직 기독교 초기의 유대인만 신체의 부활을 심각히 받아들였다. 죽은 자가 다시 살아나리라는 개념은 베드로가 다시 언급했다. 유대-기독교 버전의 영생은 신 없이는 불가능한데 누가 마법처럼 '영의 몸'으로 부활시킨단 말인가?

플라톤의 불멸에는 그런 게 필요 없다. 플라토닉한 영혼은 단순하고도 지속적이기 때문에 사람은 저절로 불멸한다는 것이다. 1970년대 《사후의 세계》를 쓴 레이몬드 무디 이후, 멸종 직전의 동물이 게놈 프로젝트로 번식하듯 미래 생물체가 컴퓨터 시뮬레이션처럼 부활할 거라는 주장도 있었다. 양자물리학에선 모든 게 실존주의적으로 통합된다. 인간은 죽은 뒤에도 소멸되지 않으며 영혼은 일차원적 물질이 아니므로 양자 이론의 단일성으로 보면 정보의 멸절이란 있을 수 없다(스티븐 호킹도 블랙홀 안에선 모든 정보를 잃는다고 했다가 입장을 조금 바꿨다).

우리는 의식, 성격, 추억 때문에 각각 독립된 인간으로 구별되지만 죽은 후에도 그것들이 남아 있으면 어떻게 될까? 정말 죽은 이의 에너지가 새로운 형태로 재생될까?

그런 말은 들었다. 라디오가 고장나면 음악은 지직거린다. 라디오가 아예 뭉개지면 음악은 멈춘다. 하지만 라디오 시그널은 사라지지 않고 어딘가에 계속 존재한다.

무수한 장광설 속에 버트런드 러셀이 떠오른다. "도덕적 인간도 기면성 뇌염 하나로 포악한 인간이 되고, 똑똑한 아이도 요오드 부족으로 바보가 된다."

그러나 나는 내일도 내세도 모르고, 장마철엔 빗속을, 폭설엔 눈보라 속을 살아갈 뿐이다.

애플 사장님께

대놓고 말하자면, 나는 애플이란 회사에 관심이 없었어요. 1990년대에 나온 매킨토시 클래식 말고는요. 그것도 귀엽기만 했지 뭐라도 쓸 땐 미친 버퍼링에 사람 돌게 만드는 타자기에 불과했어요. 나중엔 벽돌 깨기 게임만 했죠, 뭐.

아이폰이 지배하는 두 번째 시대가 오자 상황이 달라졌어요. 지구의 시민들은 자아 존중감을 내던지고 당신 앞에 무릎 꿇었으니까요. 꼭 예수의 옷자락 한번 만지자고 그 틈을 비집고 손을 뻗은 혈우병 여인 같다니까요. 한국에도 아이폰 출시 때마다 오천만 명 중 일 등으로 서두른 청년들이 많았죠. 침낭 안에 몸을 구겨넣고 유리 큐브 같은 당신 가게 앞에서 죽치던 뉴욕까진 아니었지만.

기술은 현대사회를 지탱하는 과시와 비교의 섬유조직을 놀라운 속도로 풀어내죠. 핵심을 바꿔 새 본질을 만들기도 하구요. 내 말은, 나는 왜 제3의 기계가 필요하냐는 거예요. 디지털이 인생을 편하게만 만드느냐는 부정하기 힘든 논점, 좋거나 나쁘거나 혹은 둘 다인 변화 속에서 기술을 빌리는 대가로 활동의 본질을 버릴지 말지 선택하는 문제는 논외로 칠게요(선택한다기보단 선택 자체의 어려움이 사실 더 크죠). 요즘 기계는 워낙 나노의 속도로 출시되니까 아싸리 모르는 게 속은 더 편해요. 새로 나온 기술이라고 꼭 써야 하다니 세상의 모든 파도를 어떻게 다 타볼 수 있어요? 새 기계가 출시되는 기간과 운용체계에 일일이 익숙해진다는 것은 잔디 자라는 소리나 모기 피 빠는 소리, 다람쥐 심장박동 소리까지 들으며 사는 것과 같아요. 시끄러워서 어디 살겠어요?

기술을 받아들이는 건 선택의 문제예요. 우린 다 자기가 살고 싶은 대로 사니까요. 최신 기술을 공깃돌 놀리듯 하는 현대의 강자들은 계속 영지를 확장해가고, 세상이 어떻게 돌아가는지 아무 생각 없는 지진아들은 절망적인 여생을 보낸다, 이런 얘기죠. 아무래도 패배를 인정하도록 내 자신에게 시간을 줘야겠어요. 딜레마에 초연한 이들도 있지만 내 입장은 또 그게 아니거든요. 철학자가 기술자가 아니듯 기술자도 철학자는 아니에요. '왜'를 알고 싶은 사람은 '어떻게'를 알고 싶은 사람과 통하지 않아요.

그런데 몇 가지 좀 물어볼게요. 성찰의 시간과 디지털화된 삶을 동시에 살 수 있을까요? 어떻게 해야 깊이 읽는 법을 지킬 수 있을까요? 어떻게 트위터가 쏟아내는 아이디어와 그것을 수용하는 속도에 균형을 맞출 수 있을까요? 불특정 다수에게 휘둘리지 않는 진실은 없을까요? 그렇게 취득한 지식의 어느 시점에 제재가 필요할까요?

아이폰이 나왔을 땐 그야말로 놀라운 신세계였어요. 그런데 기다리다 늙어 죽는 줄 알았던 그 후의 아이폰들은 처음 아이폰에 비해 강화된 기종일 뿐이네요. 그때 아이폰의 국경 근처도 못 갔던 다른 회사 제품들이 기능도 고만고만하고 서로 나은 점과 못한 점을 아득바

득 견주게 된 지금이야말로 애플에겐 다른 의미의 위기란 생각도 들어요.

내가 아이폰을 살까요? 학교에서 최고로 잘나가는 친구 같긴 하지만요. 아이돌 가수가 조카에게 이미테이션 제품을 쥐어주는 게 상상이 돼요? 드라마 주인공이 러시아 노트북 두들기는 걸 본 적이 있어요? 당신의 독점적 세계 지배에 대한 비판은 안 할래요. 제품이 중국의 노동 착취 공장에서 만들어지면 어때요? 하루에 열여덟 시간씩 아이폰을 만지작거리지 않는 사람이 어디 있어요? 당신이 사람들하고 어울리지 않고 비밀이 많았다 해도 누가 뭐라 하나요? 반대론자들은 북한에 대해서도 비슷한 비판을 하지만 김정은에게 직접 뭐라고 하는 사람은 없잖아요? 회사들이 추구하는 사이버 유토피아에 끼지 않음 어때요? 당신은 헛웃음 나오도록 기막힌 제품을 디자인하느라 지구를 살릴 시간이 없었는걸요.

솔직히 당신 제품이 다른 회사 것과 어떻게 다른지 자세히는 모르겠어요. 엇비슷한 기계들보다 상당히 비싸다는 것, 수리비가 무척 나간다는 건 알아요. 타사 제품 가격이 합리적이라는 이유로 애플 거보다 못하다는 건 확실히 틀린 소리 같아요.

그나저나 남자한테는 참 힘든 세상이에요. 진정한 현대의 일원이 되기 위해선 불알 두 쪽이 아니라 웬만큼 돈이 필요하니까요.

회색 머리

언젠가 머리카락을 노랗게 탈색했다가 여럿 기절시키곤 하루 만에 까맣게 돌려놓은 적이 있었다. 그 과정에는 어떤 머뭇거리는 냄새가 났다. 할머니의 파우더 냄새 혹은 외삼촌의 포마드 냄새를 닮은.

어수룩한 이십대엔 《위대한 개츠비》, 로버트 레드퍼드의 금발이 제일 멋진 줄 알았다. 금색은 부와 글래머로 통하는 가짜 꿀 색깔. 다시 염색한다면 (나이 든 남자 간부가 동시에 떠오르는) 회색으로 하겠다. 내 마음 어딘가엔 칙칙한 희망이 자리잡고 있기 때문에.

상냥한 헤어 디자이너는 내가 부자인지 아닌지 몰라서 심박수가 1분마다 올라갈 것이다. 그리고 왜 하필 회색이냐고 물을 것이다. 그러면 온통 은빛인 친구의 머리카락은 절간처럼 고요하고 모래처럼 반짝거리더라고 말해줘야지. 염색 과정에 혹시 두피가 작살난다면 회색 가발도 나쁘지 않아. 어울리면 진짜 내 머리가 되는 거고, 아니라면 장기 이식 거부반응처럼 면역력 엉망진창인 털을 머리에 얹는 거겠지.

머리카락은 상상 이상의 자의식을 준다. 꾹 누르고 있어도 매번 정체성에 대해 묻는다. 염색한 머리는 변명한다. 나이 드는 물리적 징후에 저항하는 거라고. 염색 안 한 머리도 설명한다. 자기는 누구의 눈치도 보지 않는다고.

사람들은 다른 사람의 나이를 멀리서도 구분한다. 정교한 염색도 수천 년 진화한 통찰력을 피할 수 없다. 뇌가 주관하는 다윈의 법칙은 자세, 몸집, 머리 색깔 같은 요소를 빛의 속도로 판단해 친구가 될지 적대적일지 추정하는 것이다. 특정한 나이에 인위적으로 어둡게 만든 색이 오싹할 때는 있다. 염색 과정은 젊음과 노화의 굴레 속에서 지구 온난화와 에어컨의 관계처럼 악순환 될 뿐이라서.

사람들은 보통 관조와 수용으로 나이의 외로운 증후를 극복할 수 있다고 믿지만 어떤 평정심으로도 머리카락이 나게 할 수는 없다. 그러니까 회색 머리조차 거부한다는 건 노화의 급박함과 전투를 벌이는 일이다. 언젠가는 그 둘 다와 화평할 날이 오긴 하겠지만.

친구가 선물한 아톰 피규어를 거실장 맨 위, 위협적으로 팔을 뻗은 철인 28호 옆에 두었다. 피규어들은 그 아래 칸까지 성냥처럼 빼곡했다. 나는 모을 게 아무것도 없었다면 먼지라도 모았으리라는 수집벽밖에 없었다. 그 와중에 우리 집은 조금 괜찮은 컬렉션과 한심하기 짝이 없는 더미들로 터져버렸다.

사실은 미술품 수집가가 되고 싶었다. 미술품은 살아 움직이고 만져볼 수 있고 고상해 보이며 매일 감상할 수 있으니까. 또 괜찮은 수집가라면 틀림없이 똑똑해 보일 테니까. 사 모으는 것마다 돈이 된다면 말할 것도 없고, 잘못된 투자였다 해도 문화적인 과시를 실컷 선사할 테니까.

나는 돈이 없고 안목만 있으니(현대의 가장 큰 비극이다) 갤러리나 경매에서 별 것 아닌 줄 알았던 그림이 기록적인 가격으로 팔리는 걸 봐도 분하지 않았다. 수집은 돈으로 지탱하는 교육이기 때문에. 미술사는 힘의 흥망성쇠와 같으니 정말 위대한 컬렉션은 가진 게 없는 사람들이 만드는 거야,라는 자조는 있었다. 소유욕의 바탕은 혼란스러운 관념과 권위 있는 물건에 대한 세세한 지식이다. 디자인을 보는 눈과 뚜렷한 기억력이야말로 빼어난 자산일 텐데, 미술을 잘 모른다면 잘

나가는 남의 집 아들을 아쉽게 바라보는 것과 같을 것이다.

나는 상상 속의 이웃처럼 미술품을 완상하며 사는 대신, 자기 취향을 믿으며 수집 자체를 사랑한다면 그것으로도 괜찮다고 생각했다. 그래서 저 세상에서도 나를 기다릴 게 분명한 소박한 것들을 심문하듯 모았다. 배열, 분류, 조작을 통해 바깥세상을 학습하는 아이들의 방법과는 달랐다. 아무튼 크리스티 경매에까지 참여할 만큼 무리수를 두었던 치펜데일풍 녹색 소파, 중공군처럼 팔 전체를 감싸고도 남을 서른 개의 시계, 폭과 색만 다를 뿐 그게 그거인 줄무늬 티셔츠, 집의 다섯 면을 메운 책, 그리고 모자 또 모자.

수집에 대한 논의의 중심에는 흥미로운 모순이 있다. 뭔가 모으는 취미처럼 익숙한 게 없지만 그만큼 나가떨어지기 쉬운 습벽도 없다. 수집은 뜨거운 오락이지만 단순한 취미 이상이고 풍요로운 기술이며 이윽고 삶 자체를 반영하기 때문이다.

사춘기가 지나면 흥분은 식는다. 잠복된 습벽은 중년 남자의 어느 시기에 다시 출몰한다. 예전에 갖고 싶어 했던 것이 지금 필요하지 않다고 해도 그만둘 수 없다. 그것이 없을 때의 공허보단 낫기 때문에.

수집의 형태는 나이, 직업, 사회적 지위로 분류되지만 축적, 질서, 보유에 대한 욕구로 이루어지는 건 똑같다. 뭔가 탐구하고 주문하고 손에 넣기까지의 과정, 가져야 하는 목록이 갈망과 섞이는 단계를 보면 수집은 무척 성스러운 활동 같다. 화석 수집가가, 신의 피조물 중 이처럼 특별한 게 없고, 그것이 오직 자기만의 오롯한 기쁨을 위해 생성됐다고 믿듯이. 유일한 것을 허락할 수 없는 인간관계는 끝없는 근심의 뿌리지만, 사물이 주는 감흥은 이토록 범위 넓은 쾌락을 주는 것이다.

수집 행위가 만족스러운 다른 이유는 단순한 탐욕이 아닌 추가된 사랑 때문이다. 어떤 때, 수집품을 은밀한 곳에 숨기고 속살처럼 조금씩 내비치는 수집가는 성도착자 같다. 수집 욕구는 성적 발달 단계와 같은데다 성도착이란 본능을 채우려는 행위니까. 취향이 아닌 광기를 통해 극치를 느낀다면 수집 행위는 반드시 성욕을 대신할 것이니.

우표 수집가건 다이아몬드 감식가건 똑같다. 수집가는 수집품을 사랑하고, 감식가는 수집가의 컬렉션에 매료된다는 차이뿐. 프랜시스 베이컨의 그림을 하나만 빼고 다 가진 인사가 있다 치자. 누락된 한 가지는 평이한 작품이라 해도 베이컨의 목록을 완성시킨다는 가치가 있다. 마지막 목표는 그 목록의 상징과 같아서 기어이 가지려는 순례가 시작되면 모든 소장품을 합친 것만큼의 무시무시한 파괴력을 지닌다. 즉, 마지막 빠진 퍼즐 없이는 수집이 끝난 게 아니다!

무자비한 열의로 찾던 것을 가지고 나면 모든 게 변한다. 기쁨이 이렇게 빨리 식다니. 수집품이란 지각 없는 개가 물어다 준 허상일 뿐이었나? 맹목적인 수집 욕구나 화학적 불균형에 불과했나? 뭐든 모으고 싶은 마음이 당뇨 같은 거라면 무엇이 인슐린 역할을 할까? 당뇨병 환자들은 인슐린을 멈추면 어떻게 되는지 잘 안다. 결국 수집하지 않고 잘 사는 방법은 수집하지 않는 길밖에 없다.

백화점에 갈 때마다 단테의 시구를 떠올린다. '이곳에 들어오는 이여. 희망을 버려라.'

모든 목차를 다 채우는 건 수집의 죽음과 같아서 다 채우지 못한 공간은 죽음을 연습하게 해준다. 나는 뭔가를 한참 모으는 중이라고 해도 마지막 하나는 찾지 않을 것이다. 없다는 것만큼 특별한 가치는 없으니까.

8장 어제

닫힌 술집의 노래

지금은 아무리 마셔도 취하지 않는 시절. 나처럼 집에서도 마시는 사람이라면 권장 음주량을 넘기지 않을 도리가 없다. 그러나 당신 역시 '상승하는 위험군' 아니면 '고위험군'이다. 대중 보건의 추는 빈번하게 오간다. 알코올과 사고율을 연결하는 과학이 판단한 음주량 제한선은 전보다 한참 내려갔다. 다발성 권고에도 불구하고 모든 것은 개인의 선택. 사람들은 자기를 위해선 아닌 듯 보여도 곧잘 옳은 결정을 내린다. 아무도 패턴을 바꾸지 않는다. 다들 계산된 위험에 익숙하기 때문에.

처음 소주를 딸 때는 이런 상황이 된다. 오늘은 영원히 한 번뿐이고, 나는 술이 약해도 이 정도는 마실 수 있어. 술에 취하는(축하받을) 단계까지는 네다섯 잔이 필요하니까 세 잔까진 괜찮아. 세계는 모든 것을 측정하지만 그렇게 쌓인 데이터로도 '적당히'가 어느 정도인지 모른다. 적당히. 범위가 느슨한 어느 구역. 죄책감처럼 불명확하지 않은 유용한 경계. 술잔을 세는 행위는 오직 낙관주의로 코팅돼 있다. 붉은 포도주는 항산화 작용도 한다니까.

곧 금욕의 종소리가 들린다. 알코올은 널 죽일 수 있다는 게 오천 년 동안 증명됐어. 우리가 겪어온 것은 너에겐 말이 안 돼도 전부 다 역사라는 거야. 맨정신에서 고조된 상태로 움직여가는 네 번째 잔에는 반사적으로 운전이 따라와 집에 가는 문제에 개입한다. 다섯 번째 잔은 아수라장. 이 숫자가 저 숫자로 변하는 사이에 못할 게 뭐야? 기준점은 변한다. 진실은, 술이 문제를 만들기 전까진 알코올 의존증 환자가 되지 않는다는 것이다. 술과 가족력과 회복에 대한 논의는 그렇게 인간의 극단성을 일깨운다. 간경화냐, 입에도 못 대느냐. 술을 한 잔도 못한다는 것은 대신 모두를 비난할 자격을 갖는다. 하지만 어떻게 술 없이 살 수 있을까.

술이 일으키는 친밀함과 수치심의 무감각을 상세히 나열하면 문학과 아주 비슷해진다. 나는 비판 없는 기자처럼 생각한다. 그 작가를 덮친 우울에는 이유가 있을 거야. 나도 성격 형성기를 술병과 보냈고 그 이후엔 술집에서 지냈다. 전에 갔던 술집 중에서 최악을 고를 순 없다. 벽에 나방이 붙어 있던 집, 글자 하나가 빠져 비속어가 번쩍이던 네온, 미닫이문을 열자마자 달려들던 로트와일러 두 마리, 오줌을 지렸는지 엉거주춤 우리를 맞던 주인의 자세. 그리고 맥주의 제대로 된 쓴맛을 탐구하던 한때, 거품 덮인 맥주잔을 전기난로 옆 우리 자리로 가져다주던 양장점 옆 호프집 아저씨…….

상상이든 현실이든 주인은 술집을 만들거나 파괴한다. 숙련된 주인은 큐레이터가 무엇을 갤러리에 들일지 결정하는 방식으로 자기 술집의 해프닝을 정한다. 큐레이터가 미켈란젤로의 작품으로 가득한 전시실이나 죽은 곰 위에서 잠든 퍼포머를 기획하듯이, 슬롯머신은 없지만 엉덩이 푹 잠기는 벨벳 소파의 문화를 만드는 것이다. 백남아의 〈찔

레꽃〉을 스테레오로 틀고, 오락기로 변한 중세 고문 기구에 앉은 손님에게 예거마이스터 두 잔을 한 잔 값에 주면서. 이때 소란스러운 동네 조폭 무리 속에 은퇴한 경찰과 힘센 파계승이 섞이는 광경은 역사를 뿜는다.

술은 감정적인 삶의 궤도 위에서 인격과 인생을 책임진다. 그것도 엄청나게. 나도 술을 덜 마셨음 그 시간에 딴 걸 해서 위인이 됐을 거야, 이런 쓸데없는 소릴 하는 내가 밉다. 후회뿐인 12월, 술을 마셔서가 아니라 남들 머릿속에서 나가고 싶고 잊히고 싶고 쉬고 싶다. 하늘의 영광과 너무 예쁜 것들로부터도 도망치고 싶다. 무엇보다 한심한데도 여태 살아 있는 내 자신으로부터.

표류자의 자세

달력은 거짓말을 하지 않아서 오늘이 되었다. 그런데 시간은 거짓말을 하기 때문에 지나간 일을 제대로 기록할 수 없다. 우리는 지금 무슨 일이 일어나는지보다 옛날을 불러오고 미래를 논하는 게 더 유익하다고 믿는 족속이기 때문에.

미래는 기대와 두려움 속에 서식한다. 어떤 땐 미래라는 논제 자체가 지겹다. 지금부터 수천 년이 흐른 오늘을 상상할 수 있을까? 피라미드가 만들어졌던 시간의 두 배, 알프스에서 처음 발견된 미라의 나이보다 두 배 더 긴 일만 년 뒤에는 어떨까? 조상에게서 지금이 된 미래의 의미를 배웠다 한들 내년이라는 임박한 단위조차 오리무중인 우리에게 나중을 생각할 지혜가 있을까?

미래는 의미로 존재하지 않는다. 하나의 의견이나 제안, 시나리오, 바늘이 움직이는 기괴한 기계로 존재할 뿐이다. 실은 우리는 그 미래를 이미 살고 있다! 무성생식, 날씨 통제, 언어 사멸, 리얼리티 프로그램, 글로벌 정부, 행성 간 식민지화, 생각하는 컴퓨터, 불멸……. 미래의 리스트라는 게 영화에서 다 본 것들이라니. 미래를 이야기하는 이 순간에도 과거에 머물러 있다니.

〈혹성 탈출〉이 암울한 미래를 진작에 경고했건, 인구 증가 때문에 인생이 고달파질 거라고 맬더스가 예측했건 맥락은 같다. 어쨌든 지구는 망한다. 당장 내일은 아닐 것이다. 올 설날, 곧 뽑을 새 차, 막내가 장가갈 내년이 있으니. 단지 그 다음 백 년이 비었다.

그런데 일만 년 뒤에도 지구에 사람이 살까? 부모라면 자기 아이들, 그 아이들의 아이들, 그 이후의 아이들까지 세상에 남는 쪽에 걸겠지만, 미래를 안 믿는다면 세상이 멈춘 것에 슬퍼할 사람도 없을 텐데 아이를 낳아 기르면 뭐하나?

데이비드 보위의 반이상향적 록을 듣는다. 내일이 없는 것처럼 오늘을 살아야 할 것 같아서. 마태복음도 내일 일은 내일 염려하라고, 오늘 괴로움은 오늘로 족하다고 했지. 확실한 건, 섹스 피스톨즈의 가사처럼 미래가 있건 없건 달력에 적힌 날짜대로 살아가는 사람들에게 올해는 이미 먼 과거가 되었다는 것이다.

비행기에서 생긴 일

사람들은 비행기 안에서의 시간이 얼마나 고단한지 경쟁적으로 떠든다. 아침 열 시에 파리에 왔는데 뉴욕 시간으론 한참 자고 있을 새벽 네 시라느니, 비행기에서 한숨도 못 잤다느니. 하지만 멜라토닌 한 알로 해결되는 그런 것쯤……. 옷 챙기는 스트레스가 더 크다. 가벼운 옷도 막상 현지에 가보면 무겁기만 하고 날씨는 늘 생각보다 덥다. 그렇다고 빈 가방을 들고 가 모든 걸 현지 조달할 순 없는 노릇이지.

하지만 추락한 저먼윙스 A320은 전혀 다른 이야기. 고속 깡통을 타고 하늘을 나는 게 무엇인지 인간적으로 골몰하게 되었다. 사실 공짜 와인만 빼면 비행기는 날개 달린 지옥 아닌가. 내가 제값 주고 티켓을 사는 2%에 속할 것 같은 불안, 방심한 오 분 사이에 마감된 항공편, 유가가 떨어져도 반영되지 않는 비행기 삯, 죽음의 무기로 변한 언더 와이어 브라, 온몸을 뒤지는 검색대 직원의 손길, 죽음의 기내식, 혈류 장애, 백혈병을 일으킬지도 모를 광선 폭격, 지퍼락에 숨겨둔 콘돔이 검색대에서 까발려질 때의 지성 모독 혹은 도덕 모욕, 옆자리 아저씨의 위태로운 양말 냄새, 자기 머리 위의 에어컨 바람통을 내 쪽으로 돌려놓은 독한 처녀, 남편과 옆자리에 앉게 자리 바꿔달라는 이기적이고 못생긴 여자, "손님! 블라인드 올려주세요!" 명령조의 스튜어디스, "니가 올려!" 으르렁거리는 나, 비행기와 공항 청사를 연결하는 튜브 통로가 없어 얼굴 다 태우던 타르 같은 햇볕, 탁류처럼 밀려가는 공항 버스, 선크림 알레르기……. 말은 안 해도 어벤저스나 라라 크로프트도 아이, 이럴 줄 알았으면 처음부터 버스 탈걸, 속으론 후회했을 것이다. 버스에선 적어도 산소 마스크 쓸 일은 없으니까. 그런데 어벤저스가 이코노미 석에 탔을까?

이코노미 석에 앉을 때마다 내가 소보다 못하단 생각이 든다. 이코노미 석 승객 한 사람에게 주어진 공간은 소보다 훨씬 작으니까. 이코노미 석 국제 비행에 관한 법은 승객의 편안함을 고려하는 법이 없으니 오백 석이 넘는 비행기도 있었다. 비상구 좌석은 얼씨구나 싶어도 승무원과 마주 앉아 있을 땐 너무 뻘쭘했지. 앞좌석이 없고 벽이 눈앞에 있는 벌크헤드 좌석은 또 다리를 어떡해야 좋을지 몰랐다. 난 무릎을 앞좌석 등받이에 살짝 대는 게 좋은데 화장실 가는 사람들이 자꾸 좌석 앞으로 지나갈 때면 차라리 바퀴에 매달려 가는 게 나았다.

좌석 따라 계급이 나뉜 일등석도 그다지……. 승무원이 다정하게 은 쟁반을 들이밀면 이게 상류사회인가 싶지만, 나는 그냥 다리를 조금 더 뻗을 공간, 약간 더 젖혀지는 의자면 충분한걸. 미슐랭 셰프가 도자기 세트와 사백 번 꿰맨 이집트 면 냅킨에 내놓는 기내식이 이벤트처럼 화려해도 뭐가 됐든 한 끼에 스시 먹으면 짬뽕은 더 못 먹는다. 깃털 담요와 풀 먹인 흰 베개가 아무리 포근해도 잠 못 들긴 마찬가지. 기내식이 아예 없거나 터미널 라운지도 이용 못하는 일등석 티켓도 보았다. 비행기 문과 가깝고 남보다 먼저 내린들 그래서 뭐? 돈 좀 더 주고 업그레이드해봤자 33,000피트 상공의 경치는 일반석과 다를 바 없고, 이착륙 땐 똑같이 위험하다. A380을 처음 봤을 땐 중고 소나타가 애스턴 마틴 뱅키쉬로 바뀐 것 같았지만 그것도 그때뿐이었다.

그러나 어떤 괴로움도 기다림과 비견할 수 없다. 평생 오지 않는 뭔가를 기다렸는데, 그래도 기다리고 또 기다린다. 검색대에서, 게이트에서, 탔는데도 뜨지 않는 비행기 안에서, 경유 공항에서, 수하물 찾는 곳에서, 세관의 긴 줄에서, 입국심사대에서. 각 부족은 허락된 행동에 관한 그들만의 규칙을 따르지만 규칙은 날마다 시간마다 바뀐다. 천둥 번개나 비행기 결함으로 취소되는 건 일상. 두 시간 연착된다고 해서 기껏 샌드위치를 사왔는데 한 시간 더 기다리는 건 생활. 발권 카운터로 밀려가던 내 앞의 가족은 아기까지 일곱 명이었다. 얼마나 오래 걸릴까? 어딜 가는 걸까? 걸어갈 순 없었나? 항공사는 늘 비행기가 텅텅 빈다고 하소연하지만 순 거짓말이잖아? "좀 서둘러라, 이 연놈들아!" 큰소리 안 치고 꾹 참아봐도 내면의 속삭임은 들릴 리 없고, 성자 비슷해 뵈지도 않는다. 애초에 자기도취 조절장애도 없는걸. 느려 터진 공항 직원의 머리를 통째 구워버리는 상상을 할 때, 사람들은 세상 모든 시간을 다 가진 듯 띄엄띄엄 움직인다. 음식점이든 어디서든 줄 서는 걸 죽도록 싫어하는 게 긴박증인지, 재촉병인지, 성격의 특성인지, 혼란스러운 세상의 부산물인지, 비만한 고혈압 환자의 특징인지……. 기다리는 게 힘들 땐 크랜베리 주스를 마시라지만, 그게 그렇게 간단하다면야. 성급한 사람은 인생에 불편 자체가 없어야 한다고 믿고 나르시시스트는 오로지 자기 시간만 중요하겠지만 나는 둘 다 아니야. 게다가 스스로를 굉장하게 생각한다는 게 굉장한 사람이라는 증거일 리 없잖아.

기다린다는 건 자기가 세상을 지배할 수 있다는 환상을 접는다는 뜻. 평화 속에서건 막히는 길 한가운데서건 완전히 현재에 사는 것. 하지만 기대를 조절하고 고요히 명상함으로써 상황을 넉넉히 받아들이는 방법은 다른 사람에겐 모르겠지만 이 편엔 하나도 도움이 안 된다. 늘 그랬지만 나에겐 비웃을 거리를 찾는 게 제일 좋은 방법이라서. 하지만 번번이 해법을 찾지 못한 나는 행락철마다 콘크리트 가드레일로 흩뿌려진 계시 이후의 황무지, 활주로만 외롭게 바라볼 뿐이다.

혼자인 시간이 싫어 시계를 되돌려 봤죠

시계를 사는 건 단팥빵을 덥석 무는 것처럼 쉬운 일이다. 그래서 시계를 샀다. 나름대로의 컬렉션이 생겼다. 누구처럼 최종 판 컬렉션일 리 없다. 손목에 다이아몬드 세팅 된 크로노그래프가 단단히 감겨 있지도 않고, 열혈 애호가처럼 애장품 부속을 직접 손질하지도 못한다. 벽장용 시계 광신자도 아니라서 옛날 시계를 찾는 시간 여행은 꿈도 안 꾸었다.

하지만 블랑팡, 그라함, 율리스 나르덴을 향한 꿈은 말하자면 진짜 도전이다. 두둑한 실크 타이와 날렵한 호박색 구두를 좋아하는 취향만으론 괜찮은 기계식 시계를 사기 어렵다(돈을 들여야 할 때는 달걀 노른자가 분리되는 이미지를 생각할 필요가 있다. 삶의 필수품과 안정감을 주는 제품을 분리하는 것이다. 그렇지 않으면 매일 비무장지대 햅쌀 한 말과 먹지도 못하는 시계를 비교하며 바보 같은 자기 머리를 때릴 것이다).

내가 모은 시계들은 마니아의 관점으론 빈틈이 많고 가치도 중간쯤이다. 그래도 정확한 문장으로 이야기 할 때처럼 상황에 따라 시계를 구분하기는 한다. 약간 아카데믹한 자리에선 문페이즈가 있는 사각의 프레드릭 콘스탄트, 마음속의 철인을 보여주고 싶을 땐 롤렉스 딥시드웰러, 방심한 자리엔 빈티지 시티즌 미키마우스, 흰 팬티에 파란

물이 들 때까지 탁구를 칠 땐 까만 가죽 밴드의 웽거……

시계는, 남자 착장의 가장 스펙터클한 부분이다. 어떤 비즈니스는 악수하며 서로의 손목을 점검한 뒤 시계 칭찬이 오가고 구입 정보를 주고받은 연후에 시작된다. 어찌 됐건 소매 아래 시계는 수줍은 남자의 불타는 표현이다. 전에는, 프랭크 뮬러의 토너형 케이스가 좋았다. 나는 프랭크 뮬러 씨가 앤티크 시계를 아주 좋아할 거라고 생각했다. 그에겐 누아르 필름 같은 면이 있어서 험프리 보가트가 살아 돌아오면 제일 좋아할 것 같았다. 문제는 (쓸데없는) 자존심. 프랭크 뮬러가, 자신은 제조에 관여하지 않는다고 말했을 때, 일선에서 후퇴한 질 샌더 생각이 났다. 전력 질주했던 연애가 끝났을 때처럼 미련의 재도 남지 않았다.

시계는 세대 속에서 해를 거듭 넘긴다(아버지의 옛날 롤렉스를 차고 프라자 호텔 뒷골목에서 서툰 젓가락질로 우동을 먹던 열여섯 살 과거 속에 있는 것처럼). 수집가 친구는 1930년대 자동차 스티어링 휠로 제작된 일본 독립 시계를 구하곤 넋이 나갔다. 나는 해밀턴 일리노이즈 빈티지를 보면 입안에서 후추 알갱이를 오독오독 씹는 것 같았다. 홀딱 넘어가도록 자극적이라서. 그러나 속으론 수집가 친구가 나에게 너무 큰 결례를 한 나머지 잘못을 탕감받기 위해 그 시계를 나에게 줬음 좋겠다고 생각한다. 하지만 시계 숭배자를 위한 최종 결과물로서 그 시계는 가격이나 재판매로 좌지우지되지 않는 완전한 미술품인데 어느 세월에 받을 수 있을까?

기계식 시계는 다이얼, 기능, 케이스로 시각을 표현하지만 시간의 현상은 설명할 수 없다. 그러나 시계를 사랑한다면 중용의 의미를 깨달을 것이다. 뮌헨에서 괘종시계를 닮은 크로노 스위스 그랑 레귤레이터를 보았을 때(사고 싶다, 사고 싶다……), 그 시계가 가리키는 시간에는 시작과 중간 사이에 끝이 있을 것 같았다. 인생도 늘 순서대로는 아니다. 시계와 시간과 유한함은 우주 안에서 양자택일할 수도 따로 나눌 수도 없는 시간의 세 원소이다. 그렇지만 시계 백 개보다 중요한 건, 시계가 멈추어도 시간은 흐른다는 진실이다.

친구 전쟁

우주에 자기 혼자뿐인 것 같고 정말 정말 외롭다는 말을 너무 자주 듣는다. 열광과 혼란 속에서 의미 없이 떠다니는 기분이라는 거지. 그렇지만 잠깐 한 잔 하는 동안에라도 자기가 지금 어디서 뭘 하는지 문자를 안 보내는 사람이 없고, 금방 마칠 일도 휴대전화 받으러 경쟁하듯 자리를 뜨는 걸 보면 외로울 틈이 있다는 게 더 신기하다.

옛날엔 서로 직접 만나 형식적인 관계에도 깊은 진실이 있는 척 각각의 목적을 이루었다. 요즘의 사회 평가 기준은 단지 얼마나 많은 사람을 아는가에 달렸다. 새로운 기회를 갖는 데 도움이 될(거라고 믿는) 거대 사교 조직에 복속된 비즈니스 안에서 관계는 가장 중요하고 유효한 기술이다. 네트워크의 가치는 이용자 수의 제곱에 비례한다는 정보론의 법칙을 따르기 위해 다들 더 많은 바퀴와 노와 허브를 추가하고 인상적인 연락 목록을 만들며 최고 기록을 경신 중이다. 요즘엔 워낙 추상적인 연관성과 패턴을 찾는 재능을 타고났으니 서로 아무렇지도 않다. 이런 상황에서 다른 사람들(끝없이 늘어나는 이용자라는 관객의 연호)이 나를 잊어버린다면 내 자신은 존재하지 않는 거나 마찬가지다.

만난 적 없는 친구들도 엄청나게 많다. 어제도 신디라는 분이 친구가 되고 싶다는 요청했다. 신디 크로포트나 신디 셔먼도 아니고 모르는 사람이 왜 나한테? 엘리베이터에 같이 타도 못 알아볼 거면서 뭔 얘길 하려고? 수락한다고 마우스를 움직이면 당장 나랑 친구 먹는 건가? 이런 게 기존 사회적 형성이나 혈족 관계를 바꾸는 참 새로운 관계라고? 친구가 되면 서로 얼마나 책임질 게 많은데.

네트워킹은 변덕스럽고 감정적이라서 공동의 적과 질투가 만연한다. 재가 네 친구였어? 걘 왜 아닌데? 네 번호로 저장된 베스트 프렌드는 누구야? 한편, 다른 인구 계층에서 흘러 들어온 이주민(모바일은 갓난 아기 장난감, 블루투스는 치과질환으로 아는)들이 네트워킹에 눈을 뜰수록 그들 나름대로의 나이든 명분을 얻을 것이다.

뒷마당에 벙커를 파고 숨지 않는 한, 현미경용 슬라이드 위에서처럼 모든 게 노출되는 시대엔 각기 나누어진 비밀을 숨길 공간이 없다. 과거는 곧 현재. 약점이 충청도만 한 커뮤니티를 돌아다니고 국민 전체가 열람하리라는 불안이 등을 타고 올라갈 때, 황급히 개인 정보를 지우고 모든 창을 닫는다 해도 탈퇴 방법을 모르는 한 이름은 영원히 떠돌 것이다. 아무 속성도 없이, 기억은 전자 형태로 지구 종말까지 남는다는 뒷이야기를 남기면서.

무한대의 유통망을 항해하는 관계는 공도 덜 들고 끝내기도 쉽다. 싫은 사람은 차단. 관계는 상호 보완적인 공생의 형태로 바뀌었지만 유지하지 않으면 즉시 소멸된다. 사람들은 지속적으로 연락하지 않는다는 이유로 오래된 관계에조차 쉽게 냉담해진다. 불화나 오해 때문이 아니라 단지 나태 때문에 사람을 잃는다. 관계를 끊는 건 일도 아니다.

공항 수하물 컨베이어 벨트에서 돌고 돌던 내 가방을 겨우 찾듯이 생각도 잘 안 나는 사람을 왜 기억해야 하는데? 370명은 3년 이상 못 봤고, 590명은 누군지도 모르는 960명 연락처를 왜 갖고 있어야 하나?

이런 사조에 반발하는 흐름을 보면, 퇴화기에 갑자기 유용한 기관으로 등극한 충양돌기가 생각난다. 어차피 가족도 세포조직의 하나가 되었다. 일촌이 부모 자식 관계라면 페이스북의 사회적 일촌은 흉내 정도는 내야 할 것이다. 이따금 만나 술을 마시면 사랑이 꽃피는 가족이 되는 거니까. 그런데 형제 친척은 못 본 지 한참 됐는데도 가족에 추가해야 할까? 예전 회사 동료는? 대학 동문은? 같은 띠 모임은? 연락이 끊기고 멀어진 데는 다 이유가 있다.

기획 가족

호주 시민권이 있는 쉰 초반의 여성은 올가을, 시드니에서 정자은행을 이용할까, 고민 중이라고 말했다. 그녀에게는 누구나 거치는 경로로 결혼에 안착하는 과정이 막연할뿐더러 그럴 겨를도 인내심도 없었다. 나이 든 미혼 여자를 향한 모욕 때문만은 아니었다. 그녀가 불안해하는 것은 아이를 낳지 못하고 폐경이 됐을 때의 생물학적 진공 상태였다. 그녀는 여든에 춤을 배우고 아흔에 코를 세우려는 사람과 어떻게 다를까. 그러나 그런 의문은 자체가 옳지 않았다.

"생육하고 번성하라"는 말은 이스라엘 부족에게만 구전된 것이 아니다. 그러나 아이를 만든다는 것은 우주를 주었다가 도로 뺏는 일. 그것을 모른다면 부모 될 자격이 없다. 아이에겐 태어난 순간부터 언젠가 끝나버릴 삶, 실존에 대한 고뇌가 시작되니까. 게다가 가족은 죽어야 끝나는 관계 아닌가. 아니 죽어도 끝나지 않는다. 무시무시하게도.

그녀의 갈망을 흡수하는 건 힘든 일이었다. 우림 속에서 같이 살지 않는다는 이유로 소외돼 홀로 머리 희끗해지는 수컷 포유류의 곤경과는 달랐다. 아이를 원하는 여자의 집요함은 전혀 다른 영역에 속했다. 그녀가 불안정한 세계시민주의자거나 괴기스러운 외래종이라서?

인간 사회 속의 가족 집단은 시간이 흘러도 유지하는 '재생산'을 염두에 둔다. 혈통이나 결혼을 매개로 한 관계 분류법과 친족 시스템 바탕의 친자 관계 규칙 속에서, 사회는 동시에 불임을 다루는 메커니즘도 가진다. 테크놀로지는 그렇게 생물학과 사회적 부성, 갈등과 질서의 영역을 파고든다. 아이가 필요한 이들은 인공 수정, 난자 공여, 수정란 냉동, 체외수정, 대리모를 포함한 생식 기술로 불임 상태에 강력히 대응한다. 주말의 시내 백화점, 쌍둥이를 위한 두 개의 유모차 행렬은 지금이 뭔가 심상치 않은 시대이며, 우리가 사는 방식이 어렴풋하게만 이해되는 힘에 의해 좌우되고 있다고 귀띔한다. 게다가 세상은 포식성의 여자들과 강건한 모유 수유자들의 것이 되었다고 약을 올린다.

둘 중 하나, 혹은 둘 다 불임인 부부가 아이를 갖는 과정에는 산모의 굉장한 수고와 기절할 만한 비용이 따르지만 사회적 합의와 도덕률, 합법화된 개념에 반하진 않는다. 문명의 가장 안전한 장치로서 '병원'과 '의사'가 입회하기 때문에. 그러나 모르는 사람의 정자로 태어난 아이에겐 천문학적 경우의 수가 주어질 것이다.

그애한테는 한 아버지와 한 어머니가 있을 것이다. 한 어머니와 두 아버지, 두 어머니와 두 아버지, 세 어머니와 한 아버지를 가지기도 할 것이다. 수정란을 기부한 여자와 자궁을 빌려준 여자와 법적 엄마가 되는 여자, 세 사람이 개입하는 일도 벌어질 것이다. 실험실에서나 있을 법한 가설들이 무서운 형태를 띠면서 사태가 꼬일 것이다. 사망한 남편의 냉동 정자로 수정하려는 과부, 하나의 수정란으로 착상하려는 레즈비언 커플, 마음에 드는 짝이 생길 때를 대비해 난자를 얼려 보관하던 중 어쩌다 안 내키는 남자의 아이를 갖게 된 여자, 선배 남편의 정자로 수정했지만 약속과 달리 아이를 안 내주려는 여학교 후배, 대리모를 '고용'해놓고도 장애아를 낳았다는 이유로 아이를 거부하는 부부…….

재생산 기술의 딜레마는 기실 수태 방법이 아니라 금기에 달려 있다. 고조할아버지의 냉동 정자가 몇 세대 뒤에 쓰인다면, 그렇게 태어난 아이는 그의 어머니의 아버지의 작은아버지가 되는 동시에 그 분의 배다른 형제가 된다. 이론적으론 선조가, 정서적으론 선조의 환생이 되는 것이다.

평생에 걸쳐 우리가 모으는 사실들은 다양하고도 대표적인 인간적 경험이되 나만의 것은 아니다. 파생되는 문제는 두 개의 그늘 속에서 헤맨다. 자연의 섭리(라는 토템 숭배)와 자존 사이의 균열, 평화와 질책, 안도감과 죄책감의 반복, 분석적이지만 본능적으로 육박해오는 선택의 쟁점.

문제는 끝없이 격화된다. 사회적 부모와 생물학적 부모에게 동등하게 주어진 권리는 무엇일까? 그들의 부모 역할은 아예 다른가? 법은 합법적 아버지와 생물학적 아버지 중 누구를 옹호할까? 관련된 사람끼리는 꼭 익명이어야 할까? 주는 자와 받는 자 사이의 감정과 에로티시즘을 인위적으로 배제할 수 있을까? 우리가 자연스럽게 여기는 것 모두 사물의 질서와 문화적 규준에 기초했을까? 종교인들이 금과 옥조로 여기는 섹스의 규율은 그 자체로 옳은가? 태어난 이상 자식을 낳아야 한다는 사회의 내부 논리에 개인이 반드시 응해야만 할까?

통념과 그에 따른 올바른 처신 사이의 관련성이 한껏 느슨해진 지금, 가정이라는 구조는 두 사람이 결합하여 아이를 낳는 것만으론 완결되지 않는다. 생물학적 친족과 사회적 혈연 관계가 더 이상 구별되는 것도 아니다. 결손가정이란 말 자체가 애초에 글러 버린 까닭도 있지만.

어떤 의미론 요즘 라이프스타일이 마음에 든다. 불멸하는 것은 없다는 사실을 자꾸 상기시키니까. 내 말은, 수태 방법 역시 피임처럼 철저히 개인의 문제라는 것이다. 섹슈얼리티에서 번식은 도저히 분리되지 않는다는 사실이 조금 슬프긴 하지만.

운명의 주인이 된다는 것은 결코 작은 업적이 아니다. 개인의 선택은 자치적인 인생의 결정적 원소이다. 내가 어디에서 춤을 추는지, 다른 사람들은 나와 함께 추고 싶어 하는지와 상관없이 혼자 계속 왈츠를 추는 것. 하지만 이제는 안다. 완전히 독립적인 개인은 없다. 양치질 같은 작은 일상도 치약 거품처럼 바깥으로 퍼져나가는 우주와 무관할 수 없다. 결국 자존이란 스스로를 편협한 기준에 은신하도록 강요하는 것일 뿐이다.

사회학자뿐 아니라 열한 살 소년에게조차 환멸을 주는 때에 아젠다를 지배하는 뉴스 헤드라인을 찾는다. 노새처럼 고개를 젓고 염소처럼 곱씹으며. 홈 포르노에 도핑하는 수수께끼들을 점검할 때, 깊고 깊은 우주 속 주름지고 광이 나는 구멍으로부터 무자비한 속도로 퍼붓는 무기력…….

실족한 현실 속에선 모든 것이 허깨비 같다. 아기 사슴이 엄마를 부르지만 그 엄마는 어딘가 술집에서 만취해 곧바로 집에 오지 않는 현실. 미라가 자기는 여전히 피라미드 안에 있다고 생각하지만 실은 용산 국립박물관 안에 있는 현실. 공장에서 여덟 시간 일하고 집에 와 생각하니 다른 공장에 갔었다는 걸 깨닫는 현실.

가장 가까운 미래조차 수증기처럼 흩어진다. 할 수 있는 건 빠져나갈 다른 현실을 상상하는 것뿐. 시간이 평소보다 두 배 빠르게 가면 어떤 느낌이 들까? 교황이 서사모아 사람이라면? 누가 포르쉐 타르가를 깜짝 선물해준다면? 정치가들이 반목하는 대신 합의하고, 합의하는 것에 다시 합의한다면? 엄마가 살인자라면? 고양이가 전부 개로 변한다면? 파나마 사람들이 북극에서 얼음을 치운다면? 북극곰이 필사적으로 도망친다면? 도대체 아무도 늙지 않는다면?

맥락 없는 질문들이 뇌간을 두드린다. 세상은 왜 이렇게 설명하기 어려울까? 어떤 해답은 왜 숨기만 할까? 세계는 이데올로기 논의의 핑계로만 존재하는 걸까? 공허한 수사는 언제쯤 형태를 갖추게 될까? 개별적인 인생 목표로부터 모두가 밀려난 이유는 무엇일까? 그 목적의 요점은 무엇이었을까? 대답해줄 대상이 없다면 답을 얻을 수 없다는 것을 알면서도 물어야 할까? 이런 모순은 얼마나 타당할까?

시간은 상처에서 분노로, 분노에서 혼란으로 흘러간다. 혼란은 똬리를 틀며 지구를 돌돌 만다. 한 번, 두 번. 잠시 멈추곤 다시 여기저기에 물방울을 튀긴다. 중심은 때로 너무 고요하지만 새해 첫날을 채 보내기도 전에 입맛 잡치는 더러운 것들이 아침 점심 저녁 밥상에 깔린다.

탐욕의 유산이라는 시커먼 고깃덩어리. 관찰되지 않는 분자와 질량 없는 에테르의 패치워크. 계급의 부정함과 쌍으로 찾아온 낙담. 사상, 감정, 분노, 욕망의 끝없는 감시. 예측과 추측 페티시. 책임지는 사람과 무책임한 사람이 서로에게 주장하는 도덕적 희극. 무지한 엘리트와 무치한 천격이라는 단층선…….

굶는 사람이 거의 없는 나라라지만 다들 그렇게 운이 좋은 것 같진 않다. 인생에 별 관심이 없다 해도 오래 살 가망이 커졌으니까. 자기 마음 말고는 호소할 데가 없는, 역사상 가장 망쳐진, 겨우 그 돈을 벌기 위해 평생을 재평가 받는, 아무리 의미를 찾아도 열매 하나 맺지 못하는, 무시가 생활인, 눈송이같이 측은하고 취약한 세대. 그러나 지금 벌어지는 일들은 눈송이를 단박에 녹였다.

속해 있는 세대가 무엇이든 인생은 처음엔 지루하고 그 다음부턴 무서운 법이다. 사춘기가 지나도 가라앉지 않는 실존주의적 공포를 들여다보면 여전히 통과의례 중인 사회가 한데서 떨고 있을 것이다.

사적, 공적인 삶에 통과의례의 영향을 받지 않는 영역은 없다. 출생에서 죽음까지 혹은 그 후에도 아주 오래 의미로 감싸여 있다. 자주 잊지만 가장 작은 제스처도 그가 속한 집단에선 큰 의미를 갖는다. 사실 통과의례란 하나의 기간으로서 어느 단계를 완료하는 것과 해내야 하는 역할에 동반되는 또 다른 시작이다. 대부분 소란스럽기 짝이 없다. 굴곡 없는 직선의 진행이 아니라 각 층이 이전 것과 구별되는 계단이나 사다리의 칸에 더 가깝다. 역할이 늘어나면 올라가야 하는 사다리 칸의 밀도도 높아진다. 각각의 칸 사이에 저질러진 이상한 행동들의 용례는 이렇다. 부서 회식이 있는 날, 비틀거리며 김포공항에서 위례 신도시까지 걸어가거나, 내복만 입고 눈길을 달리거나, 소뿔을 잡고 뽑으려 한다거나, 포피를 잘라낸 기념으로 깡소주를 퍼마신다거나……. 상징과 의미의 진정 떠들썩한 난장판이다.

무자비하도록 버텨온 날들(꼭 '버텨온'이라는 말을 써야 한다). 완전한 좌절은 새로운 것을 예고한다. 패러다임은 관습적인 무지에서 분별 있는 간섭으로 이동 중이다. 도덕적 존립에 관심이 많은 시민들은 자기 삶을 충분히 이해한 후 스스로의 윤리로 더 나은 세상을 만들려는 부처가 아니다. 통과의례는 특정 과제를 수행할 준비가 됐는지 묻는다. 징교한 시험은 강한 의지로 시연되어야 한다. 실패한 이들에게만 심란한 문제가 기다린다. '미완성인', '아직도 어른이 아닌', '뭔가 그르친' 자라는.

우리의 공식 인정 의식 중엔 첫돌과 비슷하나 또 하나 주문된 세트, 장례식이 기다린다. 모두가 모여 작별인사를 하고 그의 시신이나 재를 용기(容器)에 담는 것으로 일원 중 하나를 덜어낸다. 사회적 단계마다 의식화된 질서에 대한 열망은 공동체의 삶에 기어코 질서를 부여하는 것이다.

하지만 혼란스러운 수렵 채집 사회를 지나는 천 년 동안 이상화된 삶의 베일을 벗겨온 과학에도 불구하고, 그 시간 동안 그 많은 대가를 치렀음에도 불구하고, 주어진 거라곤 근대보다 낙후된 현대라니. 또 하나의 곤경, 역사의 끝, 기대도 흥분도 없는 퇴폐라니.

이런 이야기가 혹시 서로 곤란한 현대 담론으로 비칠까? 따분해서 모두를 미치게 만들까? 나는 당신의 고양이, 당신의 여자친구, 당신 여자친구의 언니, 당신 여자친구 언니의 고양이를 더 사랑하기 위한 질문을 하고 싶었다. 나 혼자 있으면 어쩐지 쓸쓸해지지만 그럴 때 거울 속의 나하고 얘기만 나누고 싶진 않았다. 비바람 몰아쳐도 이겨내고 일곱 번 넘어져도 일어나라고 말하고 싶었다.

구주소와 신주소

평생 겪었지만, 국가는 수천 가지 사소하고 바보 같은 방식으로 사람을 성가시게 한다. 나는 결코 신주소를 원하지 않았다. 퇴계로 나길 몇 번지? 독어도 아닌데 너무 어렵다. 만들어봤자 타는 사람도 없는 경전철처럼 아무도 신주소를 반기지 않는다. 비슷한 실패는 속출한다. 길이 단위로서 센티미터가 자나 치보다 합리적이라는 근거는 무엇인가? 제곱미터는 평보다 우월한가? 근과 그램은? 미터법이 수학적으론 말끔해 뵈지만 그렇다고 과학적이라는 주장은 어디서 왔나? 평 단위의 우월함은 아파트로 무엇을 할지를 정한 관료보다 사용자가 적극적으로 설명한다. 미터법은 도량형 체계의 자의적인 비합리성을 부인하는 한편 모든 것의 무게를 측정하고 나눈다. 꼭 세계를 지배하려는 규제 기구나 우주로 가는 비행선 관리 부서처럼.

미터법은 프랑스 혁명의 법령으로 도입됐다. 비미터법은 더 먼 옛날부터 차곡차곡 자랐다. 역사적 유기체의 요점은 단순히 오래됐다는 것이 아니다. 미터법은 위에서 부여된 반면 비미터법은 밑에서부터 쌓아 올라갔다. 사람들이 그 안에서 어떻게 살지 고심하며 지은 집과, 스탈린이 주민들에게 나무 하나 함부로 심지 말라고 앙칼지게 지시한 주택과의 차이랄까.

문화란 개별적이고 사소해 보이는 별난 것들, 조금 이상한 언어나 복식, 사람들 사이의 관계로 이루어진다. 거대하고 우둔한 관료제가 고기 무게를 어떻게 재라고 강요하는 건 놀랍지도 않다. 나중에 아무리 제도의 선의를 납득시키려 한들 남는 건 우물쭈물하는 무정부주의의 추억뿐이다.

역사 속에는 다른 사람에게 무엇을 하거나 하지 말라고 지시하는 이들이 널렸다. 플라톤 이후 철학자들은 누군가(어쩌면 국가) 다른 사람들(혹시 당신?)에게 그러는 게 옳은지 무수히 물었다. 국가의 정당성 원천을 두고 수천 년을 토론했는데도 사회적 계약(로크)이나 순수 이성의 요구(칸트)라는 사상과 관련된 층위들은 아직도 뒤죽박죽이다. 대체로 합의된 진실은, 국가를 지속하려는 모든 시도는 기만적이고 조잡한 종잇조각에 불과하다는 것이다. 나는, 내버려두면 나 스스로 가꾼 시민 의식으로 알아서 잘 살 텐데, 그릇된 전제에 의존하는 기구들이 나에게 세금을 매기고, 면허증을 발급하고, 배수구를 만들어라 말아라, 야단스럽다. 그러나 시스템에 대한 현실의 저항은 행동을 부른다.

이 정신없는 세상 속에서 어떻게 나만의 정확성을 가질까. 나는 내 자신의 도덕성과 싸울 여력이 있을까. 무력의 제정 시스템엔 어떻게 반발할까. 결론은, 논리가 전부를 아우르지 못하며 우리가 사용하는 추론의 규칙은 갈수록 허술하다는 것이다. 인간적인 답은 패퇴할 수밖에 없다. 인간은 궁극적으로 비이성적이니까.

자존심은 마모되고, 슬픔은 경멸로 변한다. 나는 늘 자기 회의로 가득한데 때맞춰 자기만의 규율을 만든 사람들의 승전보가 들린다. 생각하고 선택하는 방식에 대한 우리의 이해를 바꾼 사람들, 고상한 사색으로 나를 열등하게 만드는 존재들, 서스펜스를 가지고 노는 그들의 방식, 자신감의 불꽃놀이, 수학적으로 일관된 역동성. 그러나 나는 저속한 물질주의자, 내 안의 적, 비루한 몸의 애국자. 가진 것도 없는데 잃을 것은 더 많은 아이러니, 비이성적인 동물의 이성적인 자기 폄하, 반쯤 닫힌 오감. 넷플릭스 뒤에 숨어서 오레오를 먹으며 나는 방백한다. 너무 많은 규칙이 데카당스를 정의하는 시대엔 너를 위한 것이 없어. 세상은 기이한 부분이 빠진 SF처럼 너무 심심해…….

산타 할아버지에게

생각해보니 작년에 산타 할아버지는 시간이 많지 않으셨어요. 나 말고도 선물해야 할 사람들이 엄청 늘었으니까요. 그렇지만 이번 크리스마스는 다를 거라고 믿어요.

아시다시피 올해 전 무진장 착실하게 보냈어요. 사람이 매일같이 일만 한다고 생각해보세요. 일 년에 하루만 일하는 분이 상상이나 하겠어요? 12월 24일 하루, 화려한 썰매에 앉아 중력의 법칙을 무참히 깨버리는 주제에 질책은커녕 환호만 받잖아요. 심심할 때만 자선단체에 얼굴 몇 번 내밀고 말이죠.

솔직히 부러워요. 할아버지가 사는 북극에는 소줏집도 크리스마스 호텔 패키지도 노동조합도 없지만, 자유 시간도 많고, 평화는 국처럼 쏟아지고, 공기는 얼음 체에 거른 듯 사무치게 맑고, 어쩌면 순록 고기도 먹을 수 있잖아요.

요정도 많지요. 소원을 분류하는 우편 요정, 폭풍을 요리하는 부엌 요정, 선물을 가공하는 공장 요정, 마굿간 요정, 닭 잡는 요정.

전부터 하고 싶은 말이었는데 할아버지가 어떤 계층을 좋아하는지는 너무 분명해요. 크리스마스가 되면 부자들은 자기 자신한테 줄 선물이라며 현찰로 산 벤츠 AMG에 앉아 살찐 오랑우탄처럼 웃죠. 없이 사는 소년들이 폴리에스테르 양말과 목장갑을 받고 비루해진 마음에 싹 다 불질러버릴까, 입술 깨무는 시간에 말이에요. 당신은 어린 것들이나 좋아하죠. "이리 와, 산타 무릎에 앉아봐" 하는, 당신의 변태를 비꼰 캐롤도 있잖아요. 생각해봤는데, 법무법인 같은 데 의뢰해 일부 음악에 대한 상표권 위배 혐의로 당신을 고소할까봐요. 그놈의 징글벨 좀 틀지 못하게요. 죄목에 동물 노동 착취도 들어 있으니 그렇게 알고 계세요.

할아버지가 1930년대 코카콜라 광고모델이라선지는 모르겠지만 암튼 경쟁자들을 모조리 물리치고 크리스마스의 1인자가 되셨어요. 성 니콜라스, 노엘, 블랙 피터, 우코, 니세, 헬리오스 그들 모두 당신이 너무 나대는 바람에 제풀에 한 발짝 물러섰잖아요.

나도 할아버지가 그동안 지구에 뿌린 기부금과 선물의 수혜자이긴 해요. 유치원 때 사진을 보니 할아버지도 제 뒷줄에 서 있던데요? 그리고 또 어딜 그렇게 급하게 가셨어요?

솔직히 할아버지가 좀 달라졌음 좋겠어요. 우선 기초부터 시작해요. 당장 체중부터 좀 빼요. 슈트도 한 벌 사고요. 술병은 이제 버릴 때 안 됐어요? (할아버지 빨간 코를 두고 말들이 얼마나 많은지 모르죠?) 모자에 관해서라면 더 할 말 없어요. 무슨 홍어무침 축제에 다녀온 거예요? 아님 새벽종이 머리에 붙은 거예요? 피부에 관해서라면 딱 세 단어로 끝낼게요. 클렌징, 토닝, 모이스처라이징.

이제 할아버지가 저를 위해 어떤 일을 해야 할지 말해드릴게요. 진작에 목록을 만들어놨거든요. 당일 날 술에 취해 정신줄 놓으시면 또

일 년 기다려야 하잖아요.

먼저 사륜구동 디펜더를 선물해주세요. 단종 기념으로 만든 걸로요, 꼭 오토여야 해요! 힘들어요? 힘들지 않다면 어떻게 보상이 크겠어요? 런던 해러즈 백화점과 미니애폴리스는 통째 주세요. 술 먹고 대리 좀 안 부르게 정규직 운전기사도 부탁드려요.

또 하나, 크리스마스 때면 우르르 몰려와 캐롤 부르는 가수들 좀 없애주세요. 크리스마스 음반 무더기도 싫어요. 아예 캐롤 자체가 싫어요. 〈34번가의 기적〉이나 〈나홀로 집에〉도 이제 그만. 고아원에서 사진 찍는 얍삽한 정치가들도 스크루지 영감도 다 죽었음 좋겠어요. 성탄절 특수라면서 턱없이 값 올리는 카페들, 괄시받으면서도 세제 거품처럼 우글우글 좋다고 모여앉은 애들도요.

사실 세계 평화도 원해요. 나이 좀 먹은 어른이 꿈꾸기엔 너무 작은 소망이지만요…….

그럼 크리스마스 날, 꼭 기대해요. 약속은 꼭 지키기예요.

안녕히 계셔요. 선물의 연인으로부터.

마음은 미래에 사는 것

이젠 모든 사람이 초능력자로 산다. 테크놀로지에 취약한 나조차 회사 후배에게 뭔가 묻자고 오십 미터를 걷는 대신 문자를 보낸다. 부산에서 서울까지 한 달 걸려 기별을 전하던 고릿적 일을 생각해보면 옛사람들에 비해 수명이 천 배쯤 늘어난 셈 아닌가.

얼마 전까지만 해도 미래 예측엔 아이러니가 적었다. 미래는 미래적이라기보다 의외로 과거에 관한 것이었다. 옛날의 미래, 거꾸로 가는 미래, 재활용된 미래, 미래의 땅이라는 허무, 돔으로 둘러싸인 도시에 관한 무서운 꿈, 쓸쓸한 달의 암석이 전시된 파리 날리는 나사 전시장, 산업혁명 직후 세계 박람회에 나왔음직한 세기 중반적 메아리, 세미키치적인 우주 시대의 향수…….

우주 유영에 사용하는 개인용 분사 추진기 제트팩이나 자유의지를 가진 제멋대로 인공지능 컴퓨터보다, 깡통 로봇이 자기 머리를 뜯어 위에 넣었다가 뒤에 두었다가 어깨에 놓았다가 하며 걷는 영화야말로 미래의 신성한 리얼리티 같다. 전형적인 형상이건 아니건, 디즈니의 〈해저 2만리〉를 닮았건 말건, 팀 버튼이나 레오나르도 다빈치의 상상과 비슷하건 그 반대건, 우리는 매일 과학이 예견했던 미래를 경험한다. 아직 화성은커녕 달 생활권 시대도 오지 않았는데 우주 판타지는 보다 현실적으로 채워졌다. 미래 탐험이 독창성을 행성계에 알리는 은유인지 끝이 안 보이는 낭비인지는 차치하고, 시공연속체로서의 새로운 차원에서라면 에스테틱 랩조차 우주 왕복선을 대신하는 것만 같다.

미래는 시간처럼 조금 더 가까이 혹은 조금 더 멀리 다가왔다. 사람들은 미래를 두드리고 과거를 두드린다. 다양한 삶의 단계마다 우선순위를 정하고, 더욱 생산적인 요소를 선택하며, 모든 방식으로 자기 삶을 재주문한다. 전통이라는 관념은 더 이상 통하지 않는다. 각자 나름대로 살아갈 수 있는데 전통이 왜 필요할까? 주류라는 것도 사라질 것이다. 적어도 현재 우리가 생각하는 그런 방식의 주류는.

미래의 모든 것이 능률적이고 합리적인 구도로 연결되어 있을 리는 없다. 오히려 정신 없는 라이프스타일에 대한 방어수단이 창궐하고 모든 주제가 논쟁을 부를 것이다. 대다수가 채식주의자가 될 거라는 전망처럼.

식물로부터 단백질을 섭취할 수 있는데 왜 가축을 죽여야 하지? 하지만 수백만 년 동안 고기를 먹어왔는데 왜 이제 와서 그만둬야 하는데? 항우울제를 타이레놀처럼 일상적으로 먹는 사람이 많아지고 삶의 괴로움과 즐거움이 무덤덤하게 변하는 건 나쁜 징조일까? 점점 고달파지는 세상에서 화학적 구원을 받아선 안 되는 이유는 뭘까? 약물치료가 안 먹히면 종교가 역할을 대신할 텐데 종교에 대한 관심은 해가 될까? 신에 대한 약간의 두려움은 더 나은 사람으로 이끌지 않을까? 목 위쪽을 중시하는 삶 속에서 꿈꾸던 얼굴을 갖고 싶어서 의사의 기술을 빌리는 게 잘못인가? 지금도 정직하다는 게 무가치한데 모든 게 가짜라면 대체 무엇을 믿어야 하나? 노화를 막을 순 없지만 팔십대에도 매일 일해야 한다면 기분이 어떨까? 죽을 때까지 살아남기 위해 육체적으로 경쟁해야 한다면?

발달된 의학과 공중 보건은 신체와 정신의 결점 하나하나를 세심하게 돌볼 테지만 어디까지일까? 전화 회사는 혹시 두개골 사이로 암호화된 전화기를 삽입해 사람들이 서로 내통하듯 대화하게 만들까? 뇌에 임플란트를 심어 생각만으로 차의 시동을 걸 수 있다면 다들 그걸 원할까? 대한의 부모라면 행동이 굼뜬 아들을 위해 뇌를 전자로 휘감고 기억을 되살리는 내장형 장치를 주문하지 않을까? 기억력을 두 배로 증진시키는 약이 전국 석차 20위를 보장한다면 부모와 상관없이 당사자 스스로 더 원하지 않을까? 열 배 빠르고 강한 의족을 식약청이나 FDA에서 승인한다면 다리가 건강한 사람이라도 인공의 것으로 교체할지 말지 잠깐 고민하지 않을까? 그런데 토론 중인 정치가나 무대에 선 가수가 지능과 기능을 최대한 활용하게 만드는 신경이식을 감행했다면 그들을 어떻게 대해야 하지?

시각장애인에게 부분적인 시력을 되찾아줄 장치로서 안구 뒤쪽에 심은 작은 센서는 손상된 연결 부위를 조만간 대체하지 않을까? 언젠가는 피부 아래 끼운 광섬유 라인을 거쳐 뇌로부터 작동하는 더 진보된 의족이 개발되지 않을까? 지금은 제한된 줄기세포의 적용 범위가 뇌, 심장, 간 세포를 포함하는 게 먼 훗날의 일일까? 새로 생성된 세포와 DNA가 병을 다 고치고 맞춤형 인간을 만들어 급기야 2040년이 되면 다들 영원히 살 수 있다는 주장은 합성생물학자들만의 욕심일까? 기대 수명은 해마다 늘어나지만 그렇다고 누가 인생의 마지막 십 년을 인공호흡 장치에 의존하고 싶을까?

수명 연장이라는 윤리적 도전은 누가 그 혜택을 받는지, 비용은 얼마나 드는지에 관한 논란을 포함한다. 부자들이 신체적, 유전적, 생체공학적인 혜택까지 갖는다면 민주주의는 그야말로 위태로운 시험을 치르게 되겠지만 그 또한 인간의 의미에 대한 또 다른 질문 아닐까?

진짜 문제는 매초 발전하는 기술을 거부할 수 없는 순간이 올 때 무엇을 해야 하느냐는 것이다. 황폐하고 외롭다는 생각이 들까? 아니면 무한한 가능성을 느낄까? 둘 다건 둘 다가 아니건, 요약 불가능한 세상 속에서 개인은 각자 취할 수 있는 최대치 용량을 삼킬 뿐이다. 기술의 산등성이, 대양에서 밀려오는 물결 위를 떠다니는 문화적 거지가 되어.

기계의 아름다움

언젠가 이 시절을 뒤돌아보면, 아이폰이 출시되는 9월 어느 날과 그 전부터 웅성거리는 여타의 날들로 기억될 것이다. 잡다한 카테고리로 우리를 분류하는 디지털의 나날이 요즘 삶의 모양을 잡아간다지만 어떤 물건도 전화기의 성공을 대체하지 못했기 때문에. 소비 자본주의의 불도저 전파 방식 이전에 기술 스펙과 시장 가격이 시대의 주제를 점령하다니.

기기들을 스마트하게 만드는 동일한 요소들—연결성, 세련된 소프트웨어, 반지성—은 그동안 나온 제품들을 순식간에 예스럽게 만든다. 그런데 집이 새로운 디지털 개척지가 된 건 철 지난 이야기이다. 집 안에서 일어나는 행동 데이터를 흠뻑 담은 센서들은 진작부터 모든 사물에 찰싹 부착되었다. 칫솔, 냉장고, 전기밥솥, 섹스 토이, 대문 열쇠까지 집 구석구석에 점점이 박혀 당신의 움직임을 추적하고 또 무엇을 갈망하는지 척척 알아맞힌다. 기계야말로 제일 순한 비서이며 가장 힘센 구원자니까. 현미경이 측정법의 혁명이었다면 타인의 행동을 실시간 중계하는 데이터는 현대의 현미경인 셈이다.

그 전에는 암기식의 기계적 의무만 실행했다. 냉장고 디자인은 몇십 년 동안 별로 변한 것도 없다. 하지만 요즘 스마트 냉장고는 전자 박람회 기간이 아니더라도 거의 언제나 (주변을 인지해 서로 의사소통하도록 고안된 웹 연결 네트워크인) 사물 인터넷의 주제로 등장한다. 음식 종류에 따라 온도를 조절하고, 물을 더 마셔야 한다고 채근하고, 고기가 떨어지기 전에 주문도 하는 냉장고는 앞으로도 몇십 년 동안 가속화될 변화를 위한 꽤 괜찮은 대리인이다. 항차 집 안 곳곳의 스마트 표면들은 거기 놓이는 무엇에든 반응할 것이다. 사용할 물과 세제량을 정하려고 빨래 부피와 더러운 정도를 헤아리는 세탁기, 바깥 날씨에 따라 실내 온도를 바꾸는 에어컨, 닭 한 마리를 던져놓으면 알아서 레시피를 제안하는 오븐, 머그잔을 내내 따뜻하게 유지시켜주는 조리대, 당신의 생활 패턴을 감지해 아침에 일어난 걸 확인하자마자 쪼르륵 커피를 내리는 커피 머신…….

한편, 미래의 보안 시스템은 안면 인식 프로그램뿐만 아니라 지문과 심장 박동 같은 생체인식 센서로 무장할 것이다. 현관문이 당신을 알아본다면 열쇠를 챙길 필요도 없다. 잠은 몇 시간 자는지 밥은 먹고 다니는지 시시콜콜 모니터 하는 건 집이 하는 일 중 가장 사소한 것이다. 스마트 변기만 해도 임금의 똥오줌이 든 매화틀을 살피는 지밀나인처럼 당신의 건강 여부를 비위 좋게 탐지해서 의사며 보험회사와 공유할 테니까. 심장박동이 너무 느리거나 호흡이 평소와 다를 때, 신경 쓰이는 물리적 신호를 포착해 도와달라고 어딘가에 전화하는 집에서라면 혼자 밥 먹고 혼자 죽는다는 공포가 조금은 상쇄되지 않으려나? 좋건 싫건 집까지 당신을 스토킹하는 세상이 오리라곤 상상도 못했겠지. 우리는 자신을 통제한다고 믿지만, 통제는 기계의 손에 쥐어진 마지막 분석자료 안에 잠시 쉴 뿐이다.

스마트폰이 당신을 미행하고 빼도 박도 못하는 민형사적 증거를 남기기 시작한 것 역시 한참 전의 이야기이다. 수년간 지속돼온 나노 단위의 기록은 집을 바퀴처럼 돌아가게 만들었다. 데이터 접근 권한을 가진 기술 회사들은 당신 삶에 무엇이 적절한지 결정하는 주체가 되었다. 나조차 나의 관심을 받으려고 경쟁하는 기기들에게 불협화한 꼰대 같은 상대가 되진 말아야지, 하고 주먹을 꽉 쥐는 것이다. 좋게 보면 집의 모든 전자기기를 다스리고 내 삶도 관리하는 인지 조수를 갖게 된 셈 아닌가? 도움을 주고, 친절하고, 늘 어울릴 수 있지만 결코 방해하지 않는. 스물네 시간 대기 중이나 육체는 없는.

기계 조수의 전능한 음성은 집 안의 사교 역동성까지 변화시켜 쓰레기 문제로 마누라와 대치할 때 눈치껏 청소기에게 찔러줄 것이다. 정말 제대로만 작동하면 눈치도 못 챌 것이다. 집게 같은 로봇 팔은 당신 피부를 스크럽하다가도 지구 반대편에 있는 조카하고 춤을 추거나 그를 꼭 안을 수 있도록 멀리서도 제어 가능한 동무 아바타로 기능할 것이다. 결국 확장된 사회 풍경 속에서 미래 주택의 진정한 가치는 집을 떠나지 않아도 괜찮다는 약속인 것이다. 그렇다면 인생의 다음 마당을 책임지는 기계 서사의 무자비한 헌신에 누가 초연할 수 있단 말인가?

놀랍게도 업그레이드된 기기들이 제시하는 건 감시의 완곡한 표현이다. 당신이 언제 집에 들어오고 언제 불 끄는 걸 잊고 밖에 나가는지 다 아는 전등의 지능은 정보 수집과 통제라는 샴쌍둥이 목적에 부합

한다. 데이터는 막강한 채굴 자원이라서 따분할 틈이 없다. 집은 내내 당신의 습관을 추적하고 행동을 예측하고 윤곽을 만들어 데이터의 UFO 모선에 보고한다. 기술 회사가 기계에게 자기를 더 노출하고 더 고백하도록 당신을 조종하면 당신은 매 초마다 너무 유용한 데이터를 먹이로 주고, 자치적인 기기들은 첩보를 동아 전과처럼 펴들곤 당신에 대해 피 터지게 공부하는 것이다.

스마트 기기의 진정 기발한 점은 소유에 대한 전통적 모델들을 뒤집는 방식에 있다. 본질적으로 당신은 네트워크로 이어진 살림살이를 정말로 사거나 소유하는 게 아니라 그 회사가 정한 조건에 맞춰 빌리고 작동시킬 뿐이다. 저항은 할 수 없다. 당신은 한때 멍청했던 물건들보다 스마트해질 수 없다. 제조업체가 '허락'한 곳이 아닌 데서 고장 난 제품을 고치다가 문득 이상한 죄의식이 밀려오면 그때 비로소 깨달을 것이다. 당신은 돈 주고 산 사물을 지배하지 못하며, 기기 회사는 사용권이 지불된 물건을 통해 역으로 당신을 통제한다는 것을. '스마트'가 도시의 무기화된 감시 시스템에 조잡하게 적용되면 제품 약관에 따른 사유화와 알고리즘의 통제에 굴복할 수밖에 없다. 그러나 그건 그거고 기가바이트의 혁신을 그렇게 강조하면서도 공중변소를 청소하지 않는 건 어처구니 없는 도시의 이율배반이다.

'스마트'라는 단어는 '고통'의 게르만적 조어에 뿌리를 두고 있다. 내재된 폭력성과 혼란, 지능과 해악은 가려져 있다가 틈 있을 때마다 이데올로기를 파고든다. 하지만 어디에 권력이 놓이고 어떻게 작동하는지에 대한 판단은 늘 생략된다. '스마트'는 본질적으로 나르시시즘의 형태를 띤다. 그러나 수백만 개로 교차하는 세계가 별만큼 빽빽한 인간 은하계로 엮인 지금 돌아갈 가능성은 없다. 더 단순하거나 더 가벼운 것으로도 안 된다. '스마트'는 사상이기 이전에 역사의 짐이 되었기 때문에. 조작과 기만에 밝은 수백만 명이 반복 복제하는 결정들이 모두의 삶을 향상시킬 거라고들 믿지만 꼭 그렇지 않다는 건 다들 대충 안다. 그래봤자 환한 척 불투명한 미래의 일이란 걸.

자율주행 시스템만 해도 궁지에 몰린 대량 교통 체계의 강력한 대체 수단으로 떠올랐다 하나 플라잉 카는 대중화될 기미조차 안 보인다. 어쩌면 디지털 미래란 고릿적 기계류를 교체하고 네트워크를 확장하는, 화려할 것 없는 겉치레에 불과한 게 아닐까. 그러고 보면 진짜 스마트한 사람들은 애초에 이런 기기며 시스템이 필요하다고 시대를 납득시킨 기술 업계의 결정권자들 같다.

날기가 두렵다

나는 피터팬들을 꽤 알고 있다. 한둘이 아니다. 그들은 젊음이 얼추 스러져 장년으로 향하는데도 애처럼 말하고 행동하고 입는다. 자기가 마흔이 됐다는 게 도무지 어리둥절하달까. 도저히 받아들일 수 없달까.

피터팬과 실종 소년들이 동화책 저편에 존재한다는 걸 알기까진 시간이 좀 걸렸다. 웬디가 피터팬을 만나기 전에 믿었듯이 모든 아이는 당연히 자란다고 생각했다. 살아보니 꼭 그렇진 않았다.

누구든 인생의 단계에 따라 입는 방법, 다수에 속하면서도 개인으로 만드는 룩을 궁금해한다. 재능 있는 시각, 민감한 청각, 전문적인 미각처럼 신체 민주주의는 부글거리는 힘의 중심에서 메시지를 보낸다. 그 경로로 어른 세상에 징집된 소년들은 환영에 답하기 위해 어떤 유니폼을 입어야 하는지 안다. 앞으로 올 시대의 보상으로, 바뀌는 세대에게 주어지는 선물로 옷장을 채우고 싶어 한다. 그렇게 사회가 봐주었으면 하는 모습으로 살다가 더 커선 어렸던 적이 없는 척 행동한다. 특별한 날에는 꼭 작고 빨간 머리핀만 꽂으면서.

고대 영웅처럼 현대의 피터팬은 밤을 위해 산다. 그의 네버랜드는 머나먼 섬이 아니라 낮밤을 안 가리는 술자리이다. 새벽 네 시의 댄스

플로어가 아닌 3차로 간 해장 술자리. 그에게 인생이란 낭비하는 것. 희생이란 후크 선장처럼 짜증스러운 것. 다른 남자들이 성인기를 어느 정도의 스펙과 인맥, 딸린 가족으로 장식할 때 어른 피터팬의 몸 안엔 여전히 어린이 여섯 명이 산다. 아이 몸 밖의 세상은 힘드니까. 과적 상태로 돌아다니는 것 같으니까. 어른은 사회의 어둠에 속한 종족. 어른이 사는 나라는 도깨비 나라. 그래서 나이를 나타내는 표식을 지운다. 갈색과 흰색, 베이지 같은 어른 색은 거들떠도 안 본다. 직책이 무엇이건 당장 청록색 대학원생의 매력을 뿜어낼 태세다. 즉, 피터팬은 십 리 밖에서도 알아볼 수 있다.

되돌릴 수도 멈출 수도 없으니 시간의 속도를 따라 기어간다. 그런데, 경험은 쌓이는데 신체 레벨이 떨어진다. 도저히 패퇴시킬 수 없는 조합이다. 군 제대 직후의 탄력이 남았다 하나 마흔에 파타고니아 수영복을 입어봤자 서른으로는 안 보인다. 오메가3도 주름을 어쩌지 못한다. 숙취가 길어지고 일은 더 쌓이는 사이 아내는 그의 몸으로부터 완전히 떨어져나간다.

그는 여자 대하는 법을 모른다. 아내가 있어도 대놓고 외로워하고, 부모가 세상을 떠날까봐 미리 훌쩍인다. 집중력도 짧다. 금방 흥분했다 뭔가 식으면 딱 거기까지. 집엔 교실 책상에서 꿈꾸던 장난감이 주차돼 있지만 싫증난 지 오래다. 피터팬은 변덕이 심한 팅커벨의 매력을 동경하기 때문에.

갑작스럽게 그는 독립으로 가는 느린 변화 위에서 낙오되었다고 느낀다. 성인 남자들이 그래픽 티셔츠와 컨버스로부터 졸업할 때 피터팬은 아톰 티셔츠와 플레이드 무늬 운동화를 찾는다. 성장판이 닫힌 이상 키는 위가 아니라 옆으로 큰다. 라이프스타일도 달라졌지만 변화의 물결에 면역되지 않는다. 슬림 핏으로 가리려 했던 노화의 여정에서 바지 밑단을 접어 알록달록 체크 양말로만 시위할 뿐. 누구에게든 설명할 수 없는 집착이 있으니 가끔 나이에 맞게 입는 문제에 대해 생각한다. 정확히 말해 나이에 맞게 입는다는 게 무슨 의미인지.

어느 가을, 착 붙는 검정 스키니진을 입고 노래하는 예순여섯 살 믹 재거를 보곤 고민이 더 커졌다. 뚱뚱해 보여서는 아니었다. 오히려 어울렸다. 그러나 뭔가 할 수 있다고 해서 꼭 해야 하는 건 아니다. 진실은 젊어 보이려 할수록 나이 들어 보인다는 것이다. 아기 손만 한 비키니를 입은 환갑의 여인은 그 자체로 절박하다. 연보라색 레깅스와 9센티미터 굽이 브랜드 이름 때문에 괜찮아 보이는 게 아니듯이. 자신에 대해 왜곡된 시각을 갖는 건 뇌가 신경학적으로 삐끗해서가 아니다. 어쩌면 일부러(쉰아홉 살 남자가 무턱대고 귀걸이를 사진 않겠지?), 또는 그냥(숱이 빠진 머리카락은 염두에도 없었겠지?).

성숙과 미성숙 사이엔 뚜렷한 경계가 있다. 인정 욕구. 가장 든든한 스타일 조력자는 디자이너가 아니라 그거 어울리지 않는다고 핀잔하는 자녀인 것이다. 피터팬은 예순이 넘어도 머리를 쓰다듬는 부모의 손길이 필요하다. 숨이 넘어가도 떼쓰는 어린애라서. 자식에게도 사랑받아야 한다. 숨이 돌아와도 조르는 어린애라서.

옷으로 어린 영혼이 되려는 남자는 비극적이다. 시도 자체보다 위협적인 스냅백, 자신의 뿌리와 직결되는 싸구려 장신구, 지샥 시계를 중화시키지 못하는 밑이 긴 청바지, 너무 요즘 애들 것인 후드 티……. 요점은 확고하다. 자기 기만으로는 참된 생을 건축할 수 없다.

그래서 나이 든 로커 차림으로는 다니지 않는다. V넥에 발레 댄서처럼 입거나, 가죽 바지 입은 피에로처럼 활보하지 않는다. 도저히 죽음을 받아들일 수 없어서. 그러나 광대뼈가 나이를 말해주지 않는다 해도 그가 몇 살인지 아무도 관심 없는 시기가 온다.

성숙은 먹은 칼로리와 타는 칼로리의 출입에 관한 혹독한 수식이 아니라, 인식과 수용이 절대 끝나지 않는 전쟁이다. 다른 길로 갈 수는 있다. 희박해지는 젊음을 애절해하는 대신 차분히 차 한 잔을 마실 수도 있다. 그래도 무엇이 순리인지는 알 도리가 없다. 일흔에도 남아 있는 머리카락이나 바람 들지 않은 뼈만큼이라도 나잇값 하는 사람은 다 사라졌다. 정말로 나를 보살펴줄 누군가가 필요하면 여름방학 때처럼 외할머니 댁에 가면 된다. 피터팬이 웬디를 처음 만났을 때 말했듯이. "난 어른이 되고 싶지 않아. 맨날 어린애로 즐겁게 살 거야. 그래서 켄싱턴 공원을 쏘다니면서 요정들하고만 놀았잖아. 너도 봤잖아."

꿈속의 공작들

격식을 갖춰 입는다는 것을 흔히들 세탁한 셔츠에 슈트와 구두를 덧붙이는 것으로 이해하지만, 스타일은 실은 태도를 갖추는 것이다. 그러나 개인이 다수 위에 군림하는 세대에는 그 정도로 만족할 수 없다. 적응된 스타일 데이터를 졸업한 남자는 '무엇을 어떻게 입느냐'와 전혀 다른 것을 원한다. 평행적이지 않은, 실제보다 열 배쯤 나은 세상을 맛보고 싶어한다. 진짜 스타일은 기쁨과 긴장 사이 어디쯤에서 민감한 스릴을 원하기 때문에. 그런데 알고 보니, 세상에서 가장 뻔뻔한 쾌락주의자, 기품 있는 유물론자, 즐거움을 좇는 호색가는 한국에 이미 서식하고 있었다.

가장 희미한 것으로부터 오는 센스를 정교하게 갖춘 남자, 이탈리아 남자들이 왜 하이칼라에 꽃무늬 셔츠, 두꺼운 실크 타이와 날렵한 호박색 구두를 좋아하는지 예전부터 알았던 남자, 옷을 거의 성적으로 폭식하는 남자, 감정적이되 철학적인 소비의 떨림을 아는 남자, 저녁 식사가 평소 같은 한 끼가 아니라 성격을 드러내는 의식이란 걸 아는 남자, 친구하고 약속했을 때조차 차분히 갖춰 입는 것으로 그 만남이 서로에게 중요하다는 것을 웅변하는 남자……들이 자주 보인다.

상상이 아니라 바로 오늘 그들과 소주를 한 박스 마실 만큼 흥청망

청한 비율로 존재한다. 돈 많은 리디아의 크로이소스 왕도 은행에 전화해 그들 감각을 좀 따라잡고 싶은데 카드 한도를 상향 조정해줄 수 있겠느냐고 물어볼 정도로.

패션의 이상한 추진력에 반하는 도시의 침울함은 성교하듯 뒤엉킨다. 꾸미는 것은 도회적인 기쁨, 치장은 사교. 그들은 패션 쇼장에서 막 빠져나온 듯 섹시한 경박함을 창의적 순간과 비교한다. 그들은 눈치 보지 않는다. 다른 남자의 두려움에 찬 역공을 손끝 하나로 봉쇄한다. 만사 절제를 지키고 알맞게 사는 법을 배워야 한다던 대머리 여가수의 충고는 필요 없다. 표현을 억제한다는 것은 용서가 안 되니까.

패션 밖으로 한 치도 안 나가는 서울 청년의 룩은 역사적인 감각까지 준다. 무엇이라고 말할 수 있을까? 요란한 무절제의 잔해? 헛된 용기? 아니면 스타일에 심미학과 철학, 형태주의와 에로티시즘을 결합하는 엉뚱한 능력?

스타일에는 유행이나 주의에 쉽게 휩쓸리는 사람들이 왈가왈부하는 그 이상의 것이 있다. 시대정신이란 말이 남용되지만 특별한 요소가 없다면 그건 존재하지 않는 것과 같으니까.

서울의 맛

처음 공항에 도착해 택시를 타는 순간, 그 도시에 입혀진 이미지와 다른 모습을 만난다. 못 믿을 만큼 흉흉한 광경일 때도 많다. 우주에서 제일 큰 백화점 한가운데 방치된 느낌과 비슷하다. 돈을 쓰게 만드는 천 개의 덫이 코너마다 노리고 있달까. 대도시를 열망하는 사람들과 이미 살고 있는 사람들의 야망이 기른 유기체는 산패한 자본주의에 뒤늦게 전율한다.

사소한 안식쯤은 자동차의 포효 한 방에 무력해진다. 런던의 자동차 경적이 "지금 혹시 화났어?" 애매하게 눈치 보는 식이라면, 뉴욕에선 "비켜, 새끼야!" 짜증이 쿼드러플 토룹으로 작렬한다. 그 틈 어딘가에 천국을 향한 들림이나 철학적 음률로 변주되는 파리가 있긴 하다.

가속화된 도시에선 콧구멍만 한 행복조차 장기대출처럼 목을 조른다. 존재감은 하나도 없는데 갚아야 할 빚은 죽도록 남은. 그래서 사람들은 '피로'라는 숙명적인 단어를 발음하며 돈보다 비싼 시간을 낭비한다.

요즘 서울 사람은 보다 평행적이고도 실제보다 세 배쯤 나아 보이는 세상을 접한다. 전혀 다른 세상으로의 접속이랄까. 코스모폴리탄의 희미한 기류랄까. 무엇이 훌륭한 도시를 만드는가는 정치적 안건이기도 하다. 그런데 다른 도시의 발달단계를 정치하게 연구한 것 같지도 않은데 서울은 지금 가장 자극적인 도시로 급부상했다.

사람들은 암스테르담에 가면 예쁜 레이스가 달린 커튼과 창 밖의 화분, 삶을 아름답게 운반하는 시민들을 만날 거라고 했다. 그것만으로 마음을 춥게 만드는 날들에서 벗어나 잠시 몽상에 잠길 거라고. 그러나 거기 가보고 나서 나는 왜 숱한 문학이 암스테르담의 세기말적 음울함을 진술했는지 알았다. 내가 느낀 건 지루함이었다. 라스베이거스, 디즈니 월드, 아제르바이젠처럼 유난스럽게 만들어진 곳이나 뉴욕 같은 젊은 제국에서도 이상한 지루함은 가시지 않았다. 그런데 요즘 서울에서 느끼는 건 여러 층위의 문화를 다루는 능력, 혁신을 두려워하지 않는 강인함이다. 다른 도시에선 한 번도 맛보지 못한 맛이랄까.

서울은 생태학적이거나 독창적인 도시가 아니다. 미래를 향해 돌진하는 도시도 아니다. 성공적인 도시의 선순환도 문화 중심지로서의 탁월함도 없다. 하이 스트리트의 양태는 브랜드의 입점이 성공을 좌우하는 다른 복제 도시와 비슷하다. 여기가 뭘 하는 덴지 갸웃거려지는 장소도 비슷하게 흔하다. 노상 카페 문화도 보이고 공연장도 흔해졌으나 경제 흥망의 회전에 따라 반응해온 거리엔 교활한 공기가 감돌고, 부여잡으려는 노스탤지어는 남루하기만 하다.

연중 확장 중인 도심의 백화점은 아시아 여행객들로 북적이지만, 디자이너의 비전이나 예리한 룩을 발명하려는 태세도 없이 글로벌·내셔널 브랜드로 난잡하다. 여기가 중동인지 포항 시장인지 헷갈리는 것이 서울의 지표가 글로벌해지는 방증일까? 우아해지고 싶은 싸구려의 몸부림일까? 그런데 왜 불경기라면서 세계 유수의 편집숍이며 화장품, 럭셔리 시계와 리빙 브랜드, 국제적 호텔 체인까지 속속 서울을 기웃거리는 걸까?

세계에서 가장 개명한 도시에선 막 도래한 문화가 정리정돈될 틈이 없다. 재유입된 자본이 또 다른 경향을 만들면, 바로 얻은 경험을 통해 더 큰 자본이 움직인다. 서울은 영향력이 뒤섞였을 때의 감흥이 각별한 도시인 동시에 쌓이자마자 덜어내는 조급한 도시인 것이다.

서울이 다른 도시를 다루는 전략적 시험지가 되고 한국 소비자의 감각이 중국인에게 주목받는 양상은, 이탈리아 시장이 유럽 트렌드에 영향을 주는 것과 비슷해 보인다. 당장 유행을 받아들이고 금방 자기화하는 이 도시의 재능을 나는 무취향이라기보다 민첩한 흡수성이라고 부르고 싶다. 너무 커서 취향의 과녁을 겨눌 수 없는 북경이나, 기호가 너무 공고해 꼼짝도 않는 도쿄로선 엄두도 못 낼.

도시의 진짜 부흥은 한 진취적인 레스토랑으로부터 시작된다. 커피 한 잔 마시자고 일본에서 보광동 헬카페까지 오는 사람들을 보면 깜짝 놀랄 수밖에 없다. 대기업 베이커리를 콧등으로 날리며 몇 천 명을 끌어당기는 동네 빵집, 전 존재를 투신한 셰프의 콩알만 한 레스토랑, 그 식재료는 오직 거기서만 파는 가게, 그 안에 모이는 예쁘고 활달한 사람들……. 그들은 서울의 미적인 흉터, 가시 박힌 회색 벽 뒤에 살지 않는다. 그래서 어떤 때는 상점 그 자체를 사랑하게 된다.

스카이라인 밖의 것을 끌어안는 장소의 스토리와 지금까지와 차원이 다른 거리의 억양은 서울의 결핍을 메워주는 전율 같다. 그리고 그

것은 사람 위에 사람을 쌓고 공중(空中) 위에 공중을 세우는 서식 환경 속에서 편협한 사고만 강요한 윗세대에 대한 경고가 되었다.

서울의 마지막 진실은, 도시엔 가치 있는 것이 더 있으며 우리는 서울이 주는 새로운 메시지를 즐겨야 한다는 것이다.

박정자

매달 책을 만듦으로써 새로운 삶의 층위에 도달한다고 믿지만, 그 기간의 황량한 요일들을 대조하다 보면 골수까지 허무해서 질식사하기 딱 좋다. 착각은 공포. 공포 속에서 살다 보면 나를 녹다운시키고 말 무엇들이 또 기다린다. 나의 진짜 공포는 사람을 만나는 것이었다. 사람은 알게 될수록 싫어지니까.

명색이 편집장이면 누군가를 만나는 데 도회적일 필요가 있다. 사람을 앞에 두고 비척거려봤자 고상할 것도 없고, 주차 하나 못하는 뚱보로 보일 뿐이다. 그런데도 사람 사귀는 게 즐겁다는 친구들을 보면 진짜 대단하고 뻔뻔스럽게 느껴진다. 차라리 목을 따고 싶다. 나는 그 점에 관해 너무 촌스럽기 때문에.

화전민이나 민초 같은, 스스로 너무 거룩하지 않은 친구들을 만나는 것만 좋아하는 나는, 세상이 알아주는 사람들과 교류하는 게 제일 힘들다. 그들이 이식된 장기인 것처럼 몸부터 거부반응을 보인다. 그분들은 타인에게서 예쁘다 멋지다 소리 듣는 게 밥처럼 당연한 부류니까.

연극배우 박정자는 내 평생 첫 번째 인터뷰이였다. 비오는 금요일, 그녀가 동숭아트센터에서 〈굿나잇 마더〉를 공연하고 있을 때, 나는 다음날 있을 인터뷰를 위해 극장에 갔다. 나는 입장료가 설마 8천 원일 줄 몰랐다. 어떡하지? 차비 빼고 5천 원밖에 없었던 나는 매표소 앞에서 가련한 갈지 자를 그리고 있었다. 그때 매표소 안에서 소리가 들렸다. 누구 기다리세요? 아뇨, 돈이 없어요. 얼마 있으세요? 5천 원요. 그거라도 내고 들어가세요.

21세기의 부랑자들이 줄지어 속닥거리는 것 같은 서글픈 유머의 밤이었다. 다음날 나는 박정자에게 물었다. 가족은 복종할 수밖에 없는 구속이에요. 극중의 엄마는, 가족은 우연이라고 말하죠. 정작 당신 자신에게 가족은 어떤 의미인가요? 흑맥주 거품 같은 목소리, 피까지 얼어붙는 목소리는 오래 포즈를 두었다. 객석은 추웠고, 그녀가 걸친 청재킷은 우울한 연기에 몰입한 배우가 어둠 속에서 입은 것 같았다.

박정자가 나의 '첫 번째' 인터뷰이였다는 것은 나에게 금속 벨트에 끼인 듯한 숙명성을 주었다. 그리고 그녀는 지금까지 내 인생에 누구도 대신할 수 없는 친구가 되었다.

그동안 박정자를 만난 시간은 표현할 길이 없다. 불그스름한 다이너마이트 껍데기로 삶 전체를 덮은 시간이었기 때문에.

100호에 부쳐

백 권째 《GQ》를 만드는 지금, 특별한 감회나 자랑, 카타르시스는 없군요. 잡지를 백 권 만든 매체가 《GQ》만도 아니니 부산스럽게 굴 일도 아닙니다. 그냥, 폭풍의 바다에서도 당신 배가 무사하다는 보험회사의 전화를 받은 기분은 듭니다.

시간은 늘 최고 속도로 지나가지만 이달만큼은 빽빽하게 끓인 콩비지 같습니다. 편집장은 안에서 지시하는 자, 에디터는 밖에서 추수하는 자. 나는 장부책을 보며 소작인들을 다그칩니다. 인생의 끝에 가서야 지금이라면 정말 잘 만들 수 있다고 탄식하고 싶지 않아서입니다. 잔혹함이 죄라면 경건함도 죄입니다. 어느 누구도 되는대로의 열의, 되는대로의 비굴만으로 세계를 움직일 수 없습니다.

예전 미디어는 산업혁명 초기, 방적기를 작동시켰던 장인들처럼 중요한 위치에 놓여 있었습니다. 방적기를 움직이는 능력은 흔한 게 아니었습니다. 이제는 다릅니다. 서점에는 매달 수만 권의 책이 모입니다. 과연, 세상엔 출판되지 못할 만큼 지루한 사건은 없다는 생각까지 듭니다. 더러는 잡담을 좋아하는 무리를 얼른 사로잡으려는 야심을 드러내기도 합니다. 문제는, 우리는 어떤 방식으로든 속물이라는 것입니다. 요즘의 속물 근성은 생존과 관련돼 있기 때문입니다. 가방 하나를 사면서도 간단히 속물이 될 수 있습니다. 모든 사람이 대체로 하는 일입니다. 하지만 어떤 가방일까요? 크기는 어떻고 스타일은 어떤가요? 색깔은요? 더 중요한 건 정말 이 가방을 사는 이유를 알고 있느냐 하는 점입니다.

우리는 아이같이 신음 소리를 내는 덜떨어진 어른 나라에서 살고 있습니다. 결코 행복하지 않은 희생자의 문화 속에서라면 하나하나 다 희생자일 것입니다. 나는, 정치에 무관심하고 유아적이고 비이성적인 시대정신 속에서 어떤 급진성으로 지역 사회의 무의미한 진공 상태를 채워주고 싶었습니다. 누룽지처럼 굳어버린 세계에서 다른 견해를 말하고 싶었습니다. 최소한 불쾌한 진실에 대한 무엇이라도 듣고 싶었습니다. 정작은 우스운 이야기 밑바닥의 더 우스운 이야기, 논쟁의 여지가 너무 많은 이야기, 모두에게 보이고 싶었으나 서랍 속에 처박아버린 이야기들만 떠들었습니다.

100호를 통해 발견한 건, 나 역시 내 자신 안에서 환영 받지 못하는 사람이라는 것입니다. 응당 해야 하는 일을 가지고 네가 해냈구나, 라는 말을 듣고 싶어 하고 능력보다 더한 것을 가진 척 굴다니, 혐오스럽습니다. 누군가에게 들려줄 만한 것을 들려주는 전도사라고 착각하며 인생을 마모시켰지만 때로 일신교처럼 변합니다. 측정할 수도 없는 단독성을 두른 채 죽어도 나만 옳다고 책상을 내리치는 것입니다.

나 역시 모순과 가식을 드러냅니다. 강아지를 질식시켜 피부를 싹 벗긴 다음 들들 갈아서 다른 개의 사료로 주는 식입니다. 나는 여전히 사춘기입니다. 미디어의 도덕에 집착한다는 점에서, 세상에 없는 완전

무결한 이미지에 골몰한다는 점에서. 그러나 누가 어떤 사회적 목차를 만들었건 당신은 페이지를 휙휙 넘길 권리가 있습니다.

우리는 우리의 몸, 옷, 실제로 소비할 수 있는 시간의 지속성에 의해 제한받습니다. 하지만 우리가 얼마나 많이 원하는지에 대한 제한선은 없습니다. 《GQ》는 탐욕스럽습니다. 탐욕은 현재 상태가 최고임을 방증하는 언어이기도 합니다. 100호 《GQ》는 도시 꼭대기에 건축된 차가운 첨탑과 비슷합니다. 그 첨탑은 중력이 닿는 가장 높은 고도에서 당신을 기다립니다. 1000호 때쯤 당신과 내가 지구에서 사라지기 전에.

200호를 내며

가을이 오면 우리는 어디서 오는지 모르는 바람에 대해 이야기합니다. 정해진 약속만큼만 하듯 소홀히 얼굴을 드러내는 햇살 위로 비구름이 가득합니다. 겨울을 향한 가을의 예측은 저만치서 웅성거립니다. 나도 9월 하늘 가만히 우러러보며 당신과 나의 앞날을 생각합니다.

지금까지 시간이 가한 손상에 익숙하다가 200이라는 숫자가 고라니처럼 불쑥 안기니 머릿속이 조금 복잡합니다. 발작성 황홀이나 초월적 만족, 충만한 강조, 그런 건 없군요. 격노의 감정도 아닙니다. 고독이 약간 섞인 경이로움? 그 시간을 한 단어의 관념으로 정리하긴 힘듭니다. 그냥, 민감하고 고지식하며 탐욕적인 편집장의 연대기 속에 숨쉬는 시간의 작은 토템이랄까요.

훌륭한 잡지는 이야기할 만한 영웅 서사를 갖습니다. 그동안의 어떤 비애는 사회 전반의 허술함, 갈수록 축소되는 문화의 권위, 소중한 것을 대하는 천격의 태도 때문이기도 합니다. 종이의 힘은 아직 강력하다 하나 프린트 숭배는 좌절되고 혁신은 평지화되며 인쇄물은 흔적기관으로 취급됩니다. 각자가 방송국인 세상은 판권을 더 이상 쓸모없게 만듭니다. 종내 잡지는 공공 문화 시스템 전역에서 사라지는 장인의 유물처럼 보입니다.

중력이 자리를 옮기고 디아스포라의 물살이 잡지의 독자성을 쓸어 버리자 무차별 권고가 주위를 내달립니다. 역겨움, 공포, 불안은 소심한 시그널과 섞여 감정의 배관 사이로 뻗어나갑니다. 세속주의에 대한 세속적 붕괴. 무능력한 복화술을 하는 미디어 마네킹. 수치심 없이 돈을 만드는 애달픈 과정……. 출판 역사상 가장 험한 때입니다. 이러다 마이 스페이스처럼 떨어지는 별똥별이 되지 않을까, 다들 갸웃하는 시대, 모두가 고심하는 디지털 사조는 차가운 질문을 던집니다. 광고와 독자층 스탠다드를 통해 근대성의 비루함으로부터 탈출해왔다 한들 고립된 블로거의 존재감만큼이나 할까? 저돌적인 디지털 포스팅은 몰랐던 독자를 얻게 해줄까? 그 콘텐츠들은 잡지의 생존을 둘러싼 논쟁을 해결할 값싼 수단이 될까?

시간 속에선 모든 것이 변합니다. 우정도 마찬가지입니다. 한때 웅장하던 관계는 상투적으로 반복되어 안 물어도 그만인 안부로 끝납니다. 우정은 위험에 처한 삶의 방식이 되었습니다. 변치 않는 친구라는 가치의 상속분은 하도 적어서 그들은 거의 존재하지 않는 것과 같습니다.

누구의 친구가 된다는 건 짐보다 무거운 책임과 나의 자유를 제한하는 의무를 의미합니다. 자신이 속한 세상 속에서 관계를 통한 끝없는 여정이 인생이라면, 나는 타인을 돕는 사람이 되고 싶었고, 존중받는 사람이 되고 싶었고, 재미있는 사람이 되고 싶었습니다. 무엇보다 좋은 친구가 되고 싶었습니다. 내 주위에는 이미 현명한 친구들이 있었습니다. 나의 생각을 지켜보고, 이상을 받아들이고, 같이 뭔가를 만들어온 친구. 우정의 세계에서 서로의 명예라는 배지를 하나씩 차고 우린 어쩌면 같은 부계로부터 나왔을까, 다정히 묻는 친구. 영원한 나의 평행 우주 친구.

장기적이고 헌신적인 관계에 하강곡선은 당연한 과정입니다. 그러나 친구들은 인생이 더 이상 퍼레이드용 풍선이 아닐 때, 모두가 망가진 아이처럼 행동할 때, 기분과 상황에 흔들리는 대신 굳게 포옹해주었습니다. 마음의 상태에 귀 기울이는 것은 친구의 상황을 이해하는 방법입니다. 그들은 저 멀리 물러나 힘 없이 지켜보는 대신 우정이 가진 특별한 신의를 보여주었습니다.

잡지가 거는 게임은 멍청한 짓일랑 하지 않는 이에겐 부담스러울 것입니다. 브랜드를 볼 때도 실용적이면서 그을린 자아가 꿈틀댑니다. 신성함과 일상을 이분하는 건 옳지 않습니다. 개인의 필요와 화폐화된 퍼포먼스로 통치되는 영역은 필시 불협화합니다. 브랜드는, 작게는 우리가 누구인지에 대한 개별적 탐구지만, 크게는 모순된 장면들로부터 나의 사회적 가치를 찾는 방식입니다. 이런 과정은 상호 배타적이지 않습니다. 생 로랑의 사회적 의정서를 읽으면 우리를 살아가게 하는 그들의 계략에 동조하고 싶어집니다. 상상으로만 부유한 내적 생활조차 브랜드의 자장 아래 머물기 때문입니다.

브랜드는 화분보다 하찮아 보이건 높은 차원의 의식만큼 숭고하게 느껴지건 내가 표현하는 모든 것입니다. 정체성이 무엇이든 좋아하는 것을 정당화하고 옹호합니다. 쾌락의 단순한 증식 대신 주의 깊은 신중함으로 일상의 무미한 공포를 분해합니다. 결국 우리는 브랜드가 약속하는 미래의 환상 속에서 현재에 집중하는 지혜를 배웁니다. 그렇게 매일 꿈의 제단을 배회합니다. 꿈이 충족되지 않으면 계단을 올라 열망의 교회로 가고, 다시 열망의 성지에서 촉감을, 촉감의 성소에서 비전을, 비전의 회당에서 열락을 느낍니다. 하지만 아무리 헤매도 내가 누군지에 대한 설명을 듣진 못합니다. 그것들은 결국 감정의 전당에 모여 있기 때문에.

그동안 브랜드와 《GQ》, 쾌락적인 철학자와 인습 타파적인 반역자는 무의식적으로든 의식적으로든 소비와 경멸의 거울에 갇힌 사회에 다른 그림을 그렸습니다. 종종 비실용적인 《GQ》의 명시적 측면은 라이프스타일, 문화, 예술, 필름, 요리 트렌드로 통칭되는 브랜드에 의해 보완되거나 균형을 잡았습니다. 브랜드는 동시에 잡지를 만드는 클래식한 기술이 하나의 문학적 로맨스로 남도록 지켜주었습니다. 그때마다 우리가 놓지 않았던 것은 인생의 가장 중요한 순간을 공유했다는 감각이었습니다.

잡지는 매달 마술을 부려야 합니다. 잡지 만드는 일 또한 중독적입니다. 중독은 영화와 닮았습니다. 자기 파괴, 죽을 고비, 나쁜 놈들, 구원과 구제와 구조. 가끔 나는 도서관 같습니다. 독자 취향은 변해가는데 손상되기 쉬운 고전을 유지하는 것조차 부담이 되는 옛날 도서관. 그러나 역경이 공허를 잠식할 때 실험이 벌어집니다. 나는 200호를 자동 분류 기계를 갖춘 엄청난 서고와, 컨베이어 벨트가 윙윙거리는 초능력 기계 시스템과, 할아버지 슈트까지 파는 아트 숍을 갖춘 도서관으로 만들기로 했습니다. 아마존이 도서 사업을 재창조하고 하이테크 붐을 이끄는 이 시점과는 대비되는 생각입니다.

나는 만장일치로 방향을 정했습니다. 엄격한 디자인 윤리 위에 슈퍼맨이 불운한 행성 크립톤에서 탈출하는 것 이상의 돌파력으로 레이아웃을 변형했습니다. 기념과 재단장이라는 분류 너머 브랜드의 생각을 개념으로 다루고, 유산을 투사하고, 이념을 번역하고, 경험을 변환했습니다. 갑옷으로 수선한 오버코트처럼 오브제를 다시 다루었습니다. 아울러 자본주의와 상상의 마찰 포인트를 살피는 유쾌한 시도를 눈치채셨음 좋겠습니다.

좋은 기분이 내부의 두려움과 섞이는 지금, 유치원을 떠나 성인의 삶을 시작하는 기분이 듭니다. 자꾸만 묻게 됩니다. 당신의 개인적인 삶에 무슨 일이 일어나고 있나요? 지금이 무섭지 않다면 요다음엔 무엇을 할까요? 언젠가 서가를 정리할 때 《GQ》는 곧 옆으로 빠질 도서 목록에 포함될까요? 역시 여기에 영속성의 핵심이 있습니다. 《GQ》처럼 만든 책은 당신이 그런 것처럼 서둘러 닳지 않으니까요.

마지막 에디터스 레터

철같이 부식된 안개가 재색 빌딩 위에 어른거립니다. 거주지의 엷은 회색은 옅은 갈색으로 보입니다. 골목 응달엔 우유의 막처럼 얇은 2월의 눈이 덮여 있습니다. 나도 눈사람 같습니다. 석탄으로 만든 눈, 녹아내리는 코, 나뭇가지가 그린 입. 내가 있건 없건 눈이 내린 날이면 계속될 풍경입니다.

겨울을 보내고 눈앞에 놓인 따뜻한 날짜를 세는 것은 무척 흥분되는 일입니다. 그러나 실수일지도 모릅니다. 왜냐하면 어떤 일이 얼마나 지속될지 헤아리는 순간, 시간은 순식간에 골짜기로 처박히고 음미하길 원하는 대상의 본질적 유한성을 알게 되기 때문입니다.

지금, 헤어짐의 접근법, 이별의 경험을 옆으로 밀어놓는 마음의 특이성을 들여다봅니다. 참 이상합니다. 추운 날 영혼을 팔아서라도 아이스크림을 먹고 싶은 마음처럼, 부정할 수 없으나 말이 안 되는 욕구를 설명하는 기분이랄까요. 확실히 작별의 순간은 독특한 어색함을 만듭니다. 얼른 벗어나길 바라는 어색함일 것입니다. 하지만 확실한 것만 열망하는 세상에 내내 유지되거나 끝까지 남는 행복이 있을까요? 이변성이 스며든 현재는 시간의 계단 위에서 부서져 미래에 먹히고 맙니다.

영원은 바라는 것이 많습니다. 나는 연대기가 무색할 만큼 오래 《GQ》를 만들 것 같았습니다. 《GQ》를 만드는 나의 왼손과 오른손은 관 속에서나 가슴 위에 포개질 거라고 생각했습니다. 하지만 끝은 끝이 아니라 아직 중간에 있을 때 다가옵니다. 작은 종들이 웃고 있습니다. 무엇일까요? 펜으로 적은 편집장의 노트에 문장 한 줄이 끊겨 있는 건 언어가 넘쳐서일까요? 아니면 여백이 없어서일까요? 어쩌면 그건 하나의 단절일까요?

매일 새벽 네 시. 무겁고 끈적한 호박처럼 매달려 있던 시계가 곧 손을 놓아버리면, 눈을 가늘게 뜬 채 솔로 연습을 하는 메트로놈과 끈질기게 박자를 맞춥니다. 세상의 반을 향해 등을 돌리면 한쪽 귀가 눌리고, 빛이 닿지 않는 땅의 틈으로부터 발굽 소리가 들립니다. 시간은 다 안다는 듯이 고개를 끄덕입니다. 너는 무엇을 기다리는 거지? 과거를? 오지 않을 영광을? 시간의 입자가 부스러져 보풀이 입니다. 과거의 노트를 펼쳐보니 이런 생각은 한참 전 아주 흐리던 그 전전날까지 거슬러 올라갑니다.

나에게 《GQ》는 도착했다기보다 멈춘 곳이 되었습니다. 잘 생각했어. 나만의 달력을 발명한 이래 처음으로 자신을 칭찬합니다. 말은 필요하지 않습니다. 단어 자체는 인식을 반박하는 기계와 같습니다. 생각해보면 가장 깊게 남는 건 언제나 침묵이었습니다.

창간 17주년 기념호를 마지막으로 《GQ》를 떠나기로 정한 뒤, 나는 하루의 대부분을 작은 사슴을 소화시키는 나무 위의 뱀처럼 지냈습니다.

세상은 무한 반복되는 오디오 파일 같습니다. 시끄럽고 반복적입니다. 쓰레기 같은 매체도 지천입니다. 물론 쓰레기를 용납하는 것은 전 세계적인 의무가 아닙니다. 회상은 손질된 피드백을 제공합니다. 그 첫 번째 봄에 전공 서적이 든 백팩 차림의 청년이 덥수룩한 머리를 하곤 미래가 없는 길을 달려가고 있었습니다. 나는 "기다려! 내 말을 들어봐!"라고 소리쳤던 것 같습니다. 시간의 판 위에 대충 그린 스케치처럼 분필 표시는 흐릿해지고, 추억은 벌떼처럼 윙윙거립니다. 순수한 행운. 웃기는 자부심. 하찮은 후회. 웃는 네안데르탈인. 실망스러운 현대적 인간. 유흥을 판다는 것. 또 다른 곤경이라는 내러티브. 한 무더기의 핑계. 매 순간 뭐든 판단하는 피곤함. 몽상과 수정. 망할 놈의 딜레마. 긍정주의의 느린 침식. 잊힌 카덴차…….

나는 답을 찾으려고 더듬거리다 포기하고는 뭔가 잘못됐다는 생각을 축으로 천천히 순환합니다. 그러나 회한은 쓸데없는 짓입니다. 아무 밀가루로 버무려도 상관없습니다.

어떤 낮은 다른 하루의 시작 같습니다. 사무실 형광등은 바닥에서 깜빡거리는 A4 용지를 세로로 자릅니다. 양심적으로 말하자면 평범함에서 나오는 자질의 특별함이란 내 기대에 못 미치는 것이었습니다. 화가로 비유하자면, 나는 일생 동안 단 하나의 그림도 팔지 못했습니다. 또는 그리는 것조차 하지 못했습니다. 나는 운명이 나를 눈밭으로 영원히 내던진 충격을 극복할 만큼 강인한 등장인물이 아니었습니다. 다만 어른이 된 지금, 내가 아이였다는 사실만은 잊지 않고 있습니다.

나에겐 《GQ》 말고 그 자체로 만족스러운 다른 매체가 없었습니다. 《GQ》는 과학처럼 우주가 어떻게 돌아가는지 설명해주는 최상의 방법이었습니다. 가끔 자문했습니다. 이 경험이 주관적인 것인지, 시적인 것인지, 결국 감상할 만한 것인지. 그사이 사람들이 나에게 찾아와 잠시 또는 오래 머물렀습니다. 많은 경우, 잔디를 깎아주러 온 이상은 아니었습니다. 우리는 달랐습니다. 서로에게 미치는 영향에 대한 매료, 도덕적 긴박함과 친밀함, 더 생생한 맹목은 우리 우정의 구성분자였습니다. 당신의 조용한 친절은 언제나 나를 쑥스럽게 했지만 함께 있을 때, 횡단보도를 건널 때, 택시를 탈 때, 우리는 서로의 제스처를, 말의 리듬을, 기분을 통제하는 법을 배웠습니다. 타인의 눈으로 주변을 볼 때 세계를 다시 인식한다는 것을 배웠습니다. 그러나 우리에게 부여된 이 단락은 무엇일까요? 이 차가운 확신은 어디서 온 걸까요? 당신도 나의 허심탄회한 놀라움에 동의하나요?

무엇을 하든 시간은 흘러갑니다. 우리는 연속적인 사건의 중심에 서 있기 때문입니다. 가슴 뼈가 조용히 쿵쾅댑니다. 그러나 이제는 압니다. 시간은 제로섬 게임이 되었고, 분별 있는 남자는 어느 때가 되면 변화해야 한다는 것을. 개인은 몸 사이즈에 맞게 비싼 옷을 잘라내야 한다는 것을. 우리에겐 블루스 같은 산성의 혼돈이 필요하다는 것을.

낮은 천장에 갇힌 공기는 모든 소리를 전달합니다. 위로 올라가는 외침, 인정을 구하는 외면, 고통의 눈부신 투명함까지도……. 사랑하는 이에게 보내는 작별 인사는 매번 이렇게 거북합니다. 하지만 상실에만 집중하지 않는다면, 나는 그냥 사라지는 대신 조금은 남아 있을 자취로든, 손목에서 째깍거리는 시계로든, 네모난 《GQ》로든 형태를 갖추고 당신의 다음 시기와 동반할 것입니다. 삶은 어쨌든 삶의 양식보다 우선하기 마련입니다.

지금 나는 선물 가게의 고양이 조각처럼 호기심도 욕망도 없이 졸고 있습니다. 거꾸로 쓴 스냅백은 하릴없이 눈썹을 위쪽으로 당깁니다. 누구나처럼 나도 즐거운 면과 심각한 면이 다 있지만 대부분 이렇게 엉성합니다. 마치 수영장의 취객처럼.

무슨 노래였을까요? 아침과 긴 오후, 당신과 책 사이로 무슨 노래가 들린 걸까요?

이제 말해주세요. 너는 날달걀에서 쏙 빠져나온 노른자처럼 선명하고 윤기 난다고. 스스로 몰수한 이상이 너를 파괴하지 않았다고. 누군가 나를 깨워 장난기 가득한 얼굴로 지금 기분이 어떤지 묻습니다. 하지만 안녕. 이 단어를 뿌리칠 수가 없습니다. 이 말을 버리면 남는 언어가 얼마 없기 때문입니다. 그동안 행복했습니다. 얼음 위에 입을 벌린 굴만큼. 어쩌면 아름다움은 배고픔이라는 생각이 듭니다.

이제 마지막입니다. 안녕히 계셔요. 당신의 장도를 빕니다.

11월 14일, 좁은 흉곽으로 오후의 소리를 기다리고 있었다. 다섯 시가 되자 공원의 새들이 일제히 울기 시작했다. 작년까지 14일과 15일 사이의 오후 다섯 시에는 조여진 집중력으로 에디터들의 기사를 교정 보거나, 얼른 마쳐야 하는 일을 아직 끝내지 못한 가책으로 에디터스 레터를 쓰고 있었다. 사실과 맞춤법과 밑줄과 느낌표를 체크하는 사이클은 자주 급박하거나 더러 한가로워서 늘 해학적인 스트레스를 주었다.

요즘 나의 하루를 말해주는 것에는 구체성(여전한 의존, 사회적 염증, 룸 스프레이, 친구와 같이 읽고 싶은 책)과, 추상성(시민 의식, 서로 오가는 언어, 종류가 많은 술과 사랑)이 사이좋게 버무려져 있다. 거기에 오 분 전에 읽은 단락이 머릿속에서 몽땅 달아나는 문학적 미스터리도 함께 한다.

11월은 딱딱한 소파의 부드러움처럼 조금 다른 점이 있었다.

우리 집 담장과 면한 공원에 황토색과 베이지색 털이 덮인 스피츠가 타임캡슐의 동쪽 펜스 라인을 따라 돌고 있었다. 목줄을 잡고 따라가는 아저씨의 소리 없는 남성성은 햇빛이 잘 드는 젊음이라는 평지의 끝에서 다소 피곤해 보였다. 몇 년 사이 수척해진 친구의 얼굴처럼. 아저씨와 강아지는 곧 키 큰 나무 사이로 뼈대를 감추었다. 사소한 풍경의 복잡한 아름다움이란 항상 이런 식이었다. 황혼이 길어지면 그림자가 어떻게 어둠 속으로 굴러 내려가는지 알 수 있다. 가을은 그림자를 표면으로 들어올리지만 다른 계절은 불러들일 것이다.

에디터스 레터는 《GQ KOREA》 창간호인 2001년 3월호를 시작으로 2018년 3월호까지 썼다. 전화번호부쯤 되는 페이지의 총량은 시간의 총량과 같을 것이다. 그러나 일어난 모든 결과의 모든 기록은 아니다.

보통 에디터스 레터의 기능은 잡지 초반부에 곡예 같은 그달의 이슈 중 편집장이 강조하고 싶은 이야기를 소개하는 것이다. 매달 광기의 인큐베이터 속에서 어떤 아기를 꺼내 포대기에 쌀까. 어떤 일의 주변에는 늘 하나의 문화가 있다. 그 문화는 아직 이름이 없다. 이때 편집장이 이름을 붙이는 방식은 독자에게 영향을 미칠 것이다. 마지막 단계에 참가하는 퍼포먼스로서 에디터스 레터는 그에게 아부할 가치가 있는 한 페이지이기 때문이다.

그런데 나는 포크를 들고 찢어보면 알게 될 맛을 굳이 설명하고 싶지 않았다. 메뉴의 맛은 셰프의 자랑으로 정해지지 않을 것이다. 나는 자기를 부풀리는 랩 컬쳐 속에서 철학의 창공 위에 무형식의 글로 독자를 안내하고 싶었다. 그리고 텍스트의 층을 에워 싼 다른 층, 절반이 구워진 이론들의 방종, 도시의 변덕스런 날씨처럼 표정이 수시로 변하는 글은 어떤 결과를 가져왔다. 나는 에디터스 레터를 두세 번 읽어도 이해하기 힘들다는 말을 백만 번 들었다. 그때마다 나는 "두세 번 읽어도 어렵다면 네 번 읽어", 윌리엄 포크너 식으로 말했다. "한국말을 삼십 년을 했는데 그게 어렵다고? 구두를 삼십 년 닦아봐. 나중에는 부위 별로 맛도 구별할 수 있을걸?"

에디터스 레터를 다시 꺼내보니 밀집된 글자들이 암호처럼 보였다. 동시에 과거가 모여 있었다. 과거의 뒤죽박죽, 과거의 SUV, 과거의 전깃줄. 몇 년을 연락하며 지내야 했던 사람들과의 과거, 도시 전체에 퍼져 있는 커피 가게의 과거, 기름 묻은 숟가락의 과거, 대중적 관계의 과거, 구식이 된 과거, 전형적으로 또는 원형적으로 낯선 여자들과 남자들의 과거.

레터는 계속 확대한 사진처럼 디테일이 흐렸다. 거의 생물학적으로 지워진 흔적 같았다. 태양계에서 퇴출된 줄도 모르고 명왕성에 놀러 갔다가 그제야 지구를 돌아보는 기분. 내 안의 비평가가 입을 닫고 나니 에디터스 레터는 태반 밖에 존재하는 전혀 다른 존재가 되었다.

나는 이 책이 매체에 썼던 글을 죄다 긁은 개인적 회고록이나 출생증명서가 아니라 독립된 산문으로 읽히길 바랐다. 그리고 탈수된 빨래가 실 뭉치가 될 때까지 다량의 목차를 덜어내는 순간, 한 사람의 순진한 자아 대 강제적인 정체성의 팽팽한 긴장. 약간 미국식 식단 같았다. 식탁 위에 희망을 품게 하는 것과 눈 감고 싶은 것을 같이 놓고, 폭신한 디저트를 따로 두는.

가끔 AA 배터리 크기만 한 날벌레들이 거의 손대지 않은 포물선으로 날아다녔다. 날벌레들은 처음엔 겨우 날도록 설계된 듯 보였다. 어떤 때는 나무 위로 날아올라 구름 아래 동쪽으로 날아가는 제트기의 빛처럼 높은 데서 깜빡거렸다. 시력이 절반 소실돼 시각장애자의 삶을 살게 된 이후로 나는 그 광경을 본다기보다 느꼈다.

사람은 무서워할 수도 후회할 수도 꿈을 꿀 수도 있을 텐데, 어떤 때는 전혀 움직일 수 없다. 턱이 가려운데 구리가 덮인 팔로는 긁을 수가 없다. 감정이 찻주전자 밖으로 끓어오른다. 눈에 보이는 모든 것이 안개 낀 날 강물에 떨어진 신문마냥 어른거릴 때 숨겨진 아이러니가 파편처럼 박힌다. 내가 잘하는 건 쓰는 것뿐인데 눈이 상했어……. 그러나 생활 전체가 언제까지 좌절의 감정 필터로 보호될 수 있을까.

추측의 어딘가에서 다른 추측과 추측 너머를 탐색한 나의 결론은 글을 쓰지 않는 비루함보다 글을 쓰는 비루함이 더 낫다는 것이다. 그러나 모니터에 글자 하나를 탁구공 크기로 띄워야만 하는 눈으로 어떻게? 모든 것이 녹아내릴 줄 알면서도 사막에 짓는 새장처럼 그릇돼 보인다.

공원으로 난 창을 열 때마다 그 속을 들여다보고 싶지 않았다. 나는 발코니 프레임 사이로 손을 내민 메타세콰이아를 쓰다듬으며 말했다. "이번 크리스마스에는 뭘 선물해줄 거야? 내 눈을 고쳐줄 거야?" 망상이 버무려져 허무한 동화가 되었다 해도 어쩐지 대답을 들은 것 같았다. 시각장애자란 작은 링 속에 속박된 희생자가 아니라, 어떤 순전한 힘으로 링 밖에 튕겨진 사람이라고 생각하면 기분이 약간 나아졌다. 어쩌면 이제야 최초의 인간이 될지도 모를 일이었다. 감기 치료약을 발명하는 식의.

삶은 알 수 없는 것들의 걸음마다 자기에 관한 힌트를 떨어뜨릴까? 그 신비는 빵 부스러기로 이어진 길처럼 남아 있을까? 그리고 인간은 자기 앞의 신비를 먹으며 살게 될까? 상상할 수 없는 또 다른 세계가 있어서 내가 백 살까지 살아남는다면 그 해를 기념하는 어느 글에는 이런 문장이 들어 있을 것이다. 이 책을 남기고 싶었어. 하지만 남기고 싶지 않았어. 11월의 오후 다섯 시는 웃기엔 너무 어둡고 그치기엔 너무 밝았다.

2019년 겨울. 이충걸

아무도 알아주지 않는 우리의 특별함

1판 1쇄 인쇄 2020년 1월 2일
1판 1쇄 발행 2020년 1월 8일

지은이 · 이충걸
펴낸이 · 주연선

총괄이사 · 이진희
책임편집 · 백다흠
디자인 · 이지선
책임마케팅 · 장병수
관리 · 김두만 유효정 박초희

(주)은행나무
04035 서울특별시 마포구 양화로11길 54
전화 · 02)3143-0651~3 | 팩스 · 02)3143-0654
신고번호 · 제 1997-000168호(1997. 12. 12)
www.ehbook.co.kr
ehbook@ehbook.co.kr

잘못된 책은 바꿔드립니다.

ISBN 979-11-90492-26-3 (03810)